MW01609551

Célébutantes

Amanda
GOLDBERG
Ruthanna
HOPPER

Célébutantes

Comment se faire une prénom
dans la jungle d'Hollywood

ROMAN

À Wendy et Leonard,
à Daria et Khosrow,
pour tout.

L'enfer de *Vanity Fair*

*1 heure, 22 minutes, 17 secondes
après la remise de l'oscar du Meilleur Film.*

Paulie ! Blanca ! Lola ! Christopher ! Par ici ! Une photo de toute la famille Santisi ! hurlent les paparazzi.

Aveuglés par les crépitements des flashs, nous progressons lentement sur le tapis rouge qui mène à la fête organisée tous les ans par le magazine *Vanity Fair* après la remise des Oscars – la réception la plus importante de l'année pour le Tout-Hollywood.

Ma mère nous serre contre elle, mon grand frère Christopher et moi, et lance à mon père un regard suppliant. Ses yeux bleu Méditerranée scintillent sous l'ombre à paupière savamment appliquée par François Nars en personne, il y a moins de cinq heures, dans l'intimité de la Villa Santisi.

— S'il te plaît, Paulie, tous les quatre ensemble, ronronne-t-elle sans remuer ses lèvres rouge sang. On s'en servira pour les cartes de Noël.

Ma mère, juive et cinglée, est la seule femme au monde capable d'envoyer des cartes de vœux représentant sa tribu au grand complet se pavanant sur le tapis rouge. À défaut d'une réelle harmonie, elle veut nous voir incarner devant l'objectif une famille à la Norman Rockwell.

Maman passerait volontiers toute la nuit sur ce tapis, à faire pirouetter sa robe Chanel en satin shocking pink pour les photographes et à glisser au premier plan une cuisse bronzée et modelée par des heures de Pilates (« Ça affine, Lola, tu devrais essayer ! »). Même la barrette en diamants signée Neil Lane qui retient ses cheveux platine mi-longs attend la photo sur les starting-blocks. À croire que maman vient de remporter elle-même un oscar ou qu'elle se trouve encore dans le studio d'Irving Penn, posant pour l'une des nombreuses couvertures de *Vogue* qui ont fait sa gloire dans les années 1970.

Mon père lève les yeux au ciel.

— D'accord, si tu veux, Blanca, mais rien qu'une.

Il lisse du plat de la main les plis de son smoking Armani, cadeau d'un Italien à un autre – sauf que papa n'est pas vraiment italien. Il vient de Géorgie. Et il est juif. Son nom de famille ? C'était Sitowiz, mais il l'a latinisé en arrivant à Hollywood pour ressembler à son idole Marcello Mastroianni, dont il était le sosie lorsqu'il était jeune et svelte. Le temps a passé. Son costume de pingouin est censé camoufler les cent vingt kilos qu'il entretient nuitamment chez Dan Tana, à sa table privée, en engloutissant du veau à la parmesane, des spaghettis et des boulettes de viande. Disons plutôt cent trente kilos, d'ailleurs. Au cours de ces deux derniers mois, mon pauvre papa a mangé pour deux : il a nourri et son angoisse et son ego. Le voici qui entoure ma mère d'un bras et brandit avec jubilation sa statuette en or. Une nouvelle avalanche de flashs nous crépite au visage.

— Souris ! sifflé-je à Christopher qui affale son mètre quatre-vingt-cinq contre moi.

Avec sa carcasse dégingandée, sa tignasse brune ébouriffée et les Converse montantes vertes qu'il a assorties à son smoking, mon frère ressemble plus aux musiciens déjantés d'All American Rejects ou Panic! at the Disco qu'au réalisateur de leurs vidéoclips.

— Fais-le pour maman, insisté-je lorsque les photographes nous mitraillent.

Arrêt sur image de ma famille, qui domine le tapis rouge. Suis-je raccord ? La photo qui sera diffusée sur le Net après la soirée after tranchera : Lola Santisi, vingt-six ans, princesse d'Hollywood sans royaume ni appart, un mètre soixante et onze et demi (talons de dix centimètres compris), engoncée dans une robe empruntée à la dernière minute : un fourreau grenat brodé de perles de deux tailles trop petit et de dix centimètres trop court. Je suis une Ugly Betty blonde.

— Finito. Plus de photos, déclare papa.

Il congédie les photographes d'un geste et, tout en serrant son oscar de meilleur réalisateur par le cou comme s'il risquait de s'envoler, fouille dans la poche de son smoking d'où il sort un Cohiba Esplendido de contrebande.

Recevoir une seconde statuette dix-huit ans après la première (et après une série de bides au box-office) conforte mon père dans la certitude qu'il nourrit depuis ses seize ans : il est le meilleur réalisateur au monde. D'ailleurs, si quiconque l'oublie d'ici à demain, il se chargera de lui rappeler.

Si seulement il m'aimait autant que son oscar.

— Il faut que je me tire d'ici, chuchote Christopher. On se retrouve à l'intérieur.

Et mon frère de disparaître dans la cohue. Un photographe se rue sur moi après avoir mitraillé Jennifer Garner et Ben Affleck qui s'embrassent sur la bouche. S'il compte m'immortaliser en solo, c'est forcément un bleu. Une photo de moi sans papa ne vaut pas un clou. L'horreur me paralyse : pas dans cette robe ! Je n'ai même pas eu le temps de vérifier ma dégaine sur Polaroïd.

Car il faut savoir une chose : il est indispensable de se voir en photo pour savoir à quoi l'on ressemble vraiment. Ne jamais sortir habillée de pied en cap sans avoir dûment inspecté son autoportrait. Les filles qui s'imaginent que leur miroir reflète leur image sont en plein déni. Un miroir est comme un coup d'un soir : il vous renvoie ce qu'il croit être votre désir du moment, pour mieux vous baiser après en vous jetant la vérité en pleine face. Je connais bien le problème. Ça fait mal. Et d'autant plus le soir des Oscars.

Dans mes bons jours, je me donnerais au moins un huit sur dix. Si je déambulais dans un bled de l'Oklahoma… Mais ici, on est à Hollywood. Et je ne vaux guère qu'un six. En particulier à côté de Charlize Theron, qui fait la roue deux mètres devant moi, sublimissime dans un fourreau Dior, en satin bleu glacier et tulle de soie, avec des pendants d'oreilles en diamant qui lui chatouillent les épaules et rayonnent comme des lance-flammes. Les photographes s'en donnent à cœur joie. Aucun doute, elle a pris un Pola avant. Et c'est elle qui rentrera avec Stuart Townsend.

Je tire sur l'ourlet de ma robe, dans l'espoir de la rallonger un peu. Je préférerais porter n'importe quoi, sauf ça. Tous les faux cils, autobronzants et rouges à lèvres du monde ne camoufleront pas un tel désastre. Comparées à moi, les catas fashion de Janet Jackson passeraient pour des créations d'Alexander McQueen. Non, rien ne réussira à alléger la peine que j'éprouverai tout à l'heure en regardant les images sur le Net. Ces perles rubis jurent atrocement avec mon fard à paupières violet et mes talons Louboutin prune, lesquels étaient assortis à la tenue que j'étais censée porter.

Seulement, rien ne s'est passé comme prévu. Ni aujourd'hui ni pendant toute la semaine qui vient de s'écouler. C'est ce soir que devait se produire mon happy end à moi. J'étais supposée arriver au bras de mon amoureux, comme Kate Winslet dans *Titanic*. Au lieu de quoi, je me sens aussi mal que si l'on m'avait poignardée avec les stilettos YSL argentés sur lesquels Nicole Kidman est juchée.

— Angelina! Brad! Angelina! Brad! Regardez par ici! Encore une, et c'est fini! grondent les paparazzi.

Leur chœur se détourne de ma famille pour s'intéresser à M. et Mme Jolie-Pitt, qui trônent au sommet de la chaîne alimentaire d'Hollywood. Graydon Carter, l'éditeur de *Vanity Fair*, a échafaudé une théorie quasi darwinienne pour la soirée qui suit la remise des Oscars. Les invitations sont programmées hiérarchiquement. Les espèces dominantes obtiennent le meilleur créneau horaire. Angelina et Brad arrivent à 21 h 30, la lauréate de l'oscar pour le meilleur mixage (sans cavalier) à 23 h 30 et pas une seconde plus tôt. Qu'elle s'estime heureuse: elle aurait pu être reléguée à la soirée d'Elton John au Pacific Design Center, avec Paula Abdul et John Stamos. Le jour où les cartons de *Vanity Fair* sont postés, Los Angeles tout entier est obsédé par deux questions: qui en sera, et à quelle heure? Précisons que je fais partie des invités de 21 h 30. Certes, cela n'a rien à voir avec mon prénom, et tout avec mon nom de famille. Mais avouez que c'est mieux que de regarder la soirée des Oscars à la télé, dans un pyjama Wonder-Woman, en léchant le fond d'un pot de glace Häagen-Dazs. Non?

Quand nous entrons enfin au Morton, mes lèvres sont tétanisées d'avoir trop souri. Vivement que je libère mes cheveux de ce chignon effet lifting, que j'attrape une coupe de champagne et que je localise Kate, ma meilleure amie. La perspective de braver cette soirée sans soutien moral ou alcoolisé m'est intolérable. Kate n'est pas conviée avant 23 heures, mais je suis certaine qu'on la laissera entrer avant. Will Bailey, son poulain, invité à 21 h 30, vient de remporter l'oscar du Meilleur Acteur.

Reste à trouver Kate: une foule compacte a envahi le Morton. Tout le monde est là, des présentateurs aux lauréats en passant par les perdants. En cas de panne de courant, les 200 carats de diamants Fred Leighton arborés par J-Lo feront office d'éclairage de secours. Je manœuvre entre les visages souriants de Ang Lee, Al Gore et Sandra Bullock qui entourent mon père, tandis que ma mère parade fièrement à son côté.

Avec sa coiffure caractéristique, digne d'une sculpture de Robert Graham, Graydon Carter, patron de *Vanity Fair* et grand manitou de la presse, tient salon au centre de la pièce. « Ce qui compte n'est pas à qui l'on dit oui, mais à qui l'on dit non », explique-t-il à Kelly Lynch. Car Graydon est un expert du non. Si votre mégastar de conjoint est en tournage à Toronto, n'espérez pas être invitée à cette soirée sans lui et ce, même si *InStyle* a couvert vos noces à cinq millions de dollars au Cipriani, à Venise. Eh oui, Graydon a refusé l'entrée de sa fiesta à l'épouse de Russell Crowe. (Moi non plus, je ne sais pas comment elle s'appelle.) Inutile de lui réexpédier votre CV avec un cendrier Hermès à quatre cent cinquante dollars en guise de pot-de-vin, vous n'obtiendrez rien. Que dalle. Nada. Ce qui n'empêche pas les gens d'essayer. On raconte que Graydon a éconduit un désespéré qui lui proposait cent mille dollars en échange d'une invitation à 23 h 30. Il est plus difficile de s'incruster à la soirée de *Vanity Fair* qu'à l'investiture du Président des États-Unis. Mais entre nous, qui a envie d'aller se geler à Washington en plein mois de janvier ?

Ed Limato, le super agent, bavarde avec David Beckham. Je me faufile derrière eux avant de mettre le cap du côté de Sir Elton John. Rien d'étonnant qu'il préfère traîner ici plutôt qu'à sa propre soirée. Je m'élance vers le chroniqueur Dominick Dunne qui discute avec Jessica Simpson, et l'entends lui expliquer patiemment : « Non, chérie, on n'attrape pas la grippe aviaire en prenant l'avion. »

— Lola !

La reine du teen movie (dont la propension à se trémousser sans culotte lui vaut aussi le titre de reine de la foufoune) pose sur mon épaule ses griffes laquées de Black Satin Chanel écaillé. Si elle est moins squelettique qu'à l'époque où elle était au régime, elle affiche un teint radioactif – et une victime de plus de l'épidémie des sprays autobronzants qui s'abat sur les célébrités pendant la saison des Oscars.

— Jolie robe, commente-t-elle en se fendant d'un sourire édulcoré.

— Merci.

Un soupçon de réconfort me réchauffe. Peut-être que les photos sur le Net ne seront pas si terribles que cela, finalement.

— Elle n'existait pas dans ta taille ? ajoute-t-elle.

Calme-toi. Calme-toi. Les extensions de cheveux auburn de la reine du teen movie me chatouillent les tempes quand elle se retourne vers l'une des rares filles qui pourrait rentrer dans ma robe, passé douze ans : Nicole Ritchie, sa meilleure amie, qui travaille du pouce sur son Motorola customisé par Swarovski.

Des glapissements paniqués percent le vacarme ambiant : Madonna et Gwyneth viennent de réaliser qu'elles portent toutes les deux la même nuance de rouge. Les têtes des stylistes vont valser demain. J'en trébuche contre Penélope Cruz qui débite une salve d'espagnol en direction d'Alejandro Gonzalez Inarritù. Ce soir, Penélope ressemble furieusement à Sophia Loren dans *La Pépée du gangster*. Je la soupçonne d'avoir fait un saut à Soho House pour profiter d'une séance gratuite d'acupuncture faciale et masque au diamant. Personne ne se lève le matin en ressemblant à Sophia Loren. Pas même Sophia Loren.

— Lola, ramène tes fesses par ici !

Je reconnaîtrais cette voix graveleuse entre toutes. Cette chevelure démente. Ce sourire grimaçant. Ces Ray-Ban à la légendaire monture écaille de tortue. Je parierais que tonton J. portait déjà la même paire le soir de la pâque juive quand j'avais huit ans. Il me convoque d'un geste princier à sa table, placée aux premières loges de la salle du restaurant.

— Je hais ces putains de soirées, me glisse-t-il à l'oreille quand il se lève pour me serrer dans ses bras.

— Sauf si elles te rapportent une autre statuette dorée pour accompagner les trois qui décorent déjà l'étagère de tes toilettes.

— Et maintenant, ton père en a deux. J'ai toujours su que Paulie Santisi reviendrait au top. Viens réchauffer un peu ton vieux tonton.

Le satyre le plus illustre d'Hollywood m'attire à lui pour une séance bisous. Pour une fois, tonton J. qui, ai-je besoin de le préciser, n'a aucun lien de parenté avec moi, garde sa langue pour lui. Il me laisse une petite place entre Barry Diller et Diane Von Furstenberg qui dégustent leur troisième pudding au caramel et glace parfumée à la vanille de Madagascar. Ce soir, BD et DVF sont presque aussi gâtés que s'ils avaient reçu un oscar. Ils comptent parmi les cent soixante-dix veinards triés sur le volet par Graydon Carter pour dîner et visionner la cérémonie dès 17 h 30. Ce créneau horaire de premier choix est accordé à des créatures célestes qui n'assistent même pas aux Oscars, comme Annette Benning et le milliardaire Sumner Redstone. En guise de trophée, ils remporteront les dômes lumineux griffés *Vanity Fair*, qu'ils mettront bien en vue dans l'une de leurs salles de bains.

Diane me propose de goûter son pudding.

— Je ne mange plus de sucre raffiné, dis-je.

— Comme tout le monde, non ? répond-elle en enfournant une énorme cuillerée avant de pousser le dessert vers moi. Nous sommes ravis pour ton père, chérie.

Pendant la semaine des Oscars, on se sent comme Bill Murray dans *Un jour sans fin*. On a perpétuellement les mêmes conversations avec les mêmes gens – seule la garde-robe varie. Ainsi, j'étais chez Barry et Diane hier, à leur brunch pré-Oscars annuel. Diane y a baladé mon père à travers la pelouse, de la table de Nicolas Cage à celle de Naomi Watt et vice-versa, comme un gros jouet qu'on tire avec une ficelle.

Coincé entre un sac en autruche de chez Judith Leiber et le centre de table – une rose en argent massif –, un petit carnet gris attire mon attention. Je l'ouvre. Un crayon argenté est niché à l'intérieur pour que chaque invité puisse indiquer son favori. Je le feuillette jusqu'à la page consacrée à l'oscar du Meilleur Réalisateur. Un traître a coché le nom de Clint Eastwood. Je déchire la page et la glisse dans ma pochette Bottega en python. Elle sera du meilleur effet dans le livre d'or de la famille.

J'imagine la scène : les membres illustres de la race des seigneurs, en train de se bâfrer – salade de mâche, steak-frites à la new-yorkaise, haricots verts et risotto aux shiitakes – tout en cochant leurs chouchous. Un des invités siégeant à la table de Graydon Carter a-t-il parié sur mon père ? Barry et Diane, peut-être ? Le milliardaire Ronald Perelman allume la cigarette d'Amber Valetta avec un briquet Dunhill en argent gravé des initiales *VF* tout en se vantant d'avoir reçu Clint dernièrement dans sa demeure d'East Hampton. En voilà un qui a dû être déçu quand Julia Roberts a ouvert l'enveloppe et lu le nom de mon papa.

J'hésite à passer à la table voisine pour inspecter les pronostics de Francis Ford Coppola, de l'acteur Larry David, ou du journaliste de CNN Anderson Cooper. Ça tombe à pic que l'on soit en train de desservir les tables, sinon je courrais de l'une à l'autre et faucherais tous les carnets.

Voilà le serveur avec le champagne. Je porte la flûte à mes lèvres et lève les yeux vers l'un des écrans plasma qui retransmettent en direct le cirque qui règne dehors et l'arrivée des célébrités. Ma flûte explose sur le carrelage terracotta.

Le visage de Smith apparaît en gros plan. Il offre aux photographes le sourire qui a convaincu *People Magazine* de le nommer *Sexiest Man In The Hemisphere*, traduction « l'homme le plus sexy de l'hémisphère ». On en a tellement plein la bouche que je préfère l'appeler tout simplement S-M-I-T-H. Avant, c'était à moi qu'il dédiait ce sourire. Puis il m'a brisé le cœur tout en fournissant aux tabloïds leur coup le plus juteux depuis que cette pauvre Britney s'est rasé la tête.

Non. Pas ça. Il est avec ELLE. Et ils… s'embrassent. J'étouffe. Je vais vomir. Après les événements de ces quatre dernières heures, je croyais m'être préparée psychologiquement, mais je ne suis pas prête du tout. J'envisage de lécher le champagne sur le sol juste à côté des Blahnik perlées de Rachel Weisz, mais pas question d'avoir l'air trop en manque. Smith et ELLE sont partout. Où que se pose mon regard, un écran plasma me renvoie leurs visages. J'ai la tête qui tourne.

Je ressens les premiers symptômes d'une crise de nullitude aiguë. Vous savez bien, ce sentiment humiliant, nauséeux, écrasant, que tout le monde est plus beau, plus intelligent, plus sexy, plus drôle et mieux sapé que soi. La crise de nullitude s'aggrave en cas de rupture publique (or, depuis l'apparition des sites de potins sur Internet, aucune rupture n'est privée à Hollywood), quand le box-office rend son verdict et le jour de son anniversaire. Au cours de la semaine des Oscars, elle bat tous les records et se caractérise par une overdose de Botox, de Kabbale, de séances photos, de shopping et de Xanax. Personnellement, j'ai un faible pour la bonne vieille position fœtale. Je cherche frénétiquement autour de moi une raison de m'empêcher de me lover sur le sol froid : j'ai trouvé, ma robe grenat jurerait trop avec le carrelage terre brûlée. Mieux vaut descendre le scotch à l'eau de tonton J. pour endiguer l'humiliation.

— Chérie, tout va bien ? Tu es pâlichonne.

— Impeccable, tonton J. Je vais juste faire un tour et prendre un peu l'air, tu vois ?

Tonton J. regarde l'écran plasma, me regarde et arque son célèbre sourcil avant de sourire.

— Lola, tu n'as le droit de mentir qu'aux flics et à ton amoureux. Prends soin de toi, chérie, et dis à ton père que je l'aime.

Une petite brune non identifiée se colle à lui à l'instant où je le quitte.

ILS passent la porte d'entrée. Faut que je sorte d'ici avant qu'il y ait un clash. Pas question que Smith me voie attifée comme ça. Et sans mec à mon bras, en plus. Ah, si seulement Daniel Craig me kidnappait dans son hélicoptère et m'emmenait direct à Monte-Carlo…

Où est Kate ?

Om, merde, ram… Hmm… Merde. J'essaie de me souvenir du mantra d'équilibre pour garder les pieds sur terre. Un must lorsqu'on titube sur des stilettos Louboutin de dix centimètres et que le diadème de Natalie Portman vous éblouit. Heureusement que je n'ai pas emprunté chez Winston le modèle incrusté de diamants : seule Natalie peut porter ces trucs-là.

Le mantra ne fonctionne pas. Smith, le scotch à l'eau de tonton J. et le scintillement du diadème me montent à la tête.

Je dois rallier les toilettes à tout prix. Je vacille en croisant des visages flous. George Lucas et Arianna

Huffington, Jack Black et Stephen Colbert, Carrie Fisher et Meryl Streep forment un amalgame aux contours indécis. La foule est si dense qu'il est difficile d'avancer. Sans compter que je passe mon temps à regarder par-dessus mon épaule pour voir Smith. Un chakra se bloque dans ma gorge et je marche sur la robe de Kate Bosworth par inadvertance.

— Fais gaffe, s'il te plaît, tu piétines ma Balenciaga, geint Kate, en libérant d'un bras spectral la traîne en mousseline de soie ivoire coincée sous mon escarpin.

Je murmure une excuse, mais elle braque déjà tous les watts de son sourire sur quelqu'un situé derrière mon épaule droite, quelqu'un qui, contrairement à moi, n'est pas terrassé par une crise de nullitude. Je contourne Adrien Brody, affairé à enregistrer le numéro de Donald Trump dans son portable, et je pénètre dans une pièce d'un blanc immaculé.

Enfin ! C'est comme ça que j'imagine le paradis. Surtout quand le diable occupe la salle voisine. Chaque année, Graydon Carter embauche tout spécialement un architecte dont la mission consiste à masquer le mur arrière du Morton et à transformer six cent cinquante mètres carrés de parking miteux en un univers monochrome à la Ian Schrager. À côté de ça, la suite Coco Chanel au Ritz ressemble à une chambre de motel crado. La lumière est chaude, rose pâle – on dirait qu'Annie Leibovitz s'est occupée de l'éclairage. J'adorerais m'effondrer sur l'un des sofas blancs dessinés par Mies Van der Rohe alignés tout autour de la pièce, mais les places sont toutes prises : les veinards invités au dîner s'y sont précipités au dessert.

— Une gourmandise, mademoiselle ?

Le serveur me propose un plateau chargé de petits gâteaux au sucre glace et de sucettes aux fruits à l'effigie de toutes les célébrités de première catégorie.

Même s'il serait bien agréable de suçoter Orlando, j'ai un haut-le-cœur en repérant son visage à ELLE sur un bonbon. Brusque chute de glycémie. Je me venge sur les cheeseburgers empilés sur un buffet dans un coin à droite. Kanye West, le roi du hip-hop s'approche, se débarrasse de sa fourrure rouge vif et nous mordons tous deux à belles dents dans nos cheeseburgers qui, pour une raison inconnue, ont bien meilleur goût quand on est vêtu d'un modèle de haute couture. Même si ledit modèle est trop petit et d'une couleur impossible.

Un motard casqué, en combinaison Ducati de cuir noir, déboule de la sortie de secours à deux mètres de moi. Je me fige : un terroriste est venu se débarrasser du Tout-Hollywood ! Mon premier réflexe est de me jeter à terre. Puisque ce n'est pas possible dans cette robe (rapport à la couleur du sol), je me cache derrière le smoking citron vert de Kanye West. Je m'apprête à essuyer l'impact d'une explosion mortelle, quand le casque s'envole à la manière de Lucy Liu dans *Drôles de dames*. C'est Tom Cruise. J'imagine que Katie garde Suri ou couve une prochaine portée. Tom est-il venu nous dégommer parce que nous avons des relations privilégiées avec nos psys et nos pharmaciens ? Si on y réfléchit à deux fois, un casque n'est pas superflu dans une soirée de ce genre. Tom a peut-être fait le choix fashion le plus judicieux. Je me demande s'il accepterait de me le prêter.

Une petite serveuse brune passe, un plateau de cigarettes de toutes les couleurs de l'arc-en-ciel sur les bras. Et merde, j'en prends une. Je ne fume que lorsque je suis bourrée. Ou quand j'ai envie de mourir. Ce soir, c'est les deux en même temps. Ça parle à mon esprit rebelle. Trop cool, de braver les interdits et d'en griller une à l'intérieur d'un lieu public. Merci, Graydon, d'être un fumeur invétéré. J'inhale avec délices et regarde mon nuage de fumée se mélanger à celui de Benicio del Toro. C'est sans doute la seule chose venant de moi qui se mélangera jamais avec le bafouilleur le plus sexy de ce côté-ci de San Juan. Il me balance un clin d'œil à l'instant où Smith et ELLE pulvérisent le seul plaisir que je me suis octroyé de toute la soirée en envahissant *ma* back-room. Des étoiles flottent devant mes rétines – aucun rapport avec les stars, l'ambiance est plutôt à l'asphyxie, la mort subite et le saccage de la déco. Pourvu qu'ils ne me voient pas. Par bonheur, je repère Will Bailey, l'oscar du Meilleur Acteur à la main. En total look Prada, jusqu'aux sous-vêtements. Sa coupe de cheveux et sa dégaine sont calquées sur le DeNiro de *Mean Streets*. Je l'agrippe par le col de son smoking.

— Will, heureusement, tu es là ! Aide-moi, je t'en supplie ! ILS sont là et ELLE devrait être Roman-Polanskisée dans un désert truffé de mines anti-personnel.

— Salut, Lola, répond Will en m'embrassant sur les deux joues. Tu sais quoi ? Pacino vient de me dire qu'il rêvait de bosser avec moi. Et Oliver Stone aussi. Et ton père a donné à Christian Bale le rôle qu'il m'avait promis. Je parie qu'il s'en mord les doigts, maintenant. Quand commence le tournage ?

— Je ne sais pas. Au fait, toutes mes félicitations. J'étais sûre que tu gagnerais.

Je montre d'un signe de tête la statuette dorée qu'il serre par le cou. Dommage que personne ne m'ait étranglée ce soir, ça m'aurait permis d'oublier mes malheurs.

— C'est ce que Kate répétait, elle aussi. Au fait, tu sais si Reese Witherspoon est venue accompagnée ? Et où est Kate ? Il faut qu'elle fasse entrer un de mes potes à la fête.

Will scrute fiévreusement la foule du regard. Ma meilleure amie n'est pas là ? C'est la goutte d'eau. Ce n'est pas possible. Il faut qu'elle soit là.

— Je ne comprends pas ? Je pensais qu'elle était avec toi !

— Il n'y avait pas assez de place dans la limousine.

— Alors tu l'as plantée ? m'écrié-je, paniquée.

— Écoute, il y avait ma mère, mon frère, mon cousin, mes copains du New Jersey. Je l'aurais mise dans le coffre si j'avais su qu'elle tarderait autant. Elle devrait être là, merde ! Je viens de gagner l'oscar. Je n'ai pas à m'occuper des détails. C'est elle mon agent. Je la paie pour qu'elle se fasse du souci à ma place.

Je tapote son bras pour le rassurer.

— Kate sera là d'une seconde à l'autre. Je vais l'appeler pour qu'elle vienne s'occuper de toi, OK ?

— Merci, Lola. Au moins toi, tu ne me laisses pas tomber.

Les acteurs sont dingues. Will servait des pizzas avant de rencontrer Kate ! À l'époque, l'étendue de son répertoire se limitait à : « Avec ou sans pepperoni ? C'est Kate qui a cornaqué sa carrière. Scorsese était à deux doigts d'attribuer le premier rôle de *La veille d'aujourd'hui était hier* à Mark Wahlberg avant qu'elle ne le convainque de donner sa chance à son poulain. Sans elle, Will n'aurait jamais eu d'oscar… Dire qu'il a eu le culot de la virer de sa voiture !

Je fonce vers l'entrée tout en composant le numéro de Kate. Elle décroche en mode Vésuve.

— Il est 22 h 55 ! Le videur vient de me demander de tourner autour du pâté de maisons en voiture pendant cinq minutes parce que je suis conviée à 23 heures !

— Kate…

— Mon client a eu un oscar ! Will m'a remercié en direct live à la télé !

— Kate…

— Et je suis censée faire le tour du quartier ? Pour avancer de cent mètres, il m'a fallu vingt minutes, un passe rose, et montrer patte blanche à deux check-points. Bush devrait nommer Graydon Carter à la tête de la sécurité intérieure.

— Kate ! hurlé-je.

— Quoi ! hurle-t-elle en retour.

— Will pique une crise. Et moi, je suis bonne pour le nid de coucou. Smith est là. Tu ne pourrais pas garer ta caisse n'importe où et marcher, je t'en supplie ?

— J'ai déjà essayé. Un flic m'a raccompagnée à ma voiture. On se croirait à la prison d'Abu Grahib. Mais je trouverai bien quelque chose. Dis à Will que je serai là dans cinq minutes.

Clic.

Ma meilleure amie vient de me raccrocher au nez, je suis ivre morte, j'ai des nausées – effet cumulé du cheeseburger et de mon cœur brisé – et les épingles à cheveux de mon chignon me vrillent le crâne. J'hésite à appeler Cricket, mon autre meilleure amie. Mais comment oser me plaindre auprès d'une copine actrice, belle et talentueuse, cloîtrée dans son appart de la taille d'une boîte à chaussures, sur Abbott Kinney à Venice, en proie à sa propre crise de nullitude ? Nul doute que Cricket soit en train de manger du tofu à même l'emballage tout en ruminant sa dernière audition ratée.

C'est le moment de passer au plan B : mini-méditation pour se nettoyer l'aura dans les toilettes, se remettre un coup de gloss, s'offrir un pipi rapide et se sauver d'ici vitesse grand V pour trouver refuge dans la teuf after after organisée par Patrick White-sell et Rick Yorn. Là-bas, il y aura toute la bande à Leo. Au moins un endroit où ILS ne viendront pas. Peut-être recouvrerai-je l'appétit à temps pour le buffet qui s'ouvre à une heure du matin au Four Seasons.

J'ouvre la porte des toilettes en m'attendant à tomber sur une brochette de top-models ou de starlettes en train de se faire vomir. Erreur. Une splendide paire de Manolo argent à brides, avec talons de dix centimètres, pointe de la porte d'une cabine. Je m'approche pour y regarder de plus près et repère une seconde paire de chaussures acoquinées aux Blahnik : noires, cirées, pour homme. Le tout sur fond de rut de plus en plus audible. Je recule d'un pas.

Sur le plan moral, je n'ai rien contre un brin de fantaisie. C'est du plus grand chic de se faire sauter dans les toilettes du Morton pendant la soirée *Vanity Fair*. Après tout, les murs de la pièce sont tapissés de cadres en bois brut où s'exposent les photos les plus marquantes de la première fête donnée par Graydon en 1994. Ces tirages sont les ultimes vestiges de couples célèbres et hélas séparés depuis. Qui se souvient de Nicole avec Tom, de Bruce avec Demi, d'Ellen avec Ann? Mais il y a plus chic encore que de se faire sauter pendant la soirée *VF* : savoir qui secoue le cocotier de qui avant que la nouvelle ne s'étale en une de *US Weekly*.

Ayant baissé sans bruit le rabat sur le siège de la cabine mitoyenne, je grimpe pour avoir une vue d'ensemble. L'homme aux chaussures noires a marqué deux paniers dans la soirée. Il serre un oscar doré dans une main et un cul autobronzé dans l'autre.

Une seconde. Je connais ce vernis Hawaiian Orchid sur les orteils. Et cette robe. Même si c'est un poil ardu vu qu'elle est remontée très haut. Et je reconnais le sommet du crâne de l'homme sans l'ombre d'un doute.

— Papa?

Il se tord le cou vers le haut et blêmit.

— Lola, ce n'est pas ce que tu crois.

— Ah bon? Maman ne serait pas de cet avis.

— Lo-la... Wow!

Voilà tout ce qu'elle trouve à dire? Ses lèvres sans gloss dévoilent son sourire le plus large et le plus éblouissant. Celui qui vaut vingt millions de dollars. Wow.

J'ai la tête qui tourne. Je suis au bord de l'évanouissement. Je revois la main de ma mère serrant fort celle de mon père juste avant que Julia Roberts ne déchire l'enveloppe renfermant le nom du gagnant. «C'est ta soirée, chéri», a-t-elle murmuré.

Je dégringole de mon perchoir et m'assieds la tête entre les jambes. Un toc toc puissant sur la porte me surprend et je me cogne contre le distributeur de papier.

— Je peux tout expliquer, commence mon père d'une voix suppliante.

Je ne veux pas le savoir. Je dois sortir d'ici. Je dois trouver Kate. La porte des toilettes claque derrière moi.

Ouf, elle fend justement la foule pour me rejoindre. Aïe, son visage est livide et ses yeux bleus ont viré au gris. Ses cheveux chocolat tourbillonnent autour de son crâne. Sa robe Marc Jacobs en mousseline de soie pendouille lamentablement malgré sa silhouette parfaite. Si je suis au bord de la crise de nerfs, elle est en plein dedans, il ne lui manque plus que la camisole de force. Ce n'est que la troisième fois en onze ans d'amitié que je vois s'effriter sa carapace de GI Jane. Je l'attrape par les épaules.

— Toi d'abord, dis-je.

— Ma vie est foutue.

Ma vie chez les petits bonshommes dorés

Je suis née le soir de la fête donnée par l'agent Swifty Lazar au Spago, sur Sunset Boulevard, après la cérémonie des Oscars. C'était la réception la plus courue avant que Graydon Carter ne décroche la timbale pour *Vanity Fair*.

Au moment où elle perdit les eaux, ma mère croquait une bouchée de pizza au saumon de Wolfgang Puck, tout en tendant le bras vers l'oscar du Meilleur Acteur de son voisin de table, Dustin Hoffman. Mon père lui passa un savon :

— Merde, Blanca, tu n'aurais pas pu te retenir une heure ou deux ? Je n'ai même pas eu le temps de féliciter Jodie Foster !

Maman portait encore sa mini-robe Thierry Mugler noir et argent à sequins quand papa prit la première photo de nous dans la salle d'accouchement du Cedars Sinaï. Je tète le sein de ma mère, elle tète une Camel Light.

Naître le soir des Oscars, c'est comme naître un 31 décembre. Tout le monde festoie, mais pas en votre honneur. En fait, depuis le premier jour de mon existence, la statuette dorée m'a volé l'attention générale.

Alors que mes copains célébraient leur huitième anniversaire en se gavant de pizzas et en jouant au baby-foot, je célébrais le mien aux Oscars, assise sous les sunlights pendant trois heures et demie, coincée entre nounou numéro 5 et le suppléant de Martin Landau, qui ne venait jamais. J'aurais mille fois préféré être avec mes amis à la pizzeria, mais mon père était nominé pour son premier oscar avec *L'Assassinat*. Et au moins, j'étais super bien habillée.

J'avais harcelé ma mère pendant des mois pour qu'elle m'offre la jupe courte en taffetas blanc de chez Lacroix que je comptais assortir avec un débardeur en soie noire à pois blancs de chez Pixie Town et des chaussures à boucles vernies noires Harry Harris. Un look sensationnel. Dix minutes avant de partir à la soirée, maman hésitait encore dans son dressing géant, sous son portrait réalisé par Andy Warhol, une flûte de Dom Pérignon dans une main et une Camel Light dans l'autre.

— Ma chérie, la robe Issey Miyake ou celle d'Hervé Léger ? m'avait-elle demandé sans prêter la moindre attention aux hurlements de mon père qui nous ordonnait déjà de grimper dans la limousine.

— J'adore la coque en fibre de verre du bustier rouge Miyake, mais tu ne pourras jamais t'asseoir avec. Et tu ressembleras à une momie dans ce fourreau crème de Léger, avais-je répondu, perchée sur le sofa couleur champagne. (Malgré mes huit ans, j'avais déjà le bagout d'une chroniqueuse de mode.) Pourquoi ne mets-tu pas une création de Karl ?

Ma mère portait un chemisier Lagerfeld transparent au décolleté plongeant et un pantalon moulant crème lorsqu'elle avait épousé mon père à Saint-Tropez, deux mois après leur rencontre au défunt festival du film yougoslave. Elle a toujours fait son petit effet en Karl.

— Chanel, convint-elle. Parfait, tu es géniale.

Pendant qu'elle finissait de s'habiller et s'aspergeait d'Opium, je fonçai dans ma chambre pour prendre le carnet à dessins dans lequel j'allais crayonner mes robes préférées pendant la soirée.

Mon père gagna son premier oscar ce jour-là et j'attribuai celui du Meilleur Costume à Cher, qui portait une stupéfiante robe Bob Mackie, rebrodée de perles, d'inspiration Art déco. Ma mère gagna pour sa part une place dans le palmarès de M. Blackwell qui épingle les célébrités les plus mal habillées. La seule évocation du gros plan de sa robe jaune vif de Versace, le dos nu et une fesse à l'air, me fait encore frémir. Si seulement elle m'avait écoutée...

Avance rapide. Huit ans plus tard. Papa était passé de l'extase à l'amertume après une série d'échecs au box-office. Il avait des millions de dollars de dettes, avait pris vingt kilos et paraissait vingt ans plus vieux que son âge. Sa cote à Hollywood rasait les pâquerettes et, pour payer les factures, il avait été obligé de réaliser *Bradley Berry*, un film commercial qui porta coup fatal à son prestige.

Humiliée d'avoir perdu la meilleure table chez Chasen et d'avoir vu mon père dégringoler dans le classement des huiles d'Hollywood établi par *Vanity Fair*, maman consultait un chaman pour sortir la carrière de papa de l'égout, quand elle n'était pas au cabinet de Brian Novak, spécialiste ès ravalements d'illustres façades. Elle racontait à tout le monde qu'elle s'était mise au vert quelques jours pour se ressourcer, ce qui était la pure vérité si par « ressourcement » on entendait « lifting et adjonction de prothèses mammaires ». Christopher traînait son air boudeur sur le plateau de tournage de papa au Texas, caméra super-huit à l'épaule, car pour son dossier d'admission à l'école de cinéma UDC, il avait choisi de filmer au jour le jour la déchéance paternelle. Quant à moi, je m'apprêtais à sortir avec mon premier acteur.

Bradley Berry n'était peut-être pas un chef-d'œuvre, mais j'ai adoré passer l'été sur le tournage parce que le rôle de Bradley était tenu par l'idole des minettes. Ayant entendu dire qu'Alyssa Milano l'avait largué pour Justin Timberlake, je décidai de lui offrir ma fleur pour le consoler. J'avais déjà beaucoup joué au docteur avec Lukas Haas, à Los Angeles, mais après *Witness*, Lukas n'avait pas assuré côté carrière (qui a entendu parler de *Solarbabies* ?) et je ne l'estimais pas digne de ma virginité.

Je rencontrai celui qui allait devenir mon boyfriend-acteur numéro 1 la veille du début du tournage, au cours du barbecue organisé par la prod dans le but que tout le monde fasse connaissance. Il est d'usage, dans l'industrie du cinéma, que ces fêtes préliminaires permettent d'amorcer des romances potentielles. Je n'allais pas rompre avec la tradition ! Je fis donc savoir mon intérêt pour le jeune premier par une chaîne bien rôdée d'informateurs : je dis au styliste qu'il me plaisait bien, qui le répéta à son habilleur, qui le dit à son coiffeur, qui le murmura à son maquilleur, qui le lui rapporta. Deux semaines plus tard – l'équivalent de trois mois de flirt dans la vraie vie –, pendant que l'équipe déjeunait sur le pouce, nous nous faufilâmes dans sa caravane pour arracher nos vêtements entre les prises.

— Dépêche-toi Lola, je jouis…

— Non, attends, attends, attends !

Le boyfriend-acteur numéro 1 me donna ma première chemise en pilou, mon premier album de Nirvana, ma première Marlboro et ma première expérience sexuelle. J'aimerais pouvoir dire qu'il me donna aussi mon premier orgasme.

Je connus, grâce à lui, une grande première d'un autre genre : la prison. Les flics n'apprécièrent pas ma super cuite avant ma majorité ni mon comportement obscène en public. J'imagine que c'est comme ça qu'on appelle se faire surprendre, culotte sur les chevilles, dans des toilettes publiques à 4 heures du matin avec le boyfriend-acteur numéro 1... J'appelai Christopher pour qu'il paye ma caution, mais comme il était sur messagerie, ce furent mes parents qui vinrent nous sortir du trou.

— Désolé, Paulie, fit le boyfriend-acteur numéro 1, en baissant la tête d'un air penaud. C'était une idée de Lola.

Quoi? Comment osait-il? Lui qui disait m'aimer! Dans le film de ma vie, cette scène constitue la première prise de blabla débité par des acteurs narcissiques. (Depuis cette nuit-là, je ne les compte plus. À dire vrai, j'attends toujours que le réalisateur crie: «Coupez!»)

— Papa, protesté-je, ce n'est pas vr...

Mon père, livide, agita son poing sous mon nez.

— Lola! Tout est ta faute! La prise de vues commence dans une heure. C'est la scène la plus importante du film. S'il la loupe ce matin, ce sera pour ta pomme. Je n'en reviens pas que tu aies pu me faire ça! Tu sais à quel point les premières lueurs du jour comptent pour moi.

Pourquoi diable mon père accordait-il plus de crédit à sa tête d'affiche qu'à sa propre fille?

Une fois relâchée, je fonçai dans la chambre de mon frère pour comprendre pourquoi il n'avait pas décroché son portable. Logique: l'objet était enterré sous le petit cul de Kate Wood, la fille du banquier à qui mon père avait octroyé un stage en échange d'un échéancier pour s'acquitter de ses dettes. Cette garce qui m'avait exaspérée pendant tout l'été n'aurait pu mieux choisir son moment pour coucher avec Christopher. Raison de plus de maudire papa.

Kate et moi avions à peu près autant de points communs que Lindsay Lohan et Rachel McAdams dans *Lolita malgré moi*. Elle, crinière chocolat, yeux bleus, silhouette athlétique et allure de première de la classe BCBG qui prenait constamment des notes sur un carnet. Moi, bas résille, Converse All Stars, eyeliner noir, pas sportive pour un sou, élève médiocre qui détestait les BCBG, passait ses journées en colle et ne prenait des notes que dans la marge de *Teen Vogue*. Plantée devant la porte de Christopher, je sentis poindre une furieuse envie d'attraper Kate par sa queue-de-cheval pour l'éloigner manu militari de mon frangin, mais une autre envie eut raison de la première.

Je titubai jusqu'à la salle de bains pour vomir. Kate arriva en trombe, non sans avoir enfilé à la hâte son polo vert Ralph Lauren et sa culotte assortie. Sa vue me déclencha une nouvelle nausée.

— Ton frère m'a dit de te donner de ça, annonça-t-elle en fouillant dans l'armoire à pharmacie pour en sortir une bouteille de Pepto Bismol qu'elle m'agita sous le nez.

— Fous-moi la paix. Je ne peux pas croire que mon frère se tape une conne qui relève le col de sa chemise.

— Va falloir t'y faire. Et ses cunnis sont encore meilleurs que le reste.

— Ses quoi?

— Oh, désolée, ton petit ami ne te lèche jamais?

— Il ne me lèche pas quoi?

— Tu te moques de moi, là?

— Attends… Ma foufoune?

J'admets, j'étais curieuse. En offrant mon pucelage au boyfriend-acteur numéro 1, j'étais partie du principe qu'en retour, il me ferait la totale. À tort. Après cette nuit, de toute façon, j'étais trop en colère contre lui pour réclamer la poursuite de mon éducation.

— Tout ton numéro de petite bourge, meilleure élève et déléguée de classe, c'est du flan! La vérité, c'est que t'es la prochaine Traci Lords.

— Et toi, tu joues pas, toi? Arrête ton cinéma de rebelle de mes deux, avec tes Marlboro rouges, tes chemises en flanelle et tes Doc Martens! Tu n'es qu'une prima donna gâtée élevée à Bel Air. Et, pour info, chez les vrais grunges de Seattle, personne ne porterait une robe Marc Jacobs.

Je fondis en larmes, des rigoles de mascara noir ruisselant le long de mes joues.

— J'ai couché avec Bradley Berry, c'était ma première fois, et il n'a rien trouvé de mieux que de dire à mon père qu'on avait atterri en taule par ma faute.

— C'est un acteur. Tu t'attendais à quoi?

— À ce qu'il m'aime. Il a dit qu'il m'aimait!

— Tu ne sais pas encore que les acteurs n'aiment qu'eux-mêmes? assena Kate en me tendant une boîte de Kleenex.

— Mais moi je l'aime vraiment, reniflai-je.

— Bon sang, arrête de pleurer.

Kate leva les mains au ciel pour marquer son agacement avant de grimper dans la baignoire et de s'y asseoir.

— Désolée, mais je ne sais pas gérer ce genre de chose, dit-elle. Je suis naze pour tout le tralala émotionnel. Je suis une WASP pur jus et les sentiments, c'est pas notre truc. Mes parents ont divorcé il y a trois ans et ils le cachent encore parce qu'ils se soucient du qu'en-dira-t-on.

Je sanglotai de plus belle. Kate respira un grand coup.

— D'accord, écoute. Ton frère est le premier. Ne le répète jamais à personne.

— Je déteste Nirvana. Ne le répète à personne, confessai-je.

— J'ai eu un B en latin, une fois.

— Je n'ai jamais eu d'orgasme.

— Moi non plus.

— Ah bon?

— Non, c'est pas vrai. J'essayais juste de te consoler.

— Je ne me consolerai jamais. Il m'a plaquée!

— Lola, on n'a que seize ans. Tu l'oublieras. Et en plus, tu es trop bien pour lui.

— Tu en es sûre ?

— À cent pour cent.

— Merci, Kate.

Kate me regarda attentivement. J'avais la goutte au nez. Mes épaules tressaillaient toujours.

— Bon d'accord, viens par ici, lâcha-t-elle en m'attirant dans la baignoire avec elle. Je pense que tu as besoin d'un câlin. Et ça aussi, garde-le pour toi.

Malgré son manque de pratique, elle me laissa pleurer dans ses bras une vingtaine de minutes, avant de me repousser gentiment.

— Tout ira bien, tu verras, conclut-elle.

Et je la crus.

— Écoute, Kate. Toi et Christopher, c'est super cool si…

— La seule chose qui l'excite vraiment, c'est sa putain de caméra super-huit.

Le mascara de Kate se mit lui aussi à dégouliner.

— Je pensais que les WASP n'étaient pas équipés côté sentiment.

— Va te faire foutre.

— Toi aussi, va te faire foutre. T'as tort pour Marc Jacobs.

Nous devînmes les meilleures amies pour toujours à cet instant précis, dans la baignoire. Kate en polo Ralph Lauren et moi, une bouteille de Pepto à la main, dans une salle de bains puante au milieu de Nulle Part, Texas.

Je ne revis pas le boyfriend-acteur numéro 1 avant la cérémonie des Oscars de l'année suivante. Il était sélectionné dans la catégorie Meilleur Acteur pour sa prestation dans *Bradley Berry*. L'académie entérina ce que je savais déjà : c'était un loser. Contrairement à moi, qui étais une vraie reine du pétrole dans le fourreau Chanel en cuir noir et dentelles que j'avais emprunté à ma mère pour assister à la première soirée donnée par *Vanity Fair* au Morton. Kate avait vu juste sur le trip grunge. La haute couture est la seule voie royale. Si seulement j'avais écouté ce qu'elle m'avait dit au sujet des acteurs. En dépit de ses bons conseils et de mon bon sens, cette nuit-là, j'embrassai fougueusement Adrian Grenier... avant qu'il ne devienne Adrian Grenier.

Il fut ainsi promu boyfriend-acteur numéro 2. Deux mois plus tard, les choses se passaient si bien entre nous qu'Adrian accepta de m'accompagner au bal de mon lycée et nous feuilletâmes avec enthousiasme mes magazines de mode à la recherche de la robe idéale. (Pour finir, je me contentai d'emprunter à maman une autre Chanel.) J'avais été bien naïve de croire qu'il s'intéressait vraiment à ma robe car, une semaine après la soirée, il me largua pour une grande liane brésilienne d'un mètre quatre-vingt qu'il avait débusquée dans les pages de *Vogue*.

J'avais rêvé de travailler pour cette bible de la mode, mais après avoir été cocufiée par une top, plus question de côtoyer au quotidien des Barbie en chair et en os. Ma mère, qui avait en son temps fricoté avec Warren (Beatty), Mick (Jagger) et Richard (Gere), me conduisit immédiatement chez le psy. (« Lola chérie, crois-en mon expérience, il faut tuer dans l'œuf ce penchant pour les acteurs. »)

Le cabinet du docteur Gilmore, sur Ocean Avenue à Santa Monica, était une réplique de l'Ivy at the Shore. Normal, Lynn von Kersting, la propriétaire de l'Ivy, s'était occupée de la déco. Assise sur son sofa en chintz rose pâle, je déversai mes malheurs dans l'oreille de la psy qui affichait un air grave du fond de son fauteuil en cuir défoncé. Je finis par me demander quand elle comptait nous servir un gimlet.

Comme je griffonnais furieusement sur mon carnet à dessins pendant nos séances, le docteur

Gilmore m'incita à m'inscrire à la fac, en section arts plastiques : « Je veux que vous assumiez ces images négatives de vous-même et que vous les portiez sur une toile. »

Treize semaines et huit toiles plus tard, j'avais si bien exorcisé ma jalousie pour les top-modèles que je suivais les pas de Frida Kahlo avec ses autoportraits mutilés. J'intitulai ma série : « Miroirs gnomiques : déviations et résurrections de l'ego. » Malgré les hurlements de ma mère, je défendis à Anastasia de m'épiler les sourcils et je me teignis les cheveux en noir ébène avec un produit acheté au supermarché. La vie des blondes est bien trop douce pour qu'elles puissent éprouver les tourments de Frida.

Mon père pensait que les beaux-arts étaient une perte de temps.

— Pourquoi devrais-je dépenser un fric fou pour que tu peignes des horreurs ? demanda-t-il en montrant du doigt *Colonne brisée*, un autoportrait qui me venait droit du cœur. J'y figurais, nue et en larmes (chagrin déclenché par Adrian Grenier – jalousie envers la Brésilienne) ligotée dans un corset Vivienne Westwood (image corporelle déviée pimentée d'une touche de haute couture). Tu devrais faire de jolis paysages. Tu gâches ton talent.

— Parce que tu crois que j'ai du talent ? J'aimerais bien en avoir le cœur net. En tout cas, je pense que je pourrais être douée pour la peinture.

— Très bien. Tu veux faire de l'art ? Alors pratique le genre d'art qui intéresse les gens.

Mon père n'eut qu'un coup de fil à donner à son copain Scott Rudin pour que je passe mes vacances d'été en tant qu'assistante de production sur *La Fille de Jacob*. Après le triomphe de *Drôles de dames 2 : les anges se déchaînent*, Cameron, Drew et Lucy refaisaient équipe dans une version féministe de la Genèse.

— Si tu ne prends pas ce job, je te couperai les vivres, précisa papa.

Je pensais avoir compris la leçon, mais à l'instant où le boyfriend-acteur numéro 3 arriva sur le plateau, j'étais cuite. La faute aux biceps qui sortaient de sa tunique vétérotestamentaire (il jouait Lévi), ou celle des mèches noisette de sa barbe et des poils de sa poitrine? Il ne nous fallut pas longtemps pour apprendre à nous connaître... bibliquement.

Mon boulot d'assistante était l'application, au pied de la lettre, de ce que SVP – MMD veut vraiment dire: «S'il vous plaît, marchez-moi dessus.» Mais, grâce au boyfriend-acteur numéro 3, la dure réalité du travail ne m'atteignait guère. J'arrivais pourtant sur le plateau tous les matins entre 3 et 5 heures pour m'assurer que le thermostat de la caravane – du réalisateur était programmé à la température idéale de 22 °C. Celui-ci, que tout le monde était sommé d'appeler Capitaine, exigeait que je patrouille régulièrement autour du périmètre de sa caravane – pendant qu'il était à l'intérieur, en «conférence» avec Rupert Everett pour affiner son interprétation de Jacob –, et que je le bipe dès l'arrivée de son petit ami. J'avais aussi pour tâche de vérifier que nous étions pourvus en doughnuts glacés Krispy Kreme dont le Capitaine était particulièrement friand, surtout après avoir fumé un pétard. Son stock de shit hebdomadaire arrivait par colis tous les lundis matin, et c'est moi qui avais le discutable honneur de signer l'accusé de réception.

Finir en prison aurait été un soulagement. Chaque journée m'apportait son lot d'humiliations. Le Capitaine m'étrilla devant toute l'équipe parce que j'avais promené son chihuahua sur la route goudronnée et non sur le green – «Tu sais pourtant que Cléopâtre a les coussinets sensibles!». Mais ce n'était rien à côté du savon public que m'infligea Sonia, l'assistante de Rupert Everett. Brandissant un rouleau de papier toilette comme si c'était un rat mort ou une lotion hydratante bon marché, elle rugit :

— C'est inacceptable ! Ce papier bas de gamme est une insulte aux fesses de Rupert !

Histoire de faire une pause, je partis chercher la cargaison de doughnuts du Capitaine et en profitai pour cueillir à LAX, l'aéroport de Los Angeles, mon amie Kate qui venait effectuer un stage d'été à Hollywood, au sein de l'agence William Morris. (Étudiante à Harvard, elle prévoyait de quitter la fac trois ans plus tard, diplôme en poche, et de se faire embaucher par la chiquissime agence CAA dans la foulée.) Après avoir récupéré ses bagages, elle se jeta dans mes bras, puis recula d'un pas et me dévisagea.

— On dirait Morticia Adams ! C'est quoi, ces sandales mexicaines pourries ? Et t'as trouvé un volontaire pour t'accompagner au pieu avec cette tête-là !

Ma meilleure amie, elle, était fraîche comme une rose, sa chevelure brillante retenue par des lunettes de soleil à monture en écaille, un Levis délavé moulé sur son fessier étalon.

— Qu'est-ce qui t'arrive ?

— Je souffre, Kate, je souffre. Je suis sur les rotules. Le boyfriend-acteur numéro 3 débande une fois sur deux, tout le monde déteste ce que je fais aux beaux-arts et regarde… (Je sortis un sachet plastique de chaque poche de ma tenue.) Ça, c'est pour ramasser la merde du chien du réalisateur. Qu'est-ce qu'ils mettent dans leurs céréales à Harvard ? Ta bonne mine est déprimante.

— Je me suis bien intégrée dans l'équipe des rameurs.

— Tu m'as manqué, espèce de garce.

— Non, ma belle, tu te manques à toi-même. La Lola que je connais a disparu sous ces guenilles. Je veux la revoir. Maintenant.

Kate a toujours su me remettre dans le droit chemin. Poser les yeux sur elle suffisait à me donner envie de redevenir moi-même. Une vraie blonde, en somme. En vingt minutes, explosant tous les records de vitesse, elle me conduisit chez Frédéric Fekkai sur Rodeo Drive.

— Mon Dieu, souffla Frédéric en lâchant ses ciseaux.

Huit heures chez le coiffeur plus tard, impatiente de montrer à mon boyfriend-acteur numéro 3 mes mèches ensoleillées, je grimpai quatre à quatre les marches menant à son appartement en fredonnant *California Girl*, tant j'étais heureuse d'en être redevenue une. Je trouvai mon copain au lit avec le Capitaine. Visiblement, le boyfriend-acteur numéro 3 préférait les California Boys.

— Alors comme ça, t'es gay ?

— Alors comme ça, t'es blonde ? (Le boyfriend-acteur numéro 3 se contorsionna pour se rasseoir sur le futon, renversant une pipe à shit pendant l'opération.) Ça veut dire que tu ne passeras pas mon CV à ton père ?

— Eh, Lola, marmonna paresseusement le Capitaine, vautré de l'autre côté du matelas. T'aurais pas un doughnut ?

Je n'ai pas remis les pieds sur le tournage. Ni aux beaux-arts. Et j'ai mangé tous les doughnuts.

Le docteur Gilmore me regarda gravement par-dessus ses lunettes en écaille Oliver Peoples.

— Lola, je crains que vous ne soyez acteurolique.

— Acteur quoi ?

— Acteurolique. Vous êtes accro aux acteurs parce que vous essayez de vous dépatouiller de la relation que vous entretenez avec un père narcissique qui est incapable d'aimer autrui. Tant que vous continuerez à fréquenter des acteurs, vous reproduirez une vie fantasmée qui vous empêchera de mener une vie réelle.

— Mais c'est justement ça le problème, répondis-je en déchirant un Kleenex entre mes doigts. Je ne sais pas quoi faire de ma vie.

— Évidemment. Vous souffrez d'un trouble du déficit de carrière. C'est très fréquent chez les « fils et filles de », à Hollywood.

Le docteur Gilmore se pencha vers moi et s'empara doucement de mon carnet à dessins qui était glissé sous mon bras.

— Lola, vous savez très bien quoi faire de votre vie. Il est temps d'assouvir votre véritable passion. Je ne crois pas que vous soyez peintre. Vous êtes styliste.

Le docteur Gilmore avait raison : je n'avais rien de l'artiste tourmentée. Je pouvais laisser cette posture à Christopher. Je suppliai ma mère de m'introduire dans l'équipe de stylistes de son cher ami Karl Lagerfeld, à Paris. Je désincarnai Frida et envisageai la possibilité de me muer en Coco. Karl était le seul génie capable de rendre chic Kim Jong-Il. Seul hic, il n'y avait qu'un poste de stagiaire pour trois postulants.

Mon meilleur ami gay pour la vie, Julian Tennant, avait également supplié ma mère de le pistonner. Il était « Mon meilleur ami gay pour la vie » depuis le jour où – on avait dix ans tous les deux –, nous nous étions percutés chez Neiman Marcus pour alpaguer la dernière ceinture cloutée Rifat Ozbet. Julian et sa mère étaient de passage à L. A. pour assister à *The Dinner Party*, un happening féministo-artistique orchestré par Judy Chicago au musée Hammer. Il s'agissait d'une sorte de remake de *La Cène* à la gloire du vagin, – la première et dernière fois que Julian approcha d'aussi près cette partie de l'anatomie féminine.

Après que nos mères nous eurent séparés (c'est Julian qui repartit avec la ceinture), il avait chipé mon carnet à dessins.

— Je peux regarder ? (Il avait feuilleté les pages en faisant voltiger ses mèches dégradées à la Farrah Fawcett.) Celui-là est bien. Il me plaît. (Il s'était arrêté sur un tailleur inspiré par le film *Working Girl*.) Mais il serait plus fluide si tu coupais la jupe en biais. Et en modifiant les épaulettes. (Il m'avait piqué mon crayon et dessiné à grands traits sur la page.) Tu vois ?

À dix ans, Julian était déjà un maestro.

De ce jour, nous nous étions vus aussi souvent qu'une relation Est-Ouest le permettait. À New York, les déjeuners au Magnolia Bakery, les visites du Metropolitan Museum, les cocktails au Bungalow 8 et les esquisses fabuleuses de Julian pendant la semaine de la mode. À Los Angeles, les verres au bar du Château-Marmont, les grignotages au Canter's Deli, les razzias de fringues vintage chez Wasteland, les soirées ciné à Hollywood, et mes gribouillages durant les Oscars. Des coups de fil de plusieurs heures durant lesquels nous débattions des mérites d'Yves Saint-Laurent *avant* et *après* Tom Ford, de l'intérêt des lavements et des cashmeres de chez J. Crew. Si je devais me battre pour obtenir ce stage chez Karl, autant que ce soit contre Julian.

Nous nous envolâmes ensemble pour Paris et rencontrâmes rue Cambon, à l'atelier de Karl, la troisième postulante. Adrienne Hunt mesurait 1,68 mètre, faisait un petit 34 et affichait un carré noir corbeau à la Louise Brooks. Je fus tout de suite séduite par son accent londonien et sa façon de griller les Gitanes à la chaîne, aussi à l'aise que si elle avait commencé *in utero*. La sympathie spontanée que j'éprouvais pour elle fut de courte durée.

— Pas la peine de faire semblant d'être copines, m'annonça-t-elle d'entrée de jeu, en refusant de me serrer la main. J'ai gagné le droit d'être ici à la force du poignet. Toi, tu n'es là que parce que ta mère a donné un coup de fil. Tu ne passeras pas la semaine.

J'étais bien déterminée à lui démontrer son erreur. L'air de Paris m'inspirait. Je bouillonnais d'idées et mon carnet de croquis se remplissait à vue d'œil. J'étais particulièrement fière d'un sac à main matelassé taille poupée dont la vision s'était imposée à moi face à une toile de Degas au Louvre. Le poignet délicat de la danseuse avait cruellement besoin d'un minuscule sac Chanel lavande. Adrienne ricana lorsqu'elle regarda par-dessus mon épaule.

— Un extra pour Mattel, c'est ça ?

— Ignore-la, conseilla Julian. Elle a tort. Ce sac est très joli.

Il revenait d'une promenade aux Tuileries et crayonnait à toute allure une série de robes pour une collection qu'il avait intitulée « Cabaret ».

Nous avions cru tous deux que Karl nous consulterait pour ses défilés. Nos prétentions furent vite rabattues par Yvette de Taillac, Madame *tout en noir* [1] qui, bien avant ma naissance, assistait déjà Karl chez Chanel : pas d'entrevue avec l'homme au catogan.

— Ne vous avisez même pas de regarder M. Lagerfeld, nous avertit Madame Yvette.

Le stage consistait à inventorier les tissus de Karl, à nettoyer le placard à échantillons et à se précipiter à l'aube aux puces de Clignancourt afin de puiser des idées pour aider Monsieur Karl à dessiner la robe que porterait aux Oscars Marisa Tomei (adorable, dans *In the Bedroom*, en divorcée éplorée).

Le jour J approchant et Marisa ayant rejeté tous les croquis, Madame Yvette nous filait la migraine à force de faire les cent pas dans l'atelier qui empestait le tabac. Les stylistes, quant à eux, lorsqu'ils

---

1. En français dans le texte.

n'étaient pas occupés à s'encrasser les poumons, se rongeaient les ongles jusqu'au sang.

— Si seulement j'arrivais à convaincre Madame de regarder celle-là! soupira Julian en poussant son carnet vers moi. Elle serait parfaite pour Marisa, j'en suis sûr.

C'était une robe en satin rose affriolante, façon Folies Bergère.

— Julian, elle est magnifique. Il faut absolument que tu la montres à Madame Yvette.

— J'ose pas! Tu sais ce qu'elle pense des stagiaires.

— Julian, c'est la robe parfaite. Fonce!

Je le catapultai le long du couloir jusqu'au bureau de Madame. Une heure plus tard, un Julian ébloui revint, un sourire tremblant aux lèvres.

— Madame a dit que c'est « absolument magnifique[1] ». (Il s'assit, comme en transe, sur le divan). Pince-moi, je rêve.

La semaine suivante, je serrai fort la main de Julian, en regardant Marisa virevolter devant le miroir à trois faces.

— Je l'adore. Je savais que Karl s'en sortirait. C'est « la » robe.

Marisa tendit les bras et embrassa Madame Yvette sur les deux joues. Madame saisit le visage de Marisa et lui déposa un baiser sur les lèvres.

— Nous étions convaincus que Mademoiselle l'adorerait, déclara-t-elle d'un ton serein. Et maintenant, voyons les accessoires.

Elle frappa dans ses mains et un assistant entra dans la pièce, portant un plateau recouvert de velours. Sur lequel trônait un sac matelassé lavande pâle, taille poupée. Mon sac.

— Celui-ci a été dessiné par l'une de nos stagiaires les plus prometteuses... Adrienne Hunt,

---

1. En français dans le texte.

roucoula Madame Yvette en le glissant au bras de l'actrice. Vous nous accorderez que c'est un modèle plein d'esprit.

Marisa approuva d'un hochement de tête.

— C'est du génie, Madame, du génie à l'état pur.

— Mais c'est mon... lançai-je en avançant d'un pas.

Madame me réduisit au silence d'un regard acéré.

Je dévalai les marches de l'atelier et repartis vers l'appartement. Gitane au bec, Adrienne tournait les pages d'un carnet de croquis. Le mien.

— C'est ça que tu cherches ? demanda-t-elle en me soufflant la fumée au nez.

Je lui arrachai le carnet.

— Adrienne, tu as volé mon dessin !

— Grandis un peu, Lola, répondit Adrienne en réussissant à produire un rond de fumée. On ne fait plus rien d'original. Je reconnais m'être un peu inspirée de tes crayonnés mais, bien sûr, j'ai ajouté ma patte personnelle au dessin avant de le soumettre à Yvette.

— Tout ce que tu as fait, c'est d'ajouter le logo Chanel !

Lorsque j'exposai son forfait à Madame Yvette, celle-ci me répondit qu'elle ne me croyait pas. J'aurais dû comprendre plus tôt qu'Adrienne Hunt léchait le cul de Madame, au propre comme au figuré. (Pendant que je gaspillais mes nuits en dansant aux Bains Douches, Adrienne menait des activités très productives dans les pénates d'Yvette sur la rive droite.) De toute façon, le crime d'Adrienne ne paya pas : c'est Julian qui fut retenu. J'étais effondrée de voir s'écrouler mes rêves de haute couture, mais Julian au moins méritait largement la place. Sans rancune, je m'envolai pour New York afin de lui tenir la main quand Marisa Tomei posa triomphalement, avec son oscar... dans une robe à sequins dorés Elie Saab, une bourse en fourrure se balançant au bout de son bras.

Après Paris, je décrochai un job de troisième assistante du styliste pour le deuxième volet de *Crash*, mais fus virée avec le reste de l'équipe quand le réalisateur opta pour des garde-robes virtuelles réalisées avec des effets spéciaux. Un nouveau dilemme me taraudait : la mode était certes ma vocation, mais j'étais peut-être plus douée pour acheter des vêtements que pour les dessiner. Je m'inscrivis au Scripps, une fac réservée aux femmes (c'est-à-dire vide d'acteurs) pour y étudier la psychologie. J'étais désormais convaincue que j'avais besoin de me comprendre et de surmonter la crise intérieure qui me déchirait. Dès le second semestre, je fus en mesure de poser mon diagnostic : je souffrais d'une dépendance paranoïaque narcissique avec tendances à l'évitement. Après quoi, je changeai de fac et partis pour Pepperdine parce que... Eh bien, les locaux se trouvaient à Malibu et surplombaient le Pacifique. Pratique : je m'étais inscrite en océanographie. J'avais hâte de relooker ces ignobles combinaisons noires de plongée. Mais hélas l'université ne validait pas les UV de chaise longue à Carbon Beach, ni les barbecues chez Courtney Cox Arquette. En fait, je n'assistai qu'à un seul TD, celui de Shiva Rea au centre Yoga Works de Venice Beach.

J'y rencontrai Cricket Curtis, « mon actrice préférée pour la vie », au beau milieu d'un cours du yogi Bikram Choudhury, dans la position du chien couché. Dans l'océan d'actrices canon qui suivaient les enseignements du gourou, Cricket sortait du lot avec ses yeux vert pâle, sa peau laiteuse zéro défaut et ses boucles blondes naturelles sans extensions de cheveux : mi extra-terrestre, mi mademoiselle Tout-le-monde. Par quel prodige parvenait-elle à paraître radieuse tandis qu'on suait à grosses gouttes sur un tapis de sol poisseux ?

— Alors, pourquoi t'es là ? lui demandai-je quand je la croisais au juice-bar après l'effort.

— Ma carrière est au point mort et je me suis dit que Bikram évacuerait les toxines que j'ai accumulées. (Elle se pencha pour chuchoter à mon oreille.) En toute honnêteté, je me suis inscrite à ce cours parce qu'on m'a dit que le producteur Brian Grazer y venait de temps en temps.

— C'est quoi, ton plan ? Le coincer dans les douches ?

Cricket sourit d'un air penaud.

— En fait, je n'y ai pas trop réfléchi. Je suis au bout du rouleau. J'ai quitté l'Ohio, j'ai emménagé ici pour devenir la prochaine Cameron Diaz et résultat, j'ai juste eu l'honneur de garer sa Prius à la soirée d'anniversaire de Spike Jonze. Question grands rôles, je suis la star de *La Nuit du chasseur*. Je ne pourrais pas tomber plus bas.

— Regarde le bon côté des choses : l'uniforme noir, genre smoking avec minijupe et nœud papillon rose, ça casse la baraque. Tu sais, tu pourrais tomber plus bas : imagine que tu aies un carnet d'adresses en or massif et que tu restes quand même au point mort.

Je lui racontai ma triste vie pendant que nous sirotions des smoothies à l'herbe de blé. Nous réalisâmes que nous avions beaucoup de points communs : nous vouions toutes deux un culte absolu au yoga, avions flirté avec la cuisine macrobiotique (je n'ai jamais réussi à me priver des steaks de chez Dan Tana, mais j'adore encore le gluten de blé grillé du M. Café de Chaya) et étions dingues du Rose Bowl, le plus grand marché aux puces de l'Ouest. Cricket avait travaillé pour Abercrombie and Fitch – elle apparaissait dans leur campagne de presse – et il m'était arrivé de faire des razzias dans cette maison. Mais par ailleurs, elle possédait deux qualités dont j'étais dépourvue : un optimisme sincère et une générosité attendrissante.

— Tu sais quoi, Lola ? Je ne pense pas que tu sois une ratée. Je vois quelqu'un de créatif et d'attentionné qui prend des risques et qui n'abandonne pas. Tu y arriveras. J'en suis sûre.

En regardant ces yeux vert pâle et candides, je finis par me convaincre qu'elle disait vrai.

— Merci, Cricket. Tu sais quoi ? Je suis certaine que toi aussi, tu y arriveras.

Et je le pensais réellement.

C'est ainsi que Cricket devint ma meilleure amie actrice pour la vie. Et si c'était à refaire, je me retaperais sans hésiter le stage de yoga, et même l'épilation du maillot à la brésilienne préalable que m'avait infligée Anastasia, l'esthéticienne du Tout-Hollywood, aux mains expertes, mais meurtrières. À cent cinquante dollars la séance de torture, j'en avais eu pour mon argent.

Alors que je tergiversais sur mon avenir, Kate travaillait déjà chez Douglas Reed, une petite agence qui l'avait débauchée après qu'elle eut fait ses classes auprès de James Wiatt, le P-DG du mastodonte William Morris. Douglas Reed lui avait proposé de quitter le royaume de l'assistanat, de l'adouber agent à part entière, et de lui adjoindre son propre assistant. Irrésistible. Après son stage chez Chanel, Julian était pour sa part devenu styliste adjoint chez Oscar de la Renta, à New York. Il avait montré sa collection lors du salon annuel des jeunes créateurs de Gen Arts in Fashion, à Los Angeles. Un drapé en satin à petits plis exquis, ourlé résille, l'avait propulsé sur les podiums pour son premier défilé personnel. Et Cricket avait obtenu à l'arrachée sa carte de comédienne syndiquée en disant une réplique dans *American Pie 2*, où elle incarnait Courtney, la jolie fille dans le fast-food.

Et moi, dans tout ça ? Mon CV signalait une licence en littérature anglaise conquise sur le tard et une kyrielle de jobs ratés. Mon cadeau de fin d'études ? Un nouveau boulot de troisième assistante de la costumière, sur le remake de *Zorba le Grec* que mon père avait consenti à mettre en scène pour payer les factures.

À mon arrivée à Santorin, je trouvai papa fou de rage. Cela faisait des années qu'il s'avilissait dans des productions commerciales (type *Souviens-toi, l'été dernier, quand tu posais la main sur le berceau*) pour sortir du rouge et glaner deux sous de plus. Il avait dépensé toutes ses économies pour financer *Le Cri du chuchotement,* un joyau de film d'art et d'essai avec Maggie Gyllenhaal dans le rôle de la veuve sclérodermique et David Strathairn en jardinier muet. Papa était convaincu que c'était son meilleur film depuis des lustres. Mais le tournage l'avait mis sur la paille, et une fois de plus il se cognait un gros budget pour payer la note. Universal lui avait imposé Smith, l'homme le plus sexy de cet hémisphère, dans le premier rôle. Papa le surnommait « le bourrin sans talent qui n'est même pas digne de lécher la bite de DeNiro ». Sa vedette féminine, Charlotte Martin, ex-miss Atlanta devenue icône de Revlon, était encore à Toronto sur le tournage d'un film des frères Farelly, alors que celui de mon père commençait dans deux semaines.

Je lavais à la main la culotte d'un extra dans la caravane de la costumière, tout en rêvant que je me faisais bronzer au bord d'une piscine dans le bikini Missoni que j'avais chipé à maman, quand papa déboula.

— Lola, j'ai besoin de toi, lança-t-il en me jetant un scénario. Charlotte ne sera pas là avant la semaine prochaine et je ne peux plus retarder les répétitions. Fais-moi plaisir, remplace-la.

— Qu'est-ce que tu racontes ? Je ne sais pas jouer ! J'ai juste rendu service à Christopher dans un film pour la fac.

Comme de bien entendu, mon père n'avait pas vu mon interprétation de la femme à barbe dans *Zampano Redux*. Il n'a jamais regardé un seul film de Christopher, alors que nous avons à la maison une salle de visionnage pourvue de fauteuils inclinables en velours rouge et une machine à pop-corn.

— Lola, basta. Je t'attends demain à 9 heures précises.

Super. Difficile d'évaluer ce qui serait le pire : laver des culottes sales dans une caravane sans fenêtre et surchauffée, ou passer douze heures par jour dans une salle de répétition avec mon père – le Duce.

Au cours de mes dernières heures, celles qui précédaient ma montée vers l'échafaud des répétitions, on sonna à la porte de ma chambre d'hôtel blanche et turquoise. Je roulai hors du lit et ouvris la porte à la volée.

C'était l'homme le plus sexy de l'hémisphère. Que j'appellerai dorénavant Smith. Aussi sexy que Steve McQueen dans *Bullit*. Pas de bol, j'arborais mon pyjama Wonder Woman et mon visage était recouvert d'un masque verdâtre Sonya Dakar.

Je lui claquai la porte au nez et me ruai dans la salle de bains pour me rincer la figure. Quand je rouvris la porte, je portais un sarong lavande et un marcel.

— Salut, dis-je, hors d'haleine.

— Tu es magnifique, lança Smith mais je préférais le pyjama. J'ai le même avec Superman. Ça me ferait plaisir de te le montrer. J'ai pensé que ce serait plus facile pour toi si on se rencontrait avant la répète. Désolé, je suis certain que tu préférerais potasser le guide *Lonely Planet* sur Santorin.

Son sourire était orgasmique.

Pendant la répétition, je planai complètement. Le reste du monde n'existait plus. Même les aboiements de mon réalisateur de père ne m'atteignirent pas. Je n'entendais que la voix de Smith, je ne voyais que lui. C'était donc ça, le sens de mon cours de littérature sur D.H. Lawrence. Voilà ce qu'il avait voulu dire avec son « ce que le sang ressent et croit, et dit est toujours vrai. »

Cette nuit-là, je rentrai à l'hôtel en titubant, épuisée par douze heures de répète. En ouvrant la porte de la terrasse de ma chambre, je fus surprise d'y trouver une table dressée pour deux : pitas chaudes, tzatziki, salade grecque aux olives Kalamata, feuilles de vigne farcies, moussaka, agneau grillé et brochettes de légumes. Une enveloppe blanche était posée sur une assiette de baklava. Je la déchiquetai pour l'ouvrir : « Puis-je me joindre à toi ? » Je volai jusqu'au téléphone et composai le numéro de la chambre de Smith.

Nous dînâmes face à la mer tous les soirs pendant deux semaines. Parfois, nous mangions du saumon grillé et des *dolmades* en pyjama. Parfois, nous ne prenions même pas la peine de dîner.

— Ton visage, souffla Smith en me caressant tendrement la joue, un des soirs où nous ne dînâmes pas.

— Qu'est-ce qui cloche ?

— Il est parfait.

Quelle importance s'il piquait les répliques de Cary Grant dans *Charade* ? C'était follement romantique. Smith n'avait nul besoin de plagier qui que ce soit. Bon, j'admets qu'il avait peut-être un peu copié Mickey Rourke dans *9 semaines 1/2*.

La première fois que Smith m'emmena au septième ciel, j'appelai Kate.

— Tu n'es pas Neil Armstrong, me rabroua-t-elle. Je t'en prie, appelle un chat un chat.

— C'est tout ce que tu trouves à dire ? J'ai eu un orgasme !

— Il était temps. Si t'as besoin d'épiloguer, appelle Cricket, moi, je suis archiprise. Sofia Coppola est en attente sur l'autre ligne et il est presque 7 h 30. Je vais être en retard pour le deuxième petit-déj de Jeffrey Katzenberg au Four Seasons. Il voudrait que Will soit la voix de Mahomet dans son projet de Coran animé.

Will Bailey n'était le client de Kate que depuis quelques mois, mais elle l'avait déjà repêché d'une sitcom où il donnait la réplique à Adam Carolla et elle se démenait pour lui façonner l'image du nouveau Russel Crowe.

Cricket passa des heures au bout du fil avec moi à compulser *Signes sexuels : le guide astrologique de l'amour*.

— Ça dit que les Lions fournissent aux Poissons la stimulation qu'ils recherchent depuis toujours.

Entre les répétitions, je grimpais régulièrement au plafond. À dire vrai, ces excursions verticales me mettaient sur le flanc.

Une semaine avant le tournage, l'agent de Charlotte appela papa. Sa vedette venait d'être admise à l'institut Promises pour cause d'épuisement. La nouvelle faillit pousser mon père à se faire interner à Bellevue. On sait bien ce qui, à Hollywood, nécessite d'aller se « reposer » : par exemple, un « ami proche » qui a confié au *Star* vous avoir vu sniffer comme un cochon truffier dans les coulisses d'un gala de bienfaisance et la diffusion d'une vidéo embarrassante de vous au volant d'une Bentley, une chope d'un demi-litre de café Starbucks à la main, écrasant un paparazzi embusqué derrière l'Ivy, avant de commettre un délit de fuite.

Déprimé par l'abandon de Charlotte, mon père en vint à prendre pour du talent le désir ardent qu'irradiait mon jeu pendant les répétitions avec

Smith. Un réalisateur aussi brillant que lui était forcément capable de mettre au jour des dispositions enfouies tout au fond de moi. Ce n'était pas la comédie qui me tentait, c'était Smith. Mais c'était la première fois que mon père se souciait autant de moi et j'en étais ravie. (Sauf quand, au beau milieu de ma première scène d'amour devant les caméras, sous la lumière crue qui éclairait mon corps nu, mon père hurla : « Lola, décale ton cul de dix centimètres vers la caméra de droite ! »)

Le tournage terminé, nous retournâmes à Los Angeles. Smith disposait de trois mois de vacances avant son prochain film, et je bénéficiai de son attention sans partage. C'était divin. Pas seulement grâce à ces délicieux repas pris à l'Ivy (sauce paparazzi comprise) ou des meilleurs sièges du Staples Center pour assister aux matchs des Lakers au côté de Tobey Maguire et Dyan Cannon. C'était divin parce qu'avec Smith, j'avais l'impression d'être la seule fille qui existait au monde. Je n'étais plus seule. Nos conversations, intenses, portaient sur l'adoration qu'il me vouait, le réchauffement de la planète ou sa nouvelle coupe réalisée par Chris McMillan, le coiffeur de Jennifer Aniston. Il me lisait *People* dans le bain avant que nous n'allions nous coucher. Et nous redescendions rarement du septième ciel avant midi.

— Lola, tu me complètes, me disait-il tendrement.

Peu importe que ce fût encore une réplique volée, cette fois, à *Jerry Maguire*.

Je nageais dans le bonheur, telle Ali McGraw dans *Love Story* – sans la maladie mortelle, Dieu merci. Et puis les critiques sont sorties dans la presse. Qu'est-ce que je n'aurais pas donné pour être en train d'agoniser. Ça m'aurait permis d'échapper à un assassinat en règle. *The Hollywood Reporter* proclama : « Lola Santisi n'articule pas, et c'est peut-être tant mieux. » *Variety* hurla :

« Halte à Lola ! » *People* consacra cinq pages aux risques inhérents au népotisme, preuve numéro 1 – moi – à l'appui, dans un dossier intitulé « Tout le monde n'a pas la chance d'avoir un papa réalisateur ».

Ah, comme je voulais me blottir dans les bras de Smith, l'entendre me susurrer que ces vacheries n'avaient aucune importance et que seul notre couple comptait... Mais il était à Toronto sur le tournage d'un film de Doug Liman. Quand Kevin, son assistant, appela pour dire qu'il avait quelque chose à me remettre de sa part, je me représentai mentalement une bague Trinity de Cartier, sertie de diamants roses, jaunes et blancs que j'avais lorgnée avec Smith en faisant du lèche-vitrines. Puis, par souci de réalisme, je m'imaginai une boîte de gâteaux au chocolat fourrés au marshmallow de chez Joan's On Third.

Kevin sonna à ma porte, une petite enveloppe blanche à la main, aussi révisai-je mes espérances à la hausse. Smith m'offrait-il une séance de massage au Peninsula ? Un bon cadeau à dépenser chez Maxfield, le temple des accessoires ? Non, bien sûr : un billet d'avion pour le rejoindre au plus vite ! Je l'ouvris sans hésiter.

Chère Lola,
Je sais que tu comprendras qu'à ce stade de ma carrière je ne peux être associé à ta mauvaise presse. Il nous restera toujours la Grèce.
Affectueusement,

Moi.

Je m'effondrai sous le choc. C'était comme si chaque os de mon corps se brisait. Je rampai jusqu'au téléphone, composai le numéro de Smith, puis collai le récepteur à mon oreille. La sonnerie d'un portable retentit tout près.

— C'est moi, Lola, répondit Kevin, planté sur le seuil, portable vrillé à l'oreille et qui me regardait avec pitié. Il a fait transférer ses appels sur ma ligne. Il veut que je récupère toutes ses affaires.

Un ouragan force 5 s'abattit sur moi. Smith me larguait parce que les critiques m'avaient taillée en pièces ? C'était absurde ! Je ne m'en remettrais jamais ! Et je ne trouvais pas romantique pour deux sous qu'il rompe en citant *Casablanca*.

Je débranchai le téléphone, jetai mon portable dans le panier à linge et m'alitai. Pendant des jours, je n'émergeai de la couette que pour avaler une gorgée d'eau. Je refusai toute visite. Comment en finir ? M'étrangler avec mes dessous fuchsia Cosabella ou me la jouer Virginia Woolf, en lestant mes poches de pierres avant d'aller me noyer ? Restait à choisir le point d'eau : la mare de l'hôtel Bel Air avec les cygnes, peut-être ? Ou la piscine du Roosevelt, peinte par David Hockney ?

Plusieurs jours plus tard – aucune idée du nombre exact –, une forte odeur de fumée me fit sortir de ma prostration. L'immolation. Quel soulagement. J'entendis des chuchotements dans une langue inconnue. Peut-être étais-je déjà morte et cheminai vers l'au-delà.

— Chérie, murmura ma mère d'un ton rassurant.

J'ouvris les paupières et vis les visages inquiets de ma mère, de mon père, de Christopher, d'un homme en kutra et turban immaculés, et de quelques autres personnes dont je ne distinguais pas les traits. Un halo de lumière luisait au-dessus de leurs têtes.

— Je suis morte ?

— Non, ma jolie, tu n'es pas morte, dit Kate à demi dissimulée par Christopher. Pourrait-on accélérer un peu le mouvement ? lança-t-elle à la ronde. Je signe un contrat dans une heure.

— Il y a un incendie ?

Vêtue de son caftan vintage signé Zandra Rhodes, ma mère me répondit d'une voix non exempte d'une certaine agressivité :

— Non, chérie, il n'y a pas d'incendie chez toi. Nous te débarrassons de la négativité produite par ton expérience dans le film de papa. N'est-ce pas, docteur Freedman ?

— Docteur Freedman ? relevai-je faiblement. Le dalaï-lama est juif ?

— Vous pouvez m'appeler par mon nom spirituel, docteur Singh, précisa l'intéressé.

— Il est de Brooklyn, expliqua Cricket par-dessus l'épaule de papa. Nous sommes tous venus prendre soin de toi.

Le docteur Freedman s'empara de ma main droite, posa l'autre main sur mon cœur et ferma les yeux.

— Je veux que tout le monde ferme les yeux. Respirez.

— Oui, respire, insista maman en me serrant l'autre main.

— Visualisez l'amour et le soutien qui règnent dans cette pièce, prenez cet amour et laissez-le entrer dans votre cœur.

J'ouvris subrepticement un œil : ma mère, mon frère et mon père, mains jointes, paupières closes, essayaient sincèrement de me venir en aide. Une larme de gratitude roula le long de ma joue. Ça marchait. Je sentais un début d'amélioration. J'étais sur le point de refermer les yeux pour me laisser aller au soulagement provoqué par ces ondes bienfaisantes quand la sérénité de l'instant fut rompue par un son familier.

— Kate ! m'exclamai-je en surprenant mon amie qui pianotait furieusement un SMS sur son Black-Berry.

— Écoute, Lola, on a mis le feu à tous les journaux et à toutes tes photos de Smith. Il est temps de passer à autre chose.

Je réalisai soudain que les assistants enturbannés du docteur Singh alimentaient ma cheminée avec tous mes souvenirs de Smith.

— Arrêtez-les ! Ces photos sont tout ce qui me reste ! m'écriai-je, en tentant de me relever. Je n'ai plus riiiiiiennnnn.

Mais Christopher me barra la route. Kate perdit toute patience à mon égard :

— Bon, visiblement, le *New York Times* n'a pas compris la grande tragédienne que tu es, commenta-t-elle avec acidité.

Ce fut le tour de papa de m'accabler.

— Lola, pourquoi ne penses-tu pas à moi une minute ? Tu as saboté mon film !

Mon frère, écœuré, leva les bras au ciel.

— On n'est pas en train de parler de toi, papa ! On est ici pour Lola.

Je fondis en larmes.

— Je déteste Hollywood. Je ne veux plus jamais entendre parler de cinéma ou d'acteurs pour le restant de mes jours. Je m'en vais.

Et c'est ainsi que je me retrouvai sur un vol d'Air India en partance pour l'aéroport international Indira Gandhi à New Delhi. Dès le décollage, je me sentis plus légère. Surtout parce que dans ma volonté de laisser derrière moi le monde matériel, j'avais catégoriquement refusé d'emporter la valise Vuitton préparée par ma mère. Fouler la terre de Gandhi, c'était déjà le nirvana.

Au bout de trois semaines – ou trois mois, j'avais perdu le compte –, je me retrouvai dans un ashram, vêtue d'un sari violet, couchée à même le sol, le corps dégoulinant de sueur et tordu par les douleurs de la dysenterie, étouffée par des relents de pieds sales ponctués de patchouli et la peau couverte de morsures de vermine. C'était donc ça, le nirvana ? Je rêvais d'attraper Sai Baba par son dhotî miteux pour le supplier de me renvoyer chez moi, à proximité d'un institut de beauté Kiehl, mais j'étais trop faible pour affronter les remugles de toutes les paillasses. Par miracle, un bel homme vêtu d'un sari orange apparut, un téléphone portable à la main.

— Julian Tennant pour Lola Santisi, annonça-t-il dans un anglais impeccable.

— Allô ? croassai-je dans l'appareil.

— Tu peux rentrer maintenant, les médias t'ont oubliée.

— T'as eu des nouvelles de Smith ? (Soudain, son bien-être me paraissait plus important que le mien.)

J'entendis le soupir de désapprobation de Julian malgré la réception crachotante. Mon meilleur ami gay pour la vie ne s'était pas encore remis d'une note de téléphone équivalant au loyer de son loft à Soho : il m'avait appelée tous les soirs et avait supporté des heures de divagations provoquées par mon chagrin d'amour.

— Moi qui voulais venir t'arracher à l'horreur de l'atelier tissage de ton ashram minable, je vais revoir la question...

— Les mantras m'ont tuée. Je ne tiendrai pas une seconde de plus. Je n'avalerai plus jamais une bouchée de chana masala. Je rêve de ma baignoire, de mon lit et de la petite salade de crudités de La Scala. Je m'épuise à force de méditer.

— Eh bien, Lo, j'ai pile la dose de superficialité qu'il te faut. Tu as déjà entendu parler des ambassadeurs d'Hollywood ?

— Si Hollywood a un ambassadeur, il est dans la merde : c'est la ville la plus impitoyable et la plus antipathique au monde.

— Tais-toi. Apparemment, les éloges que m'ont tressés le *Times* et *Women's Wear Daily* pour ma dernière collection comptent pour du beurre. Le trophée du meilleur jeune créateur de prêt-à-porter que m'a décerné le CFDA aussi. Tout ce qui intéresse mon investisseur, c'est le nombre de stars qui porteront mes créations pendant la saison des Oscars. Il n'a pas tout à fait tort : peu importe qui a remporté le prix du meilleur second rôle, mais personne n'a oublié l'allure princière de Gwyneth Paltrow dans sa robe Ralph Lauren rose chewing-gum, ni le dos-nu Guy Laroche d'Hillary Swank. Bref, je dois trouver un « ambassadeur » capable de convaincre les divas d'Hollywood de s'habiller en Julian Tennant pour les Oscars.

— Julian...

— C'est de la publicité gratuite, reprise à gogo dans tous les magazines, de *Time* à *Hello !* Cavalli, Valentino... Tous les grands couturiers ont un ambassadeur. Bref, je veux que tu me représentes, insista Julian d'une voix altérée par l'émotion. Il est temps que tu retournes à la mode. Tu gâches ton talent en Inde.

— Oh, Julian, je ne crois pas. Ça a l'air horrible. Non, reniflai-je.

Silence.

— Julian ?

J'entendis sa respiration s'accentuer. Il ne nous faisait pas une petite crise d'hyperventilation, quand même ?

— Comment faut-il que je te le dise ? J'ai besoin de toi, OK ? Je préférerais me séparer de mes sneakers Vuitton signées Murakami que d'admettre un truc pareil, mais tu es la seule à pouvoir m'aider. Tu as l'œil, et en plus tu as passé toute ta vie dans ce monde-là. Tu sais parler aux actrices. Tu sauras forcément les convaincre de porter mes modèles. Si je fais une percée sur le tapis rouge, j'entrerai dans la cour des grands. Réfléchis vite et dis-moi que tu acceptes. Il ne reste que six semaines avant les Oscars.

Que je devienne une ambassadrice d'Hollywood ? Persuader les célébrités de faire quoi que ce soit est déjà un cauchemar, alors les amener à choisir une tenue pour la soirée la plus importante de l'année... Julian ne me proposait rien de moins que d'entreprendre un voyage au bout de l'enfer, mais au moins, ça allait me permettre de renouer avec la mode. Julian avait raison : j'avais le coup d'œil. Être une ambassadrice fashion était un début. Une solution pour en finir avec mon trouble du déficit de carrière. Par ailleurs, j'étais fauchée. Au point de vendre sur eBay un sac Chanel piqué à ma mère pour payer le loyer. Mais pas question de demander de l'argent à mes parents. Il était temps que je grandisse. Et puis, comment refuser quoi que ce soit à mon meilleur ami gay ?

— Je prends le vol de demain.

— Sympa, l'allure. Tu t'entraînes pour ton prochain film ?

Brusque nez-à-nez avec une paire de talons aiguilles noirs de douze centimètres devant la porte d'embarquement British Airways de l'aéroport Heathrow de Londres, où je faisais escale. J'étais couchée sur mon sac, dans le terminal bondé, résignée à l'attente de trois heures prévue avant de décoller. Vue panoramique sur des pattes d'oiseau. Adrienne Hunt portait évidemment la petite robe noire dont nous rêvons toutes. J'étais tellement hors-jeu de l'actualité fashion que je n'arrivais pas à en reconnaître la marque. Ce hasard inopportun atomisait l'effet de tous les mantras d'amour et de compassion que j'avais marmonnés à l'ashram. Je me mis debout. Elle avait peut-être l'avantage de l'élégance, mais j'avais celui de la taille : j'étais plus grande qu'elle, même sans talons. Un effort de volonté me permit de ne pas jeter un regard au sari à deux dollars trempé de sueur que je portais depuis des semaines.

— C'est un Comme des garçons que j'ai déniché chez Colette.

— Vraiment ? Alors, qu'as-tu prévu de beau ? Quand te reverra-t-on sur grand écran ?

— La comédie, c'est terminé.

— Quel dommage. Je suis certaine que tout Hollywood sera affligé par cette nouvelle, ironisa-t-elle en produisant, comme toujours, un rond de fumée parfait.

Elle sait où elle peut se la mettre, sa Gitane ?

— Que fais-tu sur ce vol ? m'enquis-je, très calme. Si je me souviens bien, tu disais que tu ne poserais jamais le pied dans la capitale de la silicone.

— Je fais une exception pour Miuccia Prada. Elle m'a pratiquement suppliée à genoux de l'aider à habiller des stars pour les Oscars. Comment refuser ? Sans compter que c'est mieux payé que le salaire de misère de *British Vogue* et qu'en plus Miuccia s'est arrangée pour que je loge chez Madonna pendant mon séjour à Londres.

Bien sûr. La petite robe noire. Du Prada tout craché. Dieu seul savait qui cette garce incapable avait poignardé dans le dos pour décrocher ce job. J'allais devoir me coltiner une nouvelle bataille avec Adrienne Hunt. À quoi avais-je donc pensé en acceptant de représenter Julian ?

Minute. Je tenais peut-être la chance de prendre ma revanche. *Enfin.*

— Quelle bonne nouvelle pour toi, Adrienne, déclarai-je en affichant un sourire serein. En fait, je fais exactement pareil pour Julian Tennant.

— Julian ? Oh, trop chou ! Je vais te donner un tuyau, en souvenir du bon vieux temps : j'ai entendu dire que Denise Richards n'a pas encore choisi sa tenue... Au fait, je suis en première, j'essaierai de te faire envoyer un en-cas à l'arrière. J'imagine que tu voyages en éco.

Et Adrienne de me tourner brusquement le dos. Aurait-elle vacillé sur ses stilettos ? *Fillette*, pensai-je, *ça va être ta fête.*

Je me précipitai au cabinet du Dr Gilmore dès ma descente de l'avion.

— Et alors, qu'est-ce que ça peut faire si Adrienne Hunt est une punaise, doublée d'une manipulatrice et d'une traîtresse ? répétai-je en cherchant ma psy du regard pour me rassurer. On n'est plus à Paris. Los Angeles, c'est mon territoire. Elle ne m'empêchera pas de vaincre mon trouble de déficit de carrière. J'ai besoin de ce taf. Je suis faite pour ce taf. Je peux y arriver, non ? Bon sang, me lamentai-je en me prenant la tête dans les mains, je n'y arriverai jamais. Je vais demander à Kate d'appeler Julian pour lui dire que j'ai succombé à un choc anaphylactique à cause du plateau-repas de l'avion.

— Bravo, Lola, vous êtes bourrée d'imagination. Mais vous savez bien que je ne cautionne pas le mensonge.

— Docteur Gilmore, si vous connaissiez Adrienne, vous ne diriez pas la même chose. Vous me reconduiriez probablement vous-même à l'aéroport.

— Lola, vous serez confrontée aux mêmes problèmes où que vous alliez, même en Inde. Prenez votre vie en main. Vous l'avez dit vous-même, c'est l'occasion de vaincre votre trouble du déficit de carrière. Je suis heureuse d'entendre que vous comptez renouer avec la mode. Vous avez du talent, il ne vous reste qu'à en faire bon usage. À présent, où en êtes-vous de votre acteurolisme ?

— Je suis sobre depuis 151 jours. Bien sûr, il n'y avait pas de tournage de Bollywood à l'ashram de Sai Baba.

— Je suis fière de vous, Lola. Vous vous en tirez très bien.

— C'est vrai ?

— Julian a confiance en vous, et moi aussi. C'est précisément sur ce manque de confiance en vous que nous devons travailler, parce que c'est ce qui vous englue dans votre acteurolisme et votre déficit de carrière.

— Mais pourrais-je y parvenir, docteur Gilmore ?

— La vie est dure, Lola, achetez-vous un casque.

— C'est pas une citation de Jennifer Aniston, ça ?

— Elle doit avoir un bon psy, alors. Bon, allez vous coucher maintenant. Récupérez vite, vous avez du pain sur la planche.

Le docteur Gilmore fit entrer son client suivant, un type pas mal, dans le genre Paul Rudd. Il m'adressa un sourire de compagnon de régiment : lui entrait pour se colleter à ses problèmes et moi, je revenais du champ de bataille. Son jean – *inconnu au bataillon* – ni Seven, Paper Denim ou Blue Cult. Ses baskets – *inconnues au bataillon* – ni AllStars, ni Adidas, ni Puma. Ses cheveux n'avaient même pas l'air enduits d'un produit cosmétique quelconque. Qu'est-ce qu'un gars comme ça faisait là ? Il avait l'air... normal.

Je me surpris à le dévisager et baissai vite les yeux. En le voyant entrer dans le bureau du Dr Gilmore, je réalisai que je n'étais pas certaine de vouloir atterrir sur la planète Hollywood. Serais-je capable d'inciter une personnalité à porter du Julian Tennant sur le tapis rouge dans six semaines ? Étais-je prête à vaincre mon problème de carrière et mon acteurolisme pour de bon ?

Oui.

Je pris une grande inspiration, ouvris la porte du cabinet du docteur Gilmore et sortis.

Dimanche

176 heures, 12 minutes, 48 secondes avant la remise de l'oscar duMeilleur Second Rôle masculin.

Il fait beau et chaud, en ce dimanche matin. Déjà 26 degrés à 8 heures. Rien de nouveau sous le soleil, c'est comme ça tous les jours, à Hollywood. Même à la mi-février. À cette heure-ci, d'ordinaire, je suis encore dans les bras de Morphée, mais les Oscars sont dans sept jours. Alors, me voici à quatre pattes sur la moquette frisée blanche de la chambre principale d'une grande demeure de Malibu, donnant sur Carbon Beach. J'aimerais pouvoir dire que je joue à saute-mouton avec Jake Gyllenhaal. Malheureusement non. Mes doigts sont en sang d'avoir épinglé l'ourlet d'une robe fourreau en satin argent duchesse qui moule les formes de Candy Cummings. La rock-star anglaise déjantée aux cheveux bleu électrique est en lice pour l'oscar de la meilleure chanson originale pour *Kill Bill Vol. 6* de Quentin Tarantino.

Résumons la situation : cela fait plus d'un mois que je frappe à toutes les portes pour promouvoir Julian. Lui ne dort plus, néglige santé et hygiène, travaille jusqu'à en avoir les doigts gourds. Moi, je lutte pied à pied contre une armada d'ambassadrices de haute couture qui supplient, soudoient et menacent les célébrités pour obtenir gain de cause. J'ai été à un cheveu de décrocher

Kirsten Dunst, Salma Hayek et Emily Blunt. J'ai été virée manu militari de chez Jennifer Connelly, Helen Mirren et Beyoncé. J'ai même réclamé le concours de ma mère, mais elle a refusé :

— Chérie, tu sais à quel point je tiens à t'aider, mais Karl est mon plus cher et mon plus vieil ami. Je dois porter du Chanel.

Mes trois derniers espoirs reposent sur :

1. Candy Cummings, auprès de qui Britney Spears ressemble à une gentille héroïne de manga.

2. Scarlett Johansson, qui vient de retarder, pour la douzième fois, la date du dernier essayage prévu pour cet après-midi. Julian a pratiquement fait des moulages en plâtre des célèbres nichons de l'actrice pour concevoir la robe rouge en dentelle qui met en valeur ses appas comme des bonbons au chocolat.

3. Olivia Cutter, nominée pour l'oscar de la Meilleure Actrice, toujours indécise sur sa tenue pour le grand soir et pour laquelle tous les stylistes seraient prêts à s'entretuer.

La gageure suffirait à donner un ulcère à n'importe qui. Mais ce n'est pas tout. En prime, j'habille aussi Jake Jones pour le défilé de mode organisé tous les ans par General Motors. Oui, Jake Jones, l'acteur mieux connu pour sa consommation effrénée de joints, de strip-teaseuses et de jetons de poker. Jake a déjà annulé six fois l'essayage qui était censé avoir lieu il y a une semaine et le défilé General Motors est dans deux jours. J'ai envie d'habiller un acteur comme de me pendre, mais Jake Jones est une chance inespérée pour Julian.

Candy a insisté pour que notre cinquième essayage se déroule à cette heure indue, sur le plateau du clip de son prochain single *Bleep Off Mother F... er*, réalisé par mon frère car c'est Christopher qui m'a aidé à la convaincre de s'habiller en Tennant aux Oscars.

— Trop génial, ce glitter, non ? Regarde ces jolies couleurs, bafouille Candy dont l'attention passe sans transition des perles brodées sur son bustier à l'assortiment arc-en-ciel de flacons de poudres MAC sur la table de maquillage.

Elle se met à vider un par un les flacons sur la moquette blanche. Je regarde, au supplice, les paillettes former un tas de plusieurs milliers de dollars qui grossit à vue d'œil. Celery, la maquilleuse, n'a pas l'air décontenancé. J'imagine que lorsqu'on bosse tous les jours avec des chanteuses glamrock, rien ne vous étonne.

— Ne vous inquiétez pas, nous paierons la note, assure le manager assis dans un coin de la pièce.

Avant que je puisse l'en empêcher, Candy asperge de glitter «Pinklette» le devant de la robe de Julian et transforme en un affreux gribouillis un modèle qui eût fait honneur à Marlène Dietrich.

— Eh merde ! dis-je.

— Vous paierez trois fois le prix pour celui-là, précise Celery. La marque ne le produit plus, on ne le trouve que sur eBay et il m'a coûté les yeux de la tête.

J'essuie frénétiquement le glitter, ce qui a pour seul résultat de l'incruster dans les fibres de satin. Je me plains à voix haute, en m'adressant à tout le monde et personne en particulier.

— Comment vais-je pouvoir enlever ça ?

— De toute façon, elle était trop longue, lance Candy en attrapant une paire de ciseaux sur la table à maquillage.

Et la voici raccourcissant la robe au niveau du pubis. C'est foutu. Cette robe n'entrera pas dans la légende d'Hollywood, ne fera pas d'ombre à la J. Mendel d'Ashley Judd, et elle ne fera pas non plus l'objet de copies cheap dans la grande distribution.

— J'adooore, marmonne la rockeuse allumée.

Puis elle plonge la tête la première dans une flaque éclatante et ne se relève pas. Ses chaussures Frederick of Hollywood vernies turquoise restent accrochées à ses chevilles par les lanières.

— Appelez les pompiers ! m'époumoné-je.

Ni le manager, ni Celery, ni l'assistante de Candy Cummings ne lèvent le petit doigt. Visiblement, la star est coutumière du fait.

Christopher déboule dans la pièce tel Jack Nicholson dans *Vol au-dessus d'un nid de coucou*, le cheveu dressé, l'œil fou, une fine pellicule de sueur sur le front.

— Elle est morte ?

— Il vaudrait mieux pour elle. Sinon, je la tuerai à coups de ciseaux pour avoir bousillé la robe de Julian.

— Non, elle n'est pas morte, constate platement Celery, qui tente en vain de dégager le pot de glitter à cent dollars coincé sous le corps. C'est la troisième fois qu'elle fait le coup ce matin. Mais là, elle s'est surpassée. Ce truc colle à mort. Il va me falloir une heure rien que pour lui nettoyer le visage.

Ceci explique pourquoi Celery touche dix mille dollars par jour. Je devrais informer Julian au plus vite qu'il me paie 100 % de moins que les tarifs du marché.

Tendu comme un arc, Christopher m'emmène dans un coin pour un conciliabule discret.

— Je suis dans la merde, Lola.

— Moi aussi.

— Raconte, ça me fera peut-être oublier mes problèmes.

— Regarde comment elle a massacré cette robe. Qu'est-ce que je vais dire à Julian ?

— Je ne sais pas, coupe Christopher en se rongeant l'ongle de l'index, mais regarde-moi. J'ai une équipe au grand complet, prête à filmer qui se tourne les pouces depuis cinq heures du matin.

Non seulement je vais rater la lumière du jour, mais je vais devoir rendre les éléphants : Dumbo et Bam Bam sont attendus à midi pour la fête d'anniversaire des trois ans du fils de Joel Silver. Lo, qu'est-ce que je vais faire ?

— Transportons-la au milieu de la pièce, suggère le manager de Candy en faisant un signe à Celery. Je tiendrai sa tête pour que vous puissiez la débarbouiller pendant qu'elle se repose.

— « Repose » ? marmotte Celery entre ses dents, excédée. Ouais, super. Et ça repart.

Je décide qu'il serait dangereux de laisser Christopher dans cette pièce vitrée du sol au plafond. Il faut l'évacuer avant qu'il ne casse quelque chose. Je le traîne par la main jusqu'à la porte. Nous marchons sur le Pacific Coast Highway vers sa caravane. Il a le regard fixe et l'air hagard.

— Promenons-nous un peu, Christopher.

— Pas le temps. Il faut que j'aille voir les cracheurs de feu, et puis les clowns. Il va falloir déplacer le chapiteau d'au moins deux cent cinquante mètres sur la plage pour la lumière. On vient de m'apprendre que les machines à fumigènes sont cassées. Je dois repenser le plan grue. Mais l'urgence, c'est de trouver le dompteur d'éléphants. Attache-moi à un poteau la prochaine fois que je déciderai de tourner un clip. À partir d'aujourd'hui, je me consacre uniquement à la réalisation de mon documentaire sur le festival Burning Man.

— Christopher, tu dis ça depuis cinq ans, à chaque tournage. Tu as trop de talent pour ce genre de trucs. Quand vas-tu te remettre au cinéma qui te ressemble ? Tu te fais toujours piéger par le système quand on te propose un gros chèque.

— Merci de me rappeler que je suis vendu. J'ai déjà une si haute opinion de moi-même, lance-t-il en ouvrant la porte de sa caravane.

Je m'effondre sur la banquette verte et regarde Christopher tourner comme un lion en cage.

— Et moi je te déteste, là tout de suite, rétorqué-je. Je dois appeler Julian et lui expliquer que Candy a « retouché » sa robe, en lui infligeant un je-ne-sais-quoi de pétasse. Ce pauvre Julian s'est brûlé les mains avec le produit de teinture et il se bourre encore de médocs. Il va s'empaler sur une baguette de chez Nobu quand il apprendra ce désastre.

Christopher passe dans ses cheveux noirs une main aux ongles rongés.

— Ouais, ben David Fincher va me trouver la peau. J'ai déjà dépassé le budget de cent mille dollars sur le dernier clip que j'ai réalisé pour Anonymous Content, alors il a menacé de filer la pub Pepsi à Mark Romanek. Il est impossible que je tourne tous les plans prévus aujourd'hui. Quelle idée stupide j'ai eu de recréer un cirque sur la plage ! Dans trois heures, je serai dans la merde pour de bon. L'ensemble de mon concept est mort. On dit de ne jamais bosser avec des gosses ou avec des animaux. Comment je me suis débrouillé pour caster les deux en même temps ? Misère…

Il sort son paquet de papier à cigarettes de la poche arrière de son Levi's délavé. Par la fenêtre je vois les nuages violacés qui glissent au-dessus de l'eau dans notre direction. Et l'idée surgit. Je ne peux rien au fait que la robe de Julian soit en plus mauvais état que la couche d'ozone, mais je peux au moins aider mon frère.

— Christopher ! *Le Jardin des Finzi-Contini*, *Hier, aujourd'hui, demain*, *Sciuscia*, Vittorio de Sica !

— Hein ?

Derrière les volutes qui émanent de son joint, il passerait pour un zombi de George Romero. Je m'emploie à le regonfler à bloc.

— Laisse tomber cette histoire de cirque fellinien. Ton film exige une simplicité à la De Sica. Tu te souviens du remake du *Voleur de bicyclette* que tu as fait pour la fac ? Après ton retour de Naples, quand tu y es allé pour creuser notre arbre généalogique ? Ces images en noir et blanc avec du grain, quand Bruno retrouve son père, étaient si émouvantes… Il m'a fallu trois séances de thérapie pour m'en remettre.

— La-la, tu es géniale. Je n'aurais jamais dû céder à ces effets de manche commerciaux. Ce n'est pas un éléphant qui aurait mené De Sica par le bout du nez ! Ça se passe entre moi, la caméra et la junkie.

Il ressort de la caravane à fond de train et je galope derrière lui.

— On range ! Tout le monde rentre à la maison !

L'équipe débraye sans commentaire. Nous courons jusqu'à la villa. Christopher grimpe les escaliers jusqu'à la chambre et ouvre la porte à la volée.

— Toi. Sur le lit. Maintenant.

Il tend le doigt vers une Candy Cummings perplexe, vautrée sur une chaise en acrylique en attendant que Celery ait fini de lui coller ses faux cils pour la cinquième fois de la matinée. Elle porte une chemise d'homme blanche entrouverte sur le téton d'un implant mammaire bizarrement déformé. La robe de Julian est roulée en boule à ses pieds.

— Et mon visage ? couine-t-elle.

— Rien à foutre du maquillage, rugit Christopher. (Celery lève un seul sourcil et remballe son matériel aussi sec.) Brut. Je veux du brut. Plus de fumée. Plus de miroirs. C'est toi et moi, baby. Toi et moi. Sur le lit. Maintenant !

— J'adore quand tu me dis des cochonneries, Christopher, minaude Candy en prenant une taffe de la Marlboro qu'elle tient entre ses ongles bleu électrique au vernis éraflé. Quelqu'un a un rasoir ?

— Un rasoir ? répète mon frère, interloqué.

L'agent et l'assistant se tortillent, mal à l'aise, pendant que Candy essaie de se remettre debout.

— Si on va au pieu, je dois me raser. Je ne me suis pas fait épiler le maillot depuis trois ans. Je refuse de me faire arracher les poils par une grosse vache russe. La vie est assez dure comme ça.

— Mais ce n'est pas un porno! protesté-je.

— Filez-moi un rasoir, insiste Candy en balançant la cendre de sa cigarette sur la moquette.

— C'est inutile. Je vais rester en gros plan sur ton visage. Il s'agit juste de vérité, d'honnêteté, d'authenticité.

— C'est ça, l'hyperréalisme que tu recherches? demande la rock-star avec un sourire de sainte-nitouche en écartant les cuisses.

— Je reviens dans cinq minutes, capitule Christopher.

Il se pose la main sur les yeux avant de sortir pour ne pas s'infliger une resucée de *Basic Instinct*. L'assistante de Candy fourrage dans les sacs et déterre un Bic.

— Désolée, je n'ai pas de mousse à raser. Je vais voir dans la douche si je trouve du savon.

— Coca light, ordonne Candy, en montrant du doigt un gobelet en plastique posé sur la table de chevet.

Elle pose une jambe maigre sur le lit et plonge le rasoir dans le gobelet. Glacée d'horreur, je tourne les talons et tente une sortie.

— Où tu vas, Lola? Reste papoter avec moi, gémit la star en prenant une voix de gamine. Qu'est-ce qu'on décide pour les fringues? Où est Julian, bordel? Toutes ces histoires de robe sont dépassées. Dimanche, je veux que ça déménage. Apportez-moi un costume de Catwoman en cuir noir... avec une longue queue pour fouetter cette petite chieuse de Dakota Fanning.

Candy cale son pied sur ma cuisse afin de trouver le meilleur angle de rasage possible. Je m'efforce de garder les yeux rivés sur sa tête – *ne regarde pas plus bas, ne regarde pas plus bas, ne regarde plus pas bas*.

Je ne jure plus de rien, je croyais avoir touché le fond lors du troisième essayage, quand Candy m'a donné rendez-vous chez son dermatologue et a compulsé les croquis de Julian pendant qu'on lui injectait du Botox. Le quatrième essayage, dans sa propriété de Silverlake, n'était pas piqué des vers : elle avait convoqué son tatoueur pour finir d'encrer l'*Ève-croquant-la-pomme* qui ornait son épaule gauche, pendant que je lui montrais les échantillons de tissu.

— Lola, il n'y a que toi qui me comprennes.

Candy Cummings me considère comme sa jumelle psychique ! Et si c'était vrai ? Si j'étais aussi tarée qu'elle ? Elle se lance dans une diatribe incompréhensible où interviennent pêle-mêle la guerre qu'elle livre contre son ex au sujet de la garde de leurs chats siamois, la saisie de sa Porsche Cayenne par le fisc, ses enregistrements ratés, ses tentatives de suicide, ses derniers procès en date et ses courses-poursuites avec les paparazzi.

Quand elle m'invite à effectuer une inspection frontale complète « au cas où j'aurais raté un poil », je note mentalement d'appeler le docteur Gilmore pour lui demander une double séance pour demain. Il est indispensable, durant la semaine des Oscars, de voir son thérapeute au moins une fois par jour, comme son entraîneur personnel, son styliste, son acuponcteur, son masseur, son astrologue et son guide spirituel.

Obéissante, je m'exécute et je me penche pour voir de plus près : c'est le prix à payer pour que Candy s'habille chez Julian Tennant. Oui, finalement je suis peut-être sa jumelle psychique, puisque je suis capable d'aller jusque-là.

Je me traîne dehors et me réfugie dans ma Prius noire où j'écoute mes messages diffusés par le haut-parleur. Mes yeux injectés de sang fixés sur le Pacific Coast Highway, je refrène mon envie de nous jeter, moi et ma voiture, dans l'océan pollué. Le premier message provient de l'assistante de mon père : « C'est Abby qui appelle du bureau de Paul Santisi. Paul Santisi vous invite au rituel d'abondance ayant pour but d'assurer son succès aux Oscars. La cérémonie sera célébrée chez Barbra Streisand, dans sa maison de Malibu, à 11 heures du matin précises, ce samedi. Les Santisi demandent à tous de porter de l'orange, la couleur de l'opulence, de l'abondance et de l'oscar. Je vous remercie de confirmer votre présence avant mercredi et de me signaler si vous serez accompagnée. » Pour conclure, elle laisse le numéro de la maison de mes parents. Comme s'il avait changé depuis le jour de ma naissance ! Puisque papa ne m'appelle jamais directement, il est possible que si Abby disparaissait en haute mer, mon père et moi couperions les ponts. Quoique. Mary Hart, l'animatrice d'*Entertainment Tonight*, sera toujours là pour me tenir informée. C'est d'ailleurs par la télé que j'ai appris que *Le Cri du chuchotement* lui valait sa seconde nomination pour l'oscar du Meilleur Réalisateur. Je me demande si mon père réussira un jour à me donner le sentiment que je suis sa fille et non une extraterrestre fraîchement débarquée de Pluton. Quelqu'un devrait le soulager du fardeau de sa paternité, une bonne fois pour toutes.

Je respire un grand coup avant le prochain message en provenance de la Planète Hollywood. C'est l'agent de Jake Jones. « Vraiment désolé, mais je suis obligé d'annuler l'essayage de Jake, demain. Il refait des prises tout le week-end pour *Les Dix Commandements : la comédie musicale* avec Val

Kilmer, et il est spirituellement épuisé. » Spirituellement épuisé ? Laissez-moi rire. Passez donc la journée avec Candy Cummings, pour voir.

Je puise dans mes dernières forces pour composer le numéro de Julian et je lui déballe les événements de la matinée d'une seule traite.

— La ligne est squattée par un opérateur de téléphone rose, ou viens-tu vraiment de suggérer que je dessine un costume de Catwoman en cuir noir pour Candy Cummings ? Je te rappelle que Cindy Crawford, Christy Turlington et Naomi Campbell ont quitté leur retraite dorée pour assurer mon défilé de mode à Central Saint Martins ! Ce n'était pas pour que je fasse mes premiers pas sur le tapis rouge avec un déguisement d'Halloween !

— Et je n'ai pas passé les six dernières semaines à compromettre mon bien-être physique et psychique en accédant au moindre caprice psychotique de Candy Cummings, en m'humiliant vingt-quatre heures sur vingt-quatre avec, en point d'orgue, l'inspection de son pubis rasé de frais, pour qu'elle choisisse un autre styliste !

— Beurk ! Lola, quelle horreur ! File chez ton gynéco pour vérifier que tu n'as rien attrapé.

— Je n'ai pas couché avec elle, Julian. Je t'explique seulement jusqu'où j'ai dû aller pour que Candy porte une de tes robes. Maintenant, reprends-toi. La soirée est dans...

— Sept jours !

J'arrive presque à visualiser, via la ligne téléphonique, la jambe de pantalon en seersucker coupé à Saville Row de Julian se croiser en signe de consternation, ses longs doigts nerveux qui agrippent ses cheveux bruns ébouriffés – hommage à Warren Beatty dans *Shampoing* –, son fauteuil de chez Herman Miller qui pivote anxieusement sous ses fesses.

— Candy va gagner l'oscar de la Meilleure Chanson, dimanche. Et ce sera dans une combinaison de Catwoman signée Julian Tennant ou dans une combinaison de Catwoman signée Gaultier. C'est toi qui vois.

Silence. À l'exception des bruits de pas de Julian, chaussé de John Lobb, qui martèlent le béton lissé de son loft à Soho.

— Julian ?

— Je réfléchis.

— Ne réfléchis pas. Sors ton aiguille et couds.

— Désolé, Lola. Je ne peux pas faire ça, conclut Julian, soudain résolu.

— Qu'entends-tu par « je ne peux pas » ? Avec tout ce que j'ai enduré !

— Et je rembourserai intégralement toutes les séances avec le docteur Gilmore pour oublier cette affaire de pubis, mais je ne fabriquerai pas une tenue de Catwoman.

— Râle autant que tu veux, mais tu m'as embauchée pour lancer ton nom. Je me moque du prix des séances. Fais ton boulot, ça me facilitera le mien.

— Ça m'est vraiment impossible.

Moi, il m'est impossible d'encaisser un échec professionnel de plus. Je ne peux pas me le permettre. J'inspire profondément.

— S'il te plaît. Fais ça pour moi. Fais ça pour nous.

— Ce costume de Catwoman serait la fin de ma carrière.

Une ampoule s'allume dans mon cerveau.

— Julian, dessine ce costume de Catwoman, et je te dégote un rendez-vous avec Tom Ford.

— Ça marche. Mais je le fais en soie topaze.

— Ça ne marche pas. Elle le veut en cuir verni noir. Fin de la discussion.

— D'accord. Mais quand j'arriverai demain, Tom Ford ferait mieux de m'attendre dans ma chambre au Château-Marmont, dans un string avec mon nom brodé en strass rouge.

Clic.

— Pardon, pardon, pardon d'être aussi en retard !

En haletant, je cours vers la voiture de Kate, en traînant cinq sacs remplis de costumes, de robes et d'autres accessoires pour Jake Jones, Scarlett et Olivia. C'est un exercice de style de ne pas m'empêtrer. Kate s'est garée devant le petit bungalow espagnol que je loue face au Château-Marmont. Elle est assise au volant de sa Porsche 911 noire, le téléphone portable collé à l'oreille, un scénario ouvert sur les genoux. Cricket feuillette le *LA Times*, assise sur le siège du mort dans la position du lotus. Ma meilleure amie actrice et ma meilleure amie tout court m'attendent depuis plus de quarante-cinq minutes, prêtes à commencer notre quatrième marathon annuel de films oscarisables. Après une journée pareille, rien de tel qu'un peu de détente avec mes deux copines, quelques plats à emporter et la pile de copies de films en lice pour les Oscars que j'ai piqués à mon père. Sachez que les membres de l'académie jugent les concurrents le plus confortablement du monde, dans leur petit nid douillet. Il serait inenvisageable qu'ils posent le pied dans une salle de cinéma comme le commun des mortels.

— Vous n'imaginez pas ce que Candy Cummings m'a fait faire.

— À ce point-là ? demande Cricket.

Elle descend de la voiture de Kate pour me serrer dans ses bras. Même en tee-shirt gris et treillis, Cricket est éblouissante.

— Pire. Si Candy n'était pas une star, on la collerait en isolement, avec une camisole de force et l'infirmière Ratched devant la porte.

— Essaie d'être agent, pour voir. Passer un mois à Bellevue serait salutaire pour tous mes clients, sans exception, répond Kate en poussant sa portière d'un coup d'escarpin verni cerise.

Son cachemire quatre fils ne réussit pas à occulter sa silhouette de reine, digne d'un numéro spécial maillots de *Sports Illustrated*. Kate ajuste le col de sa chemise blanche et rattache le bouton de son jean slim noir d'un geste sûr. Cette fille est parée pour aller dîner avec Jude Law, alors qu'on est dimanche à 19 heures.

— Tu as de la chance que j'aie mon sac à scénarios sur moi, sinon je serais partie.

— Ça m'étonnerait qu'elle ait retenu une seule réplique, rapporte Cricket en repliant soigneusement le journal avant de le glisser sous son bras fin. Elle passait un coup de fil tous les deux mots. J'avais du mal à me concentrer sur les petites annonces immobilières.

— Depuis quand lis-tu la section immobilier ?

Depuis deux ans, Cricket vit dans une maisonnette d'amis bâtie sur la propriété de Viggo Mortensen à Venice. Elle ne paie que quatre cents dollars de loyer par mois parce qu'elle s'occupe de ses perroquets d'Amazonie quand l'acteur part en tournage.

— Eh bien... Je n'allais pas aborder le sujet, pour ne pas me porter la poisse... Mais j'ai vraiment envie de vous en parler et vous êtes mes meilleures amies... J'ai de grandes nouvelles, tranche-t-elle en attrapant ma main. Lola, prends la main de Kate, je veux former un cercle.

— Cricket, à dix ans, quand on m'envoyait en colo, je refusais de me taper les rondes à la Kumbaya, dit Kate. Ce n'est pas aujourd'hui que je vais commencer. Contente-toi de dire ce qui se passe.

— Allez, Kate, insisté-je la main tendue.

— D'accord, cède-t-elle en fourrant son Black-Berry dans son sac en cuir vanille.

Cricket baisse les yeux vers le sol, fait une pause et inspire profondément.

— Vous vous souvenez de ce remake de la série *Alerte à Malibu* pour lequel j'ai reçu tant de coups de fil ? Eh bien, les producteurs ont réduit les possibilités à moi et à la prochaine Cameron Diaz et nous avons fait toutes les deux un essai aujourd'hui.

— Je croyais que c'était toi, la prochaine Cameron Diaz.

— Non, j'ai la peau trop claire. Les producteurs ont dit à mon agent qu'ils pensent que je suis la prochaine Kirsten Dunst.

— C'est génial !

— Quand penses-tu avoir la réponse de la chaîne ?

— Eh bien… (Cricket réprime difficilement son excitation.) Après l'audition, les producteurs m'ont prise à part et m'ont dit que la chaîne détestait la prochaine Cameron Diaz et qu'ils m'adoraient moi, et on dirait que l'affaire est dans le sac !

Nous sautons de joie en pleine rue. Même Kate, juchée sur des talons de sept centimètres, ne peut résister à l'appel du pogo jubilatoire.

— C'est formidable !

— Ils seraient dingues de ne pas t'inclure dans la distribution. Tu es une bien meilleure comédienne que Pam Anderson, assure Kate en serrant plus fort la main de Cricket.

— Vous croyez ? La chaîne a déjà commandé treize épisodes. Si j'obtiens le rôle, on me verra dans une série régulière à la télé.

— Quand tu auras le rôle, rectifié-je.

— Je vais enfin pouvoir rembourser mon emprunt étudiant et acheter mon appartement, lâche Cricket, extatique.

— Ce sera un succès énorme. Si quelqu'un le mérite, c'est bien toi. Ce coup-ci, je le sens.

— Moi aussi ! Les pages astrologie du *LA Yoga Journal* m'annoncent une période d'ajustement intérieur profond, explique Cricket, en sortant une valise à roulettes du coffre de Kate, qui glisse son énorme sac à scénarios sur son épaule.

— Combien de temps penses-tu rester ?

— J'espérais prendre un bain plus tard et je n'ai pas autant d'affaires qu'il n'y paraît. Mon peignoir et mes sels prennent beaucoup de place.

Vu que la petite maison d'amis de Viggo est dépourvue de baignoire, Cricket fréquente régulièrement ma salle de bains, armée de ses bougies en cire de soja parfumées à la lavande et de ses sels de bain bio. J'ai peur qu'elle ne nous fasse un trip Margot Tenenbaum lorsqu'elle vivra dans un appart avec baignoire, et qu'elle passe son temps à s'y morfondre. À moins qu'*Alerte à Malibu* ne la débarrasse complètement de son obsession aquatique.

— C'est peut-être mon dernier bain chez toi. J'ai vu dans le journal un super deux pièces sur Ocean Avenue.

— Je crois qu'il me reste une bouteille de champagne au frigo, elle date du jour de l'an. Allons fêter ça.

— J'ai acheté des pâtés impériaux au poulet chez Gingergrass, mais j'en ai mangé les trois quarts en t'attendant, intervient Kate. J'ai fait l'aller-retour jusqu'à Silverlake et je meurs de faim.

Je m'engage sur l'allée pavée de briques qui conduit à ma porte.

— Ce n'est pas grave. Qu'allais-tu faire à Silverlake ?

Kate lève les yeux au ciel.

— Rendre visite à Will. Il voulait que je l'aide à trouver le meilleur endroit chez lui pour exposer son oscar.

— Tu veux parler de l'oscar qu'il n'a pas encore reçu ? précisé-je en déverrouillant la porte d'entrée.

Je jette les sacs de vêtements sur le fauteuil Louis XIV simili léopard offert par ma mère à l'occasion du « nettoyage de printemps purificateur d'énergie » de la villa Santisi, l'an dernier. J'adorerais avoir les moyens de le faire retapisser.

— Will va gagner, annonce Kate. Je suis surprise que la famille Santisi n'ait pas encore organisé une réunion avec le dalaï-lama pour libérer dans la maison l'espace nécessaire pour y ranger la seconde statuette de ton père.

— Tu ne crois pas si bien dire. Ma mère organise justement un rituel d'abondance pour assurer son succès. Ça se passera chez Barbra Streisand samedi matin, et Abby m'a proposé d'emmener quelqu'un. Laquelle d'entre vous veut m'accompagner ?

— Désolée, je ne peux pas, regrette Kate. Pourtant, j'ai entendu dire que la maison de Barbra Streisand valait le déplacement.

— Moi non plus, excuse-moi. J'ai promis à SD de le remplacer à son cours, samedi matin. Il va donner une leçon particulière à Elijah Wood.

SD Rail, le yogi le plus couru du moment, il dégage assez de magnétisme pour rivaliser avec David Bowie à sa grande époque.

— Dès que tu seras la star d'*Alerte à Malibu*, tu n'auras plus à faire de remplacements à Yoga Works, assuré-je.

— C'est mieux que de shampouiner les chiens des stars à Château-Marmotte. Si tu as vraiment envie que je t'accompagne au rituel d'abondance, je trouverai quelqu'un pour me remplacer, annonce Cricket pendant que je vide le contenu du sac du traiteur chinois sur le plan de travail de la cuisine. Eh, rien de tout ça pour moi. Je suis passée au cru.

Kate et moi lui jetons un regard incrédule.

— Depuis quand ?

— Quelques semaines. C'est follement énergisant, le raw food. Ça m'a remise en harmonie avec mon corps. Et puis, j'ai entendu dire qu'Ashton et Demi font leurs courses chez Erewhon, la meilleure épicerie bio de Los Angeles. Je sens de l'intérieur que j'ai déjà un plus par rapport à toutes les actrices gavées de cadavres. Il suffit de voir le résultat avec *Alerte à Malibu*.

— Ouais, c'est ça, je parie que tout aurait été différent si la prochaine Cameron Diaz ne mangeait que des aliments crus, commente sèchement Kate. Arrête ton char, Cricket, il y a forcément un homme là-dessous. Tu as rencontré quelqu'un pendant ta dernière retraite yoga ?

— Mais non, pourquoi ramènes-tu toujours tout aux mecs ? Il ne s'agit que de mon bien-être à moi. On peut passer au visionnage des films, maintenant ?

— Tu as pris *Lawrence d'Arabie* ? demande Kate en désignant la pile sur ma table de cuisine.

— Non, j'y suis fondamentalement opposée. Que Brett Ratner, le réalisateur de *X-Men, l'affrontement final* pense qu'il peut remplacer Peter O'Toole par ce cher Wentworth Miller, de *Prison Break*, est une mauvaise plaisanterie. Vous ne voulez pas plutôt le Woody Allen ?

— Je l'ai déjà vu. Je m'étonne que ton père accepte de te prêter les films : l'académie est complètement parano. Les membres du jury l'excluraient s'ils étaient au courant.

— En fait, il ne me les a pas vraiment prêtés. Je les ai chipés à la maison. J'ai pioché aussi dans son panier-cadeau officiel de nominé. J'ai piqué le nouveau Nokia, un an d'abonnement téléphonique gratuit chez Sprint et un assortiment de matériel de cuisine Krups, dont un grille-pain, une bouilloire électrique et un stock de thé et de café à vie.

— Si ton père mettait le tout aux enchères sur eBay, spécule Cricket, il récolterait assez d'argent pour installer un système de filtration de l'eau à l'ozone sur tout le territoire du Malawi.

— Heureusement que Madonna et Angelina sont déjà sur le coup : la seule cause qui importe à mon père, c'est la sienne. Après toutes les fêtes d'anniversaire et tous les spectacles de danse auxquels il n'est pas venu, je considère qu'il est mon obligé. Et puis vous savez bien qu'il va recevoir au moins trente autres paniers cadeaux. La CAA lui a déjà fait parvenir dix paires des baskets modèle Ice Cream qu'il aime tant. Universal lui a envoyé un rasoir en argent massif et des steaks de chez Peter Luger à New York. Vespa lui a fait livrer un scooter personnalisé, avec ses initiales peintes sur le côté, et j'en passe. Je ne vois pas comment il pourrait se rendre compte que j'ai subtilisé son week-end d'évasion au ranch San Ysidro. Je le garde pour mon prochain jules non-acteur.

Kate et Cricket lèvent toutes les deux un sourcil dubitatif.

— Soit, je sais que je me berce d'illusions : le voyage aura expiré avant que je ne le rencontre. On ferait mieux d'y aller toutes les trois après la semaine des Oscars.

— Pour de vrai ? s'exclame Cricket. Depuis que j'ai vu dans *People* les photos du mariage de Gwyneth, je rêve d'y aller. C'est tellement excitant.

— J'ai aussi mis la main sur une carte de membre gratuite du Sports Club de L.A., valable dans tous les clubs des États-Unis pendant cinq ans. C'est pour toi, Kate. Et un pyjama TSE en cachemire avec peignoir coordonné pour toi, Cricket. C'est encore plus rigolo de dépouiller papa depuis que le Trésor Public a décidé d'émarger sur les avantages en nature que reçoivent les célébrités. Mon père va devoir payer la note aux impôts !

— Merci infiniment, Lo. Tu es la meilleure.

— Merci, Lo, renchérit Kate. Quand Will a reçu son panier cadeau de nominé, il m'a juste donné l'emballage en Cellophane à jeter. Oh, je t'ai dit que Bryan Lourd m'a fait un signe de la main, de son siège au Grill, vendredi dernier ?

CAA, la méga-agence dirigée par Bryan Lourd, est la première étape de Kate sur le chemin menant à la domination du monde.

— Mais t'es obsédée par ce type !

— Si j'avais été avec Will, il serait venu à ma table. Au moins, j'étais en train de signer avec Ellen Pompeo, de *Grey's Anatomy*. Vous ne trouvez pas que Will est torride, sur cette photo ?

Kate ramasse sur ma table de cuisine l'épais numéro spécial Hollywood de *Vanity Fair*. Annie Leibovitz a pris la photo de une, où figurent « Les acteurs les plus sexy d'Hollywood » : Will Bailey, Ryan Gosling, Orlando Bloom, Johnny Depp, Jamie Foxx, Heath Ledger, Josh Hartnett et Jake Gyllenhall. Peter Sarsgaard, Zach Braff et Jake Jones, les pauvres, ne figurent que dans le rabat in-folio.

— Je ne peux pas regarder ça maintenant. C'est trop déprimant. Tous ces acteurs à succès, riches, sexy, l'air heureux… C'est dégoûtant ! Que Julian me demande d'habiller Jake Jones revient à proposer à un alcoolique de tenir un bar. Le défilé General Motors est dans deux jours, et il n'a toujours pas essayé ses fringues. Son agent a encore annulé le rendez-vous prévu demain matin.

— Hé, coupe Kate, vous voulez venir avec moi demain soir, les filles ? Il y a la soirée du magazine *Première* au Skybar.

— Kate, tu n'as pas écouté ce que je viens de dire ? Pas question. Le Skybar va fourmiller d'acteurs. Je refuse d'approcher à moins d'un mètre d'un représentant de l'espèce, à moins, bien sûr, que je doive l'habiller. Il n'est pas question que je me laisse distraire, une fois de plus, de mon combat contre mon déficit de carrière. J'ai vingt-six ans. Il est temps que je réussisse à faire quelque chose de ma vie.

— Tu as déjà réussi, déclare Cricket. Tu as convaincu Candy Cummings, Scarlett Johansson et Olivia Cutter de déambuler sur le tapis rouge en Julian Tennant.

— Candy et Scarlett, d'accord, dit Kate. Olivia, je ne sais pas. Je ne veux pas jouer les cassandres, mais pourquoi Olivia Cutter s'habillerait-elle en Julian Tennant alors que Givenchy lui va si bien ? Ce n'est pas gagné, Lo.

Kate ouvre le *Vanity Fair* sur une double page de l'actrice, ravissante dans une robe Années folles, parfaitement assortie à ses yeux bleu glacier.

— Ne m'en parle pas. Tu n'imagines pas le nombre de robes que Carolina Herrera, Vera Wang et Badgley Mischka lui ont concoctées à la dernière seconde. Je cite seulement les stylistes dont m'a parlé mon acupuncteur, le docteur Lee. Il soigne aussi la sœur de l'assistant de l'agent d'Olivia. Il ne faut pas oublier qu'Adrienne Hunt roule pour Prada. Et il y en a peut-être d'autres.

Je garde ma pire angoisse pour moi : même si Olivia acceptait de passer l'examen de Joan Rivers dans une robe de Julian, il n'y a aucune garantie qu'après un nombre incalculable d'essayages, elle n'imite pas Sharon Stone et déboule, à la dernière minute, avec un tee-shirt noir de chez Gap sur le dos. Le plus irritant est que les divas ont le droit de garder les créations des stylistes qu'elles ont dédaignées. Croyez-vous vraiment que Renée Zellweger prenne le temps de chronoposter les vêtements sur-mesure que lui a cousus main Michael Kors pour qu'il les recycle dans son showroom à

New York? Alors, que faire? Entrer chez Olivia par effraction pour récupérer les robes?

— J'ai toute confiance en toi, Lo, assure Cricket. Olivia va porter du Julian Tennant parce que tu sauras te montrer convaincante. Tu as l'œil. Tu sais ce qui met quelqu'un en valeur. C'est un don. Concentre-toi juste sur la visualisation de ton succès.

— En fait, l'éditeur de *Vogue*, Andre Leon Talley, m'a raconté qu'Olivia bavait au premier rang du défilé de Julian, pendant la Fashion Week. Elle lui a même envoyé un énorme bouquet de lis blancs avec un petit mot pour lui dire que sa collection était sa préférée.

— Et tu l'as crue? s'indigne Kate. C'est une technique éprouvée pour collectionner des fringues gratuites. En échange d'un investissement de cinquante dollars en fleurs, elle va recevoir des robes valant des milliers de dollars. Elle n'est peut-être pas aussi cruche qu'on le dit. Ou tout du moins, son agent est futé. Mais j'ai entendu dire que l'ambiance n'était pas au beau fixe entre l'agence William Morris et elle. Tu crois que c'est vrai?

— Kate, pourrait-on continuer de parler de moi pendant dix secondes? J'ai un ulcère de la taille de l'ego de mon père en ce moment. Heureusement que Scarlett s'habille en Julian. Si je n'avais pas cet atout-là dans ma manche, je serais en plein coma fashion.

— Olivia a pris quinze kilos, a porté des fausses dents et joué le rôle d'une camée. Un tiercé gagnant pour l'oscar: c'est couru, elle va gagner. Et elle va forcément tomber amoureuse d'une des robes que Julian lui apportera demain, je le sais, garantit Cricket. Grâce à toi, il y aura une lauréate en Tennant.

— Absolument. Y a pas de suspense, je te dis. Tout le pays boufferait Olivia tout cru au petit déjeuner, au déjeuner et même au dîner, si c'était possible. Tu auras deux gagnants, Lo. Candy va supplanter Phil Collins. *In the Air Tonight Remix* n'intéresse personne. La radio Extra passe en boucle le tube de Candy.

— Seulement si Julian consent à lui dessiner un costume de Catwoman. J'ai été jusqu'à lui promettre un rendez-vous avec Tom Ford...

— Tu ne connais même pas Tom Ford! proteste Kate.

— Julian l'ignore. C'est pour son bien. Et le mien, conclus-je en balançant d'un coup de pied mes chaussures à talons, qui atterrissent sur le sac à scénarios de Kate.

— Eh! Le dernier projet d'Alexander Payne est là-dedans!

Je déplace mes chaussures du bout de l'orteil.

— C'est quoi, ça? demandé-je en soulevant le sac en Nylon noir arborant un logo triangulaire familier. Ma meilleure amie complote avec les suppôts de Satan?

Je comprends plus ou moins pourquoi Kate a préféré Prada à Julian Tennant pour Will, mais la blessure est encore à vif. Kate ne feint même pas de prendre l'air coupable.

— Quoi? J'étais censée refuser un sac Prada à mille deux cents dollars gratos?

— Gare à tes fesses. Adrienne Hunt te crucifie à l'aide de ses stilettos. Ce n'est qu'une question de temps, l'avertis-je.

— Tu es passée par Sunset Boulevard dernièrement? T'as vu combien Will est à son avantage en quatre par trois dans la campagne Prada? Je conseillerais à Will de sauter Adrienne si je pensais que cela pouvait servir sa carrière. Merde, je la sauterais moi-même. Je me moque qu'elle soit un être humain répugnant. Tu le sais.

— L'histoire se répète. Je n'en reviens pas de devoir rivaliser avec elle. Je n'ai rien contre Prada. J'adore ce que Miuccia a fait pour le Nylon. Qu'elle colle un logo sur un Le Sportsac à trente dollars pour le revendre mille deux cent ne m'inspire que du respect. À côté d'elle, la patronne de *Vogue*, la grande Anna Wintour, c'est un agneau. Mais Adrienne est prête à tout. J'ai entendu dire que le jour où l'on a rendu les nominations publiques, elle a offert à Olivia une mini-pochette Prada en python rose. Kate Moss en attend une depuis des semaines, elle est douzième sur la liste d'attente. Adrienne l'a arrachée à Giselle à la seconde où elle descendait du podium à Milan. Vous voulez la dernière ? Elle a fait tricoter pour le chien d'Olivia un pull en cachemire Prada, avec revers en fourrure. C'est de la concurrence déloyale !

— Elle a commandé de la fourrure pour un chien ? s'écrie Cricket. C'est pervers. Il faut la dénoncer aux membres de PETA !

La sonnerie d'un téléphone portable coupe court à l'indignation militante de Cricket. Elle cherche son fourre-tout en coton bio en gargouillant :

— Oh mon Dieu, je suis certaine que c'est mon agent.

— Désolée, c'est pour moi.

L'impitoyable Kate enclenche le haut-parleur de son Nokia. Cricket, déçue, ramasse le contenu du sac qu'elle a vidé par terre : un jogging gris, le scénario d'*Alerte à Malibu* et l'*Autobiographie d'un yogi*.

— Tu as intérêt à ce que ce soit important, Adam, on est dimanche, aboie Kate à l'assistant qu'elle traite comme un paillasson.

Adam est le dernier en date d'une longue liste d'esclaves surqualifiés, hyper ambitieux et tout frais émoulus de la fac de cinéma de New York. Kate semble oublier que l'unique fois où son assistant a pris un week-end de congé, elle l'a puni en lui interdisant pendant une semaine de conduire sa Porsche au Palm Car Wash, le dernier Lavomatic où l'on cause.

La voix soumise d'Adam réagit à peine au ton de sa patronne.

— Votre sœur aimerait que vous changiez d'avis à propos de vendredi soir et que vous veniez à son dîner de répétition.

— On en a déjà parlé. Tu étais supposé expliquer à Sarah qu'il est hors de question que je manque la soirée que donne Bryan Lourd vendredi. Je prendrai un vol samedi après-midi, juste après la remise des Independent Spirit Awards. Je rate déjà la soirée des Weinstein pour assister à son mariage. Ça suffit amplement.

— Vous ne voulez pas l'appeler vous-même? suggère timidement Adam. Elle avait vraiment l'air triste.

— OK Inscris son nom sur la liste des appels à passer demain.

Clic.

— Quoi? aboie-t-elle en remarquant nos regards désapprobateurs.

— Comment peux-tu refuser d'aller au dîner de répétition du mariage de ta sœur? demande Cricket. Tu es en train de devenir comme eux. Comme tous ces malades d'Hollywood. Je n'en reviens pas.

— Kate, tu n'es même pas invitée à la soirée de Bryan Lourd.

— Non. Je t'y accompagne, c'est presque pareil. Et arrêtez un peu, c'est le dîner de répétition que je zappe, pas la cérémonie. Sans compter que c'est moi qui offre la lune de miel.

— Tu t'avances, là. Je ne pense pas être invitée chez Bryan.

Je n'ai pas encore eu le courage de trier la pile de cartons qui s'accumulent dans un équilibre de plus en plus précaire sur ma table de nuit. Elles me rappellent deux faits trop désagréables : oui, je fais partie des sangs bleus d'Hollywood. Et oui, ces bristols sont le seul bien qui justifie mon assurance habitation à l'année.

— Si, tu l'es, assure Kate.

— T'as lu mon courrier ?

— Oui. Tu sais que je ne suis invitée qu'à 23 heures à la soirée *Vanity Fair* ? J'ai accordé à Graydon un entretien exclusif avec Will à la seconde où on a appris sa nomination et il ne s'est même pas fendu d'une invite pour 22 h 30 ! Tu le crois ?

— Au moins toi, tu es invitée, note Cricket, boudeuse.

— Tu seras de la partie l'année prochaine, quand tu seras la star d'*Alerte à Malibu*.

— Et que je vivrai dans une maison avec baignoire.

— On regarde les films ? suggère Kate.

— Une seconde, le temps que je consulte mes e-mails, implore Cricket en s'approchant de mon MacBook noir posé sur le plan de travail.

Elle n'a pas eu d'ordinateur à elle depuis son diplôme en art dramatique à l'université Northwestern à Chicago.

— J'essaierai de te trouver un ordinateur portable sur le tournage de *Spiderman 4*. Will y fait une apparition, propose Kate. Il y en a sûrement parmi les accessoires, la production a passé un accord avec Apple. Je pourrais le négocier pour presque rien et généralement, ils sont comme neufs. (Cricket ne répond pas.) Cricket, tu m'entends ?

— Oh mon Dieu, mon Dieu, mon Dieu, gémit Cricket derrière mon écran.

— Félicitations, Cricket ! m'écrié-je en m'élançant vers elle pour un nouveau pogo d'honneur.

Mais je m'arrête en plein vol. La carnation laiteuse de Cricket est devenue translucide. Ses yeux vert océan ont l'air engloutis par une marée noire. Elle se met dans la position du lotus et s'efforce de respirer profondément.

— Je n'ai pas eu le rôle, résume-t-elle d'un ton morne, sans se tourner vers nous, un regard sans expression fixé sur l'écran.

— Quoi ?

— Ils ont dit que j'étais… Trop grande, murmure Cricket. Ils l'ont donné à la prochaine Kate Bosworth. Et il y a pire.

— « L'agence Dorff ne vous représentera plus. Très chaleureusement, Greg », lit tout haut Kate par-dessus les épaules affaissées de Cricket. Que ce gros naze de Greg Dorff et son agence minable aillent au diable. Il en fait autant pour ta carrière que Michael Brown pour La Nouvelle-Orléans après Katrina. Zéro pour les situations d'urgence. Tu seras mieux sans lui.

— Cricket, je suis vraiment désolée, dis-je.

— Trop grande, grogne-t-elle. Trop grande ? Le directeur de casting ne m'a pas dit que j'étais trop grande, ni à la première, ni à la deuxième, ni à la troisième audition. Les producteurs m'ont appelée au téléphone cinq fois et ils n'ont pas dit que j'étais trop grande. Quand est-ce qu'ils ont décidé que j'étais trop grande ? Aujourd'hui, quand les patrons de la chaîne m'ont fait tourner sur moi-même en maillot de bain rouge, avant de me demander de me coucher et de me rouler par terre comme une chienne devant toute l'équipe ? Ces types m'ont regardée droit dans les yeux et m'ont dit que j'étais bonne. Ils ont dit que j'étais bonne !

— Mais tu es bonne.

— Ce n'est qu'une série télé, il y en aura d'autres, renchérit Kate. Cameron Crowe a dit à Will qu'il était trop petit et aujourd'hui, regarde, il est nominé pour l'oscar du Meilleur Acteur.

— Persévère, insisté-je en ramenant doucement derrière ses oreilles les longues mèches blondes qui couvrent son visage angélique.

Elle éclate en sanglots.

— Pourquoi ? Pour que le prochain directeur de casting me dise que je suis trop grande, ou trop blonde, ou trop vieille ou trop jeune ou trop… blanche ? Je laisse tomber, j'abandonne. Le talent n'a rien à voir avec tout ça.

— Tu as beaucoup trop de talent pour laisser tomber. Viens, allons nous asseoir dans le salon, le maître en feng shui envoyé par ma mère après ma rupture avec Smith a décrété que c'était la pièce la plus positive de la maison.

Je la prends par la main pour la conduire à côté. Je l'installe dans le fauteuil en lin rebondi posé dans un coin et j'emmitoufle son corps frêle dans la couverture en cachemire orange conseillée par le type du feng shui. Couleur et matière souveraines pour la protection et la revitalisation. Son visage diaphane semble encore plus pâle par contraste.

— Tu m'autorises à vendre le pyjama en cachemire TSE que tu viens de m'offrir pour acheter un aller simple pour l'Ohio ? Ça fait un mois que je subis des épilations intégrales tous les jours pour cette série débile. Mon compte en banque est vide, annonce-t-elle en séchant ses larmes d'un revers de main.

— Tu décrocheras un autre rôle, assuré-je en m'asseyant près d'elle.

— Un rôle encore mieux, promet Kate en s'asseyant de l'autre côté.

— J'en peux plus. Je repars chez moi. Je rentre dans l'Ohio.

— Pas question. On ne va pas te laisser flancher à cause d'un imbécile de la télé qui a le complexe de Napoléon. Que ferait-on sans toi ?

— Crois-tu vraiment que Jennifer Lopez a voulu retourner dans le Bronx chaque fois qu'un abruti de producteur, de directeur de la distribution ou de réalisateur lui a dit qu'elle avait des grosses fesses ? Non. Elle a persévéré et c'est ce que tu dois faire.

— Kate a raison. Tu ne peux pas abandonner. Tu as toujours voulu être comédienne. Et tu crevais l'écran dans *New York Unité Spéciale*, le mois dernier. Je t'ai trouvée très convaincante.

— Je jouais un cadavre, Lola. J'ai eu droit à un plan de cinq secondes de moi et de quatre autres filles qui manifestaient pour Greenpeace avant d'être écrasées par un Hummer, renifle Cricket avant de s'essuyer le nez et de soupirer faiblement.

— Ton apparition dans *Grey's Anatomy* était géniale, ajoute Kate, d'ordinaire avare de compliments.

— J'étais dans le coma.

— Peut-être, mais c'était fascinant. J'ai cru en ce coma, insiste Kate.

— Réfléchissez deux secondes à ce que vous dites : je suis douée pour jouer les infirmes. Vous vous souvenez de l'audition pour l'*Ingénue* ? Faye Dunaway a dit que mon registre émotionnel était aussi limité que celui de Karl Rove, l'éminence grise de George W. Bush. Elle m'a conseillé de continuer à poser bouche fermée pour les catalogues de mode de VPC.

— Hé, oh ! Oublie-la, coupe Kate. Tu es bien trop douée pour *L'Ingénue*.

— Sauf qu'il y avait un rôle dans *Lost* à la clé. Et que je me suis complètement plantée. C'est décidé, je rentre dans l'Ohio. L'Univers m'envoie un message.

— On ne te laissera pas faire. On serait perdues sans toi. On te trouvera un nouvel agent, quelqu'un de bien mieux.

— Je vais demander à Adam de téléphoner à David Feldman, au département télé de l'agence, pour qu'il t'auditionne, propose Kate.

Je lui jette un regard furieux.

— J'appellerai David moi-même demain matin à la première heure, rectifie-t-elle.

— C'est vrai ? Tu ferais ça pour moi, Kate ?

— Oui. Tu peux y arriver, assure Kate sans ciller. Maintenant lève-toi et oublie ces nabots.

Elle déroule la couverture orange et entoure Cricket d'un bras protecteur. Je pose le mien de l'autre côté.

— Tu vas y arriver, lui chuchoté-je à l'oreille.

— On va y arriver, chuchote-t-elle en retour.

— Pas la peine de se lancer dans des embrassades et d'en faire tout un plat, conclut Kate.

Mais elle serre Cricket une dernière fois avant de se dégager.

— Allez, regardons *Le Violoniste*. Les biceps de Ryan Phillippe vont te faire oublier Greg Dorff et tous ces ringards du studio.

— Ah, mais c'est triste, ça, c'est l'histoire du génocide arménien, Lola, ronchonne Cricket. Regardons plutôt *Retour à la fac 2*. Will Ferrell a toujours eu le don de me remonter le moral.

— C'est un film de la CAA. Il leur a rapporté une petite fortune, précise Kate. Lola, pourrais-tu me rendre un service ? Pendant l'essayage, demain, demande à Olivia si elle est heureuse chez William Morris.

— Kate, je t'en prie, ne pourrait-on pas rester concentré sur Cricket dix secondes de plus ?

J'ouvre le frigo juste pour confirmer qu'il est vraiment vide et que j'ai vraiment faim.

— Pardon, il me semblait que les dix secondes étaient écoulées. Pendant que tu y es, demande aussi à Scarlett.

Je la foudroie du regard en retournant au salon.

— Désolée, marmonne-t-elle.

Mais elle ne peut résister à la tentation d'ajouter :

— Dis-moi juste si l'agent d'Olivia l'accompagne.

— Kate, sois sérieuse…

— Si c'était moi, je lui tiendrais la main jusqu'aux toilettes.

Cinq heures plus tard, le postérieur encastré dans le sol, nous avons eu notre content de gros plans de Kate Winslet battue par les vents et eu le grand bonheur de découvrir la solution du *Giotto Code*. Après le départ de mes amies, tout ce que je veux, c'est aller me coucher. L'idéal serait de se réveiller quand tout ce qui fait peur ne posera plus problème. Carrière : parée. Vie amoureuse : parée. Traitement contre le cancer : paré. Cuissardes Chanel en croco avec bouts vernis : parées.

Mon téléphone portable sonne. Qui diable appelle aussi tard ?

— Salut, Angela, dis-je.

Le numéro de portable de la troisième assistante (et néanmoins cousine) de Scarlett Johansson est gravé au fer rouge dans mon cerveau.

— Scarlett m'a priée de t'appeler pour annuler l'essayage de demain.

De quoi s'agit-il, cette fois-ci ? Un cours de Pilates ? Une séance de reiki ? Une heure de spiritisme avec Suzannah Galland, la médium d'Hollywood ?

— Je comprends que Scarlett soit débordée, dis-je. Appelle-moi dès qu'elle aura un nouveau créneau. Nous avons hâte de la voir pour le dernier essayage et nous sommes fiers que Scarlett porte du Julian aux Oscars.

Je ne me connaissais pas ce talent pour lécher les bottes au débotté.

— En fait, elle préfère Narciso Rodriguez, réplique Angela.

J'ai la sensation que tout l'oxygène de la pièce vient d'être aspiré.

— Que veux-tu dire par : « elle préfère Narciso Rodriguez » ?

— Elle a changé d'avis. Je ne sais rien de plus. Et je dois prendre ma deuxième ligne.

— Quelle deuxième ligne ? Elle ne porte pas Julian ?

— Sur l'autre ligne, c'est Nicole de Terminex Control, les spécialistes de la dératisation. Ça fait des jours que j'essaie de programmer le rendez-vous annuel. Je dois raccrocher, Lola.

— Attends, mais qu'est-ce que tu racontes ? Les spécialistes de la dératisation ? Il est minuit, nom de Dieu !

— Lola, je dois prendre cet appel. Je suis certaine que tu comprends.

— Mais...

Clic.

Oh oui, je comprends trop bien, même. Programmer le rendez-vous annuel de Scarlett avec les dératiseurs est bien plus important que s'habiller en Julian Tennant aux Oscars. Je n'ai plus que Candy Cummings en poche. Quant à faire enfiler du Julian à Olivia Cutter... J'ai plus de chances de doubler toute la liste d'attente du Birkin en alligator chez Hermès.

Je suis aussi baisée que Paris Hilton.

Lundi

149 heures, 13 minutes, 7 secondes avant la remise de l'oscar de la Meilleure Direction artistique.

Merci d'emprunter l'itinéraire surligné », répète la voix féminine du système de navigation de ma Toyota. Les natifs de Los Angeles se piquent de n'avoir aucun sens de l'orientation dans leur propre ville. Je descends Marmont Lane en me reposant entièrement sur le GPS.

— Tourner à gauche dans...

L'écran clignote pour signaler un appel entrant. Au début, je pensais que le système de téléphonie Bluetooth intégré était l'un des gadgets les plus malins de la Prius. Il connecte automatiquement le téléphone portable au haut-parleur de la voiture. Ce qui me permet, tout à la fois, de parler en mode mains libres, négocier les carrefours et siroter un latte English Breakfast. Malheureusement, la navigation se déconnecte quand on m'appelle. L'alternative ? Rater un coup de fil et/ou me perdre sur le Howard Hughes Parkway. Dilemme insurmontable pour une fille comme moi.

Je décide de répondre :

— Bonjour.

— Je vais chercher Will pour visiter une maison John Lautner à quatre millions de dollars, annonce Kate. Elle est juste à côté de celle d'Heidi Klum et de Seal, dans les collines d'Hollywood. Depuis sa nomination, Will trouve qu'une star de son calibre n'a rien à faire à Silverlake. Ensuite, je l'emmène au Peninsula, dans la suite spéciale oscar, pour un nettoyage de peau gratuit et jouer au golf virtuel avec un set de clubs Callaway. Cadeau de la marque. Ensuite, on ira chercher sa nouvelle Cadillac Escalade. Cadeau de General Motors. Puis, direction les studios pour l'enregistrement du *Tonight Show*.

— Kate...

— Ça, c'étaient les bonnes nouvelles. La mauvaise, c'est que Maria, la gouvernante que j'avais embauchée pour lui, lui a demandé de l'argent pour se faire poser des implants mammaires. Tu te rends compte ? J'ai dû la renvoyer. Maintenant, la gouvernante, c'est moi. Je me suis déjà tapé les courses dans deux supermarchés pour trouver de la lessive Dreft. Du jour au lendemain, Môssieur trouve que sa peau est trop sensible pour du Tide, ma chère. Évidemment, tous les magasins sont en rupture de stock. Adam devrait s'occuper de ces détails, mais Will dit que je suis celle qui...

— Kate...

— En plus, son omelette aux blancs d'œufs de chez Doughboy refroidit. Et son smoothie à la fraise dégouline sur les vêtements que je lui rapporte du pressing. Se souvient-il seulement que je suis celle qui a eu le flair de le mettre sous contrat quand il n'avait à son actif que la pub pour les capotes Trojan ?

La maman-poule pleine d'orgueil d'hier est morte étouffée par les gaz d'échappement d'une Cadillac. La semaine des Oscars fait ça aux gens.

— Kate ! Je suis perdue sans mon GPS ! Je pars chercher Julian à LAX pour l'essayage avec Olivia.

— N'oublie pas que tu as promis de me dire si son agent l'accompagnait.

— Bon sang, j'ai raté le croisement !

96

— Tu as vécu à Los Angeles toute ta vie, Lola, apprends le nom des rues !

Clic.

— Faites demi-tour, ordonne le système de navigation ressuscité.

Le temps d'écouter deux fois un album de Led Zeppelin, j'arrive enfin au terminal d'American Airlines. J'ai rendez-vous avec Steven, employé des services spéciaux de l'aéroport, qui « accueille et bichonne » mes parents depuis que mon père a gagné son premier oscar. Les SS proposent des prestations géniales aux VIP atteintes du syndrome du pipole. Sans eux, les stars ne réussiraient jamais à se dépêtrer d'obstacles aussi traîtres que les trottoirs, les portiques de sécurité, les portes d'embarquement et le salon d'attente des premières. En général, le syndrome du pipole s'attaque au sujet le jour où un magazine à scandales lui a fait la grâce de mettre sa photo en une ; les symptômes sont multiformes, mais toujours handicapants : incapacité totale d'aller au supermarché, de faire la lessive, la cuisine et de revisser une ampoule ; impossibilité absolue de monter à bord d'un 767 avec la plèbe au lieu du jet de la prod. Hélas, le syndrome du pipole est un problème génétique qui se manifeste chez les « fils et filles de » habillés chez Fred Segal dès leur plus jeune âge. Tous passeront par la case thérapie pour surmonter leurs traumatismes. Il faut dire que leurs parents organisent les dîners en famille à minuit, en pleine semaine, chez Spago, et qu'ils offrent à leurs gamines de seize ans des chèques-cadeaux à dépenser chez des chirurgiens plasticiens pour leur anniversaire.

Je m'excuse de mon retard auprès de Steven, très élégant dans un tweed marron doux.

Cet amour de Steven réussit toujours à me surclasser ou à m'introduire discrètement dans le salon d'attente des premières. Là, j'ai tout loisir

de remplir mon sac Chanel en cuir noir matelassé –
encore un accessoire dont ma mère s'est lassée –,
de cookies aux pépites de chocolat et d'eau miné-
rale Fiji. Aujourd'hui, il va braver toutes les mesures
de sécurité de l'aéroport à mon côté pour que j'accède à la porte d'embarquement. Julian aurait
autant de mal à trouver la sortie tout seul que Mel
Gibson à se convertir au judaïsme.

— Il faut se dépêcher, crie Steven. L'avion a déjà
atterri, les passagers vont débarquer. Courez !

J'essaie d'être à la hauteur de la prestation de
Franka Potente dans *Run Lola Run*. Normalement,
courir, je suis contre. Je préfère garder mon énergie pour les choses vraiment importantes, comme
les soldes privées de Fred Segal et le sexe.

— Et zut !

La bride turquoise de mes spartiates préférées
a lâché.

— Dépêchez-vous ! hurle Steven, plusieurs mètres
devant moi.

— Partez devant ! Je vous rejoindrai !

Plusieurs minutes plus tard, quand j'arrive enfin à
la porte d'embarquement, l'endroit est désert. Même
Steven a disparu. Mais où sont-ils tous ? Je repère
l'équipage qui s'éloigne et cavale pour le rejoindre.

— Où sont les passagers du vol 201 en provenance de JFK ?

— Ils ont débarqué.

— Steven ! crié-je à la cantonade.

Il n'est nulle part en vue. J'ai raté mon coup. Où
est Julian ? Surgit une jeune hôtesse qui traîne
trois sacs portemanteau blancs, marqués de la
signature inratable de mon ami : son nom inscrit
en lettres rose vif. Je clopine jusqu'à elle.

— Où est le propriétaire de ces sacs ?

— Êtes-vous Lola ? (Mon nom est gribouillé en
grosses lettres tout en bas de l'un des sacs, à l'encre
noire). C'est si triste pour Julian. Il voulait absolu-

ment prendre cet avion, mais il souffre d'un eczéma de contact au sumac vénéneux et n'a pas voulu contaminer les autres passagers. Il m'a demandé de vous donner ces robes. C'est défendu par le règlement, mais je suis fan d'Olivia Cutter, alors bien sûr...

— Merci infiniment.

Je sais pertinemment que la probabilité que Julian Tennant entre en contact avec de l'herbe à puces à Manhattan est grosso modo aussi élevée que celle de voir Mary-Kate Olsen et Nicole Ritchie commander un quadruple cheeseburger-frites arrosé d'un milk-shake aux fraises. Je cale les sacs sur mon épaule. L'hôtesse s'éloigne dans le couloir. Steven me rejoint en trottinant. Il a le souffle court.

— Désolé, Lola. J'aurai dû me faire confirmer l'embarquement de Julian. J'ai eu une matinée complètement dingue, avec l'arrivée de Susan Sarandon et Tim Robbins. Vous savez comment ça se passe, avant les Oscars.

Je m'effondre sur une rangée de chaises disposée près d'une baie vitrée. Je pose soigneusement les portemanteaux à côté de moi et j'appelle Julian. Le téléphone sonne. Et sonne. Et sonne. Pas de réponse. J'oubliais. Mon numéro de portable est masqué et il ne sait pas que c'est moi. Je reprogramme le téléphone et rappelle.

— Bonjour, lance Julian d'une voix un peu trop guillerette pour un homme défiguré par un eczéma.

— Que s'est-il passé ? Tu m'avais juré de surmonter ta phobie de l'avion. J'ai envoyé à Katya des anxiolytiques et des somnifères, je lui ai demandé d'aller te chercher au loft et de ne pas te quitter des yeux jusqu'à ce que ta ceinture soit bouclée ! Nous avons rendez-vous avec Olivia Cutter dans moins de cinq heures ! J'ai besoin de toi ici ! Et j'ai une mauvaise nouvelle, j'aurais préféré te l'annoncer en face, mais tant pis : Scarlett est out. Elle s'habillera en Narciso Rodriguez.

— Ça c'est super, gémit Julian. J'avais déjà un pied dans la tombe. Pourquoi ne me pousses-tu pas carrément au fond pour mieux pelleter ?

— Je pensais que toutes ces séances avec Gonzalo et le Dr Friedlander t'avaient débarrassé de ta peur de voler.

— J'avais bien l'intention de monter dans cet avion, Lola. J'ai pris un anxiolytique et je suis allé à l'aéroport avec Katya, mais un taxi a eu un accident juste devant le terminal d'American Airlines. J'ai vu le film de ma vie défiler devant mes yeux. C'était un signe, l'avion allait s'écraser.

— Il ne s'est pas écrasé, que je sache ! Si je retarde le rendez-vous d'une heure et que tu montes dans le prochain avion, on y arrivera peut-être. Que dois-je faire pour que tu le prennes ?

— Rien. C'est impossible, Lola. Et avec la tête que j'ai, pas question d'aller chez Olivia Cutter. Elle me prendrait pour un monstre. J'ai des cernes énormes. Personne ne doit me voir dans cet état. Je suis laid à faire peur.

— On te demande pas de la draguer, bon sang de bois !

— Tu crois qu'on parlerait à Donatella sur ce ton-là ? proteste-t-il. Tu crois qu'elle se déplacerait pour un simple essayage ? Je suis un artiste. Je suis fragile.

— Primo, Donatella irait en traîneau jusqu'en Antarctique pour qu'Olivia accepte de porter du Versace. Et secundo, je suis désolée, chéri, mais il se trouve que tu n'es pas Versace. Je fais ce que je peux pour que tu le deviennes. Or, Olivia Cutter ne s'est pas encore engagée à porter ta robe.

— Qu'est-ce que tu peux être froide...

— Pourquoi ne vois-tu pas la nécessité de venir au rendez-vous ?

— Je t'ai embauchée pour que tu convainques tous ces empaffés de porter mes vêtements. Pour que *tu* t'en occupes. Comment peux-tu être si cruelle avec un mourant ?

— De quoi parles-tu

— Je ne serais plus qu'un cadavre en sursis si je montais dans une de ces machines de mort en aluminium.

— Julian, tu as plus de chance d'être foudroyé par temps d'orage que de mourir dans un crash.

— Ne crie pas. Pas aujourd'hui. Je n'ai pas fermé l'œil de la nuit et je suis très vulnérable. Créer une autre robe pour Candy Cummings sous une telle pression, c'est comme annoncer à Michel-Ange qu'il a vingt-quatre heures pour peindre la chapelle Sixtine.

— De quelle robe parles-tu ? Tu m'as promis de lui faire sa combinaison de Catwoman !

— Même Halle Berry avait l'air de tourner un porno en Catwoman. Oublie le costume. On parle des Oscars. À 3 h 30, ce matin, l'esprit de Christian Dior s'est emparé de mon enveloppe charnelle. J'ai fait la plus belle œuvre de ma vie. Ouvre le sac qui porte le nom de Candy.

— Un vol de la Korean Air vient d'arriver et je suis noyée sous un flot de touristes. Je ne suis pas d'humeur. Où est le costume de Catwoman ?

— Ouvre le sac, Lola.

Quelques secondes de lutte avec une fermeture Éclair caractérielle plus tard, une plume de paon solitaire jaillit du sac. Une dizaine de centimètres de plus révèlent un trio de plumes nichées sur une bretelle de satin bleu paon. Vingt centimètres de plus exposent au grand jour la taille délicatement pincée d'un corsage muni d'une seule bretelle. Quand je finis par extirper la robe entière, mon cœur s'arrête de battre : une traîne de soixante centimètres, rebrodée de plumes de paon peintes à la main se déploie sous mes yeux comme un arc-en-ciel. J'en ai les larmes aux yeux.

— Julian, c'est la plus belle robe du monde.

— Vraiment ?

— Je tuerai Candy Cummings si elle s'avise d'éternuer dessus. (Je note mentalement de cacher les paires de ciseaux lors du prochain essayage.)

— Et si elle la déteste ? pleurniche-t-il.

— Détester cette robe serait un crime.

— Je n'ai pas dormi, je n'ai pas mangé. J'ai bu quatre cafés au lait et j'ai pris trois anxiolytiques. Si je ne raccroche pas tout de suite je vais faire caca dans mon pantalon. J'y vais. Et après, je prendrai un somnifère.

Clic.

— Julian ! Julian !

Oh ! là, là ! Il n'a pas eu une crise aussi violente depuis qu'Anna Wintour lui a servi un steak – la pire des offenses pour ce farouche ami des bêtes – au dîner qu'elle avait organisé en son honneur l'an dernier, quand il avait été élu meilleur jeune créateur. Steven toussote discrètement derrière moi.

Je me retourne et lui présente un sourire contrit : je l'avais complètement oublié.

— Je suis désolée.

— Que ça reste entre nous : Jennifer Aniston a la phobie de l'avion, elle aussi. C'est beaucoup plus fréquent qu'on ne le pense. Tenez-moi au courant si vous voulez que je lui trouve un autre vol.

Mon portable sonne. Quoi, encore ?

— Écoute, Julian…

— Ma chérie.

— Oh, bonjour, maman.

— Que se passe-t-il, chérie ? Tu sembles à bout.

— C'est Julian. Il ne vient pas. Il n'a pas pris l'avion.

— Comme c'est curieux. J'avais pourtant allumé une bougie de courage pour lui, hier soir. Sais-tu si Gonzalo a travaillé sur l'ajustement de ses chakras ?

— Il m'a dit qu'il n'avait pas compris un mot de ce qu'il lui racontait.

— Il n'a pas besoin de comprendre. Il a besoin qu'on ajuste ses chakras. Ce sont ceux de son plexus solaire et de ses racines qui m'inquiètent. J'appelle Gonzalo tout de suite pour qu'il passe immédiatement chez lui.

— Laisse tomber, il est dans les vapes. Dans son état, le jean que porte Gonzalo risquerait de l'achever.

— Dans ce cas... J'ai envoyé ton père faire un golf avec tonton Jon au Riviera et je meurs de faim. Si on grignotait un gratin de crabe ensemble à l'Ivy?

— L'heure du rendez-vous avec Olivia Cutter cet après-midi n'est pas encore fixée. Attends une seconde, j'ai un bip.

Je prends l'autre ligne.

— Ma rock star a disparu et j'ai besoin d'elle pour les plans de coupe! gémit Christopher.

— Eh bien, sache que mon styliste a déserté.

— J'ai besoin d'un Xanax. Tu as toujours l'ordonnance du docteur Gilmore?

— Christopher, c'était seulement en cas d'urgence après ma rupture avec Smith. Je suis certaine que le docteur Gilmore s'opposerait à ce que je partage sa prescription avec d'autres membres de la famille.

— Tu n'es qu'une sale hypocrite. Qui a conduit jusqu'à l'aéroport pour te livrer du Lexomil avant tes 24 heures de vol pour l'Inde quand tu étais complètement dans le cirage à cause de Smith? Et ce, contrairement aux ordres du docteur Singh, je te le rappelle.

— Tu me culpabilises pour me forcer la main? Très bien. La fenêtre de ma chambre est ouverte. Il y a une échelle dans le garage. Le Xanax est dans le tiroir à petites culottes. Il est peut-être périmé, je ne sais pas. Je dois raccrocher. Maman attend sur l'autre ligne. (Je la reprends.) Maman, c'est fou ce que Christopher rame pour ce clip.

— Je connais les rock stars par cœur, glousse-t-elle. J'étais chez Mick et Keith à Redlands Road, en février 1967, quand la police a débarqué pour perquisitionner. Je me suis cachée avec Marianne Faithfull dans le placard de Keith pendant que les flics démantelaient la maison. J'ai frôlé la dépression nerveuse. Bien sûr, nous étions tous sous acide, ce qui a peut-être aggravé mon sentiment de paranoïa…

— Maman, désolée, mais je suis pressée. Je suis à l'aéroport avec les robes de Julian. Comme Scarlett nous a lâchés, Olivia Cutter doit choisir une robe de Julian à tout prix.

— Alors, laisse-moi effectuer le rituel de sagesse pour débarrasser ces tenues de toute la peur que Julian leur a communiquée. Tu ne voudrais pas qu'elles dégagent des vibrations négatives pendant l'essayage.

— Pas le temps. Je fonctionne en mode de crise.

— Tu es en mode de crise parce que tu n'assistes pas aux rituels nécessaires. Ces robes en ont trop vu. Il est capital de les débarrasser de la négativité qui a envahi leurs fibres. Le tissu est un matériau très absorbant. La toxicité qu'elles renferment est évidente.

Soudain, je me fige devant le mur d'écrans télé derrière le bar. Des images de Candy Cummings entourée de flics, les mains menottées sur Sunset Boulevard, le visage noir de mascara, le cheveu aplati, sont diffusées sur toutes les chaînes.

— Maman, il faut que je te laisse.

Je raccroche et cours vers le bar.

« Candy Cummings, la star du rock, a été arrêtée la nuit dernière pendant une performance impromptue au Viper Room, déclare le présentateur. Elle aurait jeté sa guitare Fender sur un fan après avoir montré plusieurs fois ses seins au public. La police a découvert qu'elle était en possession de produits pharmaceutiques illégaux. L'académie du cinéma vient de faire la déclaration suivante : « Suite à l'arrestation de Mme Cummings, Mary J. Blige la remplacera durant la cérémonie des Oscars. » »

Suivent d'autres images de policiers qui escortent Candy à l'arrière d'une voiture de patrouille, le gyrophare clignotant sur le même tempo que les flashes des paparazzi. Détail surréaliste : elle porte le pull en cachemire violet Julian Tennant avec un phoenix brodé en perles d'argent que je lui ai donné. Pas franchement le type de publicité que j'espérais. Je m'assieds par terre, au beau milieu du terminal. Je sais que je suis en train d'attraper la fièvre aphteuse sur cette moquette sale, mais je m'en moque. Mieux vaudrait un stage à l'hôpital que l'éviction de Candy des Oscars. Mon téléphone sonne et je le porte machinalement à l'oreille.

— Chérie, tu m'écoutes ? Aidons ces jolies robes à se libérer de leur peur. (J'entends à peine la voix de ma mère par-dessus le rugissement de ma propre trouille.) Je refuse que tu te rendes à un rendez-vous sans un rituel de protection. Ce ne serait pas maternel de ma part de te le permettre.

— Je t'accorde cinq minutes avec les robes. Je serai là dans un quart d'heure.

— *Om ah-pa-sahr-pahn-too teh boota yea boota boo-vee sahm-stee-tah-ha yea bootah vig-nah kahr-tah-rah-stea gah-chahn-too shee-vah ahj-nah-yah*, psalmodie ma mère.

Ses cheveux frisottés blond cendré lui effleurent les épaules. Sa tunique blanche ressemble comme deux gouttes d'eau à celles qu'on vend à la boutique Hare Krishna sur Venice Boulevard pour vingt dollars, mais comme ma mère ne porte que de la haute couture, la sienne est signée Gaultier et lui en a coûté deux mille.

— Que les esprits qui hantent cette zone partent et ne reviennent jamais, par ordre de Shiva, traduit-elle.

Un bouquet de sauge fume dans sa main droite. Ses poignets multiplient les piqués au-dessus la robe. Ses dizaines de bracelets en or cliquètent les uns contre les autres. La sauge me chatouille le nez et la fumée me fait cligner des yeux.

— Maman, si tu continues, les robes vont sentir comme l'intérieur du placard de Woody Harrelson.

Ma mère est entrée dans une transe si profonde qu'elle ne répond pas. Son corps oscille sur la musique des bongos africains distillée par les enceintes Surround Sound posées au milieu du salon. Elle finit par s'affaler par terre où elle forme un ravissant tas de soie, de tulle, de lamé et d'organza d'importation.

— J'en déduis que tu as fini, commenté-je en lui retirant les robes des bras.

— Chérie, tu devrais vraiment psalmodier avec moi. Je suis euphorique. Mon conduit est débouché. Tu te sentirais tellement mieux si on faisait les rituels ensemble, assure-t-elle, toujours allongée par terre, l'œil vague.

— Je dois y aller, maman.

Je pose un bisou sur le haut de son crâne tout en refermant la fermeture Éclair des sacs portemanteau. Je les aérerai dans la voiture, en route pour la maison d'Olivia.

— N'oublie pas le rituel pour l'oscar, samedi. Nous renvoyons à l'océan la négativité de la carrière de ton père et accueillons un nouveau chapitre de sa vie.

— Je sais, je sais, Abby m'a prévenue.

Peut-être maman tient-elle le bon bout avec sa manie des rituels. Peut-être cela me ferait-il du bien de renvoyer à la mer ma propre négativité. Ou Adrienne Hunt.

— Et pense à prendre la statuette de Ganesh que tu as rapportée de l'ashram.

— Il y a eu une cata au salon de coiffure de Sally Hershberger! ulule l'assistante.

Le QG d'Olivia Cutter est bleu turquoise. Le mot d'ordre de son équipe est encadré au-dessus du seuil : « Assurer la tranquillité domestique d'Olivia et lui fournir tout ce qu'elle demande à tout moment. » Tout un programme.

Cela fait deux heures et demie que j'attends dans cette pièce, coincée entre les portants et les casiers qui croulent sous les modèles refusés et les croquis des autres stylistes. Toute la dream team de la star est là. Ses stylistes – les Fabuleuses Jumelles, deux clones de Twiggy avec une coupe filasse à la garçonne, vêtues de minirobes sauce mod's. Son agent : le cœur d'Ari Gold bat sous la façade de Jennifer Beals époque *L Word*, le L indiquant, en l'occurrence, la mafia lesbienne de l'industrie du cinéma. Son manager, qui a les cheveux et les poils du torse plus méchés qu'Olivia et des dents blanches Hollywood chewing-gum. Son attachée de presse, qui aurait bien besoin d'un balayage : ses cheveux d'un blanc neigeux et son visage livide n'ont sûrement jamais vu le soleil, à l'exception des rayons émis par le diamant canari de quatre carats, cadeau de son mari, le président de la maison de production (le pauvre homme ne se doute pas le moins du monde qu'elle couche avec l'agent d'Olivia). Et enfin son assistante, une Japonaise de vingt et un ans, qui n'est pas sans rappeler les danseuses de Gwen Stefani.

L'agent, dans un costume Gucci pour homme gris pâle et chaussée d'une paire de Jimmy Choo, enchaîne les coups de fil.

— Nom de Dieu, Jesse, comment veux-tu que je garde sous contrôle toute cette supercherie hétéro quand on peut lire dans *The Enquirer* qu'on t'a vu rouler des patins à Lance Bass dans Runyon Canyon?

L'attachée de presse feuillette les tabloïdes à la recherche de photos d'Olivia, et recense les sociétés qu'elle pourra racketter afin de récupérer des produits et des vêtements à l'œil. « L'étalon caramel a-t-il dompté une nouvelle jument? » suggère *US Weekly* qui montre Olivia en bikini au bord de la piscine de l'hôtel Hollywood Roosevelt, en train d'explorer les amygdales d'Owen Wilson... Cette photo se monnaye contre une suite présidentielle, au minimum. *The Star* publie une photo d'Olivia qui pianote sur son T-Mobile Sidekick 3 à la soirée donnée par *Glamour*. Elle récupérera probablement une coque de portable en cristal Swarovski. *OK! Magazine* a chopé la star en train de fumer une Parliament Light d'un air boudeur: le seul retour sur marchandise qu'Olivia puisse en tirer est un cancer des poumons...

Pour passer le temps, je lorgne les créations de la concurrence. Les Ricains: Ralph, Donna, Calvin, Carolina, Marc, Vera. Les British: MacQueen, Stella, Vivienne Westwood. Les Français: Jean-Paul, Galliano, Lacroix, Lanvin, Roland Mouret. Les Italiens, Dolce & Gabbana, Armani, Valentino. Comment ai-je pu accepter que Julian m'envoie en solo dans la fosse aux lions? Une seule consolation: pas de Prada à l'horizon.

Au moment où je n'y crois plus, la porte s'ouvre sur l'actrice. Sa tête est cachée sous un chapeau de feutre violet. Les lunettes de soleil mouche Christian Dior à verres réfléchissants masquent la plus grande partie de son visage.

— Olivia a dû faire un saut chez Fred Segal pour acheter un chapeau et cacher le désastre, annonce-t-elle. Sally voulait à tout prix couper les cheveux d'Olivia. Résultat, Olivia sera laide pour les Oscars.

Est-ce le verre de tequila que j'ai bu à l'aéroport qui m'a troublé l'ouïe ? Non. C'est la vérité vraie et non une méchante rumeur colportée par les magazines de potins : l'actrice parle d'elle-même à la troisième personne.

— Enlève ce chapeau, Olivia, supplient les jumelles en stéréo.

Elles posent doucement les mains sur les épaules de l'actrice et, telles des chirurgiens avant la première incision, s'approchent du feutre à gestes mesurés.

— Non ! Olivia ne vous laissera pas voir Olivia dans cet état, couine-t-elle en s'éloignant d'un bond.

— Voyons chérie, tu es trop parfaite pour que Sally Hershberger y change quelque chose, garantissent les jumelles.

Tiens donc ! Les jumelles serinaient une tout autre chanson pendant les deux heures et demie que nous avons passées à attendre Olivia. « Trop petite. Pas de nichons. Gros cul. Emmerdeuse. Égocentrique de première catégorie. QI d'un enfant de deux ans. Mauvaise actrice (même si elle a été nominée). Cracra. Peau merdique que même Sonya Dakar, la bonne fée du Tout-Hollywood acnéique, ne pourrait réparer malgré ses nettoyages de peau à cinq cents dollars. Encore celluliteuse après la prise de poids exigée pour le rôle. » Leur refrain ? « Elle est plus fadasse qu'un Big Mac. »

Les jumelles lancent un regard d'avertissement au reste de l'équipe lovée sur le canapé branlant. Dans la seconde, l'intégralité de la dream team d'Olivia reprend en chœur : « Tu es parfaite, Sally Hershberger ne pourrait rien y changer. »

« Sans moi, elle n'existerait pas » : voilà, si j'ai bonne mémoire, les mots exacts utilisés par le manager pour la décrire un peu plus tôt, en caressant d'un doigt détaché le tailleur Paul Smith à trois mille cinq cents dollars financé par sa commission.

« C'est moi qui l'ai dénichée sous un arrêt de bus », a précisé l'agent.

« Croit-elle vraiment que je vais continuer à la faire passer pour une pucelle alors qu'elle couche avec tout le monde en ville ? » s'est indignée l'attachée de presse.

« C'est la pire des divas. Je devrais porter plainte pour harcèlement moral », a ajouté l'assistante.

— Tu es parfaite, Sally Hershberger ne pourrait rien y changer, assure la dream team.

Les jumelles s'approchent d'Olivia. Avec d'infinies précautions, elles soulèvent le feutre et libèrent la magnifique chevelure blonde que je me souviens d'avoir admirée hier dans *People Magazine*. Pour être honnête, je ne vois pas où ont œuvré les ciseaux de Sally qui a inventé la coupe déstructurée de Meg Ryan et imposé aux célébrités son tarif unique de mille dollars la consultation.

— C'est atroce, non ? Olivia est mortifiée. Olivia ressemble à un monstre, gémit-t-elle, en se regardant dans le miroir en pied que les jumelles lui approchent. Non, enlevez-moi ça, Olivia ne peut pas supporter de se voir dans la glace. Non, rapportez-le ! Olivia doit se regarder !

Les jumelles commencent une série d'allers et retours avec le miroir. « Non, enlevez-le, Olivia ne peut pas le supporter. Laissez-le. Rapportez-le. Enlevez-le. Attendez. Olivia veut se voir. »

Pris d'une inspiration divine, le manager d'Olivia saute sur ses pieds et s'écrie :

— Tu es si bandante que si je m'écoutais, je te prendrais sauvagement là, tout de suite.

Bizarre, je pensais qu'il s'envoyait le maître nageur, au Château-Marmont.

— Moi aussi, dit l'agent.

— Et moi aussi, renchérit l'attachée de presse.

— Et moi, alors ! ajoute la femme de ménage en éteignant l'aspirateur Dyson conçu spécifiquement pour aspirer le poil des animaux familiers.

Silence total. On pourrait entendre une épingle tomber pendant qu'Olivia se tourne lentement vers moi, toujours assise dans le coin. Elle arrondit les lèvres pour poser sa question :

— Et toi ? Tu prendrais sauvagement Olivia ?

— Sans hésiter. Dans un jet privé qui nous emmènerait en Égypte, par exemple. De préférence un jour sans vent.

C'est officiel : je viens d'atteindre l'Everest du léchage de bottes. Oui, sans prévenir, je suis passée du côté obscur de la Force, avec un coupe-file spécial VIP. La stupeur me fait écarquiller les yeux.

— Qui es-tu ? demande-t-elle.

C'est la première seconde depuis son arrivée qu'elle aborde un autre sujet qu'elle-même.

— Oh, salut. Je suis Lola Santisi. Je travaille pour Julian Tennant.

Je lui tends la main. Thor, le bichon maltais d'Olivia, arrive en galopant d'une autre pièce, avec un jappement protecteur.

La star recule avec répugnance devant ma main offerte.

— Olivia a un problème avec les microbes. Olivia ne serre pas les mains. Où est Julian ? Olivia pensait qu'elle avait rendez-vous avec le styliste. Ralph est passé hier. (L'actrice fait une pause et je vois les rouages tourner paresseusement dans sa cervelle.) Attends : n'es-tu pas la fille de Paul Santisi ? Olivia pensait que tu voulais devenir comédienne.

Mes mains deviennent moites, ma gorge se serre, et la pièce se met à tourner. C'était tellement plus facile quand Olivia n'en avait que pour Olivia. Je réussis à reprendre assez contenance pour lancer :

— Face à une actrice de ta classe, je n'avais aucune chance.

Wow. J'ai recommencé. Je suis peut-être douée.

Thor délaisse sa maîtresse pour venir renifler mes chevilles. Il porte un adorable pull bleu ciel avec un col en chinchilla. Je me penche pour caresser la petite bête. Suis-je tombée en dessous de tout ou essayé-je d'endiguer une terrible crise de panique ? Est-ce du vrai cachemire ? Je jette un coup d'œil discret à l'étiquette. J'ai du pain sur la planche : Thor porte un Prada sur mesure. Cette garce d'Adrienne Hunt. Mon désir de vengeance est plus fort que mon angoisse. Je me redresse et souris gentiment à Olivia.

— Julian voulait tellement, tellement être là en personne pour te présenter sa robe. Mais il a attrapé un rhume terrible et comme ta constitution fragile lui tient particulièrement à cœur, il n'a pas voulu te mettre en danger. Surtout pas à quelques jours de ton premier oscar. Le médecin lui a dit qu'il ne devait pas voyager. J'espère qu'il sera là pour le prochain essayage.

Ouais, aucun doute : c'est un don.

— Crois-tu qu'il a contaminé les robes ? s'inquiète Olivia, les sourcils froncés.

L'exercice de la concentration lui est manifestement étranger. Je me demande si je vais lui dire qu'elles ont subi un rituel de nettoyage spirituel, pour le seul plaisir d'observer la lueur d'incompréhension qui miroiterait dans ses prunelles.

— Aucun danger. Elles sortent du pressing.

Un nouveau silence s'ensuit, pendant lequel l'atmosphère s'alourdit. Peut-être parce que tout le monde rêve d'un margarita, de se mettre en position fœtale, de glisser le canon d'un pistolet dans la jolie bouche d'Olivia, ou des trois en même temps. Après une éternité, la star finit par trancher :

— Olivia va les essayer, dans ce cas.

Sans plus de cérémonie, elle se déshabille devant tout le monde. Le tee-shirt « Mon petit ami est en voyage » s'envole en premier. Elle enlève son

Wonderbra en satin violet et remonte dans mon estime. Contrairement à Pamela Anderson et à Carmen Electra, elle a conservé son bonnet A naturel. Elle retire ses bottes en cuir d'autruche (le must de la prochaine saison chez Rock & Republic) et son jean slim. Au finish, Olivia Cutter se retrouve en tenue d'Ève au beau milieu de la pièce, avec un filet de poils pubiens pour couvrir sa vertu. À mon avis, l'actrice bronzophile devrait passer plus de temps sur le sofa de son psy et moins d'heures sous les lampes UV. Mais qui suis-je pour juger, moi qui rêve du sofa du Dr Gilmore tout autant que du cocon douillet d'une cabine ?

Vite, je repousse les vêtements de la concurrence sur le portant pour faire de la place. J'y accroche les quatre robes de Julian. La première est un long dos-nu bleu saphir en organza avec un minuscule col cheminée.

— Beurk. Remets ça dans le sac. C'est immonde, pas sexy pour un sou. On dirait une fringue de nonne. Olivia laisse le col cheminée à Diane Keaton, commente-t-elle.

De toute évidence, la star a encore moins bon goût que Lil'Kim, la Barbie brune du hip-hop.

— C'est quoi, ça ?

Elle examine le modèle suivant, une robe crème au corset délicat tout en broderie, dotée d'un drapé doré bouillonnant edwardien. Tout a été pensé pour modeler une silhouette de rêve. L'ampleur de la jupe à volants est telle qu'elle occupe presque la moitié de la surface du sol.

— Ça fait très Napoléon et Joséphine. Olivia l'aime bien. Aidez Olivia à l'enfiler, demande-t-elle aux jumelles qui s'empressent.

Elle se trompe de pays et d'époque, mais qu'importe ? C'est Vienne, Egon Schiele et Sissi qui ont inspiré sa robe à Julian. Je croyais qu'Olivia relèverait l'hommage : elle sera la Sissi du prochain film de John Madden, le réalisateur de *Shakespeare in Love*, dont le tournage commence à l'automne.

— J'imagine un visage pâle, délicatement poudré, annonce l'une des jumelles avec enthousiasme.

— Et une bouche rose fuchsia, peut-être même une mouche au-dessus de la lèvre, susurre l'autre.

— Un décolleté superbe, comme celui d'Uma Thurman dans *les Liaisons dangereuses*, concluent-elles en chœur.

Grosse erreur.

— Beurk, enlevez-moi ce truc ! Olivia n'arrivera jamais à la cheville d'Uma Thurman. Olivia ne fera jamais un mètre quatre-vingt et n'aura jamais une poitrine spectaculaire. Olivia mesure un mètre cinquante-deux et a de petits seins. Retirez ce truc maintenant !

— Enlevez-la. Plus vite que ça ! aboie l'attachée de presse.

— Dépêchez-vous, exige l'agent.

Les jumelles se précipitent vers Olivia qui s'effondre, nue et sanglotante. Thor aboie pour la défendre et galope autour d'elle. Il finit par s'installer sur la robe qu'on a jetée par terre. Je frémis en pensant au contact des griffes sur la soie brute, mais il serait mal venu de virer le chien quand Olivia est au plus bas.

— C'est Uma Thurman qui ne t'arrive pas à la cheville, assure l'une des jumelles en s'installant par terre à côté d'elle pour lui caresser les cheveux.

— Tu es beaucoup plus belle, précise l'autre.

— Et bien meilleure actrice, ajoute le manager.

— Bien meilleure actrice, reprend toute l'équipe en chœur.

Olivia ouvre lentement un œil, sous une cascade de cheveux dorés.

— Uma Thurman n'a jamais gagné d'oscar. De toute sa carrière, elle a juste remporté un MTV Movie Award, ajoute le manager.

Aïe.

— Olivia n'a jamais gagné d'oscar ni de MTV Movie Award. Pourquoi Olivia n'a-t-elle jamais gagné de MTV Movie Award ? C'est ta faute, hurle l'actrice, le doigt pointé vers son manager.

— Tu as été sélectionnée dans la catégorie du Plus beau baiser, l'année dernière, plaide-t-il.

— Et alors ? Olivia n'a pas gagné !

— Mais tu le gagneras l'année prochaine avec le remake de *Grease* ! Et le simple fait d'avoir été nominée est déjà un honneur.

— C'est un honneur seulement quand on gagne. Et tu n'as toujours pas trouvé le John Travolta idéal pour Olivia dans *Grease*. Sors d'ici ! Olivia veut que tu déguerpisses !

Olivia a dépassé le stade des cris : elle aboie aussi fort que Thor. Le manager se relève pour partir.

Non ! Choisis-moi, plutôt ! Je veux être celle qu'Olivia renvoie de l'asile. Je suis d'accord pour partir ! Mais ce désir reste théorique : je ne desserre pas les lèvres ni ne bouge un orteil.

Le manager pose la main sur la poignée de la porte et Olivia vocifère :

— Comment oses-tu quitter Olivia ! Où crois-tu aller ? Tu es comme tous les autres mecs dans la vie d'Olivia : toujours la valise à la main. Toi, plus que tous les autres, tu devrais comprendre. Tu sais qu'Olivia souffre d'abandonnite ! Quand Olivia te demande de partir, c'est qu'il faut rester. Thor ne quitterait jamais Olivia.

Elle soulève la bestiole et plonge le visage dans son pelage. Ouf, je range immédiatement la robe dans son sac portemanteau.

— Je suis désolé, chérie, déclare le manager sur un ton contrit. Je ne te quitterai jamais. Tu sais que je serai toujours là pour toi.

Il fait quelques pas vers son corps nu.

— C'est vrai ? gémit Olivia, en esquissant un petit sourire.

— Je te le jure, chérie.

Allez, c'est le moment ou jamais, l'ambiance se réchauffe, je sors la robe suivante.

— Oh, c'est elle ! C'est elle ! Un vrai bijou ! s'exclame une jumelle.

Elle me retire des mains l'étincelant fourreau court, taille empire. Sa sœur aide Olivia à se relever et les deux jumelles lui enfilent le modèle en tulle avec une précision d'expert.

Les stylistes, le souffle coupé, posent la main sur leurs lèvres avec un geste de tragédienne. L'une d'elles finit par chuchoter :

— Olivia tu es magnifique. On dirait un rubis.

— Un véritable joyau, souligne l'autre.

— Je l'adore, annonce l'attachée de presse.

Olivia se rapproche du miroir. Elle s'examine avec le soin d'un scientifique qui inspecte une cellule sous la lentille d'un microscope. Elle se regarde sous tous les angles, passe ses mains sur les manches longues perlées, puis sur le ruban en satin grenat lié par un nœud à la taille, qui rappelle le détail cousu au-dessus de chaque coude. Un silence à couper au couteau plane sur la pièce.

— Olivia la déteste !

— Elle la déteste, soupire l'attachée de presse.

— Olivia ressemble à une crevette dans un sac. Olivia n'est pas Sarah Jessica Parker. Olivia ne porte pas ce genre de chose. Et Olivia n'est pas Nicole Kidman. Vous savez qu'Olivia n'a pas des jambes de gazelle. Pourquoi faites-vous tout pour rappeler à Olivia que ses jambes n'ont rien d'extraordinaire ? Vous voulez qu'Olivia se sente minuscule ! m'accuse-t-elle.

— Chérie, voyons, tu n'es pas en cause, c'est la robe. Elle ne va pas du tout, déclare le manager en secouant la tête solennellement.

Toute la dream team me jette un regard sombre.

J'ai envie d'expliquer à l'actrice qu'elle se sent petite parce qu'elle est petite. Le petit orteil gauche de Sarah Jessica Parker a plus de classe qu'Olivia Cutter. Trois femmes très gentilles se sont épuisé les yeux à broder chaque perle de cette robe époustouflante qu'elle rejette sans plus d'égard. Mais au lieu de dire ce que je pense, je demande poliment : « Où sont les toilettes ? » et fonce hors de la pièce sans attendre la réponse.

Je n'ai rien à faire aux toilettes. Ce que je veux, c'est me tirer au plus vite, monter dans ma voiture, rentrer directement chez moi, fermer les rideaux, débrancher le téléphone, me rouler en boule sous la couette, y rester pour toujours et que plus personne n'entende plus jamais parler de moi. D'ici à ce que la police intervienne et découvre mon cadavre en décomposition, Julian sera si triste qu'il me pardonnera de l'avoir laissé tomber.

J'ouvre la porte d'un geste aussi décidé que Julie Andrews dans *La Mélodie du bonheur*. Et tombe sur un coursier à dreadlocks qui penche sous le poids de cinq sacs portemanteau volumineux. Il est campé sur le paillasson « Welcome ».

— Vous pouvez signer ça ? demande-t-il en déplaçant la charge sur l'autre bras pour présenter son carnet.

Je jette un œil sur le nom de l'expéditeur inscrit sur le bon de livraison : A. Hunt.

Je croyais avoir réglé cette histoire sur le divan de ma psy, mais soudain, je repense à Paris, à cette chipie qui vole mon croquis et anéantit mes efforts. Ce boulot chez Chanel aurait changé ma vie. Je sais bien que Julian le méritait plus que moi. Mais si Adrienne n'avait pas si bien manœuvré, je ne serais pas sur le seuil d'Olivia Cutter, à deux secondes d'un nouvel échec. Une bonne raison de se payer une petite revanche, non ? Adieu Julie Andrews, pureté, intégrité et innocence.

— Vous avez un stylo ?

— Oui, signez là, le numéro 9.

— Oh, attendez une seconde. La course a été envoyée à la mauvaise adresse. C'est chez ICM qu'il faut porter les sacs, à l'attention de Kathy Griffin.

Je sais que Kathy serait prête à tout pour ne plus figurer sur la liste des personnalités les plus mal habillées d'Hollywood. D'autant plus qu'elle y a atterri aux bons soins d'Adrienne Hunt et de Prada.

Zappant de Julie Andrews à Robert de Niro dans *Raging Bull*, gonflée d'énergie, je rentre en trombe dans le QG des hypocrites. Et sors du sac l'œuvre que Julian a réalisée pour Candy Cummings.

— Olivia, tu as raison. Ces robes ne te vont pas. Voici celle qu'il te faut pour dimanche. Julian pensait à Olivia de Havilland quand il l'a dessinée pour toi.

— Olivia croyait qu'elle était la seule Olivia nominée aux Oscars, s'inquiète l'actrice.

On respire.

— Tu es la seule. Olivia de Havilland était une grande actrice, tout comme toi. Et elle a gagné deux Oscars.

Je sens mon enthousiasme gagner l'auditoire.

Olivia s'approche de la robe enchanteresse qui, hasard miraculeux, est pile de la couleur de ses yeux. Un pétillement nouveau les anime quand elle se voit dans le miroir. Elle s'examine avec méthode, tourne, retourne et observe les plumes de paon se déployer en dansant derrière elle.

— Des Oscars de la Meilleure Actrice ?

— Oui, de la Meilleure Actrice.

— Dans quels films a-t-elle joué ?

C'est une blague ? Je réprime une grimace.

— *Autant en emporte le vent.*

— Ah, Olivia connaît ce film. Olivia l'aime. Olivia aime cette idée. Olivia aime cette robe.

Je dois reconnaître que la coupe met en valeur sa taille de guêpe et la rend spectaculairement appétissante.

— Tu es merveilleuse, merveilleuse ! C'est celle-là ! C'est celle-là ! hurlent les jumelles, en attrapant les mains d'Olivia pour sauter de joie. Tu es parfaite ! Tout est parfait en toi ! Tout !

— Même tes pieds sont parfaits, chérie, gargouille son manager, en pleine extase.

— Youpi, Olivia est parfaite. Olivia est absolument parfaite. Tout est parfait en Olivia. Même les pieds d'Olivia sont parfaits, chantonne la star en sautillant avec les jumelles, sur fond d'aboiements joyeux de Thor.

Elle s'arrête net, et lève un doigt péremptoire Qu'est-ce qui cloche, maintenant ?

— Allez chercher le Polaroïd. Prenez une photo d'Olivia. Peu importe à quoi ressemble la robe dans la vraie vie. Olivia doit être belle en photo. Seules les photos comptent. Seules les photos d'Olivia sur le tapis rouge comptent.

Là, elle a raison. C'est indiscutable. Pourvu que le Polaroïd lui seye au teint. Les jumelles se précipitent pour chercher l'appareil. C'est alors que je sens l'obscène col en chinchilla du pull Prada de Thor se frotter vigoureusement contre mon pied. Je change de position mine de rien.

Les jumelles mitraillent Olivia sous tous les angles.

— Olivia pense que, finalement, Sally Hershberger est peut-être géniale, conclut la star qui joue avec sa crinière blonde devant la glace.

— Merde !

Un liquide chaud ruisselle sur mon pied. Je baisse les yeux : mes sandales argent Stella McCartney toutes neuves trempent dans une petite mare jaune. Je cherche un mouchoir pour m'essuyer dans l'indifférence générale. Olivia et le reste de la dream team font mine d'ignorer l'objet du scandale. Le chien m'a pissé dessus, et ces gens feignent de ne pas s'en rendre compte ? C'est le point d'orgue d'une journée mémorable. Qui ne m'a pas pissé dessus aujourd'hui ? Au moins le chien a le mérite d'être franc du collier.

— Olivia veut que tu reviennes demain pour un essayage complet : coiffure, maquillage et robe, déclare Olivia en lançant un regard de femme d'affaires dans ma direction.

Elle se tourne vers son attachée de presse :

— Toi, appelle l'agence WireImage. Que Jeff Vespa vienne prendre ici des photos d'Olivia avec la robe. Et toi, ordonne-t-elle à son assistante, convoque Bobby Brown pour le maquillage et Sally Hershberger pour la coiffure.

Elle se tourne vers les jumelles :

— Vous deux. Olivia veut des diamants, des tonnes de diamants. Et toi, conclut-elle en pointant le doigt dans ma direction : ici à 15 heures. Ne sois pas en retard.

— Bien sûr, je serai là.

Mes pieds clapotent dans mes sandales quand je referme la porte derrière moi.

Une douce musique de sitar crée une ambiance ouatée dans la grande salle de yoga. Il y plane une faible odeur de transpiration mêlée au parfum de l'encens brûlé pendant le cours de 18 h 30. Je fais des étirements au sol en m'efforçant de revenir sur terre. Au fil de l'exercice, le stress de la journée se dissipe. D'habitude, j'aime bien travailler dans les derniers rangs, mais Cricket a insisté pour que je mette mon tapis devant car « les réalisateurs comme Curtis Hanson et David O. Russell pratiquent toujours près de l'autel ». Ceci explique pourquoi Cricket, parfaitement maquillée, les cheveux savamment relevés, parade dans un justaucorps blanc moulant à bretelles spaghetti qui souligne sa peau laiteuse.

La lumière baisse et le maître SD Rail prend la parole. Sa voix est angélique. La structure moléculaire de l'atmosphère se modifie de façon sensible. SD possède un sex-appeal irrésistible. À chacune de ses apparitions, il y a bousculade : toutes les femelles du cours de yoga veulent mettre leur tapis de sol en première ligne. On les comprend : il ressemble à Robert Redford dans *Butch Cassidy et le kid* et chante comme Mick Jagger.

SD joint les mains pour une prière :

— J'aimerais placer ce cours sous le signe de l'amour.

Super. L'amour. Grâce à Smith, voilà bien la dernière chose sur laquelle j'ai envie de me concentrer. Génial de remuer le couteau dans la plaie, de me rappeler à quel point il s'est moqué de moi et de réfléchir sur l'abstinence qui est mon lot. Je ferme les yeux et essaie de méditer sur l'amour. L'amour, l'amour. Soudain, je me retrouve en plein *Magicien d'Oz*. Je suis Dorothy emportée par une tornade terrifiante, mise en branle par Olivia Cutter, l'homme de fer-blanc, Adrienne Hunt, la méchante sorcière de l'Ouest et Smith, le lion peureux. Comment m'en sortir ? Qu'est-ce qui cloche chez moi ? Pourquoi je n'arrive pas à oublier Smith ?

— Baissez la tête et trouvez le chemin jusqu'à la posture du chien, souffle SD sur un ton sensuel. Expirez en imitant le rugissement du lion : ouvrez la bouche toute grande et laissez tout sortir. Aahhhhh. Laissez-vous complètement aller.

Impossible. Je ne peux pas tout sortir. Je ne veux pas me laisser aller. SD ignore tout du tourment que m'inflige Olivia Cutter. Il ne sait pas qu'Adrienne Hunt est la perfidie faite femme. Il ne connaît pas Smith, ce rebut de l'humanité.

— Revenez encore et encore sur votre intention d'amour, laissez l'amour résonner dans tout votre corps, précise SD.

J'ai envie de hurler : « Ferme-la ! Arrête ton blabla ! » Pourtant, sept saluts au soleil et plusieurs séries de vinyasa plus tard, je dois admettre que je me sens bien mieux. Plus équilibrée. Ou peut-être juste trop épuisée pour que mes mésaventures m'importent encore. Tout le monde doit maintenant s'allonger sur le dos. Mais avant :

— Regroupons-nous autour de Cricket pendant un instant, elle va nous montrer la posture de la roue.

Il s'approche pour ajuster la position de Cricket. Autant que je puisse en juger, la pose est parfaite, mais je n'ai rien d'un yogi, c'est SD, le pro. Il se pose à califourchon sur les jambes de Cricket, place ses mains sous le sacrum de mon amie et la pousse vers le haut. Vers... son entrejambe à lui. Mouais. Il se presse contre elle.

— Encercle-moi avec tes jambes, commande SD à Cricket.

Soudain, je ne sais plus quelle école de yoga SD pratique. Je regarde Cricket, en quête d'un signe d'inconfort, mais je ne remarque qu'une lueur inhabituelle sur ses joues. Fin de l'exercice.

Après la relaxation, le savasana, dès que nous arrivons au vestiaire, je me penche vers elle :

— Moi, je lui aurais donné un coup de genou bien placé. Les gourous pensent qu'ils peuvent vraiment tout se permettre. Tout va bien ?

Cricket enlève son justaucorps blanc et fouille dans une Samsonite noire sans sourciller. Je réalise avec stupéfaction qu'elle m'ignore.

— Cricket, tu ne m'écoutes pas. Et que fais-tu avec cette valise ?

Pourquoi ne répond-elle pas ?

— Cricket ! Que se passe-t-il ?

— Je ne peux pas en parler ici, Lo, dit-elle en me décochant un regard qui signifie « tu vas te taire, ou quoi ?_»

L'évidence me frappe d'un seul coup. Comment ai-je pu être aussi bouchée? Je baisse le ton d'un cran:

— Non, pas ça?

Bien sûr que si. Le régime cru. Le signe de l'amour. La démonstration sexuelle. La valise bourrée à craquer. Cette lueur. Elle m'entraîne dans les toilettes et verrouille la porte derrière nous.

— Raconte.

— Je suis amoureuse, OK? C'est l'amour, Lo.

— Pourquoi n'en as-tu pas parlé? On t'aurait conseillé de t'abstenir, Kate et moi. Tu as eu ta dose de gâteries bâclées en coulisses. SD est un manipulateur, il te ferait faire n'importe quoi avec son magnétisme de rock star.

— Voilà pourquoi je n'ai rien dit. SD est un être incompris, mais d'une intelligence extrême. Il m'apprend le bouddhisme, l'hindouisme, le soufisme. C'est un mystique, il pratique le tantrisme. Et laisse-moi te dire (Cricket se penche pour me souffler à l'oreille) c'est le meilleur coup de ma vie. C'est lui qui a donné des cours à Sting.

Je m'effondre sur le siège des toilettes, imaginant d'avance l'état de Cricket à la fin de cette histoire. Elle va le payer cher, c'est inévitable.

— Comment c'est arrivé?

— Il m'a demandé de l'assister pour l'atelier de massage thaï. On a passé plusieurs journées ensemble, dix heures de travail non-stop. Après, on dînait et on papotait pendant quatre heures chez Rawvolution. Tu sais, le restaurant végétarien bio. SD pense que je suis douée.

— Écoute, Smith m'a dit que j'étais une excellente actrice au début de notre histoire. C'est un truc de mec.

— Viens dîner avec nous chez Juliano, ce soir. Tu verras à quel point son moi intérieur est fougueux.

— « Moi intérieur », marmonné-je en ouvrant la porte des toilettes. Qu'est-ce que c'est que ça, du charabia à la SD ?

— C'est vrai, c'est contagieux.

— C'est bien ce qui m'inquiète.

Je regarde mon portable pour la première fois depuis le début du cours. Trente appels en absence en deux heures ? Du jamais vu ! Je commence par un SMS envoyé par le manager d'Olivia.

Olivia et moi te présentons toutes nos excuses de la part de Thor. Il vient d'arriver dans la famille et ignore qu'on ne doit pas faire pipi sur les étrangers. Naturellement, ma princesse ne s'est rendu compte de rien. Mais je peux t'assurer qu'elle en a été mortifiée, après ton départ. Merci d'avoir nettoyé, et merci pour la robe. Olivia est folle de joie.

Elle est aussi plus folle que Larry Wachowski, le réalisateur de *Matrix*. C'est dire.

Mon portable sonne. C'est l'instrument le plus tabou de l'école de yoga. Oh là là, les autres filles dans le vestiaire vont m'assassiner avec leur « Regard qui tue anti-mobile ».

— Allô, chuchoté-je.

— J'essaie de vous appeler depuis des heures. Où étiez-vous passée ? aboie une voix de femme.

Pas de *allô* poli. Aucun doute n'est possible : ce ne peut être qu'une attachée de presse.

— Jennifer, du bureau de Ken Sunshine, à l'appareil. Vous devez aller chez Jake Jones immédiatement. C'est demain, le défilé Général Motors. Pourquoi ne décrochez-vous pas ? C'est la semaine des Oscars ! Jake a un poker, ce soir, mais il a promis de passer un tour. Il vous accorde dix minutes.

Je rêve. L'attachée de presse de Jake a annulé ses essayages dix fois au cours des trois dernières semaines et c'est moi qu'elle engueule ? Le message

d'amour ? Des clous. Je déteste ce boulot. *Fais-le pour Julian*.
— Où habite-t-il ?

Je monte en traînant les pieds les trois marches du perron. La maison style ranch de Jake Jones à Topanga Canyon est un endroit étonnant. Jerry Garcia, l'ancien guitariste de Grateful Dead, aurait pu y habiter dans les sixties. Rien à voir avec les résidences froides et design de Palm Springs, qui sont la norme parmi les jeunes stars du cinéma en quête d'une image de bon goût. Seule la Mercedes noire garée devant la bâtisse est raccord avec l'idée que je me fais d'un bimboy. J'ai les jambes douloureuses à cause des vinyasa dynamiques. Mes bras courbaturés par trop de postures du chien plient sous le sac portemanteau où les quatre costumes Julian Tennant prennent la poussière depuis le premier essayage annulé. J'ai l'impression d'être Janis Joplin : je porte les Birkenstock taupe de Cricket et une de ses robes, une sorte de loque chocolat sombre qui s'ouvre dans le dos. Pas le temps de rentrer à la maison me changer et pas question de remettre ces sandales pleines de pisse de chien. Julian serait horrifié de me voir avec ces fripes de l'Armée du Salut et des sandales de hippy. Sur Cricket, les Birkenstock font bohémien chic. Sur moi, elles font SDF. Et alors ? Au fond, ce n'est pas plus mal que mon sex-appealomètre dégringole pour rencontrer l'acteur à propos duquel *In Touch* trompette : « Pourquoi nous Jonesonons pour le plus bel étalon d'Hollywood. »
Une petite voix à l'intérieur de ma tête me demande ce que je fais là à 23 heures, au lieu de me prélasser sous la couette, devant la télé, le visage couvert d'un masque apaisant aux algues de chez Kiehl. Parce que seuls les autres ont cette chance : ma vie est un épisode de série B. Les acteurs ont le chic pour fixer des rendez-vous à pas

d'heure. Il faut toujours se plier à leurs caprices égoïstes. Alors, prête pour la scène des jeunes glandeurs qui se connaissent depuis l'école, réunis pour leur bon vieux poker hebdomadaire ? Je frappe à la porte.

Qui s'ouvre. C'est lui. Jake Jones ouvre la porte lui-même ? Que c'est gentil de sa part, alors qu'il a eu une journée si chargée. Vingt-trois heures, ce n'est pas si tard finalement. De toute façon je ne vais jamais me coucher avant 1 heure... Lola, arrête ton char et avoue-le, Jake Jones a un charme ravageur. Incontestablement dangereux. De grands yeux bleus de husky, un sourire de guingois. Totalement craquant. Il ne manquait plus que ça.

— Salut, je suis Jake. C'est toi, Lola ?

Il est accessible. Il est terre à terre. Il ne ressemble en rien à ce que j'avais en tête. Il est débraillé mais viril. Un short de surf hawaïen imprimé accroché juste au-dessus des hanches. Un tee-shirt bleu marine à manches longues trois fois trop grand. Ses cheveux blonds sont tout ébouriffés. Je refoule mon envie de les remettre en place. Comme ce serait facile de rempiler... Non. Pas d'acteur. Pas d'acteur. Vite, mon mantra d'abstinence : 187 jours. 187 jours. 187 jours. Je regarde obstinément le paillasson pour éviter ses grands yeux bleus, et je n'ai toujours pas dit un mot. Je finis par bégayer :

— Euh, oui c'est moi Lola. J'ai un costume. Pour vous. Voulez-vous vous déshabiller ? Tout seul, bien sûr. Enfin... Vous savez bien.

Voilà qui est fait. Je viens de passer pour une imbécile. Plus la peine de m'inquiéter des conséquences d'éventuelles galipettes avec Jake Jones, le problème est résolu.

L'acteur affiche le sourire rassurant de l'homme qui passe ses journées à accueillir les crétins sur le pas de sa porte.

— J'étais sur le point de manger un burrito. Tu as faim ? J'en ai assez pour deux, propose-t-il en me retirant le sac des mains.

— En fait, je suis affamée.

— Bien. Je les mets au four, dit-il en rentrant.

Il jette le sac sur le canapé. Je suis toujours sur le perron, tétanisée.

— Tu veux que j'apporte le burrito dehors ? C'est possible, mais il fait un peu frisquet.

— Désolée, je pensais à autre chose. J'ai eu une journée assez difficile.

— Quelle barbe. Tu veux en parler ?

Tu veux en parler ? C'est quoi, son problème, à ce type ? Cette réplique n'appartient pas au registre de l'acteur moyen à Los Angeles. Il a un micro-pénis, alors ? Il veut m'écouter ? Il l'aura voulu.

— Alors, pour commencer, je n'ai pas bu mon latte ce matin. J'essaie de réduire ma consommation de caféine et je n'avale plus que des cafés au lait très allongés. Sauter le petit déjeuner était stupide : j'ai dû m'envoyer deux express pour contrer l'effet de la tequila. J'en ai descendu une à LAX parce que Julian – l'homme qui a dessiné ton costume, tu vas l'adorer – a raté son avion. J'ignore si une poignée de Xanax suffira pour le convaincre de monter dans le prochain vol. Là-dessus, la rock star cinglée que nous allions habiller pour les Oscars s'est fait jeter en prison pour attentat à la pudeur. Et il y a eu Miss Je-parle-à-la-troisième-personne, sans oublier Thor, le chien-qui-pisse-sur-les-jambes-des-inconnus…

Les vannes sont ouvertes. Je suis pourtant toujours devant la porte de Jake Jones, en train de me demander si je vais entrer ou non. Je déverse les mots en une logorrhée incontrôlable.

— Tu as besoin d'une bière et d'un bon match de hockey sur Play Station, conclut Jake.

Je le suis jusqu'à la cuisine, et note au passage la leçon déco in vivo à la Martha Stewart. Canapé et coussins coordonnés éparpillés avec élégance, plaids en cachemire, bougies Figuier et Feuille de lavande de chez Dyptique, orchidées blanches. Il est gay. Ouf !

En passant devant la salle à manger, je remarque la table de jeu en feutrine verte où traînent les traces du poker que Jake vient de finir avec ses copains : des cendriers pleins débordent de cigares éteints, des bouteilles vides d'Amstel et de Heineken, des coquilles de cacahouètes. Non, il n'est pas gay. Bon, après tout, une bière et un match de hockey ne mangent pas de pain.

— Poulet ou bœuf ? demande Jake, un sac en papier maculé de graisse de chez Baja Fresh à la main.

— En fait, je suis végé… Bœuf, je prendrai le bœuf.

Je me sens soudain carnivore en diable, et ce sans aucun scrupule. Je m'assieds sur un tabouret de bar en cuir noir devant le comptoir de cuisine en marbre.

J'ingurgite le burrito en un temps record. Je n'avais pas réalisé à quel point mon corps manquait de protéines. Quand je relève les yeux, je constate que Jake a à peine mordu dans son burrito au poulet. Il me regarde avec curiosité.

— Wow, ce steak est vraiment bon, hasardé-je.

Qu'est-ce qu'il est sexy. Je tends la main vers la pile de serviettes en papier posée sur le comptoir. Sur la première, un gros cœur entoure un message griffonné au stylo : « Sarah 818 555-9160 – j'attends avec impatience le prochain match de hockey ». Le logo du Whiskey Bar orne le verso de la serviette.

Je la montre à Jake.

— Heureusement que je ne me suis pas essuyée avec, le numéro de Sarah aurait été perdu à tout jamais. C'est ta conception du Rolodex ? dis-je en montrant la pile du doigt.

— Rolodex ? Tu es tellement vingtième siècle.

— Je suis genre papier crayon. Voire vieux jeu. Cette pauvre fille est assise à côté du téléphone, tu sais.

— Elle s'en remettra. Tu peux me croire, elle est bien mieux sans moi. Sarah finit ses études d'infirmière à UCLA. Elle rencontrera un gentil docteur.

Pourquoi ne rencontrerais-je pas un gentil docteur, moi aussi ? Ou un infirmier ? Au point où j'en suis, je prendrais même Ben Stiller dans *Mon beau-père, mes parents et moi*.

— Il se fait tard. Tu devrais peut-être essayer les costumes maintenant.

— Si on faisait d'abord un petit hockey ? me répond Jake en me regardant posément.

— Je laisse les petits hockeys à Sarah et aux autres.

— Juste une partie.

Il pose son burrito sur le comptoir et se lève en remontant son short.

— Je peux le finir ?

Je m'emporte le burrito au poulet avec moi dans la pièce de jeu.

Je dois rester pro. Qu'il essaie ce costume et qu'on n'en parle plus. Merde, il doit d'abord se déshabiller pour enfiler le costume. L'image d'un Jake Jones nu s'impose à moi quand ses mains effleurent les miennes pour me tendre le champignon en plastique rouge que je dois presser pour marquer les buts. Me concentrer sur le hockey. Me concentrer sur les points à marquer. Pas ce genre de points, les buts. Non, pas ce genre de buts.

C'est Jack qui marque.

— Eh, tu ferais mieux de faire gaffe !

— Considère ce but comme un cadeau de la maison, dis-je en le fixant droit dans les yeux.

Je maintiens le regard en reposant le champignon sur la table. La vraie partie commence. But !

— Pas mauvais ! commente Jake d'un air approbateur. J'aime les filles qui tirent sans hésiter.

Serait-il en train de flirter avec moi ? Qu'il arrête tout de suite. Il ne gagnera même pas la partie sur PS.

La meilleure méthode, c'est de bavarder pour le déconcentrer.

— Alors, comment se fait-il que ce poker ait fini si tôt ?

— J'ai mis tout le monde dehors. J'ai une audition demain.

— Je vois, tu as besoin d'une bonne nuit de repos pour te refaire une beauté. Tu auditionnes pour quoi ?

Il marque encore et arque un sourcil triomphant :

— Je tourne un bout d'essai pour Hawkman.

— Super ! Mon frère dit que Hawkman est le superhéros le plus sous-exploité. C'est incompréhensible, d'ailleurs. Hawkman est le roi de l'ornithologie et donc, de facto, le maître du ciel.

— Tu connais Hawkman, toi, une fille ? Tu es bien la seule ! Tu peux dire à ton frère que son héros ne sera plus sous-exploité si Jerry Bruckheimer réussit son coup. Jerry est le roi du film d'action à méga budget et donc, de facto, le maître des écrans, répond Jake en bloquant mon tir.

— J'espère que Jerry restera fidèle au mythe. Quand j'étais enfant, ce qui me fascinait, c'était qu'Hawkman devienne un superhéros après avoir été abandonné bébé. Jerry pourrait aider tous les gens qui souffrent d'abandonnite à surmonter leur enfance.

— Wow. C'est profond. J'étais juste en train de me demander à quoi je ressemblerais dans une tenue en spandex noir.

Hum. Moi aussi. *Vilaine Lola ! Vilaine Lola ! Arrête tout de suite !*

— De toute façon, c'est sûrement Matt Damon qui aura le rôle.

Jake affiche une moue ironique, mais en réalité, il a l'air un peu… triste… et perdu. Or, la vulnérabilité chez un acteur, ça me fait fondre. Vite, revenons au boulot.

— Désolée de te retenir, demain est un jour important pour toi. Finissons-en avec cet essayage.

Je repose sur la table la manette rouge et vais chercher les sacs dans l'autre pièce.

— Tu es mauvaise perdante, proteste Jake d'une voix soudainement plus rauque.

Il se lève et se dirige vers moi, en remontant son short sur ses fesses célèbres.

Je ne résisterai pas à la tentation. Je succomberai au péché, c'est sûr. Je serre les dents pour l'atterrissage. Ses doigts électriques se rapprochent de mon visage. C'est maintenant.

« Lola. Tu as un morceau de… Euh… Je crois que c'est de la laitue, sur la joue. »

— Mon Dieu, balbutié-je, les joues cramoisies. Puis-je utiliser la salle de bains ?

J'attrape mon sac, posé sur le comptoir de la cuisine, et galope dans le couloir. Je verrouille derrière moi et m'arrose le visage à grande eau. Le mépris de moi-même et l'humiliation me rendent fiévreuse. J'empoigne mon portable pour appeler le Docteur Gilmore… Non. Je dois résister à l'impulsion : elle m'a demandé de réfléchir aux limites de notre relation. (Juste parce que je l'ai appelée le dimanche soir à 23 heures. Deux fois.) Il me faut une conscience, pourtant. Je m'assieds sur le siège des toilettes et cherche le numéro de Cricket sur mon répertoire. Elle est sur boîte vocale. Kate, pour sa part, décroche tout de suite.

— Tu as intérêt à ce que ça vaille le coup. Je suis à la soirée de *Première* et je viens de repérer Hugh Jackman sans son agent.

— J'ai besoin de soutien moral.

— C'est plutôt Cricket la spécialiste de ce genre de choses.

— Son téléphone est éteint. Et tu sais quoi ? Elle couche avec SD.

— Je le savais. Personne ne mange cru sans sexe à la clé. Quel est cet écho ? Où es-tu ?

— Je suis dans la salle de bains de Jake Jones, à deux doigts de craquer.

— Alors vas-y, craque. Ton histoire avec Smith est finie depuis six mois. Tu mènes une existence de nonne. Allez, craque. Je t'aiderai à l'oublier.

— Mauvaise réponse. Tu es censée me dire que Jake Jones va me briser le cœur, qu'il joue avec moi, qu'il n'est qu'un stupide acteur de plus. Je sais ce que tu penses. C'est comme à cheval – *la vision de Lady Chatterley m'émeut soudain* –, on se remet toujours d'une gamelle. Mais c'est faux. Si j'ai une aventure de plus avec un acteur, je suis mûre pour la cure de désintox.

— Lola, ce n'est qu'une partie de jambes en l'air. Pas la peine d'en faire une affaire d'état.

— Kate ! Ne peux-tu pas m'aider, aider quelqu'un d'autre que toi pendant une seconde ?

— C'est vraiment à Cricket que tu devrais parler. Même si elle est trop occupée à se faire du bien.

— Je raccroche.

Clic.

Je suis ici pour Julian, pas pour le sexe. Pour faire quelque chose de ma vie et aider un ami. Pour résoudre mon problème professionnel comportemental et mon acteurolisme. Je vais tout faire pour tenir jusqu'au cent quatre-vingt-huitième jour. Je dirai au revoir poliment et je rentrerai chez moi, je me mettrai au lit et je rêverai de mon futur mari, un non-acteur. L'attaché de presse de Jake Jones m'indiquera demain matin le costume choisi.

J'ouvre la porte d'un coup sec et me retrouve face à Jake. Il a l'air absolument désarmant dans ce costume trois boutons gris anthracite à fines rayures. Il attrape mon visage et me plante un baiser sur les lèvres. Je succombe à la tentation sans l'ombre d'une hésitation. Une chute indéniable, ébouriffante, totale.

Mardi

Tu as couché avec lui ?

Je viens d'utiliser comme bélier mon latte English breakfast taille XXL pour ouvrir la porte d'entrée du studio de Kate dans la résidence El Royale à Rossmore. Il s'agit d'une réplique miniature de la maison de Bryan Lourd à Benedict Canyon.

— Merde, c'est juste une question ! T'es bête ou quoi ?

Je me cabre sous l'insulte, à tort. Ce n'est plus à moi que Kate s'adresse, mais à la voix qui sort de l'oreillette de son portable.

— Tu l'appelles, oui ou non ? Fais-le, Adam !

Elle secoue la tête, l'air dégoûté, arrache l'oreillette, la jette sur une table basse et lève un sourcil dans ma direction.

— Alors ?

— On a couché ensemble, mais on n'a pas couché couché, si tu vois ce que je veux dire.

— Tu ne voulais pas ?

— C'est pire : il me plaît vraiment.

Je m'effondre sur le canapé ivoire Christian Liaigre qu'elle s'est fait livrer de Paris.

Le décorateur de Bryan Lourd l'a convaincue qu'une création du grand nom parisien du design intérieur valait bien de se surendetter. Quand Matthew McConaughey rend visite à son super agent, il pose son arrière-train sur les mêmes coussins. Comme toujours, l'appartement de Kate est aussi impeccable que le décor d'*American Psycho*. Le décorateur a accroché stratégiquement sur les murs des kits Cartier cadre et photo. Cela fait trois ans que je ne m'y fais pas, je trouve ces images de commande toujours aussi flippantes. Il n'est que 5 heures du matin, mais Kate a déjà passé tous les coups de fil de la journée vers l'Europe, regardé *Good Morning America* côte Est et lu le *New York Times*, le *Hollywood Reporter* et *Variety* de la première à la dernière page.

— Le but du jeu n'est pas qu'il te plaise, Lola, tu étais censée coucher avec lui pour oublier Smith.

— Jake n'est pas une poupée gonflable, c'est un être humain.

— Non, c'est un acteur.

— Je sais. Tu as raison. Les acteurs sont des ennemis. Une menace pour la sécurité nationale. Si j'étais Dick Cheney, je les flinguerais tous.

Chevelure de poupée Barbie comprise, Heather Graham serait plus convaincante que toi, là.

Celui-ci est différent, Kate. Jake est sensible. Il m'a vraiment écoutée et il n'a même pas essayé de me retirer mes dessous La Perla.

— Il est gay ?

— Il n'est pas gay. C'est un gentleman. (Kate me lance son regard sous-titré « c'est ça ».) En fait, il obéit aux consignes de son maître de Reiki. Il lui a expliqué qu'avant toute audition importante, il devait se priver de sexe pendant au moins 24 heures pour fortifier son « chi » professionnel. Jake a enfreint les ordres la veille de l'audition pour le *Da Vinci Code II : Décodé*, et Ron Howard a donné le rôle à Billy Crudup.

— Baratin d'acteur, chapitre premier, feule Kate.

— Kate, il est 5 heures du matin. Je devrais être en train de méditer. Je porte une loque de l'Armée du Salut et les Birkenstock de Cricket. C'est un appel au secours. Je t'en prie, fais quelque chose !

Kate se penche, lace ses Nike et attrape sa corde à sauter pour sa session de 5 h 30 de blindage de fessiers – un exercice inspiré de l'entraînement des forces spéciales et repris dans l'entraînement sportif de *Première compagnie*.

— Laisse-moi me concentrer, conclut-elle en s'asseyant à côté de moi. Je dois réfléchir. Tu sais que ce n'est pas mon fort.

La sonnerie de son téléphone lui épargne une séance de psychanalyse de cuisine : elle enclenche le haut-parleur de son Panasonic sans fil.

— Kaaaaate ! hurle Will Bailey avec la voix d'un garçon de huit ans shooté à l'hélium par-dessus un rugissement assourdissant. Tu entends ça ? C'est le bruit de la liiiiiberté ! Je suis sur le tarmac avec Tom Cruise. Il m'emmène faire un tour dans son avion de chasse de la Seconde Guerre mondiale.

— Dis à Tom que tu veux un rôle dans *Mission: Impossible 4* pendant qu'il est tout seul avec toi là-haut. Dis-lui aussi…

Elle éteint le haut-parleur pour lui accorder une audience plus privée et lève l'index dans ma direction, façon donne-moi une seconde.

Pendant que Kate discute avec Will, je retire les atroces chaussures de Cricket, m'étends sur le canapé et allume la télé pour suivre le *Today Show*. Meredith Vieira interviewe Deepak Chopra, le gourou par lequel toutes les stars juraient avant qu'elles ne se mettent à la Hollywood Kabbalah et arborent un bracelet rouge. Avant la méditation transcendantale à la David Lynch. Et avant Le Secret.

— Meredith, l'addiction est le plus grand problème de notre société.

La voix de Deepak est douce, soyeuse, apaisante, comme une fontaine de chocolat. Il se penche en avant sur son siège et magnétise du regard l'animatrice. Leurs nez se touchent presque :

— Quelle que soit la drogue en cause, alcool, sexe (*acteurs*, pensé-je), les accros finissent par comprendre que les inconvénients de leurs dépendances dépassent les bénéfices qu'elles leur apportent.

— C'est tellement vrai, commente Meredith en brisant le rayon magnétique qui la reliait au regard de Deepak.

Pendant la coupure pub, j'attrape le premier scénario de la pile géante posée sur la table basse de Kate et fouille dans mon sac pour trouver un stylo. J'ouvre le script et trace deux colonnes : inconvénients et avantages. Être acteurolique réduit à néant ou presque les occasions amoureuses à Los Angeles. Sur le point de noter ce fait dans la colonne inconvénients, j'hésite. Ne serait-ce pas plutôt un avantage ? Les acteurs forment la caste des mâles les plus sexy sur le marché… *Vilaine Lola. Recentre-toi.* Inconvénients d'être acteurolique : après l'idylle, devoir se consoler avec des litres de glace Ben & Jerry et des visionnages répétés de *Diamants sur canapé.*

J'entends Kate qui raccroche. Elle regarde sa Rolex.

— J'ai cinq minutes pour te sauver.

C'est alors qu'un costaud vêtu d'un uniforme bleu marine sort de la chambre de mon amie, attrape une patinette pliable posée dans un coin, agite les doigts vers Kate et se dirige vers la sortie. Elle sourit et lui envoie un baiser.

— C'était qui, ça ?

— Un Martini de trop chez Zach Braff après la soirée de *Premiere* au Sky Bar, hier soir. Alors, j'ai appelé les Home Jeeves. Ils m'ont envoyé ce type pour me raccompagner et je l'ai remercié comme il se devait.

— J'imagine que c'est beaucoup plus agréable que de se faire pincer pour conduite en état d'ivresse. Et plus malin que de retrouver sa photo prise par l'identité judiciaire sur le site The Smoking Gun, comme Mel Gibson. Les employés de Home Jeeves qui vous retirent les clés de contact des mains sont trop mignons. Et les adorables petites patinettes qu'ils glissent dans le coffre sont vraiment chou.

— Écoute, j'ai cinq minutes. Tu es sûre d'aller bien ?

— Je crois que oui. Je viens juste de voir une interview délirante de Deepak Chopra et ça m'a donné l'idée de faire une liste. Il est génial. Tellement plus pragmatique que les autres gourous. Pourquoi n'a-t-il pas encore d'émission à la télé ?

Je jure que je vois le fantôme de Thomas Edison allumer une ampoule dans le cerveau de Kate pendant qu'elle compose un numéro sur son portable et se rue vers la porte d'entrée :

— Adam, trouve l'agent de Deepak Chopra... Non, je ne sais pas comment ça s'écrit. Je te paie pour le savoir... Je veux le renseignement sur mon bureau à 7 h 30. Oui, du matin.

— Tu as intérêt à me donner la moitié de la commission ! hurlé-je à Kate pendant qu'elle referme la porte derrière elle.

La sonnerie du Nokia me réveille en sursaut d'un somme à la racine de valériane. J'essuie le filet de bave qui a coulé de mes lèvres et m'assieds sur le canapé de Kate. Merde, j'ai raté l'appel. Malgré la méthode de Deepak, j'étais anxieuse et j'ai essayé la teinture-mère bio dont Demi et Ashton m'ont parlé quand je les ai croisés à la soirée d'anniversaire de Rabbi Eitan. Selon Demi, rien ne vaut la racine de valériane pour équilibrer le système nerveux. Appréciation personnelle : ça met complètement K-O. Et pourquoi pas, quand on doit surmonter une rupture ou qu'on décide que la vie est insupportable ? En revanche, quand les nerfs lâchent à cause de la pression du boulot et qu'on doit continuer à fonctionner à plein régime, la teinture-mère est la pire des solutions.

Quelle heure est-il ? Déjà midi ! L'essayage chez Olivia Cutter est à 14 heures et je dois passer prendre Julian à LAX dans vingt minutes ! Je lui ai raconté que Tom Ford avait réservé une table aux chandelles à la Sunset Tower pour dîner, avant le défilé General Motors de ce soir, et Julian a accepté de prendre l'avion. J'attrape mes clés, mon sac et enfile les Birkenstock de Cricket, quand je réalise qu'il est impossible de rentrer chez moi, me changer et aller à l'aéroport en moins de vingt minutes. Et je ne peux pas non plus débarquer chez Olivia Cutter en hardes. Julian deviendrait dingue : je suis une sorte d'égérie de son image de marque, après tout. J'ouvre le placard de Kate et fouille dans sa panoplie de nippes de super agent. Un treillis H & M, pas question. Un tweed Lela Rose, encore moins. Du Prada ! Kate est une traîtresse qui devra être brûlée vive. Une robe droite bleu marine Burberry, ça ira.

Je cours à la salle de bains, enlève la robe de Cricket et me frotte furieusement les aisselles avec un savon à mains au thé vert. Je me lave la figure, attrape la bouteille de bain de bouche, me confectionne une queue-de-cheval à la va vite et m'offre une giclée de Must de Cartier. Il reste quinze minutes. Je suis au bord de la crise de panique.

Des dessous. Direction, le tiroir de petites culottes. Dentelles rouge et... euh, culotte sans fond, euh... Très vulgaire. Ultra mini string en satin rose vif et dentelles. Imprimé léopard sans fond. Qu'est-ce que c'est que ça ? Pas un seul truc tout simple uni ? Je remets, à l'envers, mon honorable culotte grise en coton La Perla. J'enfile la robe bleu marine et galope jusqu'à la voiture. Onze minutes. J'appuie à fond sur l'accélérateur.

Je profite du feu rouge au croisement entre La Cienaga et Rodeo Road pour mettre du mascara. Il y a une boutique Tar-Jay de vêtements dégriffés au coin de la rue. S'il n'était pas aussi tard, j'entrerais pour y acheter une paire de mocassins Isaac Mizrahi à 13,99 dollars. Qu'est-ce que ça peut faire que ce soit du simili cuir ? On n'est pas chez Tiffany's. À ce prix-là, on ne peut pas tout avoir.

L'écran clignote pour me signaler un appel entrant. C'est Christopher.

— Allô ?

— Candy Cummings a été inculpée pour attentat à la pudeur et coups et blessures, mais elle est sortie sous caution. Je viens de recevoir un coup de fil de la maison de disques. Les producteurs ont visionné les rushes de mon clip. Ils le trouvent génial, mais Candy refuse qu'on le diffuse. Son avocat prétend qu'il nuirait à sa réputation quand l'affaire ira au tribunal. Comme si proposer un joint aux flics n'avait pas déjà terni sa réputation !

— Les producteurs te paient toujours, non ?

— Oui.

— Bien. On parlera de ta carrière plus tard. Je dois m'occuper de la mienne. J'ai un appel en attente.

Clic.

— C'est Katya.

Je connais la moindre des intonations de la voix de l'assistante souffre-douleur de Julian. Qu'a-t-il oublié, cette fois-ci ? Son fer à friser Hot Tools ? Son écharpe Hermès à canards roses ? Son coupe-poils-de-nez lavande Tweezerman ?

— Salut, Katya. Je vais arriver d'une seconde à l'autre au terminal, je cherche une place pour me garer. (C'est un gros mensonge, mais tant pis.) Julian a déjà atterri ?

— Euh, tout dépend de ce que tu entends par « atterrir ».

L'impression d'être au bord du gouffre s'impose une fois de plus. Une sensation de plus en plus familière.

— On ne parle pas des relations de Bill Clinton avec Monica Lewinsky, là. Dis-moi les choses carrément, Katya.

— Je suis chez Julian. Il n'a pas pris l'avion.

— Il quoi ? m'écrié-je en manquant de me crever l'œil avec la brosse du mascara. Passe-le-moi.

— C'est tout le problème. Je crois qu'il est dans le coma. Il y a une boîte de somnifères, une boîte d'anxiolytiques et une assiette à moitié vide de légumes grillés japonais de chez Masa sur sa table de nuit. Je sais qu'il respire : j'ai mis un miroir sous son nez. Mais je n'arrive pas à lui faire ouvrir les yeux, ni à lui faire dire un mot.

Inspirer. Expirer. Inspirer. Expirer. Inspirer. Expirer. Ce n'est pas le sommet du G8, après tout. Seulement les Oscars. Les Oscars, bon sang ! Un abruti klaxonne au volant d'une Porsche jaune derrière moi. Je lève les yeux : le feu est passé au vert. Je me gare sur le côté et prends une profonde inspiration.

— Katya, pourrais-tu, s'il te plaît, mettre le téléphone contre son oreille ?

— C'est fait.

Je prends ma plus belle voix de stentor pour annoncer :

— Nick Lachey a fait son coming-out : il est gay !

— Je le savaaaais, bafouille Julian qui ressuscite aussi sec.

— Ce n'est pas le moment de me claquer dans les doigts prématurément. Et puis c'est has-been, John Belushi l'a fait avant toi.

— Je pensais plutôt à Kaaaaate Mosssss, gargouille-t-il.

— Tu iras te reposer aux Meadows après la semaine des Oscars, si tu veux. Mais pas maintenant. J'ai besoin de toi ici !

— Je ne veuuuux pas aller aux Meadows, chouine Julian. Je veuuuux que Tom Ford me prenne dans ses braaaaas et me dise que tout ira bieeeeeen.

— Moi, j'aimerais que Johnny Depp soit le père de mes enfants, mais il se trouve qu'il en a déjà deux avec Vanessa Paradis et qu'il vit en France. Julian, reprends-toi et monte dans un avion. As-tu oublié qu'Olivia Cutter est notre dernière chance pour les Oscars ? Et, désolée, je t'ai menti, Nick est complètement hétéro.

Clic.

Je me cogne le front contre le volant. Pourquoi lui et pas moi ? Que ce serait bon de plonger dans le coma, là tout de suite. Comme ça, je n'aurais pas à me taper Olivia seule. Une fois de plus.

Je frôle l'hypoglycémie. Coup de bol, il y a un Winchell's Donut sur ma droite. J'enclenche les warnings et presse le pas vers « La maison du beignet tout chaud et tout sucré ». Un avis d'embauche est placardé sur la porte : « Recherche employés amicaux, enthousiastes et fiables. Expérience nécessaire. » Ça tombe à pic. Je suis amicale. Très enthousiaste quand il s'agit de beignets. Et je suis fiable, je n'ai jamais raté un épisode d'*America's Next Top Model*, le reality-show des podiums. Pas un seul. J'ai une longue expérience des doughnuts, surtout ceux à la confiture : j'en mange depuis l'âge de cinq ans. La vérité ? Si je n'arrive pas à convaincre un pipole de porter du Julian Tennant dimanche, je ne suis même pas qualifiée pour postuler chez Winchell. Je n'ai pas d'autre choix que de conclure l'affaire avec Olivia cet après-midi même.

J'achète une boîte de doughnuts, quatorze à la douzaine. (Une véritable affaire : pourquoi Krispy Kreme n'en propose pas autant ?) À quelques pas de ma voiture, je pile et regarde la boîte. Adrienne offre des sacs à main en python et Dieu sait quoi d'autre et moi, des beignets ? Tant pis. J'en avale un tout rond pour me calmer les nerfs. Mon téléphone trille. Un nouveau message. C'est John, le manager d'Olivia.

« Olivia est la marraine de Sofia une petite malade de sept ans qui l'idolâtre. Quand elle a appris que le taux de globules blancs de la pauvre petite fille avait brusquement chuté, mon petit ange a tout plaqué pour se rendre à ses côtés. Olivia est si bonne ! Elle a dit : les robes des Oscars peuvent attendre. Nous reprogrammerons l'essayage en fonction de l'état de santé de Sofia. Merci de prier pour elle. »

J'écoute le message une nouvelle fois. Pauvre Sofia. Pauvre de moi. Les Oscars sont dans cinq jours, l'essayage ne peut pas attendre. Quoi, une petite fille de sept ans est en train de mourir et je m'inquiète du sort d'une robe ? Je suis lamentable. Je rêve, ou John a dit « les robes » au pluriel ? Je devrais remercier Ganesh de m'avoir épargné la présence d'Olivia au cours de cette journée.

Mon portable sonne. C'est Cricket, au comble de la surexcitation.

— Il faut que tu me prêtes la perruque Yoko Ono que tu portais à la dernière soirée pour Halloween donnée par Fiona Apple. Tu sais ? Quand vous étiez déguisés en John Lennon et Yoko Ono, Julian et toi. J'en ai besoin tout de suite. Kate m'a trouvé une audition pour demain. Ça s'appelle *Les Retrouvés*, c'est un drame post-Katrina. Les habitants du Ninth Parish de La Nouvelle-Orléans découvrent la preuve d'une vie extraterrestre après le recul des eaux. Le producteur cherche la prochaine Sandra Oh pour le rôle de la réceptionniste du poste de police. Il veut une fille sexy, accro au Sudoku et maligne.

— Cricket, ce n'est pas une perruque magique, tu resteras une blanche affublée d'une perruque noire.

— Charlize Theron ne pèse pas soixante-quinze kilos. Elle n'est pas lesbienne, elle n'a pas les yeux marron et ce n'est pas une tueuse en série. Il n'empêche qu'elle a gagné un oscar en en jouant une. Je suis un caméléon. Je peux convaincre n'importe quel producteur que je suis asiatique si j'essaie vraiment. SD assure que j'ai l'énergie qu'il faut. Que préfères-tu ? Me prêter la perruque ou me conduire à la station Greyhound pour que je prenne le premier car en partance pour l'Ohio ?

— Pas question de te laisser rentrer dans l'Ohio. Je meurs d'envie de manger un cheeseburger oignons. Retrouve-moi dans une heure au salon de thé du Beverly Hills Hotel. Je t'offrirais un milk-shake à la fraise. Et je t'apporte la perruque.

Entrer par la porte latérale du Beverly Hills, comme les vrais Angelenos, est la seule façon honorable de pénétrer dans cet hôtel. On économise vingt-cinq minutes d'attente et vingt-cinq dollars de pourboire au voiturier. Seuls les touristes ou les stars en période de promotion viennent déjeuner par la grande porte, je le sais depuis que j'étais dans le ventre de ma mère. C'est à ce genre de détails que le Tout-Hollywood reconnaît les siens. Je me gare donc côté Crescent Drive pour finir à pied. La reine des attachées de presse m'accoste alors que mes stilettos Roger Vivier de 12,5 centimètres effleurent à peine le béton couleur saumon de l'allée qui mène à l'hôtel. La Grande Pro gonflée à la silicone laisse un espace de dix centimètres entre ma joue et ses lèvres repulpées pendant qu'elle m'embrasse, pour guetter par-dessus mon épaule l'arrivée d'un éventuel VIP.

— Comment vas-tu, chérie ? J'ai entendu dire que tu n'avais encore pas trouvé qui porterait du Julian Tennant aux Oscars ? (Trop cool de consta-ter, une fois encore, qu'à Hollywood, les mauvaises nouvelles se répandent comme la poudre.) Viens avec moi, je vais te présenter ma cliente. C'est la prochaine Halle Berry.

Elle me saisit le bras et me guide le long de l'allée couverte de feuilles de bananiers.

Je peste intérieurement. Encore une prochaine Halle Berry ! C'est la troisième en deux jours. Ma messagerie est saturée d'appels d'attachés de presse aux abois qui représentent la prochaine Naomi, Nicole, Cate ou Hilary. Je préférerais por-ter les Birkenstock de Cricket à la soirée de Dani Janssen que de rencontrer la prochaine Halle Berry. Si je ne m'abuse, ses hauts faits se résument au rôle d'une victime du gaz moutarde dans *24 heures chrono* et à un cri poussé dans *Scary Movie* 8.

— C'est un service que je te rends. Pour me faire pardonner d'avoir interdit la diffusion des photos de Sienna Miller prises à ta soirée d'anniversaire l'année dernière au Roosevelt. Elle se serait retrou-vée sur WireImage avec un sac Jimmy Choo et, en toute conscience, je ne pouvais pas laisser faire ça. Coach est mon client, tu le sais, explique-t-elle en me traînant jusqu'au patio ensoleillé du Polo Lounge.

— Euh, tu as fait quoi ?

La Grande Pro est trop occupée à bourdonner d'une table à l'autre. Si elle continue, sa tête va tour-ner sur son axe comme celle de Linda Blair dans *L'Exorciste*. Elle souffle des baisers tous azimuts, je passe instantanément en mode sourire automatique. Son premier air-kiss est pour Alec Baldwin qui avale une bouchée de crevettes. Je m'étonne que le maître d'hôtel ait assis ce vaillant démocrate si près du Gouvernator, qui se gave de steak tartare. J'adorerais voir Alec bombarder Arnold avec un de ces petits pains au romarin. Diddy reçoit un quadruple bisou de Queen Bee. Est-ce bien Rupert Murdoch qui tartine du Beluga avec l'ex de J-Lo? L'ai-je vraiment entendu l'appeler Sean?

La Grande Pro butine maintenant en direction de la table de Graydon Carter et de Charlotte Martin. Merde. Ce n'est pas que je lui en veuille encore d'être allée en cure de désintoxication à Promises. Qu'importe qu'elle ait saboté pour toujours le cours de ma vie en plantant le *Zorba le Grec* de mon père! Il y a des moments-clés dans la vie de tout le monde, non? Des incidents formateurs? Comme Rosa Parks dans le bus, ou Paris Hilton et sa vidéo porno. Quant à aller jusqu'à la table de Charlotte dire bonjour, peut-être pas. Non merci. Même si elle est avec Graydon. Je lutte pour dégager mon bras, mais mon abeille m'a harponnée.

— Graydon, comme j'ai hâte d'être à dimanche soir! On s'en fiche, des Oscars! Seule ta fête compte.

La Grande Pro pédale dans l'espoir de décrocher une invitation pour 12 h 30. Cours toujours.

Graydon lui flashe un demi-sourire obligé avant de se tourner vers moi.

— Lola, souhaite bonne chance à ton père pour dimanche. Je l'attends au Morton avec de l'or dans les mains, sinon rien. (Il se tourne vers l'actrice assise en face de lui.) Tu connais Charlotte Martin, bien sûr.

— Bien sûr, quel plaisir de te revoir, Lola, roucoule Charlotte avec un accent du Sud crémeux.

Elle joint ses mains fines en signe de supplique devant son tee-shirt rose «J'adore Dior», en faisant virevolter une chevelure à laquelle sont consacrés des sites Internet. Il faut au moins ça pour expliquer aux foules comment reproduire l'effet de ces tresses épaisses auburn et bouclées. Son « épuisement » appartient au passé. C'est fraîche comme une rose qu'elle a soudain réapparu pour réclamer le pompon de « la nouvelle petite chérie d'Amérique » et négocier quinze millions pour tenir le rôle de Doris Day dans le remake de *Confidences sur l'oreiller*.

— Ton père me pardonnera-t-il jamais de lui avoir fait faux bond

— La photo d'Helmut Newton que tu lui as envoyée n'était pas une mauvaise idée.

— Bien. Je rêve encore de travailler avec lui. Et toi, me pardonneras-tu jamais ? Personnellement, je ne t'ai pas trouvé aussi mauvaise que ça, commente Charlotte en m'offrant le sourire qui a remporté haut la main l'enquête de *US Weekly* sur « les lèvres pulpeuses que nous aimerions embrasser ».

Tant de saccharine m'agace les molaires. Avant d'y réfléchir plus avant, je me penche sur la nappe rose et attrape le verre à demi vide de Charlotte pour faire descendre le trente-six tonnes qui m'est resté en travers de la gorge. Je pensais que c'était de la Fiji. Erreur, c'est de la vodka pure que je recrache sur mon chemisier en liberty bleu et blanc. Est-ce au centre Promises qu'on a appris à Charlotte à faire passer son alcool pour de l'eau ? Graydon me passe sa serviette rose pour que je m'éponge.

Je décoche à Charlotte mon sourire le plus artificiel :

— Vivre un jour à la fois, n'est-ce pas ce qu'on préconise aux alcooli...

— Bon, eh bien, c'était super de vous voir, tous les deux, coupe l'attachée de presse. Bon appétit. Graydon, j'ai hâte d'être à dimanche, conclut-elle en m'éloignant de la table.

— Qui est Julian Tennant ? demande la prochaine Halle Berry à la Grande Pro.

L'attachée de presse vient de lui annoncer, sans m'avoir demandé mon avis, que je lui confierais avec enthousiasme l'un des chefs-d'œuvre de Julian pour la soirée des Oscars donnée par le producteur-hôtelier George Maloof au Koi, le bar du Fairmont Miramar Hotel. Elle délire. Comme si Julian allait laisser...

— Je veux du Armani, gémit la prochaine Halle Berry en reprenant sa conversation interrompue sur son Motorola RAZR rose.

— Désolée, chérie, j'ai tout tenté, s'excuse la Grande Pro avec un clin d'œil avant que je n'aie pu dire un mot. Salue ta mère pour moi.

Elle dégaine son BlackBerry et s'installe dans un box rose.

Se retenir de lui enfoncer le talon de mon stiletto dans la bouche. Elle ne vaut pas les éraflures que le geste occasionnerait sur les Vivier. Comme si une photo de la taille d'un timbre-poste de la prochaine Halle Berry dans *In Touch* avec le frère de Nick Lachey – comment s'appelle-t-il déjà ? – aiderait Julian à gagner ses galons dans la mode. Amuse-toi bien au Koi en Armani, prochaine Halle Berry. Peut-être bien que Giorgio te prêtera cette robe... s'il y a un tremblement de terre de magnitude 8 et que tu es la dernière actrice rescapée.

— J'espère que tu t'amuseras bien en Armani, ironisé-je en souriant avec la fierté de celle qui réussit à suivre les traces de Gandhi.

Je me dispose à partir, quand je repère une Choo. Je rêve, une Choo ! Glissée sur le gros pied de la grande pro. Ça par exemple...

— Jolies chaussures, chérie. Des Jimmy Choo, n'est-ce pas ? Je te les emprunte... C'est un service que je te rends. Je suis sûre que tu as une exquise paire de Coach dans le coffre de ta voiture.

Je les lui retire avant qu'elle puisse réagir. Gandhi me soutiendrait-il sur ce coup ? Le visage de la Grande Pro vire à la même nuance de rose que la déco de l'hôtel. Je tourne les talons, laisse tomber les Choo dans mon sac et m'en vais dévorer mon cheeseburger.

— Le Polo Lounge devrait être rebaptisé Paria Lounge. Tiens, j'ai trouvé des Choo pour toi, annoncé-je à Cricket en les lui tendant.

Je m'assieds à côté d'elle sur l'un des vingt tabourets en fer forgé les plus convoités, pile devant le zinc en formica rose en forme de haricot. C'est reposant de déjeuner dans un endroit où même Colin Farrell peut retirer ses lunettes de soleil et manger en paix son burger à trente dollars.

— Des Jimmy Choo ? Pour moi ? s'exclame Cricket en me serrant dans ses bras. Euh... Beurk, elles sont trempées de sueur !

— On pourra les passer au rituel de purification plus tard. Crois-moi sur parole, c'était excellent pour leur karma de les libérer.

— Un cheeseburger oignons et un milk-shake fraise, Lola ? demande Ruth, la serveuse tout de rose vêtue.

Ruth est au bar depuis toujours. Elle me connaît par cœur.

— Pour deux, s'il te plaît, Ruth.

— Non, pour moi, ce sera une romaine et une tomate. Lola, je mange cru, n'oublie pas.

Elle sort de son sac à main en chanvre de la sauce salade au fromage de chèvre cru et aux graines de tournesol germées.

— Tu étais sérieuse ? Il est aussi fantastique que ça au lit ?

— Je ne veux gêner personne, alors je n'entrerai pas dans les détails, mais hier soir, j'avais les deux jambes derrière la tête et les mains autour de ses chevilles et...

— Ne me coupe pas l'appétit !

Je mords goulûment dans le burger que Ruth vient de faire glisser devant moi. Cricket mastique avec soin ses deux feuilles de salade.

— Tu es certaine de ne pas vouloir une frite ?

— Comment peux-tu manger ces graisses mortes ? Les matières grasses poly-insaturées de l'huile provoquent vieillissement, plaque artérielle, inflammation et même certains cancers. Tu n'as pas vu *Super Size Me*, le documentaire ? Les graines et les huiles d'oléagineux...

Mes yeux se posent sur le gros titre de la rubrique culture d'un *New York Times* qui traîne sur le comptoir à côté de moi et soudain, je n'entends plus un mot de sa tirade fanatique contre la frite. « Donatella contre Miuccia : la guerre des robes ! Un aperçu de la vraie course aux Oscars. » Même le *New York Times* admet que les toilettes des stars, ce soir-là, comptent plus que les récompenses. J'attaque le premier paragraphe : « Adrienne Hunt est l'ambassadrice de mode incontournable du Tout-Hollywood. C'est elle, le cerveau derrière la stratégie de Prada pour les Oscars. » Je scanne le papier du regard en quête du nom de Julian. Rien. Nada. Néant. La panique me gagne. Dois-je demander à Ruth d'aller me chercher un coutelas aiguisé en cuisine ? Non. Ma mort réjouirait Adrienne.

— Tout va bien ? Tu es toute pâle. C'est à cause de Jake ? Kate m'a raconté ce qui s'est passé hier soir. Ce n'est pas grave de l'avoir embrassé. Ce qui compte, c'est que tu ne recommenceras plus.

Cricket me serre à nouveau dans ses bras. Je plonge le nez dans ses cheveux et respire son spray d'aura Aunt Vi. Dieu sait que ma propre aura aurait bien besoin d'un petit coup de pouce. Je lui montre l'article et gémis :

— Regarde. Les Oscars sont dans cinq jours et pour le *New York Times* nous ne sommes même pas dans la course. Cricket, j'ai peur de ne pas réussir à sortir Julian de l'impasse. Même la prochaine Halle Berry ne jure que par Armani.

— Tu peux y arriver, Lola. Il suffit que tu t'engages à fond dans ta nouvelle carrière et que tu oublies les acteurs. Visualise ton succès. Visualise Olivia sur le tapis rouge dans la robe de Julian. Ferme les yeux, ordonne Cricket. Lola ? Je pense ce que je dis. Fais ce que je demande.

Je ferme les yeux. J'ai des excuses : je suis au bout du rouleau.

— Olivia flotte sur le tapis rouge et elle ressemble à un paon. Elle est magnifique. Cojo lui demande le nom de son styliste et elle répond Julian Tennant. Cojo dit : parfait. Parfait. Parfait. Je te donne un 20 sur 20. Vas-y, ma fille.

Le charme est rompu.

— Le Cojo que je connais, critique de mode acéré et animateur télé féroce ne dirait jamais « vas-y, ma fille ».

— Ce n'est pas le problème. Écoute, reprend Cricket qui se penche sur moi comme si elle détenait le secret de la peau de bébé de Diana Ross. Tu dois faire comme si. Fais comme si. Glisse-toi dans la peau du personnage. Ce matin, je me suis vue en réceptionniste d'un commissariat de La Nouvelle-Orléans, sexy, accro au Sudoku et à la langue bien pendue. Demain, j'irai à cette audition, je serais chinoise jusqu'à la moelle des os et je décrocherai ce rôle. (Cricket fouille dans mon sac pour en sortir ma perruque Yoko et la pose sur sa tête.) Ça me va comment ?

— À la perfection. Si tu auditionnais pour le biopic sur Sonny and Cher.

— Ah ? Tu penses que Kate pourrait m'obtenir une audition ? Dis donc, ce n'est pas Brad Grey, assis dans le coin ? J'ai entendu dire que la Paramount attaquait le casting de *Groupies*. La fille qui jouait dans *Serial noceurs* est dans la distribution et ce sera comme *Presque célèbre*, en plus drôle. J'ai croisé Brad Grey qui papotait avec Jim Carrey, à mon cours de yoga. Peut-être pourrais-je aller me présenter ?

— Tu connais les règles du salon de thé : on ne se présente pas, on ne fait pas de pitch, on n'a pas de discussion de travail. Laisse ce type lire son *Variety* en paix. S'il voulait se faire remarquer, il serait dehors, dans le patio, avec les parias.

Plus tard, quand nous redescendons l'allée vers nos voitures, nous passons devant le bungalow de l'hôtel que l'équipe de Graydon a transformé en QG de la fête de *Vanity Fair*. Par la porte ouverte, on entend l'un des assistants du maître hurler dans un casque Bluetooth glissé autour de sa tête :

— Dites à Courtney Love qu'elle peut envoyer vingt photos dédicacées d'elle-même à Graydon. Il s'en moque. L'année dernière, elle était ivre morte, et elle a applaudi en pleine séquence d'hommage à nos chers disparus. Elle ne mettra plus les pieds à la soirée. Fin de la discussion.

— Bon, il est évident que moi non plus, je ne mettrai pas les pieds à la soirée, conclut Cricket l'air penaud.

Nous espionnons l'intérieur du bungalow tapissé de feuilles de bananier. Un assistant, loupe en main, inspecte des paquets de bouchées M & M's frappées du sigle *Vanity Fair*. Un autre, marqueur rouge en main, annote le programme de l'événement, un panneau de deux mètres cinquante de long qui couvre entièrement le mur du salon. Un troisième trie les cadeaux envoyés à Graydon Carter. Par marque – les boîtes violettes de chez Asprey dans une pile, les boîtes bleues Tiffany dans une autre, les boîtes Hermès dans une autre. Graydon le remarquerait-il si je piquais l'une de ces boîtes orange ? Si je nettoyais la pièce par le vide, je m'avancerais sur le shopping de Noël et de Hanoukka pour les dix années à venir. Nous finissons par repartir vers la Prius. Je pose la main sur le bras de mon amie. Elle me serre une dernière fois contre elle.

— Cricket, prophétisé-je, l'an prochain à *Vanity Fair*.

— Et toi, n'oublie pas, fais comme si. Entre dans le personnage, conseille-t-elle avant de descendre Crescent Drive jusqu'à sa voiture.

Sa détermination est contagieuse. Je vais surmonter mon problème professionnel. Et mon acteurolisme. Je ferai quelque chose de ma vie. Je ferai comme si j'avais l'assurance d'Oprah Winfrey et la sobriété reconquise de Robert Downey Jr. Je garderai les acteurs à bonne distance. Et je ferai carrière. Merde !

C'est alors que, du coin de l'œil, je repère Maggie Gyllenhaal qui remonte l'allée. Grâce à Papa, elle a obtenu les meilleures critiques de sa carrière pour *Le Cri du chuchotement*. Elle lui en doit une. Je me demande si elle a déjà arrêté son styliste pour le soir des Oscars. Je la connais presque, pour ainsi dire, je l'ai vue à la fête de fin de tournage. Qu'est-ce que ça peut faire si on ne s'est parlé que deux secondes ? Fais comme si, a dit Cricket. Que ferait Oprah ? Je suis sur le point d'aborder l'actrice quand Charlotte Martin apparaît. Elle se dirige vers Maggie et quelques instants plus tard, toutes deux se retirent dans un coin pour papoter avec animation. J'abandonne. Je n'y arriverai jamais. Oprah ne joue pas dans la même catégorie que moi. Je saute dans la Prius et appelle l'assistante-martyre de mon père.

— Abby, j'ai besoin de toi. Peux-tu demander à papa de demander à Maggie Gyllenhaal de porter du Julian Tennant le soir des Oscars ?

— Ma jolie, tu sais que je ferais n'importe quoi pour toi, mais tu aurais plus de chances d'y arriver si tu lui demandais toi-même.

— Et si tu glissais son nom sur sa liste d'appels du jour, sans prévenir ? Tu pourrais composer le numéro et le coacher sur le sujet pendant que le téléphone sonne ?

— Tu trouves que je ressemble à Phil Jackson ? Si j'étais aussi douée que lui, c'est moi qui entraînerais les Lakers et qui gagnerais des millions à sa place !

J'entends un drôle de bruit.

— Vite chérie, dis-moi comment sont orientées les toilettes dans la plus grande salle de bains de la maison ? coupe la voix de maman, un soupçon hystérique.

— De quoi parles-tu maman ? Repasse-moi Abby.

— Je remplis un formulaire pour commander un lion en pierre. Il me faut à tout prix une des sculptures faites main par M. Chung. Il n'y en a que cinquante au monde et le Sage a déjà reçu un millier de demandes, c'est Goldie Hawn qui me l'a dit. Pour que ton père obtienne son oscar dimanche, il est indispensable de modifier le flux de l'équilibre énergétique de la maison. Je suis certaine qu'en termes de Feng Shui, la villa est déplorable. Pour quelle autre raison ton père aurait-il raté le DGA Award le mois dernier ?

— Tant pis si le Director's Guild Award a été attribué à Wes Anderson pour *Bottle Rocket*, 2e lancement. Ça ne veut pas dire que papa ne remportera pas l'oscar, assuré-je malgré mes propres doutes.

— Vraiment ? J'ai soumis la question à un outil de statistique sur Google. Ton père a moins de probabilités de gagner l'oscar que de recevoir une malle de voyage Vuitton en cuir impression léopard avant Victoria Beckham, qui est pourtant première sur la liste d'attente. Depuis 1949, les vainqueurs du DGA et de l'oscar n'ont été que six fois différents.

— Maman, on n'est pas en Floride, un morceau de pierre ne changera pas la nature des votes qui ont déjà été envoyés la semaine dernière.

— Ridicule, chérie. Streisand dit que son lion en pierre a métamorphosé sa maison. Même la cuisine de sa gouvernante a meilleur goût.

— Maman, excuse-moi, mais je n'ai pas le temps. Je viens de recevoir un SMS du docteur Gilmore. Elle est d'accord pour me recevoir entre deux rendez-vous. J'ai beaucoup de choses à lui dire, il faut que j'organise un peu mes idées avant la séance et je ne dois pas être en retard. Mais, avant, je dois parler à papa. Où est-il ?

— Au restaurant. N'oublie pas de rabattre le couvercle de la lunette des toilettes chez toi, chérie. Sinon, toute l'opulence va partir avec la chasse. Nous devons prendre toutes les précautions possibles, cette semaine.

— Maman, s'il te plaît, repasse-moi Abby.

Clic.

J'évite délibérément Melrose Avenue pour rallier le restaurant Ago dont papa a acheté la moitié des parts pour le plaisir de s'amuser dans une cuisine. Je n'ai pas les moyens de faire un arrêt de service dans la boutique James Perse, ni chez Maxfield, pour soulager par anticipation le stress paternel. Interdiction de faire la moindre emplette, le salaire de misère que me verse Julian suffit tout juste pour le loyer. Je tourne à droite sur Melrose dans La Cienaga Boulevard et à droite dans le parking du restaurant, où rutile une collection de véhicules impressionnante. Je réprime l'envie pressante de ressortir du parking et de foncer dans la boutique Marc Jacobs. Je me sentirais pourtant en sécurité, entourée par tous ces sacs Stam.

La dernière fois que j'ai demandé quelque chose à mon père, c'était un autographe de Keanu Reeves. Il m'a regardé froidement et m'a répondu : « J'y penserai. » J'avais onze ans. Et non, il ne m'a pas rapporté l'autographe. Est-ce vraiment la peine de le préciser ?

Je me faufile parmi tous les costumes Ermenegildo Zegna qui remplissent la salle à manger et j'entre en coulisses. Des serveurs vident les assiettes à peine entamées – cent dollars de copeaux de truffes blanches sur des pâtes à l'encre de seiche, dont seules manquent deux fourchettées. Les gâte-sauces coupent des cèpes en lamelles et préparent des bébés brocolis. Le chef pâtissier fouette la crème de mon tiramisu préféré. Un tablier maculé de sauce noué autour de la taille, mon père se penche au-dessus d'une grosse casserole dont le contenu bouillonne. Le copropriétaire et chef en titre, Agostino, me serre dans ses bras. J'aimerais pouvoir en dire autant de mon père, qui me dit à peine bonjour. Papa n'aime pas être dérangé quand il est aux fourneaux. À dire vrai, il n'aime pas que *je* le dérange quelles que soient les circonstances. Je devrais peut-être relancer le plan A et demander à Abby de se charger des négociations.

Allez, ne sois pas une mauviette. Ce n'est qu'un tout petit service. Au pire, il m'insultera devant tout le monde, ou me jettera à la figure la cocotte de soupe de haricots à la toscane... J'hésite. Je me reprends. Faire comme si. Comme si. Comme si.

— Euh, papa ? Je me demandais...

— Goûte ça, coupe-t-il en me fourrant dans la bouche une cuillère en bois remplie de sauce.

La sauce fumante me brûle la langue.

— *Delicioso*, commenté-je en réprimant un cri. La perfection absolue. Ne change rien.

Mon père préfère se faire sa propre idée. Il plisse les yeux pour mieux réfléchir et tend le bras vers le pot de romarin et de flocons de piment.

— Quand te mettras-tu à la cuisine ? Une femme doit savoir mitonner de bons petits plats, Lola.

— Mais je sais faire, papa, je sais faire. Par exemple, je sais faire fonctionner mon micro-ondes. (Un peu de courage, Lola. Comme si. Comme si.) De toute façon, euh… Alors, j'ai vu Maggie Gyllenhaal, aujourd'hui.

— Et ?

— Et, euh, alors, ça m'a donné une idée. Je crois que c'est une bonne idée. Une excellente idée ! (Mon père arrête de tourner la sauce et me regarde sans ciller. Il n'en faut pas plus pour que je réalise que c'était une très mauvaise idée.) Voilà, Maggie serait merveilleuse en Julian Tennant. Aux Oscars. Et ce serait super pour moi parce qu'elle remet un des prix. J'ai travaillé vraiment dur, papa, et je n'ai toujours pas réussi à mettre la chance de mon côté. Maggie serait un gros atout pour nous… pour moi. Papa, tu voudrais bien l'appeler ? Et peut-être mettre sur pied un rendez-vous ? Tu sais à quel point elle t'adore. S'il te plaît ?

— Tu veux que j'appelle une actrice et que je lui demande de me rendre service ?

— Euh, enfin, oui, cela m'aiderait beaucoup. Un coup de fil suffirait. Je te demande juste de passer un coup de téléphone, papa.

Silence.

— Non.

Mon père retourne à sa sauce et replonge la cuillère dedans. Le chapitre est clos.

— Pourquoi ?

Ma voix chevrote cinquante octaves plus haut que d'habitude. J'ai six ans.

— Parce que c'est humiliant pour moi que ma fille rampe devant tous ces acteurs. C'est comme le fils de Ridley Scott qui dessert les tables à la cantine de la Warner. J'ai l'air de quoi, moi ? J'ai l'air d'un con.

Ne pas pleurer. Ne pas pleurer. Ne pas lui montrer qu'il me fait pleurer.

— Joyeuses pâtes.

Si je n'avais pas rendez-vous avec le docteur Gilmore dans la foulée, je n'aurais plus qu'à me suicider en mettant la tête dans le four au feu de bois, juste à côté des steaks frottés au bacon.

Après cinquante minutes de pleurs primaux, je déchiquette le dernier mouchoir en papier de la boîte du docteur Gilmore. C'est moi qui l'ai vidée. Je me suis enveloppée dans une couverture en cachemire rose-douillet, un morceau de quartz rose posé sur ma poitrine pour soigner les peines de cœur. Ma psy est assise en face de moi dans son fauteuil de cuir. Elle lisse sa queue-de-cheval rousse à la Ann-Margret, croise ses jambes gainées d'un pantalon en lin et me tend une pelote de ficelle rouge.

— Je vais vous donner des devoirs à faire. La ficelle rouge symbolise les liens du sang. Entourez de fil rouge la poignée d'une porte et tirez très fort à l'autre bout. Puis coupez-le, en visualisant en même temps l'abandon de toutes vos attentes vis-à-vis de votre père. Plus vous l'accepterez pour ce qu'il est – soit un être humain très limité – moins vous aurez de peine.

Elle tend la main vers une boîte à thé chinoise assez grande pour étancher la soif de tout l'Empire du milieu, en sort un élastique et me le tend.

— Prenez ceci. Mettez-le autour du poignet. Quand vous verrez Jake Jones ce soir, ou n'importe quel autre acteur, tirez sur l'élastique. L'idée est de raviver le souvenir du cycle de douleur qui se répète lorsque l'on craque pour des acteurs.

— Docteur Gilmore, cet élastique est, euh, jaune, et ce n'est pas une couleur qui me va.

Ma psy lève un sourcil et sans ajouter un mot j'enfile l'élastique autour de mon poignet. Je n'aurai qu'à dire que c'est le symbole d'une nouvelle religion ultratendance que même Madonna n'a pas encore découverte.

— Chaque fois que vous regarderez l'élastique jaune, vous vous souviendrez que ces hommes non plus ne vous vont pas. En tirant sur cet élastique, vous reprendrez le pouvoir sur la situation. Il importe de ne pas se poser en victime et de se souvenir que vous avez le choix. Je suis là pour vous soutenir. Consacrons quelques minutes à la visualisation. De quelle couleur est la douleur ?

— Euh, beige… Enfin, plutôt camel.

— Intéressant. Et quelle est la texture de la douleur ?

— En lézard.

— En lézard ? répète le Dr Gilmore, perplexe.

— Désolée, vos chaussures m'ont distraite. Ce sont des Sergio Rossi ? C'est si difficile de trouver de beaux escarpins camel… Puis-je me permettre de vous demander d'où viennent ceux-là ?

Le Docteur Gilmore joint les mains et me lance un regard soucieux.

— Lola, vous ne prenez pas assez au sérieux le travail que nous faisons ici. Cela m'inquiète.

— Vous vous trompez, docteur Gilmore, les chaussures, c'est une affaire très sérieuse pour moi.

Je m'apprête à sortir du cabinet quand je pile, la main sur la poignée de la porte d'entrée. La ficelle rouge est dans mon sac. Pourquoi ne pas couper le cordon ici et maintenant ? La porte s'ouvre et manque de me faire tomber. – Désolé, tout va bien ?

Le Bel Inconnu de la fois dernière pose ses grandes mains sur mes épaules pour me stabiliser et m'écrase presque les pieds avec ses baskets usées.

Je n'avais pas remarqué ses yeux verts pétillants lors de notre première rencontre.

— Oui, oui, c'est de ma faute. Je n'aurais pas dû rester plantée dans l'entrée. Je suis en plein désarroi post-séance.

— Je vois, vous vous demandez ce que vous allez faire maintenant. Eh bien, le truc du fil rouge est très efficace, dit-il en remarquant la pelote qui dépasse de mon sac.

— En fait, j'étais plus ou moins en train de me demander si je n'allais pas l'accrocher à cette poignée.

— Le plus tôt sera le mieux, sourit-il. Allez, je vous aide.

Il sort la pelote de mon sac, fouille dans la poche de son treillis et me tend un couteau suisse.

— Je n'en ai pas vu depuis qu'on m'a virée des Jeannettes. Très pratique, remarqué-je en débloquant les ciseaux.

— Tout le monde devrait en avoir un. Oserais-je vous demander pourquoi on vous a virée des Jeannettes ?

— J'avais redessiné l'uniforme. Mais ma troupe n'était pas prête à arborer les couleurs futuristes que je proposais.

Il éclate d'un rire si franc que j'en ressens les ondes jusque dans les orteils. Il me tend le bout de la ficelle en agitant ses boucles sombres. J'hésite.

— Allez-y, c'est le moment.

Je ferme les yeux et me demande pourquoi je ne suis pas plus gênée devant ce Bel Inconnu. Parce qu'on est camarades de psy ? Tant pis. Je prends une grande inspiration et je m'efforce de visualiser ma relation avec mon père. J'ouvre les yeux, coupe la ficelle et pousse un soupir un tantinet exagéré. Je n'éprouve toujours pas l'ombre d'un embarras. Voilà qui n'est pas ordinaire. Pourtant, le Bel Inconnu l'est complètement, lui. Cela signifie-t-il que les gens ordinaires passent leur temps dans l'entrée de leur thérapeute à sectionner des ficelles rouges ? J'ai toujours rêvé d'être comme tout le monde.

— Bien joué, assure-t-il en me rendant la pelote au moment où le Dr Gilmore ouvre la porte de son cabinet.

Le Bel Inconnu me dit au revoir d'un geste de la main, et la suit dans son antre.

— Merci.

Trop tard, il est déjà parti. Dommage. Je me sens déjà plus légère en rangeant cette pelote de ficelle dans mon sac ridiculement lourd.

Après une bonne douche, rhabillée de frais, je confie ma Prius à un voiturier au coin d'Hollywood et de Vine. C'est là que se déploie le gigantesque chapiteau que General Motors a érigé pour son défilé annuel. Je montre patte blanche au videur géant moulé dans un tee-shirt noir qui garde la porte des coulisses. C'est la première fois de ma vie que je brandis une accréditation obtenue en raison de mon prénom et de mon occupation profession-nelle, et non de mon patronyme. Pendant un ins-tant, je me sens à ma place. Peut-être vais-je coller ce morceau de papier sur le frigo pour me rappeler cette sensation tous les matins. Je me fraie un pas-sage à travers la foule de photographes, de stylistes, de maquilleurs, d'attachés de presse, de managers et de jeunes talents (acteurs) qui s'agitent en soute. Djimon Hounsou fume une cigarette. Il est seul. Et si… *Clac*. Aïe, il fait mal cet élastique ! Ryan Gos-ling hésite entre trois plats au catering. Je pourrais l'aider à… *Clac, clac*. Michael Vartan écoute ses messages. Je pourrais… *Clac, clac, clac*. D'accord. Je crois comprendre comment ce truc fonctionne.

Je repère Kate au côté de Will Bailey. Aucun risque de ce côté-là : Kate m'a raconté trop de caprices de Will pour qu'il m'attire le moins du monde. Il a exigé qu'on stocke des Razzles dans sa caravane, puis a piqué une crise sous prétexte que le chewing-gum avait taché ses facettes. Il porte des slips en papier durant les tournées promotionnelles hors de Los Angeles parce que Monsieur refuse que ses Calvin Klein soient nettoyés dans un pressing extra-muros. Et je sais que sa méga-chiante de manageuse de gouvernante de mère occupe systématiquement une chambre communiquant avec celle de son fiston lorsqu'ils voyagent ensemble.

J'espérais montrer mon nouvel accessoire jaune à Kate, mais bien évidemment, elle a trop à faire. Will, en costume de velours bleu, fait sa diva. Ses bras battent l'air comme les pales d'une hélice.

— Putain, Kate, où sont les stars, bordel ? Où est Casey Affleck ? Je ne vois ici que la pom-pom de *Heroes*. Un toubib de *Scrubs*, et Maria Menounos ! Je ne sais même pas dans quelle série TV elle est, celle-là. C'est pas du lourd, ça ! Qu'est-ce que je fais là ? Moi, je suis nominé pour un oscar !

Will s'agite devant le miroir comme frappé par le syndrome de Gilles de la Tourette, sous l'œil froid de son aréopage habituel : Kate, son attaché de presse, son frère-assistant, son cousin-maquilleur et sa mère.

La virulence de sa diatribe se perd un peu dans la manche aigue-marine de sa mère, qui lui met le bras devant le nez chaque fois qu'il passe devant le miroir. Will a une relation torturée avec son pif. Non, ce n'est pas une rumeur infamante de plus (*cf.* la manchette du *Star* « Une star est nez : Will Bailey, l'homme aux cinq visages. »). Personnellement, je le trouve très bien, son nez. Peut-être un peu bizarre depuis sa cinquième opération, je le concède. Maman Bailey va attraper des crampes si elle passe le reste de sa vie le bras en l'air.

— Casey a été invité sur le plateau de *Saturday Night Live* à la dernière minute, répond calmement Kate, habituée aux crises névrotiques de l'acteur.

Brave Kate, je devrais avaler une lampée de teinture-mère de valériane à sa santé.

Les yeux toujours rivés sur le miroir, l'acteur fait un geste en direction de son frère. Celui-ci lui roule une cigarette à la vitesse de l'éclair. Sa mère la glisse adroitement entre les lèvres de Will sans retirer le bras de devant son nez. Leur chorégraphie me rappelle un spectacle de marionnettes auquel ma nounou numéro 12 m'a emmenée quand j'avais neuf ans. C'était glauque. Nous avons quitté la salle en larmes.

— Et pourquoi ce n'est pas moi qui suis invité par NBC, Kate ? demande Will en se détournant du miroir.

— Parce que tu répètes que cette émission est merdique depuis que Tina Fey est partie, affirme Kate avec une patience digne de Job. Will, tu te souviens quand tu jouais dans cette sitcom avec Adam Carolla et que je t'ai emmené à une soirée ? Quand Jamie Foxx a descendu le podium dans son costume blanc à la *Saturday Night Fever*, un Hummer H3 jaune vif sur les talons ? Tu as juré d'être à sa place, un jour. Ce jour est arrivé. C'est aujourd'hui.

Bien dit, l'applaudis-je en silence, en résistant à l'impulsion de lui taper sur l'épaule.

— Je ressemble à Austin Powers dans ce costume de velours bleu, tu ne trouves pas, Lola ? me demande Will en se tournant vers moi.

Je suis clouée sur place. Impossible de détourner les yeux de son nez. La narine gauche n'est-elle pas en train de s'effondrer légèrement ? Kate me jette un regard suppliant.

— En fait, je pense que tu as l'air absolument...

Une voix familière me coupe à mi-phrase.

— Tu es bien plus appétissant qu'Austin, baby, lance Adrienne en miaulant comme Catwoman.

D'où sort cette diablesse? Elle se colle contre le dos de Will, danse la gigue et passe un bras squelettique le long de sa manche.

— Quel plaisir de te voir, Adrienne, grincé-je.

— Tout le plaisir est pour moi, chérie. Will, tu es beau comme un dieu, n'est-ce pas une nuit dingue dingue dingue? Je suis débordée, Miuccia est *très* demandée. Sais-tu que j'habille Rebecca Romijn, Anne Hathaway et Éric Bana, ce soir? Qui habilles-tu ici, Lola chérie?

Adrienne est une garce consommée. Une raison de plus de ne pas perdre la face.

— Nous voulons que Jake Jones crée l'événement, ce soir, et nous lui avons donné l'exclusivité Julian Tennant. Un nouvel acteur très hot pour un nouveau styliste très hot.

— Hot. Vraiment, chérie? grimace Adrienne. Tu n'as pas lu les pages culture du *New York Times*? Je dois y aller. Tellement à faire avant le show. À bientôt, Will!

— Sois honnête, Lola, insiste Will après son départ. Dis-moi de quoi j'ai l'air.

D'un Schtroumpf? D'Elvis dans sa mauvaise période? Kate me lance un regard qui supplie: «Déconne pas». Je prends une grande inspiration et souris de toutes mes dents à son client.

— Plus qu'appétissant, Will, délectable. Jessica Alba et Jessica Biel te sauteraient dessus toutes les deux en même temps si elles te voyaient. Écoute, je dois préparer Jake. Bonne chance!

— Comment s'est passée l'audition? demandé-je à Jake Jones debout devant moi, nu comme un ver ou presque. Je suis sûre que Bruckheimer t'a tout de suite envoyé essayer tes ailes de Hawkman.

C'est la seule raison valable pour ne pas m'avoir appelée de toute la journée.

J'affecte un ton dégagé, léger, insouciant et regrette instantanément mon choix. La faute à son boxer Calvin Klein. Et à ses pectoraux en tablettes de chocolat. Jake est tout bonnement à croquer.

Ses yeux bleus innocents s'ouvrent tout grand.

— Je devais t'appeler? Pour le costume ou quelque chose comme ça?

J'ai rêvé la soirée d'hier, ou quoi? Non. Il m'a embrassée. Aucun doute là-dessus. Et pourtant, il fait comme si rien ne s'était passé. Ce n'est pas bon signe. Pas du tout. Quoique. Ce n'est peut-être pas plus mal. Oui, au fond, c'est bien mieux. Me voilà sauvée, je n'irai pas plus loin avec Jake Jones. Il se démène pour enfiler son pantalon. Je me penche pour l'aider. *Clac*. Eh, c'est mon boulot de l'aider. *Clac*. *Clac*.

— C'est quoi, cet élastique? Ça a l'air de faire mal, demande-t-il en me frottant le poignet. (*Clac*. *Clac*.) T'es maso? Pourquoi fais-tu ça?

— Désolée. C'est ma psy qui me l'a conseillé. Enfin, c'est un exercice que, euh, je suis censée, euh... Écoute, je suis acteurolique. Et tu es un acteur. OK? Voilà, c'est dit. Je suis sobre depuis cent quatre-vingt-huit jours. Et quand tu m'as embrassée hier soir, j'ai failli craquer. Mais je ne l'ai pas fait car tu devais te préserver pour ton audition. Je suis supposée me flageller avec cet élastique chaque fois que j'ai une pensée impure à propos d'un acteur. C'est pathétique, je le sais. Alors finissons-en avec ce costume et le reste pour que je puisse atteindre le cent quatre-vingt-neuvième jour.

Jake regarde autour de nous pour vérifier que nous sommes seuls, se penche sur moi et chuchote dans mon oreille:

— Je suis chez les OA depuis dix ans.

164

— Ô quoi ? Je ne t'entends pas, hurlé-je par-dessus la musique de U2.

— Outremangeurs Anonymes. Avant, je pesais cent vingt-cinq kilos.

Monsieur « Nous vénérons les fesses de Jake Jones » a pesé cent vingt-cinq kilos ? Les bras m'en tombent. J'essaie de l'imaginer obèse. C'est difficile.

— Je m'envoyais une giclée de Bitter Apple dans la bouche chaque fois que j'avais une fringale.

— Bitter Apple, le spray pour chiens ?

Je connais ce produit via Cricket. Elle a vidé une bombe entière de ce répulsif canin le jour où elle baby-sittait les braques de Weimar de John Malkovitch. Ils n'arrêtaient pas de mâchouiller les mocassins de leur maître.

Jake Jones déplie délicatement une couverture de *Rolling Stone* où il fait la une, les abdos huilés et offerts à la concupiscence.

— C'est ça, confirme-t-il. Je garde cette photo en permanence dans mon portefeuille pour me convaincre que ces cent vingt-cinq kilos sont du passé. Je te confie mon secret pour te donner confiance en toi. Si mon agent savait ça, il te ferait signer un accord de confidentialité. C'était dans une autre vie, avec un autre nom. J'ai passé quinze mois enfermé dans un studio à Tarzana avec des DVD de Richard Simmons, le gourou du fitness. Ça fait du bien d'en parler.

Ce type a vraiment travaillé sur lui-même. C'est si rare. Jake est si vulnérable. Si sensible. Il faut bien qu'il gagne sa vie d'une façon ou d'une autre, c'est pour ça qu'il est acteur. *Clac, clac, clac*.

— Je connais très bien ce que tu traverses, conclut Jake en me lançant un regard lourd de sens. Je suis passé par là, moi aussi. J'admire ta persévérance. Veux-tu que je demande à mon assistant de te faire servir une eau gazeuse ?

Une eau gazeuse ?

Le manager de Jake se précipite sur nous avant que je ne puisse ouvrir la bouche pour répondre :

— *Access Hollywood* veut t'interviewer. Billy Bush attend. Tu sais, l'animateur.

— Un jour à la fois, me lance Jake pendant que son manager l'entraîne.

Une eau gazeuse. Formidable. Il a compris que j'étais inscrite aux Alcooliques Anonymes. J'ai besoin d'un verre. Je viens juste de me confier à un type qui n'a pas écouté un mot de ce que je disais. C'est le bouquet. La bonne nouvelle ? Je n'ai pas craqué et Jake a plutôt bon fond. Son histoire de chenille transformée en papillon est trop mignonne. *Clac. Clac. Clac.* Le DJ enchaîne sur les Red Hot Chili Peppers. Patrick Dempsey et Mandy Moore avancent sur l'énorme podium qui ressemble à une autoroute. La foule exulte. Logique, on voit tout à travers la robe moulante Proenza Schouler de Mandy. Une Corvette 1953 turquoise les suit au ralenti sous une averse de fausse neige. M'approcher du podium pour mieux voir n'est pas une mince affaire : mes cuissardes Alaïa en python violet ne sont conçues ni pour le confort ni pour la vitesse.

J'arrive au premier rang, juste quand le public applaudit Jake Jones à tout rompre. L'acteur défile, une Cadillac Escalade jaune vif sur les talons. Il est somptueux dans son costume Julian Tennant anthracite rayé, veston à trois boutons. *Yes* ! Je lève la main comme un rappeur pour la frapper contre celle d'Eva Mendes, debout à côté de moi, vêtue d'une robe courte à fines bretelles en cotte de mailles. Elle me retourne le compliment en me balançant sa menotte avec une poigne comparable à celle de Shaquille O'Neal en plein essai libre.

Succès numéro un à mon actif. C'est la fête ! Je flotte jusqu'au bar pour m'offrir une flûte de champagne. Ouf, enfin une affaire réglée pendant la semaine des Oscars. Et il y a mieux, j'ai réussi à habiller Jake Jones sans finir dans son lit. Plus qu'une heure avant le cent quatre-vingt-neuvième jour. Je fantasme à propos de ma prochaine séance avec le Dr Gilmore. Elle me dit qu'elle est fière de moi, que je suis en bonne voie de vaincre mon déficit de carrière et mon acteurolisme. J'en suis encore aux félicitations de tout poil quand mon élan se brise net. Smith est là. L'homme qui a lobotomisé mon cœur, il y a cent quatre-vingt-huit jours. J'en ai la nausée. Mon regard croise le sien. Clac. Clac. Clac. Clac. Clac. J'ai cassé l'élastique. Un gadget inutile, en l'occurrence, puisque chaque cellule de mon corps me fait déjà mal. Quand Smith est dans les parages, je suis un vrai chien de Pavlov, question douleur.

— Salut, lance Smith avec son sourire le plus charmeur.

— Salut.

Je vomirais volontiers sur ses mocassins Gucci.

— Tu as bonne mine, ajoute-t-il, très cool.

Merci, Ganesh, de m'avoir donné le courage de porter la robe que Julian m'a donnée. Une coupe si mini qu'au premier regard, je l'avais prise pour une chemise. Je sens les yeux de Smith qui effleurent mes jambes comme des doigts. Qu'il se morde les doigts. Je suis folle de rage, mais il n'empêche, Smith m'attire comme un aimant, c'est indépendant de ma volonté. Non ! L'élastique n'y suffira pas, c'est clair. Je prends une grande inspiration, mais on dirait qu'il n'y a plus d'oxygène dans cette pièce. Il y en avait pourtant encore il y a une minute…

Smith se penche pour me chuchoter à l'oreille :

— Te quitter a été l'erreur de ma vie.

Maintenant, j'ai carrément du mal à respirer. Je rêve d'entendre ces mots depuis que son assistant est passé chez moi m'apporter son mot de rupture. Je délire ou il vient vraiment de les dire ? *Clac. Clac.*

Clac. Clac. Clac. Les doutes m'assaillent en dépit du clac de l'élastique fantôme. Peut-être n'a-t-il jamais cessé de m'aimer. Peut-être a-t-il changé. Peut-être devrions-nous parler. Je suis à deux doigts de me jeter à son cou quand une bimbo blonde moulée dans une robe imprimée zèbre déboule à sa gauche.

— Voici ton verre, chéri, dit-elle en le lui glissant dans la main. (Elle tente un sourire vide sur moi.) Oh, bonjour. Vous êtes ?

Pauvre cruche de Lola. C'est un garrot autour du cou qu'il me faut, pas un élastique.

— Tu aimes toujours le Dirty Martini, commenté-je en tournant les talons.

Il faut que je déguerpisse d'ici. Vite.

— C'était super de te voir, insiste Smith.

Sa voix se perd dans la cohue. Je ne prends pas la peine de me retourner.

Tout ce que je veux, c'est trouver ce foutu voiturier. La pagaille règne à l'extérieur. Tout le monde fait la queue pour récupérer son véhicule. Mon cœur bat au rythme des haut-parleurs qui scandent le gangsta rap de Snoop Dogg. La cerise sur le gâteau ? Adrienne Hunt se glisse juste derrière moi dans la queue, la hanche triomphante, Gitane aux lèvres.

— Tu as l'air malade. Je ne vois pas pourquoi tu t'inquiètes, ton poulain s'en est bien tiré. Bien sûr, demain matin, personne ne se souviendra de ton succès ici. Et j'ai entendu dire que tu n'avais toujours personne pour le grand soir. Quel dommage pour Julian.

— Moi aussi, je te souhaite santé, bonheur et prospérité, Adrienne, coupé-je en marchant droit sur un voiturier à qui j'offre cinq dollars pour qu'il me donne mes clés.

Il reste impassible. Je lui tends un autre billet de cinq. Il remue. C'est une bonne chose qu'il n'en réclame pas plus, je n'ai plus un sou sur moi. Mais je suis prête à tout pour échapper à Adrienne, à Smith et à la semaine des Oscars en tout et pour tout. Les clés à la main, je descends à pied Hollywood Boulevard vers ma Prius. Une voiture ralentit derrière moi. J'essaie de ne pas regarder. Maudit soit Ganesh de m'avoir laissé porter cette microrobe et ces bottes aux talons de 12,5 centimètres : on me prend pour une pute. Je continue de marcher. Une Mercedes noire se gare à côté de moi. Je presse le pas, mais j'entends la vitre se baisser. Merde. C'est probablement un psychopathe qui rôde autour de la soirée General Motors en quête d'une starlette à écraser.

— Eh, tu as besoin que je te dépose quelque part ? demande Jake Jones en se penchant à la fenêtre.

Non. Surtout pas. Pas lui. Pas un autre acteur. Je vais continuer à marcher. Je vais marcher jusqu'au cent quatre-vingt-neuvième jour. Plus que vingt-huit minutes. Vingt-sept. Vingt-six. Ne le regarde même pas. Continue de marcher. Clac, clac, clac. Pourquoi ce foutu élastique a-t-il cassé ? Je vois un chouchou sale se languir dans une flaque boueuse. Je pourrais le repêcher et le glisser à mon poignet. Quelle importance si ça fait *splotch* au lieu de *clac* ? Ce serait toujours mieux que de monter dans cette voiture. Quoi qu'il m'en coûte. Quoi qu'il m'en coûte. Quoi qu'il m'en coûte. Je regarde alternativement Jake et la flaque. Jake, flaque, Jake, flaque. *Clac. Clac. Clac.*

La poignée de la Mercedes cliquette avec élégance quand je l'ouvre pour me glisser à l'intérieur.

Mercredi

Aaaaaahhhhhhhhhhhhhhhhhhhhhhhhhhhhhh
hhhhhh!!!!!!!
Je viens d'être éjectée du 707 piloté par John
Travolta à 10 000 mètres d'altitude. Et mon parachute ne s'ouvre pas. Je tombe en chute libre vers
les célèbres lettres « Hollywood », mais j'ai du mal
à les discerner à travers ma robe Madame Grès
style Aphrodite dont la mousseline de soie est plaquée contre mon visage. Je pique vers un tas de
cailloux pointus. Ma fin sera digne d'un film
catastrophe. Qu'est-ce que je fais là, le pubis à l'air,
avec la culotte de Kate imprimée léopard ? Suis-je
donc la nouvelle reine de la foufoune ?
— Oui, me chuchote-t-on à l'oreille.
Bon sang, j'espère n'avoir pas cédé à la vogue
de l'épilation intégrale. Non, le maillot à zéro n'est
pas l'évolution naturelle du Brésilien. Merde, quelqu'un s'agrippe à mes épaules ! Qui est là ? Dieu,
peut-être ? Décollant la mousseline de mon visage,
je me contorsionne pour regarder derrière moi.
Je porte des lunettes de parachutiste, mais le vent
souffle à 1 000 km/heure et mes yeux se remplissent de larmes. J'aimerais bien voir à quoi ressemble cette canaille, tout de même... Ah, non,
ce n'est pas Dieu. C'est Jake Jones qui voyage à

califourchon sur mon dos. Super. Il était écrit que je devais finir comme ça : je plonge vers une mort certaine avec un acteur agrippé à mon dos. Au moins, je porte une robe haute couture. Je m'étais toujours figuré faire le grand saut à cent ans (pas plus ridée que Diane Sawyer à soixante-cinq), dans mon sommeil, bercée par les vagues turquoise des Caraïbes, mon cher et tendre (non-acteur) à mon côté.

Arrêtez ! Je ne suis pas prête à mourir, et surtout pas comme ça ! Peut-être est-il encore temps de sauver ma peau. Je tire sur les cordes du harnais. Rien. Qu'est-ce qui cloche avec ce parachute ?

— Relax, je vais te tirer de là, annonce calmement Jake Jones.

Il se trompe. Avoir été casté pour le rôle de Hawkman ne signifie pas qu'on sache voler pour de vrai. C'est typique d'un acteur ce refus de la réalité, ce sentiment de toute-puissance. Eh ! Je suis troublée : ce n'est pas la voix de Jake Jones que j'entends, c'est celle de Smith.

— Je vais te tirer de là, répète-t-il.

Pas question. Je m'en tirerai toute seule, merci bien. En commençant par me débarrasser de lui. J'attrape les boucles du harnais et les secoue. Elles ne bougent pas d'un millimètre. Nous enchaînons une série de sauts périlleux, une culbute dans un sens, une culbute dans l'autre, et nous prenons de la vitesse.

Je distingue à peine le Théâtre Kodak, tout en bas. C'est la remise des Oscars. Je dois absolument y aller. Je cherche des yeux le chef-d'œuvre aux plumes de paon dans l'océan de stars qui s'étale en dessous de moi. En vain. Personne ne porte du Julian Tennant. Et voici Adrienne Hunt. Elle dresse vers moi un majeur triomphal.

— Ouvre le parachute ! hurlé-je à Smith.

La terre se rapproche. Tête par-dessus cul, cul par-dessus jambe. Plus près. Voilà le sol. Soudain, flouf, je flotte. Le parachute !

— Tu vas t'en sortir.

La voix de Smith est remplacée par celle du Docteur Gilmore, maintenant. Elle est très élégante. Ses lunettes blanches de parachutiste et sa combinaison de vol Chanel lui vont à ravir. Surtout sur ce fond de nuages blancs. Pourquoi n'y ai-je pas eu droit ? Mais... oui, ce sont des ailes blanches Chanel !

— Ne partez pas ! Ne me laissez pas ! supplié-je, mais la vision du Dr Gilmore s'évanouit.

Le parachute s'affaisse sur moi. Je n'y vois plus rien. Où est le sol ? Je suis enroulée dans un linceul de nylon et de mousseline. Et je virevolte. Vite, de plus en plus vite.

Bam. Ma tête rebondit par terre. J'ai tous les os brisés, c'est certain. Je suis sur une civière, à présent. Au moins, les ambulanciers ont rabattu ma robe sur mes jambes. Les portes de l'ambulance s'ouvrent. Est-ce... George Clooney ? Que fait-il ici ? Il pose sa main sur mon front. C'est agréable. Il parle, mais je n'y comprends rien. Le bla-bla-bla se transforme en bip. Un bip soutenu. Bip. Bip. Bip. L'électrocardiogramme. La ligne est plate. *Biiiiiiiiiip.*

L'avertisseur d'un camion qui recule dans la rue me réveille en sursaut. J'entrevois une lumière blanche. Est-ce le paradis ? Ou peut-être la suite appartement-terrasse VIP chez Chanel ? Ma vision se précise et je distingue sur le plancher ma robe taille mouchoir de poche roulée en boule. Et mes bottes en python avachies tout près. Ce n'était donc qu'un rêve. J'ai hâte d'aller le raconter à ma psy. Eh ! Mais ce n'est pas ma chambre, ni mes draps : jamais de flanelle dans mon lit. Où suis-je ? Un poster grandeur nature de Jake Jones en sous-vêtements est suspendu à côté d'un écran géant Fujitsu. Sur les rayons de la bibliothèque où il n'y a pas un livre, trône toute une rangée de DVD des *Girls Gone Wild*. J'ignorais qu'on en avait produit autant d'épisodes.

C'est la cata. Jake Jones est dans ce plumard. Nu. Je vérifie sous la couverture. Et merde. Moi aussi. Qu'est-ce que j'ai fait? C'est un cauchemar. Je dois me rendormir au plus vite.

— Monsieur Jones, monsieur Jones! crie une gouvernante affligée d'un fort accent philippin.

Pourvu qu'elle n'entre pas.

— Hamas, je dors, revenez plus tard, marmonne Jake, en balançant son oreiller king size sur sa tête.

— Il y a des hommes. Ils dire que c'est important, insiste-t-elle en ouvrant la porte.

Je plonge sous la couverture en espérant que mon corps soit aussi plat que les abdos de Fergie. Je glisse un œil entre les draps écossais. Deux gros bras sont sur les talons de Hamas. Ils portent une très grande boîte enveloppée dans un drap blanc.

— Où voulez-vous qu'on le mette? demande l'un des livreurs.

— Qu'est-ce que c'est? s'inquiète Jake en se redressant d'un coup.

Les deux types posent leur colis par terre, l'un d'entre eux soulève le tissu et révèle une énorme cage.

— C'est un vautour, man.

— Ce truc est vivant?

Jake pointe le doigt vers une créature marron aux ailes de deux mètres de long.

— On dirait bien, man.

Les deux livreurs me regardent droit dans les yeux. À en juger par l'état de mon oreiller, barbouillé de mascara noir, je ne ressemble sûrement à rien. Horrible, plus qu'horrible, deviné-je rien qu'à l'expression des livreurs et de la gouvernante.

Je me fends d'un geste de la main timide quand elle les escorte hors de la chambre, et referme avec tact la porte derrière elle.

Le vautour se cale sur son perchoir dans un battement d'ailes terrifiant. Même lui me fixe de ses petits yeux perçants. Pourquoi me regarde-t-il ? J'ai honte. *Kie-kikikiki* ! Il pousse un cri puissant et geignard en même temps. Tenterait-il de communiquer avec moi ? Je ne parle pas le vautour. Qu'essaie-t-il de me dire ? Il veut son bisou du matin ? Non. Je sais. Il me prévient que je ferais mieux de déguerpir pendant qu'il est encore temps.

D'accord, je ne parle pas le vautour, mais je maîtrise complètement le langage des nababs de cette ville. Cette scène me renvoie tout à coup au jour où Jerry Bruckheimer, lui ayant attribué un rôle, a fait livrer une combinaison d'astronaute à Smith. (La preuve que même le producteur de *Top Gun* savait que Smith m'avait emmenée au septième ciel.)

— Félicitations, annoncé-je à Jake. Je pense que tu es le nouveau Hawkman.

— Hein ? Non, ce n'est pas possible. C'est juste une mauvaise blague d'un copain.

Bien sûr, chéri. Comme si tes amis avaient quelques milliers de dollars à dépenser pour une blague. Soit, Jake n'a pas un QI très élevé. N'empêche qu'il est adorable comme ça, la bouche ouverte sous le coup de la surprise, comme un gosse le matin de Noël. Le téléphone portable ultramince posé sur sa table de chevet se met à sonner.

— Allô ? Qui est à l'appareil ? Non, vraiment ? Quoi ? s'écrie Jake en se jetant hors du lit. Vous avez importé le vautour du Panama ? (« C'est Jerry, chuchote-t-il en couvrant le mobile de la main, j'ai eu le rôle. » Il se met à sauter sur le lit, nu, le petit oiseau au garde-à-vous.) Bien sûr que je peux venir au studio dans une heure pour rencontrer les coachs de capoeira… Le chef de Stallone dans *Rambo V* ?

Oui, j'ai une maison d'amis où il peut emménager aujourd'hui même… Évidemment, je suis disponible pour une interview. Tout de suite ? Oui, pas de problème. (Il couvre à nouveau le mobile de la main pour annoncer, tout heureux : *People Magazine*.) Écoutez, merci encore pour le vautour, Jerry. Et pour le rôle.

Il raccroche.

— Je suis Hawkman, je suis Hawkman, je suis Hawkman ! claironne-t-il en faisant des bonds dans la chambre.

Il s'arrête au pied du lit et me regarde droit dans les yeux, pour la première fois de la matinée. J'attends les paroles que toute fille a envie d'entendre le lendemain de la première nuit passée avec un garçon qui lui plaît vraiment : « Je pense que je suis en train de tomber amoureux de toi – immédiatement suivies de – alors, où va-t-on déjeuner ? »

— Ils m'ont adoré ! Je savais qu'ils m'adoreraient. C'est le plus beau jour de ma vie ! croasse-t-il.

Flûte. Juste quand j'allais lui suggérer d'aller chercher des œufs et des toasts chez Cora.

Voilà une nouvelle scène à ranger séance tenante dans le top 5 des moments les plus humiliants de ma vie. Classement officiel. Je la place directement sur le podium, avec la fois où ma mère a parlé de mes premières règles lors d'un dîner avec Ashton Kutcher.

Jake court vers la salle de bains. Son téléphone sonne.

— Tu peux décrocher ?

— Allô, résidence de M. Jake Jones, dis-je en essayant de me faire passer pour une gouvernante philippine et pas pour la Pétasse de la semaine. Oui, bien sûr, je vais le chercher tout de suite. (Je couvre le récepteur de la main.) C'est *People Magazine*.

Jake ressort de la salle de bains, une serviette enroulée autour de la taille. Je lui tends le combiné.

— Merci, mouais, voyez, Hawkman, c'est un rêve qui devient réalité, commence-t-il.

Profitant de sa conversation avec le journaliste, je me glisse hors du lit et récupère mes vêtements à quatre pattes sur le sol.

— Je n'aime pas parler de ma vie privée. Mais non, il n'y a aucune femme en particulier dans ma vie en ce moment. Vous savez ce que c'est, ma carrière est ma seule maîtresse. Oui, je suis célibataire. Complètement célibataire.

La stupéfaction me cloue sur place. Je suis nue sur le sol de Jake Jones et j'ai envie de mourir. Ai-je déjà dit que je suis à poil ? Soyons honnêtes : je préférerais le tuer d'abord et moi ensuite. « Aucune femme en particulier » résonne dans mon cerveau. « Complètement célibataire. » Réfléchis un peu, Lola. Je parie que son attaché de presse lui a ordonné de dire ça. Ma réaction est excessive. Peut-être.

— Mon genre de femmes ? J'aime toutes les femmes, man... Enfin, non, je ne suis pas accro aux blondes. Je viens du Texas. Je ne comprends pas très bien ces demoiselles de Los Angeles. Je les préfère nature. Vous voyez, gentilles et simples...

Je me passe en revue de détail : blonde. De L.A. Gentille. Mais sûrement pas simple. Ce mec est écœurant. Complètement dégueu. Non, je n'exagère pas. Aucun attaché de presse ne lui a demandé de débiter des conneries pareilles. Kate avait raison. Jake n'est pas un être humain. C'est un nouvel exemple d'acteur narcissique, malhonnête et insipide. Et c'est bien du baratin typique d'acteur, prise 507. Dire qu'il m'a roulée dans la farine, avec son discours de chenille qui se transforme en papillon ! Ce serait plutôt en connard qu'elle s'est transformée.

A-t-il tout bonnement oublié que j'étais là ? Sans parler du fait que nous avons couché ensemble et que c'était du tonnerre de Dieu. Ça compte pour du beurre, tout ça ? Je n'aurais jamais dû replonger la tête la première pour un acteur. Tout est la faute de Smith. Si je ne l'avais pas vu au défilé General Motors, je ne me serais pas retrouvée dans le lit de Jake Jones. Pourquoi Smith me fait-il systématiquement perdre mes moyens ? Avec lui, je me fais l'effet d'une équilibriste du Cirque du Soleil qui marche sur un fil en stilettos Lanvin de quinze centimètres.

Jake raccroche le téléphone et pompe du biceps, poing serré.

— Yes ! Super !

Il repart vers la salle de bains, mais s'arrête en cours de route. Une arrière-pensée le taraude. C'est moi, l'arrière-pensée. Jake bâcle une stratégie, se retourne pour me faire face et m'offre son meilleur Hugh Grant :

— Cette nuit était géniale. Je t'appellerai.

À peu près aussi sincère qu'une déclaration de Donald Rumsfeld pendant la guerre d'Irak. La porte de la salle de bains se referme doucement sur lui. C'est tout ? Oui.

Je me hais. J'ai jeté mes bonnes résolutions aux orties et voilà ce que ça me rapporte. C'est encore pire que la fois où Adrian Grenier m'a emmenée chez Baja Fresh et a insisté pour qu'on partage l'addition. Comparé à Jake Jones, Adrian Grenier c'est le prince Charmant. Je dois redevenir sobre. Jour 1.

J'attrape mon sac, enfile ma robe froissée et bataille pour remettre mes cuissardes tout en marchant. Je file à fond de train le long du couloir, direction la sortie. La porte claque derrière moi. Une seconde. Ma voiture. Où est ma voiture ? Oh non : je l'ai laissée au défilé General Motors. Il y a cent trente kilomètres entre la maison de Jake Jones et l'angle d'Hollywood et Vine. Inspirer.

Expirer. Que faire? J'essaie de rouvrir la porte: elle est verrouillée.

Je sors mon portable pour appeler un taxi. Pas de réseau. Tenant le téléphone à bout de bras, je sillonne la pelouse pour trouver un endroit qui capte. Une seule barre ferait l'affaire. Je pourrais avoir une barre, SVP? Niet. Quel genre d'imbécile habite à Topanga Canyon, de toute façon? La porte du garage de Jake s'ouvre au moment où, accroupie derrière un buisson d'azalée rose, je cherche en vain quelques centimètres carrés propices à la réception. La Mercedes noire pointe son museau. Je refuse que Jake Jones me voie dans cet état. Je ressemble aux types qui ratissent les plages équipés d'un détecteur de métaux. Je ne me suis pas lavé les dents ni regardée dans une glace. Je me recroqueville derrière l'azalée, le rouge aux joues. Ouf! Il est parti. Il ne m'a pas vue. Je regarde mon portable. Une barre. Oui! J'appelle les renseignements. En vain. Ça ne passe pas. J'avance à quatre pattes sur la pelouse humide de rosée pour trouver le réseau. La porte d'entrée s'ouvre. Hamas est sur le seuil.

— Madame, quoi vous faites?

— Oh, salut Hamas, euh, et bien, je n'ai pas de voiture. Enfin, je l'ai laissée... Bon, Jake, vous le savez, m'a conduite ici... J'avais besoin qu'on me raccompagne hier soir... Et euh, il était là... Jake et sa Mercedes noire... Et l'élastique était cassé, à ce moment-là. Ça se jouait entre Jake et un vieux chouchou... Et, euh, j'ai choisi Jake... Hamas, écoutez, j'ai besoin de téléphoner.

— Je m'appelle Imas.

— Excusez-moi. Jake vous appelle Hamas.

— Un petit secret, madame: il écoute pas ce qu'on lui dit, précise-t-elle, en ramenant sa coiffe marron sombre derrière ses oreilles, révélant des petits clous en or en forme de cœur.

Ses yeux bruns pétillent. Elle me sourit.

— Oui, j'ai remarqué.

— Mais il paie salaire. Vous, il vous paie pas, alors pas la peine, gentille madame, non ?

— Non, Imas. C'est pas la peine.

— Rentrez dans maison. Nous prendre un bon café ensemble. Vous appellerez un taxi.

— « Just Say No » répète Imas en montrant du doigt le slogan antidrogue qui orne son tee-shirt, alors que je me répands sur mon acteurolisme.

Dire non, tout simplement. Je médite ces sages paroles en mastiquant le petit-déjeuner texan concocté pour Jake par Weight Watchers.

La sonnerie de mon portable interrompt notre discussion. Et voilà que ça capte, maintenant !

— Je suis allé surfer sur WireImage à 4 heures du matin. Jake Jones était renversant au défilé General Motors. Je suis vraiment fier de toi ! lance Julian. Je reviens du nord de l'État de New York où je suis allé empêcher un massacre de vaches et je me sens bien mieux. Je suis prêt à monter dans l'avion. Je te le promets. J'espère qu'Olivia ne m'en veut pas de ne pas être allé à l'essayage, hier. Elle est en colère ? Elle a demandé où j'étais ? C'est quoi ce bruit ?

— Quoi, tu prends l'avion ?

— Oui, et s'il s'écrase, tu hérites de tout. Mais ne change pas de sujet. C'est quoi ce bruit ?

— C'est Hamas, enfin Imas, elle passe l'aspirateur autour de mes pieds.

— De quoi parles-tu ? Qui est Imas ? Où es-tu ?

— Chez Jake Jones.

Silence.

— Laisse-moi deviner : tu as vu Smith et tu as perdu les pédales et je n'étais pas là pour t'empêcher de sauter à pieds joints dans le gouffre du mépris de toi-même. Ne nie pas, je l'ai vu sur WireImage, lui aussi. Vas-y, dis-moi que tu me détestes. Dis-moi que j'ai gâché ta vie. Dis-moi que tout est ma faute et que tu ne me le pardonneras jamais.

— Tout est ta faute et je ne te le pardonnerai jamais.

— Comment peux-tu dire une chose pareille ? explose-t-il. Je suis ton meilleur ami depuis que je t'ai sauvé du jean Guess blanchi à l'acide et des jambières en laine. En fait, les années 1980 me font beaucoup réfléchir, en ce moment. J'envisage de demander à Boy George d'être l'égérie de ma prochaine collection. Bon, écoute. Katya m'a réservé une place sur le vol American Airlines de 17 heures. J'atterris à LAX à 20 heures. Viens me chercher et je t'emmènerai chez Giorgio manger des pâtes aux langoustines. Celles que tu préfères. Pour te remercier.

— Ta présence suffira. Je n'en peux plus d'être toute seule.

— J'ai une autre nouvelle. T'ai-je déjà parlé de mon vétérinaire ? Celui qui s'occupe du chihuahua de Catherine Keener ? Elle vit entre la côte est et la côte ouest et quand elle est à L.A., son chihuahua joue avec le berger allemand de Jack Black. Eh bien, le type qui promène le chien de Jack promène aussi le bâtard de l'attaché de presse de Willow Fox. Et le promeneur de chien est le cousin de ma manucure. Je te la fais courte, Willow Fox veut me porter aux Oscars !

— Quoi ? La fille qui a fait le remake de *Fast Times at Ridgemont High* avec Jared Leto ? Julian, c'est énorme !

— Sache que Willow Fox va devenir encore plus énorme, ou tout du moins ses seins. Tu ne vas pas me croire, elle va incarner Dolly Parton. Quand Reese Witherspoon a gagné l'oscar pour *Walk the Line*, Universal a senti le vent et réalisé qu'il était temps de produire – tu es assise ? – *Dollywood !* Tu as rendez-vous avec Willow au Soho House dans une heure. Katya a envoyé par Fedex les robes du showroom au concierge.

— Dans une heure ? Julian ? Je ne peux pas. Ma voiture...

— Lola, dois-je te rappeler que nous parlons des Oscars ? Tu sais que la seule personne que je vénère autant que toi est Dolly. Tu ne peux pas rater ce rendez-vous. Si nous habillons Willow, elle me permettra peut-être de lui rendre visite sur le tournage et de rencontrer ma chanteuse de country préférée. Alors, je pourrai mourir heureux. À ce soir !

Clic.

— Imas, vous me sauvez la vie en me conduisant jusqu'ici, dis-je alors que nous arrivons devant Soho House. Je ne sais pas ce que j'aurais fait sans vous. Vous êtes certaine de ne pas vouloir entrer ? Je pourrais vous offrir un nouveau jean Seven. Un massage, peut-être ? Ou un pendentif gratuit en diamant de chez Chopard. Vous pourriez le vendre aux enchères sur eBay et sortir des griffes de Jake Jones.

Eh ! Peut-être que je pourrais le vendre aux enchères sur eBay et échapper aux cinglés d'Hollywood.

— Nous amies, toutes les deux, Lola, non ?

— Oui, Imas, amies. De grandes amies.

— Alors oublie pas, « Just Say No », répète-t-elle en tapotant son tee-shirt. M. Jones pas assez bien pour toi. Il envoie moi à la plage pour rapporter de l'eau de mer : il en a besoin pour ses mèches. Ensuite, je chercher son chien chez le vétérinaire et acheter les cigares pour les soirées poker. Et M. Jones me fait entrer à sa place chez Hustler sur Sunset Boulevard pour acheter capotes sur mesure et menottes en fourrure.

— C'est dégoûtant, Imas.

Pourquoi n'a-t-il pas sorti tout le matériel pour moi – je n'en méritais pas tant, peut-être ? Je me sens aussi cheap qu'un faux Vuitton soldé à Chinatown.

— Je peux te trouver une meilleure place, si tu veux.

— Commence par trouver homme mieux. Tu as assez soucis comme ça.

Nous regardons la prochaine Eva Longoria descendre de sa mini Cooper décapotable et entrer dans Soho House. Elle porte une robe baby-doll en soie crème. Imas secoue la tête tristement :

— Elle doit pas porter de smocks. Elle croire faire seins plus gros mais ça donner juste la taille plus épaisse. Ces filles de Los Angeles, rien dans la tête.

Elle a bien raison. Je serre une dernière fois Imas dans mes bras et essaie de tirer sur cette robe trop courte que Julian n'a pas conçue pour la lumière du jour. Ces fichues bottes en python m'ont tellement scié les cuisses que ma peau ressemble à celle de la reine du porno Jenna Jameson. J'ai essayé de ravaler mon visage du mieux que je pouvais avec la crème hydratante d'Imas, mais c'était peine perdue. Ça tombe mal : je suis sur le point d'entrer à Soho House, le club anglais ultra-chic réservé aux seuls membres. Si je me souviens bien, dans un épisode de *Sex in the City*, Samantha Jones n'a pas pu entrer dans l'annexe new-yorkaise de cet établissement. Dommage que le Soho House n'ouvre à Los Angeles qu'une semaine par an, celle des Oscars, parce qu'il serait très agréable de pouvoir piquer une tête toute l'année dans sa piscine d'eau de mer. À condition de ne pas avoir à régler les mille cinq cents dollars que coûte la carte de membre annuelle. Par chance, pendant la semaine des Oscars, tout est gratuit à Soho House. Liquide, chèques, carte de crédit ? Ne soyons pas aussi terre à terre. Les raviolis au homard de Jamie Oliver, le Naked chef ? Sur le compte de la maison. Les négligés en dentelle de Vera Wang ? Cadeau. Les faux cils en poil de vison à cinq cents dollars ? À l'œil. Même les cours pour devenir roi de la platine dispensés par Tony Okungbowa, l'ex D.J. d'Ellen Degeneres, sont gratoches.

Soho House est l'un des vingt centres pour stars qui fleurissent aux quatre coins de la ville pendant la semaine des Oscars. Ils se montent dans des palaces gros comme le Ritz, des salons huppés et d'énormes manoirs hollywoodiens. On y chouchoute, pédicure, épile, pomponne, bichonne, conditionne, sublime, botoxe, bijoute et accessoirise toutes les privilégiées qui assisteront à la cérémonie. Les produits sont offerts et les soins effectués à titre gracieux – des facettes collées en porcelaine à mille cinq cents dollars pièce, au soutien-gorge rembourré miracle couleur chair, fait sur mesure par le styliste de Victoria's Secret – à condition de servir aux gentils photographes un sourire éclatant « grâce aux soins du Dr Dorfman, le dentiste cosmétique de L.A. » ou de mettre en évidence le Nikon numérique tout neuf à la façade incrustée de diamants.

Les célébrités d'aujourd'hui ne se rendent pas compte à quel point elles ont la belle vie. Quand Diane Keaton a été récompensée pour *Annie Hall*, la seule chose qu'elle a reçue, c'est une malheureuse statuette. On ne lui a même pas offert un paquet de bonbons. La légende raconte qu'elle a emprunté le costume de son frère et conduit sa Volkswagen jusqu'au Dorothy Chandler Pavilion. Rendons grâce à H. Stern, Jaguar, Sony et les autres pour avoir compati à la dure vie des intermittents du spectacle, saisi la précarité du destin des stars gagnant dix millions de dollars par film et décidé de les couvrir de cadeaux.

À la porte, une videuse anglaise glaciale me toise par-dessus ses lunettes de soleil en or comme si elle était Steve Rubell, le patron du Studio 54, et moi Arnold d'*Arnold et Willy*. Rien de tel qu'un cerbère qui évalue votre place dans la chaîne alimentaire de l'industrie du cinéma pour vous sentir gaie comme une tranche de thon gavé au mercure. Mais j'admets qu'habillée comme je le suis, je ne me laisserais probablement pas entrer, moi non plus.

— Les robes de Julian Tennant vous attendent au deuxième étage, annonce la british bitch en me faisant signe de passer d'un coup de Montblanc magique.

J'entre dans une garçonnière ronde de 10 000 mètres carrés avec vue à 360 degrés sur la ville. On dirait la tanière de James Bond. Un serveur anglais plutôt mignon (dommage, il a de vilaines dents) me propose un mimosa. Après tout, il est presque midi et, en dehors du champagne, il y a surtout du jus d'orange dans ce cocktail. Et puis je le vaux bien. La crème Oil of Olaz d'Imas ne suffira pas à me protéger de toutes simili-Winona Ryder accros à la rapine. Après la nuit, la matinée et l'existence que j'ai subies, je mérite bien un petit remontant. En outre, je suis supposée faire bonne figure devant Willow Fox, or nous savons tous que je ne suis pas très bonne actrice.

— Attendez, ne partez pas, dis-je au serveur en attrapant au vol un autre mimosa. Mais après celui-ci, c'est fini.

J'essaie de repérer qui brunche sous l'énorme lustre en verre vénitien accroché sous le dais de la terrasse. Le bling qu'affectionne Kimora Lee Simons étincelle si fort que je la reconnais d'ici.

— C'est vous, Lola Santisi? Vous avez tout ce qu'il vous faut? Voudriez-vous que je vous fasse visiter les lieux? propose une jeune attachée de presse qui court vers moi, l'air concentré.

Il est clair qu'elle ne regarde que les photos des magazines, cette petite, parce que si elle lisait les légendes, elle saurait que je ne mérite même pas un paquet gratuit de vitamine C.

— Je m'appelle Anna, déclare-t-elle. Vous êtes beaucoup plus jolie en vrai.

OK, celle-là, c'est une perle, je la garde. Les compliments montent plus vite à la tête qu'un mimosa.

— Merci Anna, c'est très gentil. C'est un jean J Brand que vous avez là ? Canon. Bon, Anna, je vous fais le topo. J'ai rendez-vous avec Willow Fox et, pour des raisons que je ne peux vous expliquer pour l'instant, j'ai la dégaine d'une gagneuse de Heidi Fleiss alors que je suis l'ambassadrice de Julian Tennant. Alors, pourriez-vous s'il vous plaît me donner un coup de main et me passer un jean taille 38 ? J'ai besoin d'un top aussi, quelque chose, vous voyez, n'importe quoi, en fait. Même un marcel fera l'affaire.

— Je vous fais une sélection de tee-shirts James Perse, C & C et Primp. Ah, on a aussi des L.A.M.B.

Cinq minutes plus tard, elle revient les bras chargés de présents.

— Merci infiniment. Je sais que vous m'avez déjà beaucoup donné, mais c'est bien du cristal Swarovski sur ces tongs Adidas ?

— Il y a six cents cristaux brodés à la main sur chaque paire, récite scrupuleusement Anna. On les vend 280 dollars dans le commerce.

— Vous les auriez en bleu marine, taille 39 _ ?

L'étage où me conduit Anna est une réplique intégrale du grand magasin Barney's, mais en bien mieux, puisque rien n'est payant. D'autres serveurs anglais plutôt mignons servent des mimosas et proposent des mini-bagels au saumon fumé et à la crème de coquilles Saint-Jacques, et des bananes glacées au beurre de cacahuète. Ouf, ça fait du bien d'être sortie de ce lambeau de mousseline de soie et de ces bottes. D'autant plus que mes fesses me plaisent beaucoup, dans ce jean. Mmmm, j'aurais peut-être dû réclamer une paire de sandales Giuseppe Zanotti imprimées léopard avec anneau doré au lieu des tongs Swarovski. Même les claquettes de spa que je repère aux pieds de Sarah Michelle Gellar sont mieux que les modèles de réflexologie Masai Barefoot Technology qu'on trouve au House of Flaunt.

Bon, stop, je ne suis pas là pour du shopping, mais pour Willow Fox. Anna me tend le sac portemanteau de Julian et m'envoie à l'étage au-dessus, celui du spa, où se trouve l'actrice.

— Je vous réserve un soin du visage au placenta tout de suite après, me glisse-t-elle sur le ton de la confidence. C'est indispensable. Meg Ryan en a eu un juste avant de partir et elle a le teint si éclatant qu'on ne regarde plus du tout ses lèvres. Vous avez l'air un peu fatiguée, je pense qu'un soin revitalisant vous ferait le plus grand bien.

— Super, Anna, vous êtes un amour.

J'ai du mal à déterminer à quel moment exactement nous avons endossé les rôles de Cameron Diaz et Toni Colette dans *In Her Shoes*, mais je ne vais certainement pas cracher sur des cadeaux gratuits. Néanmoins, je m'interroge sur l'origine dudit placenta. N'ai-je pas lu quelque part qu'on le prélève chez les brebis ? Eh bien, les bébés agneaux ont plutôt bonne mine, non ? Bien qu'ils soient un peu… laineux. Quelquefois, mieux vaut rester dans l'ignorance.

Mazette. Ce salon de beauté est hallucinant. Les fauteuils des coiffeurs sont des modèles Relax The Back, qui prodiguent des massages shiatsu pendant qu'on s'occupe de votre tignasse. Outre les fondamentaux – manucure, pédicure, brushing, enveloppement anti-cellulite, extensions de cheveux réalisées par Danilo, le roi du genre (celui qui s'occupe de Gwen Stefani et de Tyra Banks) et makeup effectué par Sue Devitt, la star des maquilleuses des stars –, il y a tous les soins ciblés : masque beauté pour les fesses (flippant), peeling du bikini à l'acide glycolique (encore plus flippant) consultations gratuites avec le Dr Novak (le ravaleur de façade de maman) et soin de peau ThermaCool avec Hollywood's Fairy Skin Mother, la bonne fée de l'esthétique du show-biz.

Je finis par trouver Willow Fox dans la pièce dite du « lifting de midi », où besogne la bonne fée en question. La star a été tellement botoxée, peelée et tirée que je suis tentée de la toucher pour vérifier qu'elle ne s'est pas échappée du musée Grévin. Avec le nombre de câbles reliés à son crâne et ses cheveux bruns qui jaillissent d'une sorte de casque, il faut beaucoup de bonne volonté pour reconnaître dans cette fiancée de Frankenstein le visage qui a orné des millions de couvertures de magazines.

— Qui est là ? demande-t-elle, les yeux recouverts par deux rondelles de concombres.

— Salut, c'est Lola Santisi. J'ai des robes de Julian Tennant à vous montrer.

— Je vous laisse tranquilles toutes les deux, mais s'il vous plaît, ne débranchez pas mes câbles, dit la bonne fée, en entrant des données sur une console de vaisseau spatial. Détendez-vous, Willow, je reviens dans dix minutes.

Oh non ne me laissez pas seule avec une actrice branchée de partout !

— Je peux repasser quand vous aurez fini, si vous préférez, proposé-je.

— Non, regardons ces robes maintenant, répond Willow sans faire mine d'ôter ses rondelles de concombre.

— Vous êtes certaine que vous ne préférez pas attendre l'arrivée de votre styliste ou de votre agent, de votre manager ou de votre attachée de presse ?

— Certaine.

Incroyable. Pas de cour ? Pas de coiffeur-meilleur ami ? Pas de mère ? Pas de numérologue ? Même pas un chien ? Je défais la fermeture éclair et extirpe du sac une cascade d'organza.

— Heum, toussé-je dans l'espoir d'attirer son attention.

Willow tourne précautionneusement la tête dans ma direction, en prenant garde à ne déranger ni les câbles de la bonne fée ni les tranches de concombre.

D'acccccord. J'étale la robe devant moi et rectifie du plat de la main les plis du tissu délicat.

— Quel bleu turquoise étonnant, piaille-t-elle, j'adore la couleur.

— En fait, euh… C'est de l'organza blanc.

— Oh, ça doit être à cause de la lumière.

Ou plutôt de ces putains de rondelles de concombre.

— Vous pourriez me la décrire ? Je suis quelqu'un de très visuel.

La lui décrire ? Demanderait-elle à Alexander McQueen de mimer sa collection haute couture ? Elle plaisante ? Non.

— Allez-y.

— D'acccccccord.

— Eh bien, le haut est corseté, avec un décolleté en V qui plonge vers la taille. La jupe cascade jusqu'au sol, et… oh, il y a un ruban en satin noir à la taille. C'est très élégant. Comme une Scarlett O'Hara sexy.

— Ah, ça n'ira pas. Ce ne sont pas les bonnes proportions pour ma silhouette. Quoi d'autre ?

— Écoutez, je pense que vous devriez la regarder, et même peut-être l'essayer. Vous auriez une autre…

— Non, je la vois dans mon esprit.

Quel esprit ? Je devrais demander à la bonne fée de baisser la fréquence radio de sa machine.

Les ondes ont dû finir de frire les trois neurones qui se bousculaient là-haut. Quoique. Finalement, ça ne serait pas sot d'augmenter le voltage, un électrochoc pourrait se révéler salutaire.

— J'a-t-t-ends, chantonne-t-elle comme si c'était moi, la folle.

Vu les circonstances, ce n'est pas forcément faux.

— Bon, alors, il y a une robe noire et mordorée. L'ingénieux système de drapé, de fronces et de petites coutures conçu par Julian aplatit le ventre et flatte les courbes exactement où il faut. Bref, elle vous épargnera une visite chez le chirurgien esthétique.

Mon ironie tombe dans les oreilles d'une sourde.

— Non, non, non, le tissu est beaucoup trop brillant. Je ne veux pas ressembler à Shakira aux Grammy Awards.

— Pourrais-je juste soulever un coin de concombre de votre œil ? L'étoffe ne brille pas tant que ça. C'est du brocard, une soie patinée. C'est magnifique.

Willow relève un minuscule millimètre du bord de la tranche de concombre avec le petit doigt en l'air, un peu comme si elle sirotait une tasse de thé avec la reine au palais de Buckingham.

— Suivante.

Inspirer, expirer, inspirer, expirer... Ça ne marche pas. Je m'offre une pause sacrée... Ça ne marche pas non plus. Et si j'allais jusqu'à la machine et poussais le volume à fond moi-même ? Ou mieux, si j'arrachais les morceaux de concombre pour qu'elle puisse admirer *de visu* les chefs-d'œuvre de Julian ? Non, je lui ai promis que je ne bousillerais pas ce rendez-vous.

— Bien, vous allez adorer celle-ci. Elle ressemble à une robe de ballerine. Julian a teint le tissu lui-même pour obtenir un arc-en-ciel de roses dégradés, du chair au fuchsia qui borde l'ourlet de la robe.

— OK, parfait. C'est celle qu'il me faut, déclare Willow, les concombres fermement plantés sur les paupières. Pourriez-vous m'indiquer la longueur ?

Bon sang, je n'ai pas de mètre sur moi. J'ai déjà du mal à glisser mon tube de gloss dans cette pochette. Ayant posé la robe sur le sol, j'évalue sa taille d'une enjambée.

— Un mètre vingt.

— Ça fait combien de centimètres ?

C'est quoi le problème, elle a arrêté l'école en maternelle ?

— Cent vingt centimètres.

— Dites à Julian de la raccourcir de dix centimètres.

— Mais si on coupe les dix derniers centimètres, on perd le fuchsia de l'ourlet.

Le fuchsia qu'elle n'a pas vu, pensé-je.

— Et alors ?

— Eh bien, euh, c'est ce qui fait toute la singularité de cette robe, sans cela, c'est juste une robe en mousseline de soie chair.

— J'aime la couleur chair. Quoi de plus provocant que d'aller aux Oscars en ayant l'air nue ? Dites à Julian qu'il est un génie. Dites-lui que c'est la robe de mes rêves.

— Vous êtes sûre de ne pas vouloir la voir ?

— Vous êtes super descriptive.

— Bon, d'accord, alors vous porterez cette robe dimanche prochain, aux Oscars ?

— J'en suis tombée amoureuse au premier regard.

Une façon comme une autre de voir les choses.

Je ne pensais pas recroiser avec plaisir une rondelle de concombre, jusqu'à ce que Dora, l'esthéticienne, en pose deux bien fraîches sur mes yeux et me tartine le visage de placenta. Je suis aux anges. L'épreuve est finie, les Oscars sont dans la poche. J'ai convaincu Willow Fox de porter du

Julian. Ce n'est peut-être pas Natalie Portman, mais ce n'est pas non plus Tara Reid. Moi, Lola Santisi, j'ai réussi ! Je suis à deux doigts de vaincre mon trouble du déficit de carrière. Douce est la sensation du succès. Rien de mieux pour booster la confiance en soi. C'est sûr, je vais convaincre Olivia de porter la robe paon. Je n'ai pas encore complètement établi mon plan de bataille, mais j'en ai bien discuté avec Dora, qui vient de m'inviter à faire un shabbat chez elle après les Oscars.

Mon téléphone sonne. J'hésite à décrocher. Il faut que je me concentre sur mon teint qui, si Dora tient ses promesses, n'aura rien à envier aux fesses d'un nouveau-né. Et puis j'ai envie de fantasmer tranquille sur mes quinze minutes de gloire sur le tapis rouge. Mais si c'était l'équipe d'Olivia ?

— Vite, attrapez mon téléphone, Dora et posez-le contre mon oreille.

Sans se poser de question, Dora se transforme en standardiste.

— Salut Lola, c'est Matt.

Matt Damon ? Matt Dillon ? Matthew Broderick ? Matthew McConaughey ? Faites que ce soit Matthew McConaughey. Qu'est-ce que je raconte ? Les acteurs, c'est fini. Faites que ce soit quelqu'un de normal, quelqu'un du monde réel. Quelqu'un comme... Comme Matt Lauer, l'animateur de la chaîne NBC. Oui ! Faites que ce soit Matt Lauer !

— Matt Wagner, l'agent de Willow Fox. Je ne sais pas ce que tu as saupoudré sur ses corn-flakes, mais elle t'adore.

D'accccccord.

— Oui, il faut dire que Willow a l'œil pour repérer les nouveaux talents.

— Alors, combien ?

— Combien quoi ?

— Pour la robe.

— Oh ! La robe est gratuite. Bien sûr.

— Oui, nous savons que la robe est gratuite. Mais pas Willow Fox, déclare Matt avec la voix de Michael Douglas dans *Wall Street*. Willow adore Julian. Elle adore aussi Ungaro, Etro, Moschino. Et Escada. Ils nous ont proposé cent mille dollars ce matin.

J'aurais dû savoir que c'était trop beau pour être vrai. J'étais donc condamnée à ramer éternellement ! À ma décharge, Willow avait des concombres sur les yeux, pas des dollars. Comme si elle avait besoin de cet argent. Universal lui verse un cachet de deux millions pour *Dollywood* ! Dans le bon vieux temps, les vedettes étaient ravies de ne pas avoir à se déplacer chez Neiman Marcus et à sortir leur portefeuille. Maintenant, il faudrait les payer pour porter une robe ? Matt Wagner peut se mettre son enchère où je pense.

— Ce que j'ai à t'offrir, Matt, c'est l'image du nouveau styliste qui monte. Quand Willow avancera sur le tapis rouge en Julian Tennant, elle changera de stratosphère fashion. À long terme, cet événement aura plus d'impact sur sa carrière que tout le fric que je pourrais te verser. Nous allons la catapulter au côté des icônes de l'élégance, tout là-haut avec Gwyneth et Nicole. Et c'est ça qui te permettra d'imposer ton prix à l'industrie du cinéma.

— Le prix, je viens de te le dire.

Clic.

— Dora, pourriez-vous retirer ce placenta au plus vite ?

Ou alors m'en recouvrir des pieds à la tête, parce qu'au fond, là, j'irai bien me planquer dans le ventre dans ma mère jusqu'à la fin de la semaine prochaine.

On se calme, on recadre la situation, ainsi que le préconise le Dr Gilmore : au moins, j'aurai connu le goût du succès pour la première fois de ma vie. Et j'ai adoré ça, même si cela n'a duré que trois minutes et demie. D'accord, c'est un mauvais moment à passer, un moment terrible, un moment horrible, mais le glas de ma carrière ne sonnera pas. Je vais réussir à convaincre Olivia de porter la robe paon aux Oscars... si sa dream team me passe un coup de fil pour caler l'essayage. Mais que se passera-t-il si elle rappelle en exigeant que je braque la Bank of America ?

Une fois débarbouillée, je décide de retourner en bas, au Salon des fétichistes du Stiletto, et de m'emparer d'une paire de Giuseppe Zanotti pour me remonter le moral. La thérapie par le stiletto, surtout quand il est gratuit, a fait ses preuves. Je glisse la boîte sous le bras quand je repère la reine des attachées de presse, qui escorte la prochaine Halle Berry, les bras chargés de paquets. Je plonge à couvert derrière le présentoir de masques repulpants pour lèvres Benefit et appelle Kate. C'est Adam, son assistant, qui décroche.

— Lola, Kate est sur une autre ligne avec Brian Grazer.

— Dis-lui que je suis à la pédicure, avec Naomi Watts qui se demande si elle ne ferait pas mieux de quitter l'agence CAA parce qu'ils n'arrivent pas à lui obtenir le rôle d'Hilary Clinton dans *Les Femmes du président*.

À peine Adam a-t-il répété mon message que Kate s'empare du combiné :

— Dis à Naomi que je l'imagine très bien dans ce petit tailleur rouge. J'aurai passé un coup de fil à Mike Nichols avant que le vernis sur ses orteils n'ait séché. Non, attend, passe-lui ton téléphone, s'il te plaît. Je voudrais lui parler moi-même.

— Naomi n'est pas là, j'ai besoin que tu viennes me chercher dare-dare à Soho House.

— Où est ta voiture, cette fois ? soupire Kate, exaspérée.

— Toujours au coin d'Hollywood et Highland.

Pour rompre son silence réprobateur, je me lance dans un plaidoyer à toute allure :

— J'ai couché avec Jake Jones hier soir parce que je suis tombée sur Smith au défilé General Motors, craché-je. Et ce Jake Jones est un goujat de première classe. Encore un. On ne peut pas leur faire confiance. Enfin, on ne peut pas me faire confiance. Il faudrait scotcher sur mon front une pancarte « Danger ». J'étais là, dans son lit, toute nue, pendant qu'il affirmait à *People Magazine* qu'il n'y avait pas de femme dans sa vie. Je sais que je n'étais pas exactement dans sa vie, mais j'étais dans son plumard, ça c'est sûr. T'ai-je dit que j'étais toute nue ?

— Je me moque que tu aies été nue ou dans un costume de robot Yamamoto. Ce qui m'inquiète, c'est que tu sois surprise. Tu connais pourtant la musique : c'est un acteur, Lola. Je te l'ai répété mille fois, couche avec eux autant que tu veux, mais il ne faut pas en tomber amoureuse. Tu le sais très bien.

— Écoute, Kate, je t'avais demandé de m'aider et tu ne l'as pas fait. Je t'offre la possibilité de réparer les dégâts. Je t'en supplie, viens me chercher. Je me sens mal. On a abusé de ma confiance. Je suis aussi à plaindre que le lifting de Burt Reynolds.

— Écoute, je suis désolée, mais je ne peux pas venir. J'ai rendez-vous chez le psy.

— Ai-je bien entendu ? relevé-je en essayant d'imaginer Kate sur un divan.

— Pas pour moi. Pour Will. Il veut que je l'accompagne chez son psy avec sa mère qui est en colère contre moi : elle dit que je n'ai pas bien défendu les intérêts de son fils pour la couverture de *Vanity Fair*. Elle craint que le paquet de Josh Harnett me fasse de l'ombre à celui de son petit garçon chéri. Veux-tu que j'envoie Adam te chercher ?

— Non, ça ira. Mais tu devrais dire au psy que Josh Hartnett aurait éclipsé Will quoi qu'il arrive. Attends une seconde, j'ai un double appel. C'est peut-être la dream team d'Olivia Cutter.

— J'aimerais que tu me pardonnes. (Oh, mon Dieu! C'est Smith. Ça y est, j'ai les mains moites.) Dînons ensemble, ce soir.

J'ai un mouvement de recul si violent que je me cogne contre Zooey Deschanel. Heureusement que la pile de couvertures et de chaussettes Missoni en cachemire qu'elle a dans les bras amortit le choc. Je décide de m'asseoir pile où je suis, par terre sur le tapis en sisal. En fait, ce n'est pas vraiment une décision : mes jambes se sont dérobées sous moi. Je suis sans voix.

— S'il te plaît.

Smith a l'art de me priver de tout l'air contenu dans mes poumons d'un seul coup. Je ne peux plus réfléchir, maintenant, je n'ai plus d'oxygène. Je secoue les Giuseppe Zanotti pour les sortir de leur boîte et mets le sac à chaussures en satin autour de ma bouche. Inspirer. Expirer. Inspirer. Expirer.

— Tout va bien?

Je ressors la tête du sac et regarde en l'air. J-Lo est debout devant moi, pure diva glam hip-hop en micro-short et coiffée d'une immense capeline. Elle a dû passer par la case AquaBar hydratation parce qu'elle est absolument radieuse. J'hésite à lui déballer toute l'histoire. Si quelqu'un peut comprendre les drames avec les ex, c'est bien J-Lo.

— Ne vous inquiétez pas pour moi. Je viens juste d'apprendre qu'il n'y a plus ce modèle dans ma taille.

— Je connais ça. La saison dernière, quand Donatella a donné à Kylie Minogue la dernière paire de stilettos cloutés or, j'étais dans le même état que vous, compatit-elle avant de se diriger vers le comptoir Shu Uemura où l'on distribue des recourbeurs de cils en or 14 kt.

— Bébé, tu es toujours là ?

Comment ose-t-il revenir en force et me donner du Bébé ? Je ne me laisserai pas baratiner. On n'est pas dans *Dirty Dancing*, que diantre !

— Ne quitte pas.

Je reprends Kate sur l'autre ligne pour quêter un peu de coaching émotionnel. (Oui, je suis désespérée.)

— J'espère que tu es toujours là.

— Tu as de la chance, j'étais en train de lire l'actualité people. Tu savais, toi, que Teri Hatcher était un homme ?

— Kate, laisse tomber. Smith est sur l'autre ligne et veut me voir ce soir.

— Si tu l'envisages ne serait-ce qu'une seconde, plus personne ne pourra t'aider. Et au cas où tu l'aurais oublié, c'est la semaine des Oscars. Je n'aurai pas le temps de te faire admettre en psychiatrie à la clinique Menninger quand il t'aura démolie, une fois de plus. Réponds à Smith que s'il ne restait plus que lui et Simon Cowell sur la planète, tu choisirais Simon.

— D'accord. J'ai compris. Je vais lui dire pendant que c'est encore frais dans ma mémoire. Bonne chance pour la séance avec Will et sa mère.

Je reprends l'autre ligne.

— Je, je, je...

Cela fait cent quatre-vingt-neuf jours que j'attends de me venger de Smith. De lui faire sa fête genre inspecteur Harry. C'est le moment ou jamais. Je pourrais lui balancer la réplique sur Simon Cowell, le juré assassin d'*American Idol*. Ce serait vraiment cruel de le comparer à un des héros de *Lost*. Mais il se trouve que Kate n'a jamais été amoureuse. Je n'y arrive pas.

— Je ne peux pas, croassé-je d'une voix de gorge.

— Ne dis pas que tu ne peux pas. Dis que tu ne veux pas. Mais je sais que tu en as envie.

— Non, je ne peux pas. Je dois y aller.

Clic.

Les zébrures faites par le tapis en sisal sur mes fesses ne sont rien à côté de l'état de mes nerfs. Mais j'ai réussi. Je n'ai pas cédé à Smith. Je ne suis pas une lavette. Mon téléphone bipe. Un nouveau SMS.

« Olivia est émotionnellement trop lessivée pour un essayage après sa journée avec Sofia, la petite fille malade dont elle est la marraine. Soyez, s'il vous plaît, chez Olivia demain à midi. John. »

Super. Absolument super. C'est le coup de grâce. Je prends mes Giuseppe Zanotti et contourne les vendeurs de chez De Beers et David Yurman qui se battent pour savoir qui donnera le plus de bijoux à Katherine Heigl. Je sors du Soho House.

— Au coin d'Hollywood et de Highland, lancé-je au chauffeur de taxi en montant dans la voiture.

Il se dévisse la tête pour me regarder droit dans les yeux :

— Vous avez des espèces, au moins ? Tori Spelling vient d'essayer de me refiler de la poudre à bronzer en guise de pourboire.

Je descends Bouddha et Ganesh de l'autel où ils trônent pour pas grand-chose et les traîne dans la salle de bain. Je me fais couler un bain détoxifiant. Il y a des gens qui se baignent avec des canards en plastique, moi je préfère Buddha et Ganesh, surtout après une journée pareille.

Je m'allonge dans la baignoire et plonge la tête sous l'eau. Pourrais-je renaître de mes cendres, recommencer de zéro ? Si tout était à refaire, je serais Dorothy du *Magicien d'Oz* et je porterais des chaussures vernies rouges. Parce que, c'est sûr, au Kansas personne ne parle de soi à la troisième personne, ni n'obligerait Dorothy à assister à une épilation du minou. Bien sûr, cette pauvre Dorothy se coltine quand même la supercherie du pauvre type qui s'agite derrière son rideau. Mais à la fin, elle rentre chez elle. Mon chez moi, c'est Hollywood, le royaume des tordus. Où pourrais-je aller en faisant claquer mes Louboutin ? Après les Oscars, je jure de me trouver un point d'ancrage digne de ce nom.

« Vol 29 en provenance de New York dérouté vers le Kansas », hurle le tableau American Airlines. Vers le Kansas ? Quoi ? Ai-je provoqué ce changement en rêvant au magicien d'Oz ? Aïe, ça va faire mal. Vraiment mal. J'appelle Julian.

— Je suis une loque, pleurniche-t-il dans le combiné. J'ai failli mourir dans ce satané coucou. Ils ont dit que le système hydraulique était tombé en panne. Tous les passagers étaient persuadés que l'avion se crasherait. J'allais périr dans les flammes juste à côté d'un ringard chaussé de Dockers. J'aimerais bien me planquer sous ma couette, mais ce morceau de crin qu'ils ont le front d'appeler un drap, dans cet hôtel de merde de Wichita, me colle des boutons.

— Je suis vraiment désolée. Respire. Tout se passera bien. Tu prendras le prochain vol et tu seras là dans quelques heures. On ira directement au Château-Marmont. Au bungalow que tu préfères, à côté de la piscine. Mohammad te préparera un artichaut vapeur. Ensuite, tu prendras un bain moussant, tu allumeras une bougie et tu te glisseras dans des draps Frette.

— Deux mots, Lola : atterrissage d'urgence. Sans le calmant que j'ai avalé avant de monter dans l'avion, j'aurais eu une attaque quand le pilote nous a demandé de suivre les procédures d'atterrissage d'urgence et de rester calmes. Calmes, mon œil, oui ! Alors écoute-moi bien, je ne poserai plus jamais un mocassin John Lobb dans un avion. Même si Clive Owen et Eric Bana se relayaient pour m'astiquer le manche de New York à L.A.

Je compatis avec Julian, mais on est parfois obligé de ne pas prendre de gants.

— Je sais que le moment est mal choisi, mais j'ai quelque chose à te dire. Es-tu assis ?

— À ton avis, où pourrais-je m'asseoir sans attraper de chlamydiae ? Le dessus-de-lit Flower Power, le fauteuil vert pois cassés moisi, ou la moquette caca infestée de puces ? Je ne sais pas ce qui germe là-dedans.

— Va t'asseoir dans la baignoire.

— Bien. Ne quitte pas. (J'entends un bruit de pas assourdis.) OK, j'y suis. Mais dépêche-toi, la pomme de la douche fuit et l'effet du calmant se dissipe.

— Willow Fox veut cent mille dollars pour porter ta robe et Olivia Cutter a encore annulé son dernier essayage.

Silence.

— Il aurait mieux valu que le pilote coule l'avion au fond du Mississippi. Moi qui pensais vraiment que c'était gagné. Je ne croyais pas que je finirais en perdant mon…

— Quoi ? Julian, répète. Je n'entends…

Craquement, bruit d'un objet qui tombe, chutes du Niagara.

— Julian ? Julian ?

— Oh, t'en fais pas. J'étais juste en train d'essayer d'attacher ma ceinture en croco orange autour de la douche pour m'y pendre. Mais ils ne sont même pas fichus de fixer solidement une douche, dans cet hôtel. Je l'ai arrachée du mur. J'ai la chemise et les cheveux trempés maintenant. L'eau qui coule est marron. Le brushing de Luigi est foutu.

— Julian, on va y arriver, le rendez-vous avec Olivia est reprogrammé pour demain. Je suis à l'aéroport. Je saute dans le premier avion pour venir te chercher et je te tiendrai la main pendant tout le voyage retour jusqu'à L.A. J'apporterai assez de somnifères pour deux.

— Lola, dans la phrase « Je ne prendrai plus jamais l'avion de ma vie », quel est le mot que tu ne comprends pas ?

— Je ne m'en sortirai pas sans toi. Si tu ne viens pas voir Olivia avec moi demain, on n'aura pas la moindre chance ! Peux-tu au moins demander au concierge les horaires des autocars ?

— Le concierge ? Tu veux parler de l'épouvantail à l'entrée ? Ou du type édenté qui fait le guet à côté de la machine à soda ? Je ne suis pas au Four Seasons, princesse. J'aurais de la chance si je trouvais un tracteur qui veuille bien m'écraser.

Clic.

La planète Mercure va-t-elle continuer à assombrir mon aura tout le reste de mon existence ? Je repars vers ma voiture. Une longue marche m'attend. Allez, un petit arrêt à la pâtisserie Cinnabon situé dans le terminal 6. Je mérite une gratification pour ma troisième visite à LAX en une semaine. Je prends une bouchée chaude et fondante de doughnut à la cannelle. Mmmm, ce beignet vaut tous les milliards de grammes de matières grasses qu'il contient. Certes, ce n'est pas le thon albacore grillé aux oignons croustillants du Koi. Mais au moins je me sens mieux.

On me tape sur l'épaule alors que j'ai la bouche pleine. Je me retourne et me retrouve face à Smith. Je manque de m'étouffer et, par pur réflexe, recrache le morceau dans ma serviette. Quelle horreur, il fallait que ce soit devant lui.

Smith me prend les épaules et me secoue énergiquement.

— Lola, ça va ? Ça tombe bien qu'on m'ait formé à la méthode de Heimlich pour mon rôle dans *Code Blue* de Gore Verbinski.

— Qu'est-ce que tu fais là ? hoqueté-je.

À partir d'aujourd'hui, me dis-je, je ne traînerai plus que dans Burbank et Bob Hope, les seuls aéroports de Los Angeles où l'on ne croise pas une star tous les deux mètres.

— C'est ici que se passe le tournage de *Rien à déclarer*. Je joue le rôle d'un douanier allergique aux histoires d'amour sérieuses. Claire Danes tient celui de la touriste sexy qui pense que la bouteille qu'on a glissée dans son sac est du Kahlua. Michael Mann aux commandes. C'est la pause dîner, tu devrais te joindre à moi. Je vois que tu en es au dessert, mais on pourrait peut-être rembobiner.

— Je ne...

Smith pose ses doigts sur ma bouche pour me faire taire.

— Pas question de dire non, insiste-t-il en s'attardant sur mes lèvres beaucoup plus longtemps que la loi ne l'autorise.

Encore les genoux qui lâchent. Et l'estomac qui se noue. Et les haut-le-cœur qui reprennent. Si j'avais su que je tomberais sur Smith, je me serais arrêtée chez Rite-Aid en chemin et j'aurais dévalisé leur stock d'élastiques. Sans parler de mettre un peu de gloss et la petite robe noire YSL qu'il adore et mes Louboutin aux talons vertigineux. Je ne ressemble à rien dans ce sweat. C'est atroce. Ou peut-être une bonne chose. Un effet de la providence. Une pause sacrée. Fais comme si, Lola. Fais comme si tu étais Kate.

Je prends sa main et la retire de mes lèvres brûlantes. Je le tiens par les deux poignets pour qu'il ne m'empêche pas de dire ce que j'ai à dire.

— S'il ne restait plus que toi et Simon Cowell sur la planète, je choisirais Simon.

Je tourne mes talons, malencontreusement chaussés de Ugg, avec l'aplomb de Reese Witherspoon dans l'*Arriviste* et je m'éloigne à grands pas. *Je l'ai fait!* Kate serait fière de moi. Et le Dr Gilmore. Et moi, je suis fière de moi.

— Simon Cowell? Le salaud d'*American Idol*?

Je ne me retourne pas, Smith est déjà loin dans le sillage de tubéreuse laissé par Fracas.

Merci Ganesh de m'avoir incité à utiliser le spray après bain du parfum mythique de Piguet. Je ne me retournerai pas. Je ne me retournerai pas. Je ne me retournerai pas. Je vais marcher tout droit vers mon avenir. Plus que cinquante-deux portes d'embarquement et je sortirai d'ici. Cinquante et un, cinquante, quarante-neuf. Je déteste LAX. Ne regarde pas en arrière. Ne regarde pas en arrière. Concentre-toi sur tes pieds, pas sur ton chagrin. Quarante-huit, quarante-sept, quarante-six.

Porte quarante-cinq, la main de Smith se pose sur mon épaule. Il me fait faire un demi-tour et pose d'autorité ses lèvres sur les miennes. J'envisage de le repousser pendant, disons, un millième de seconde. Mais je n'en ai pas la force. Dans ses bras, j'ai toujours été aussi ramollo qu'un yaourt au thé vert. Pardon, Dr Gilmore. Pardon, Kate. Pardon, Cricket. Pardon, Julian, Christopher, maman, papa. Je vous demande pardon. Smith est mon premier vrai grand amour et il se trouve qu'il est acteur. Et je l'aime encore. C'est peut-être un signe. C'est peut-être Aphrodite qui a dérouté l'avion de Julian parce que Smith et moi sommes faits pour être ensemble, comme Bogart et Bacall, Harry et Sally, Jay-Z et Beyoncé.

Soudain, les éclairs crépitent. Pas du genre feu d'artifice, ni même météorologiques. Du genre paparazzi.

Jeudi

Les *Nocturnes* de Chopin dégoulinent des haut-parleurs Bose installés dans ma salle de bains. Ma nounou numéro 9 disait que, quand elle avait des problèmes avec les hommes (or, j'en ai assez pour remplir le stade d'Hollywood), elle écoutait ce CD en boucle. Je dois affronter la triste vérité. Je suis toujours amoureuse de Smith. Je ne mégote pas sur le shampooing au menthol pour me débarrasser de ce type jusqu'à la racine des cheveux. Soudain, une main fine repousse le rideau et éteint le jet. Voilà. Je vais subir le même sort que Janet Leigh dans *Psychose,* alors que je n'ai même pas eu la chance d'embrasser George Clooney.

Je m'apprête à hurler, mais ce n'est pas un couteau de boucher qu'on me brandit sous le nez, c'est un journal.

— Explique-toi! aboie Kate.

En page 6 du *New York Post* s'étale une photo de Smith en train de m'embrasser à LAX, hier soir. Norman Bates était sans doute plus doux avec ses victimes que ma meilleure amie pour la vie.

— Quand je t'ai dit que je n'avais pas le temps de t'amener en Pennsylvanie pour te faire interner à la clinique Menninger, tu n'as pas compris?

— Kate, merde! hurlé-je enfin, tu m'as fait une peur bleue! Je vais passer le reste de la journée en état de choc post-traumatique!

— Bravo, bienvenue dans la bande des copines en état de choc. Eh bien moi, je petit-déjeunais au Château avec James Cameron pour discuter de la distribution de *Titanic 2, l'amour flotte*, quand je suis tombée sur ça.

— Comment James Cameron envisage-t-il de réaliser la suite de *Titanic* alors que le bateau a coulé et que tout le monde est mort, même Jack?

— Tu es allée à leur enterrement? demande Kate, l'œil luisant de rage. Non, c'est bien ce qui me semblait. Maintenant, arrête de changer de sujet. Qu'est-il arrivé à la Lola qui allait conquérir le monde pendant la semaine des Oscars et se débarrasser des acteurs pour toujours? C'est quoi, ce désastre?

— C'était un petit baiser en passant. Un de ces trucs bizarres qui se produisent à L.A. Ce n'est pas ma faute, c'est un accident. J'ai balancé à Smith la réplique de Simon Cowell et tout le bataclan.

Kate attrape une serviette, m'enroule dedans et m'oblige à m'asseoir à côté d'elle sur le bord de la baignoire.

— Lola, je te l'interdis. Tu ne te remets pas avec lui. Tu vaux mieux que ça. Promets-le-moi.

— Je, je...

J'envisage de promettre en croisant les doigts derrière mon dos pour éviter d'essuyer une deuxième colère de Kate. Mais je ne peux pas mentir. Pas à Kate. J'enfouis mon visage entre mes mains et je prends une grande inspiration.

— Kate, tu ne comprends pas (à dire vrai, moi aussi je m'y perds un peu). J'aime Smith. C'est comme ça. Tu n'as jamais eu ce genre de relation. Tout ce que tu cherches, c'est des types d'une nuit.

— Et tu appelles ça une relation ? dit-elle en secouant une fois de plus la page 6 dans l'air humide.

Je la lui arracherais bien des mains pour la jeter aux toilettes et tirer la chasse. La vérité, c'est que j'aimerais la regarder d'un peu plus près, après son départ. Kate se lève et fait les cent pas dans la salle de bains en secouant sa crinière chocolat.

— Ce type t'a larguée par assistant interposé. Il balance des répliques de film archiconnues. Lola, il t'a brisée et c'est moi qui ai géré la casse. Il n'a pas le droit de profiter de toi une fois de plus. Tu comprends ce que je dis ? Smith ne reviendra pas dans ta vie. Voilà justement pourquoi je ne m'engage pas sur le plan amoureux. Tu es l'illustration parfaite du phénomène. Dès qu'un homme est en jeu, tu ne sais plus qui tu es.

Elle a sûrement raison et c'est bien le pire. Mais ai-je complètement tort ?

— L'amour ne rend pas faible, Kate. C'est bien d'avoir des sentiments. Et c'est bien d'être vulnérable. Si ça t'arrivait, tu ne deviendrais pas pour autant une *Desperate Housewife* comme ta mère.

— Mais je ne suis pas ton père, Lola. Je sais que ma carrière est ce qui compte le plus pour moi. Ton père a prétendu qu'il était capable de prodiguer de l'amour à sa famille et il s'est trompé.

Une ombre passe sur son visage pour disparaître aussi vite qu'elle est venue.

Le silence et la buée emplissent la salle de bains. J'écoute l'eau qui goutte de la douche. Le fil des années de notre amitié, tout ce que Kate et moi avons vécu en grandissant ensemble repasse dans ma tête comme une soirée diapos. J'ai une bouffée d'affection pour ma vieille copine, son numéro de mâle viril compris.

— La dernière fois que tu as vraiment éprouvé des sentiments, c'était pour mon frère. Et on avait seize ans.

— Ouais, il est parti en fac et il m'a plantée là. Ça m'a anéantie, commente Kate avec une voix rauque que je ne lui connaissais pas. Et j'ai décidé que ça ne m'arriverait plus.

— Pourquoi ne m'as-tu jamais dit que Christopher avait gâché ta vie ?

— Ne sois pas si mélo, coupe-t-elle avec sa voix de ténor habituelle. Mes sentiments étaient une perte de temps à l'époque. Et ils sont une perte de temps aujourd'hui.

— Peut-être que ça ne te tuerait pas de perdre du temps, quelquefois.

— J'abandonne, lâche-t-elle en levant les yeux au ciel. Tu ne pourras pas dire que je ne t'ai pas prévenue. (Elle fourrage dans son sac caramel et en retire une enveloppe.) Tu peux l'ouvrir. J'allais la brûler, mais tant pis. Elle était avec les pivoines posées devant la porte d'entrée. J'ai pensé qu'elles étaient de Smith et je les ai laissées dehors.

Je déchire l'enveloppe. Kate regarde par-dessus mon épaule. Smith a dessiné un cœur autour de la photo et griffonné à côté de l'article du *Post* : « Tu es si jolie à côté de moi. »

— Heureusement qu'on est dans la salle de bains, je vais pouvoir vomir, annonce-t-elle.

— Moi, je trouve ça plutôt mignon.

— Oui, dans la mesure où l'égoïsme et l'égocentrisme sont mignons. (Son portable sonne.) Ouf ! Mon assistant m'épargne une séquence émotion de plus. (Elle appuie sur le haut-parleur.) Que se passe-t-il, Adam ?

— L'attaché de presse de Kevin Dillon vient d'appeler du Cedars Sinaï pour te prévenir que Kevin est sorti du bloc.

— Fais-lui porter le scénario du film de Dennis Dugan et dis-lui qu'Universal exige une réponse pour lundi.

— Tu ne devrais pas envoyer des fleurs, ou quelque chose, toi aussi ? demandé-je.

— N'exagérons pas, on ne lui a pas greffé un rein, c'est juste l'appendicite.

Je balance un regard torve à Kate.

— Très bien. Adam, occupe-toi des fleurs. Quoi d'autre ?

— Ta sœur a appelé pour savoir si tu avais changé d'avis pour le dîner de demain soir.

— Dis-lui qu'elle a le choix : soit je paie la facture du dîner, soit j'y vais.

Je décoche à Kate un autre regard atterré.

— OK Vois si tu peux programmer un appel avec elle dans l'après-midi.

— OK Will a appelé. Il a rendez-vous à 15 heures au salon de bronzage Saint-Tropez et demande que tu ailles chercher sa cousine à l'aéroport.

— Une autre cousine ? Qu'elle appelle SOS nou-nous. Non, maintenant que j'y pense, c'est toi qui iras, Adam.

— Will a précisé qu'il voulait que tu y ailles toi-même. Il aimerait que tu lui apportes des petits gâteaux Sprinkles, la boîte en velours rouge.

— Rappelle-moi combien font dix pour cent de cinq millions ?

Clic.

Kate referme son téléphone d'un coup sec.

— Je dois y aller. J'ai dépassé mon quota d'émotions pour la semaine.

— Oh, Kate, je t'aime.

Kate se dégage de mes bras en se tortillant. Je l'accompagne jusqu'à la porte d'entrée. Mes yeux tombent sur l'énorme bouquet de pivoines rose pâle posé sur le perron.

— Prends-le, lance Kate. Je sais que si je le jette à la poubelle, tu iras le récupérer.

Elle parle, en l'occurrence, du vase XXL envoyé par Smith, mais la phrase s'applique tout aussi bien aux hommes de ma vie.

— Je te vois ce soir chez Gagosian.

Le sculpteur Robert Graham y expose une rétrospective de ses œuvres et Cricket a posé pour lui. Anjelica Huston est une épouse qui ne doute de rien, car mon amie – ainsi que quarante-neuf autres modèles – a posé nue.

— Tu crois que si j'achète une sculpture de Robert, Anjelica signera avec moi ? me crie Kate devant sa Porsche. Préviens Smith : s'il s'avise encore de te blesser, je ferai savoir aux tabloïdes qu'il a une bite minuscule.

Quand elle démarre, le bruit du moteur couvre ses paroles, mais je peux lire sur ses lèvres tandis qu'elle enfile ses lunettes de soleil : « Moi aussi, je t'aime. »

Mon portable sonne dès que je rentre à la maison. C'est Julian. Pourvu qu'il appelle de LAX.

— Le gros titre du *Wichita Eagle* parle de vaches et cochons, gémit-il. Donne-moi de vraies infos, du lourd. Lis-moi la page 6 du premier au dernier mot.

D'un geste instinctif, je cache le journal derrière mon dos comme s'il pouvait le voir. C'est la panique. Pas question que Julian se fende, lui aussi, d'un couplet sur Smith.

— Les voisins m'ont piqué le *Post*, bredouillé-je.

— Je compte sur toi pour rester relié au monde pendant que je suis ici. Dans cet hôtel, le sandwich au beurre de cacahuète est le seul plat qui ne soit pas grillé au barbecue. J'en ai commandé un, mais le service d'étage me l'a apporté tartiné de gelée de menthe. Tu y crois ? Heureusement que Billy Joe, le serveur, est absolument délicieux. Genre Brad Pitt dans *Thelma & Louise*. Et j'ai bien l'intention de jouer le rôle de Geena Davis.

— Il est gay ?

— Je ne sais pas, mais j'aurai tout le temps de le découvrir quand nous serons seuls dans son pick-up. Il a accepté de me conduire jusqu'à L.A.

— Tu viens du Kansas par la route ? Ça va prendre une semaine... Pas question ! Nous avons rendez-vous avec Olivia aujourd'hui. Je refuse d'y aller seule une fois de plus. C'est l'enfer.

— L'enfer, c'est là où j'irai après ma mort dans un accident d'avion. Billy Joe me conduit. Point. Je serai là au plus tard samedi.

— Samedi ? T'es pas bien ! Les Oscars sont dans trois jours ! Olivia Cutter veut te voir, sans ça elle ne portera pas ta robe.

— Mais qu'est-ce que tu racontes ? Tu as dit qu'elle l'adorait. La robe est chez elle depuis deux jours. Ce n'est qu'un essai de maquillage et de coiffure, tu t'en sortiras très bien. Au fait, dis-lui que j'imagine des lèvres pâles, un voile de fard à paupière bleu paon et une choucroute Brigitte Bardot.

— Compte dessus.

Clic.

Je repose la serviette dans la salle de bains et liste les conséquences de ma douche avortée : une seule jambe rasée, les cheveux propres mais pas d'après shampoing, un seul coude exfolié à l'éponge en loofah. Pas le temps de contrôler les dégâts plus avant. Je couvre mon avant-bras d'élastiques shocking pink – pour éviter un autre écart de conduite –, enfile un pantalon pour homme Marni avachi, un chemisier blanc, et mes talons hauts Sonia Rykiel. Il serait plus juste de les appeler mes « podiums » Sonia Rykiel : quand je les porte, je me sens au top.

Quinze minutes plus tard, je suis à Sunset Plaza Drive. Une horde de paparazzi s'accroche aux grilles en fer forgé de la star. Je cherche fébrilement dans la boîte à gants le passe que l'assistant m'a envoyé : une photo plastifiée d'Olivia extraite du dernier livre de David Lachapelle. Elle ressemble à Marilyn Monroe, le chien Thor en plus. Je la montre au vigile chargé de la sécurité. Il m'ouvre les portes de l'Olivia Land avant que l'un des paparazzi qui tapent à ma vitre n'ait le temps de se ventouser à mon coffre.

Je gravis l'escalier de brique au pas de charge, confiante, faisant comme si Olivia allait porter du Julian Tennant. La porte d'entrée s'ouvre avant que j'aie pu sonner. Une Gitane éteinte est vissée au coin des lèvres rouges d'Adrienne Hunt, un sac portemanteau sur le bras.

— Tu viens souvent dans les parages ? Ah, tu essaies de colporter une création de ton copain ? Pauvre chérie, tu n'as toujours trouvé personne pour le porter aux Oscars. Quel dommage ! Tout le monde préfère Miuccia.

— Sauf Olivia. Elle a dit oui à Julian.

Fais comme si. Fais comme si.

— Vraiment ? Mais alors, pourquoi m'a-t-elle fait venir pour un essayage ? J'en sors. Et pourquoi as-tu l'air si inquiète ? (Adrienne caresse le sac portemanteau et penche la tête sur le côté, feignant la compassion.) C'est bien triste pour Julian. Juste au moment où son investisseur est sur le point de le lâcher. Je ne t'aime pas et je ne comprends pas pourquoi il t'a engagée, mais Julian a du talent. Ça m'attristerait de le voir finir comme Isaac Mizrahi.

— De quoi parles-tu, Adrienne ?

— Ah tu n'étais pas au courant, désolée, répond-elle tout sucre, tout miel. Julian voulait sûrement t'épargner trop de pression.

— Son investisseur est en béton armé, abandonner Julian à mi-course ne lui a jamais traversé l'esprit.

— Il continuera s'il récolte la manne des Oscars, précise Adrienne qui pose une griffe sur mon poignet. Une seule célébrité sur le tapis rouge suffit pour en bénéficier. Une star que malheureusement il n'a pas trouvée, et ce par ta faute.

Elle bluffe, c'est certain.

— Tu es pathétique, lâché-je en forçant le passage. Maintenant, si tu veux bien m'excuser, j'ai rendez-vous.

— Demande-lui toi-même, suggère-t-elle avant que je ne lui ferme la porte au nez.

Cette garce d'Adrienne. Elle divague… Ou pas ? L'investisseur de Julian lui coupera les vivres si j'échoue ? Olivia Cutter est la seule comédienne à s'être engagée et j'attends de le voir pour le croire. Pourquoi Julian me cacherait-il qu'il est dans la panade ?

Je fais une pause sacrée avant de me diriger vers le nid d'aigle d'Olivia. Mais le mal est fait, je porte désormais le sort de mon meilleur ami gay sur mes frêles épaules.

— Ahhhhhhhhhhh ! hurle Olivia.

Hystérique, elle plonge derrière son chiquissime canapé bleu pâle un peu défoncé, tête cachée sous les bras. Je ne vois d'elle que ses lunettes de soleil immenses aux verres-miroir qui réduisent encore la taille de son visage d'elfe.

Thor court vers moi et grogne en montrant les crocs. Je suis tentée de grogner en retour. Ce roquet ferait mieux de ne pas me mordre, ni de me pisser dessus. Pas sur mes Rykiel.

— Maria, va chercher la couverture doudou, ordonne l'assistante à la gouvernante.

— Que se passe-t-il ? s'inquiète l'attachée de presse en tendant un mouchoir à sa protégée.

— Olivia… Olivia… Olivia…

L'actrice tente vainement de dire quelque chose ; elle est à bout de souffle. Elle choisit de se remettre à crier, un moyen de communication sommaire, mais qui a fait ses preuves.

— Ahhhhhhhhhhhhhh !

Si elle continue, elle va fêler sa collection de poissons Lalique.

— Voici la couverture doudou, annonce la gouvernante.

Elle enveloppe la jeune femme dans un morceau de tissu bleu déchiré avant de reprendre le dépoussiérage. Elle a l'air plus lasse que soucieuse.

Quel est le problème La dream team entoure Olivia, toujours planquée derrière le canapé, qui hurle comme un cochon qu'on égorge. J'ai une folle envie de jouer à cache-cache, moi aussi. Mais je résiste à cette impulsion et m'approche de la star pour lui donner le collier contre le mauvais œil que ma mère m'a offert. Elle en a plus besoin que moi, c'est net.

— Bonjour, Olivia. Voici le plus merveilleux des porte-bonheur ! Ma mère en a fait un pour que mon père gagne l'oscar. Je lui ai demandé d'en faire un pour toi aussi...

À mon approche, la puissance des cris d'Olivia redouble. Hurlant plus fort que Sissy Spacek dans *Carrie*, elle plonge la tête sous la couverture et essaye de ramper à reculons. Serait-elle en train d'essayer de me fuir, moi ?

— Tu peux nous le dire, chérie. Que se passe-t-il ? couinent les jumelles à l'unisson.

L'actrice prend quelques goulées d'oxygène avant de bégayer une explication.

— Quand Olivia avait huit ans, Olivia a été attaquée par un ppppigeon.

Un pigeon ? Y en aurait-il un qui volette derrière moi ? Quel rapport ?

— Chérie, si jamais un pigeon s'approche de toi, je le vire à coups de pied, assure John, le manager.

L'actrice sort un bras de la couverture, attrape à l'aveuglette l'attachée de presse par la tête et chuchote dans son oreille.

— Quel chemisier, chérie ?

— Celui de Lllllllola !

Mon chemisier ? J'adore ce haut sans manche Chloe. C'était le dernier dans la boutique Tracey Ross et j'ai dû me battre avec Debra Messing pour l'avoir.

— Enlève-le ! Enlève-le ! glapit le chœur formé par la dream team en me regardant droit dans les yeux.

En moins d'une seconde, les fabuleuses jumelles sont sur moi, un rouleau de Scotch à la main. Je regarde mon chemisier. Impossible. Possible ? Je réalise soudain que le drame a été provoqué par le minuscule colibri imprimé juste au-dessus du sein gauche. Olivia Cutter a peur des oiseaux ? Avant que je puisse les en empêcher, les jumelles recouvrent mon sein de scotch marron pour cacher le colibri en question.

— Tu es en sécurité maintenant.

L'actrice s'extirpe de la couverture doudou, s'avance jusqu'à l'angle du sofa pour vérifier et retourne se cacher à toute vitesse.

— Olivia sait qu'il est encore là-dessous. Olivia veut que tu retires ce haut et que tu le brûles.

— Brûle-le ! entonne la dream team.

Non, mais, je rêve.

John retire son pull bleu ciel col V et me le tend. Beurk. Je n'aurais jamais cru qu'on puisse porter ces trucs-là sans rien dessous.

— Vite, dit-il. Enlève ta chemise.

— Dépêche-toi, supplie l'agent.

— Plus vite ! presse l'attachée de presse.

Je vérifie l'étiquette du pull avant de l'enfiler. Prada. Évidemment. Rien n'arrête Adrienne Hunt. Je fourre discrètement mon haut préféré dans mon sac et mets le pull. Je veux qu'Olivia porte du Julian Tennant. Je le veux autant que je désire le nouveau sac à main Balenciaga et la paix dans le monde. Mais je ne brûlerai pas mon chemisier.

— Le haut a disparu, assure l'agent.

Il retire la couverture doudou de la tête d'Olivia et l'aide à se redresser.

— Je suis vraiment désolée, m'excusé-je avec un grand sourire. Je compatis. C'est dur de vivre avec une phobie.

Des torrents de mascara noir dégoulinent le long de ses joues par-dessous les lunettes de soleil qu'elle refuse d'enlever. L'attachée de presse essuie les traînées avec un mouchoir. Olivia se mouche et le jette par terre. Je suis médusée. Elle n'a pas jeté son mouchoir morveux sur le sol, n'est-ce pas ? Il a dû lui glisser des doigts.

— Maria, appelle Olivia en montrant du doigt le Kleenex par terre.

Maria délaisse son chiffon et ramasse le Kleenex avec un visage de marbre. Waow. Il existe forcément un syndicat de protection des femmes de ménage auquel je pourrai rapporter le comportement de Mlle Cutter.

— Euh, à propos de la robe de Julian...

Je m'arrête juste avant de prononcer le mot paon. Avec un peu de chance, Olivia ignore que le paon est un oiseau. Je n'ai pas l'impression que l'intellect soit son fort. Je me dirige vers les portants chargés de cadeaux de grands noms de la mode. J'écarte les autres robes et revient vers Olivia avec celle de Julian.

— Peut-être voudrais-tu l'essayer maintenant ? Qu'en dis-tu ?

Les jumelles me la retirent des mains.

— Essaie-la, suggèrent-elles.

Enfin un peu de soutien. Par bonheur elles n'ont pas dit le mot « paon ».

— Soit, mais Olivia veut que vous vous retourniez tous, annonce-t-elle en se glissant derrière l'un des portants.

D'où vient ce soudain accès de pudeur ? Tout le monde a déjà vu l'actrice sous toutes les coutures. Elle paradait à poil sur une des dernières couvertures de *Vanity Fair*, si je ne m'abuse... Inutile de chercher une quelconque logique dans son comportement. Nous tournons tous le dos sagement.

— Où sont les coiffeurs et les maquilleurs ? murmuré-je à l'assistante d'Olivia.

— Oh, John ne t'a pas dit ?

— John ne m'a pas dit quoi ?

— Olivia a croisé Shirley MacLaine chez Jason Schwartzman, l'autre soir, et Shirley lui a envoyé son auranalyste qui a conseillé à Olivia de ne prendre aucune décision sans la consulter. Selon Shirley, c'est grâce à l'auranalyste qu'elle a remporté l'oscar pour *Tendres passions*.

C'est une plaisanterie. Un enfant de trois ans devinerait que l'aura d'Olivia Cutter est aussi sombre que le fard à paupières de Marilyn Manson.

— Où est l'analyste en question ?

— En haut, elle fait un inventaire photographique du placard d'Olivia pour déterminer les éléments de sa garde-robe qui voilent son aura. (Bien sûr, c'est la faute aux vêtements.) Maria, allez chercher Anouska.

Anouska apparaît quelques minutes plus tard, trimballant plus de cristaux qu'un lustre Swarovski. Effectivement, une sorte de lumière blanchâtre l'entoure, à moins que ce ne soit simplement tout ce cristal qui reflète la blancheur du sol en marbre. J'ai du mal à comprendre ce qu'elle porte autour de la tête : un turban ou une serviette en nid d'abeilles absorbante.

— Alors ? demande Olivia moulée dans la robe paon.

Anouska sort un appareil photo de sa poche comme un sado-maso brandirait son fouet et mitraille Olivia sous tous les angles. Quelques minutes plus tard, j'observe la star in vivo pendant qu'Anouska étudie les Polaroids en silence. La robe a l'air différente. Est-ce un nouveau pan dans le dos ? Et qu'est-il arrivé au décolleté ? Non, ce n'est pas la robe qui a changé. C'est Olivia. Ses seins œufs au plat ne sont pas aussi menus que l'autre jour. Cela ne se voyait pas sous son sweat-shirt Free City, mais là, si. Les quelques jours qu'Olivia a passés auprès de la petite Sofia ont surtout servi à métamorphoser un bonnet A en bonnet C. Quand je pense que j'ai allumé un cierge pour cette petite Sofia ! Pensait-elle vraiment que je ne me rendrais compte de rien ? À mieux y regarder, je constate que le volume de ses lèvres a un peu augmenté, lui aussi. Je me demande si on lui a injecté la graisse de ses fesses dans le pli labial. J'ai entendu dire que l'effet était plus durable que celui du collagène.

— Olivia attend, rouspète-t-elle.

Anouska relève les yeux de sa pile de Polaroids :

— La robe est parfaite. (*Yes* ! Je pousse un grand soupir de soulagement). Mais pour les Oscars, elle doit être violette. Le violet est la couleur de la prospérité, du pouvoir et de la paix. Le violet est parfait, décrète Anouska. Vous n'aurez pas l'oscar si vous portez une robe bleue.

De qui elle se moque, celle-là ? Je le répète : les jeux sont faits depuis longtemps ! Les bulletins sont déjà dans les urnes ! Je ne peux pas laisser faire ça. J'entends déjà Cojo surnommer l'actrice « la grappe de raisin de Fruit of the Loom ».

— Le violet est ma couleur préférée, avance l'attachée de presse.

— J'adore, renchérit John.

— Un paon violet, gazouillent les fabuleuses jumelles.

Olivia relève un sourcil parfaitement épilé. Catastrophe, elles ont dit « paon ». Je pose mes mains sur mes oreilles. Parée pour le hurlement qui va briser les tympans de toute l'assistance.

— Oooooooooohhhhh, ronronne Olivia au lieu du cri attendu. Olivia adore l'idée d'être un paon violet.

C'est bien ce que je pensais. Elle ignore qu'un paon est un volatile. J'essaie de redonner un peu de réalité à toute la scène.

— Les paons ne sont pas violets, ils sont bleus : bleu paon. Ce serait aussi peu naturel que de teindre Thor en violet.

Olivia se tait pendant quelques secondes. Elle m'a entendue, je crois.

— Maria, appelle Château Marmotte et dis-leur qu'Olivia veut que Thor soit teint en violet. Thor a le droit d'être puissant et prospère et apaisé, lui aussi. S'ils n'ont pas de service teinture, c'est qu'il n'est pas à la hauteur de sa réputation.

Horreur ! Qu'ai-je fait

— Tu es sûre, Olivia ? Le bleu souligne tes yeux de façon tellement éblouissante, insisté-je, prête à tout pour sauver le chef-d'œuvre de Julian. Le bleu est aussi une couleur puissante et apaisante, il me semble. L'océan est bleu. Difficile d'être plus apaisant que ça, non ?

Le bleu des yeux d'Olivia durcit sensiblement :

— Anouska a dit violet. Olivia aime le violet. Olivia aime la prospérité, Olivia aime le pouvoir, Olivia aime la paix, Olivia aime les paons et Olivia veut remporter l'oscar dimanche. Pas toi ?

— Si, bien sûr. Mais Julian a commandé ce tissu au Pérou. On ne peut pas le teindre. La cérémonie est dans trois jours et je ne suis pas certaine qu'il reste assez de temps pour coudre entièrement une nouvelle robe.

— Olivia veut la robe en violet, déclare-t-elle en me fixant d'un regard impérieux. Si vous refusez de la refaire, Olivia sait que Donatella, ou Giorgio ou Miuccia y arriveront.

Donatella, Giorgio et Miuccia n'y arriveront certainement pas. Et surtout pas Miuccia.

— Ce ne sera pas nécessaire. Julian et moi-même voulons que toi, Olivia, tu sois prospère et puissante et apaisée. (Mieux vaut prendre toutes les protections possibles devant un tel cas pathologique.) Julian remontera le temps jusqu'en Perse antique s'il le faut pour trouver le violet parfait pour ta robe. Il travaillera d'arrache-pied pendant les prochaines soixante-douze heures pour que tu aies ce que tu désires.

Quoi ? D'où ça sort, ça ? La veulerie de la dream team est contagieuse : j'ai perdu la tête à son contact.

— Bien. Et cette fois, Olivia veut que la robe soit à la bonne taille. Les stylistes d'Olivia ont dû la reprendre parce qu'elle n'allait pas.

Normal, puisqu'elle s'est fait reprendre elle-même. Olivia quitte la pièce, Thor sur les talons. Pauvre cabot. Il ne sait pas ce qui l'attend. Mais il reste un point à clarifier.

— Donc, tu porteras la robe aux Oscars ?

— Apporte des échantillons de tissu violet, répond-elle sans se retourner. Et Julian Tennant.

J'affecte un ton rassurant adéquat malgré la crainte et le doute qui me rongent.

— Pas de problème.

J'aimerais empaler Olivia sur son trophée People's Choice. Et j'aimerais qu'une autre que moi explique à Julian qu'il doit refaire la robe en violet d'ici dimanche. Un exploit qui serait matériellement impossible même si Julian n'était pas dans un pick-up quelque part sur une route du Kansas. Aucun people ne portera Julian aux Oscars. Une pensée macabre m'accable. Et si Adrienne Hunt avait raison ? Et si son investisseur le lâchait parce que j'aurais raté ma mission ? Julian perdra tout – à cause de moi. Non ! Je dois sauver mon meilleur ami. Trouvons un moyen de refaire cette maudite robe. Trouvons une solution.

Je sors de la maison d'Olivia, saute dans ma Prius et compose le numéro de Julian.

Enfer et damnation : le réseau est occupé.

Mon portable sonne au carrefour de LaCienga et Sunset.

— Julian !

— J'ai des nouvelles fantastiques !

Non, c'est ma mère.

— Maître Chung accepte d'installer un lion en pierre à la maison en échange de la promesse de lui obtenir une invitation pour la soirée *Vanity Fair*.

Décidément, tout le monde veut aller à cette satanée soirée.

— Je doute qu'on te donne une autre invitation. On est jeudi.

— Je vais dire à Christopher qu'il ne peut pas venir.

— Tu ne peux pas lui faire ça.

— Très bien, alors tu ne peux pas venir.

— Quoi ?

— Écoute, chérie, la chance de la famille est en train de tourner dans le bon sens, et je suis certaine que ce lion y est pour beaucoup, même à l'état de projet. La robe Armani d'Anjelica Huston est bloquée en douane. Elle n'a plus rien à se mettre dimanche alors qu'elle présente l'oscar du Meilleur Costume. Je lui ai parlé de Julian et de toi. J'espère que ça compensera le fait que je porte du Chanel.

— Maman, tu es géniale !

Compenser ! Si Anjelica porte une robe de Julian, ma mère aura compensé des années d'agissements contraires à tout ce que préconise la pédopsychiatrie. Aucun investisseur ne songera plus à se retirer de l'affaire si l'icône du cinéma porte les couleurs de Julian sur le tapis rouge.

— Anjelica attend sur une autre ligne. Je te la passe ?

— Tu l'as mise en attente ? Bien sûr, passe-la moi !

— Tu es en ligne Lola. Bon, je vous laisse bavarder toutes les deux.

— Bonjour, Anjelica, je suis désolée pour votre Armani, dis-je, secrètement ravie que les douanes aient confisqué le paquet.

— Je ne comprends pas pourquoi la robe est bloquée, s'indigne Anjelica Huston. Ce n'est pas comme si Giorgio avait glissé des armes de contrebande dans l'ourlet.

— J'ai plusieurs créations Julian Tennant chez moi. Je suis certaine que vous seriez époustouflante dans l'une d'elles. Et ce serait un honneur pour lui. Je suis tout près, je peux passer prendre les robes et vous les apporter tout de suite.

— En fait, quand ta mère a mentionné Julian, j'ai ressorti le carnet de tendances que tu m'as envoyé le mois dernier. Il y a une très jolie robe drapée bleu pâle et argent. Celle qui est avec les pétales de dentelle perlés. J'adorerais l'essayer.

Mon estomac se serre. Évidemment, elle veut la seule robe de toute la collection qui soit restée à New York, au showroom. Il faut que je l'aiguille sur autre chose.

— Oh. C'est l'hommage de Julian à Mme Butterfly. Il a cousu chaque pétale à la main. J'ai aussi un modèle étonnant brodé de perles champagne qui serait extraordinaire sur vous. Je pense qu'il rendrait très bien en photo sur fond de tapis rouge.

— Je n'en doute pas, mais je comptais vraiment sur la robe Mme Butterfly.

Merde.

— Juste quelques coups de fil à passer, dans ce cas, répliqué-je, convaincue que ce ne serait pas aussi simple.

— Merveilleux. Peut-être pourrais-tu l'apporter au vernissage de Robert. Je l'essayerai après dîner, ce soir.

— Pas de problème.

— Génial. Merci Lola, tu me sauves la vie.

Clic.

Le parfait tissu violet peut attendre. Je dois localiser la robe de Mme Butterfly pour Anjelica au plus vite. J'adresse une prière à Ganesh pour qu'il débarrasse ma route de tous les obstacles de mode et des problèmes de réseau téléphonique avant d'essayer Julian à nouveau. Toujours rien. J'appelle son assistante.

— Katya, salut. J'essaie d'avoir Julian depuis des heures. Il t'a appelée ?

— Oui, d'un trou entre les Grands Rapides et le Grand Canyon. Son portable ne captait pas. J'avais du mal à l'entendre : il refusait de toucher le combiné de la cabine publique et il était à court de gel désinfectant. Ensuite, la ligne a été coupée faute de monnaie. Depuis, je n'ai pas de nouvelles. Je peux t'aider ?

— Oui, tu peux commencer par lui signaler qu'il doit refaire la robe bleu paon d'Olivia Cutter en violet.

— Quoi ? Mais on n'aura jamais le temps ! Et tu sais ce que Julian pense du violet !

Rien qu'au son de la voix de Katya, je sens mon propre baromètre de panique qui monte en flèche.

— C'est la raison pour laquelle je préfère ne pas lui annoncer moi-même. Écoute, on a peut-être une chance avec Anjelica Huston. Son Armani est en rade à la douane et je pense que je l'ai convaincue de porter Julian.

— Lola, c'est génial ! De quoi as-tu besoin

Anjelica veut la robe drapée bleu et argent Madame Butterfly.

— Ah.

— « Ah », c'est-à-dire ?

— Natasha Greer Smith l'a empruntée pour le tournage d'une pub japonaise pour la crème Isheido anti-âge à base de fiente de rossignol.

— Tu as bien dit fiente, comme…

— Comme caca. Caca de rossignol, précise Katya. Il paraît que c'est le secret de l'éternelle jeunesse de la peau des geishas depuis des siècles.

— Katya, je te parle des Oscars et tu me réponds caca. Natasha Greer Smith a remporté l'oscar l'année dernière. Pourquoi vend-elle de la merde d'oiseau au Japon ?

— Parce qu'on la paie deux millions de dollars, pardi.

Mon pouls bat plus vite.

— Katya, il me faut la robe pour ce soir !

— Heureusement, elle tourne à L.A. Ils étaient censés mettre en boîte la semaine dernière, mais le réalisateur a traîné la patte.

— Bon sang, ce n'est pas *Guerre et Paix* ! Je dois récupérer cette robe. Où tournent-ils ?

— Aux studios Universal.

— J'y vais, dis-je en faisant demi-tour sur Sunset Boulevard. Peux-tu appeler la styliste et la prévenir que je passe tout de suite reprendre la robe ? Assure-toi qu'elle laisse mon nom à l'entrée pour que j'accède au plateau. Et si tu as Julian, demande-lui de m'appeler immédiatement.

Clic.

Il y a une heure, j'étais une guerrière de la route féroce, concentrée et imperturbable. Après avoir frôlé l'accident mortel par trois fois, écopé d'un PV pour avoir roulé à 80 à l'heure dans une zone limitée à cinquante et essuyé au moins cinq doigts désapprobateurs dressés vers moi, Mad Max n'est plus. Sur l'autoroute à l'heure de pointe, la circulation ne dépasse pas les dix à l'heure, pare-choc contre pare-choc. Tous les Californiens se rendent-ils à Universal ?

Un appel. J'agrippe mon volant si fort que j'ai du mal à décrocher.

— Salut, Cricket.

— Tu n'as pas l'air au mieux de ta forme.

— Couci-couça. La bonne nouvelle, c'est qu'Anjelica Huston va peut-être opter pour Julian à la dernière minute. La mauvaise, c'est que la robe qu'elle veut essayer après le dîner chez Gagosian se trouve de l'autre côté de la vallée. J'irais plus vite à Tokyo.

— Lola, c'est formidable ! Anjelica en Julian aux Oscars !

— Ce qui serait formidable, ce serait que ton gourou me décoince au prochain cours de yoga. Je suis assise au bord du siège comme une nonagénaire et j'ai des crampes dans le dos.

— Essaie de pratiquer la respiration Ujjayi, tu verras, c'est très relaxant. Appelle-moi après Universal.

— Non, ne raccroche pas. Discutons un peu, vu l'embouteillage, j'ai le temps. Où étais-tu ? Et ne me dis pas que tu essayais de décrocher le record du tantrisme avec SD.

— Je ne l'ai pas vu depuis lundi dernier. Comme c'est la semaine des Oscars, tout le monde veut une séance de méditation intensive pour devenir zen, une carte pour libérer son karma et des biceps bien dessinés.

— Pas moi. Je veux juste aller à Universal. Comment s'est passée l'audition pour le film sur La Nouvelle-Orléans ? Es-tu la nouvelle Sandra Oh ?

— C'est loupé. La perruque n'a servi à rien. Les producteurs ont dit qu'ils « allaient prendre une autre direction ». Ils laissent tomber l'angle asiatique et embauchent la nouvelle Halle Berry ou je ne sais qui.

— Je suis vraiment désolée (pour qui suis-je la plus désolée, en vérité ? Cricket, ou moi en guest star du mauvais road movie dans lequel je suis engluée ?), Kate a-t-elle autre chose en réserve pour toi ?

— Elle m'a obtenu une audition pour *Les Experts Tel-Aviv*. Je regrette de ne plus avoir l'étoile de David qu'on m'avait donnée quand j'étais membre de la Kabbale.

— Tu te souviens que tu nous demandais de t'appeler Rachel ?

— Et quand j'ai insisté pour que tu portes cette ficelle rouge qui a déteint sur ta manche en crochet crème le jour où il a tant plu ? Au fait, je voudrais ton avis sur la robe Gucci que j'ai prévue pour le vernissage de ce soir. Tout Hollywood va aller à la rétrospective de l'œuvre de Robert. Peut-être même Bruckheimer. J'espère qu'avoir été son modèle va me donner un coup de pouce.

— Eh bien... Tu as posé nue.

— Tu viendras, n'est-ce pas ?

— Si jamais j'arrive à sortir de la 101.

— Tu sais que le Soleil est en Capricorne en ce moment, les meilleurs auspices pour toi. Il n'y a aucun doute, Anjelica portera la robe. Je le sais.

Clic.

Soixante-dix-neuf minutes sous les pires auspices plus tard, je fais toujours du sur place. La température extérieure, en revanche, est passée de 24 à 35 degrés. Il fait toujours beaucoup plus chaud dans la vallée. L'atmosphère est insupportable et poisseuse. Ma tension artérielle caracole probablement à 16. Et je sens poindre l'infection urinaire : cela fait deux heures et dix-neuf minutes que je retiens une furieuse envie de faire pipi.

Basta. Je dois me sortir de là. Je me bats pour rejoindre la voie de droite et tourne à la première bretelle. Je repère un Starbucks. Je pile, les Rykiel au plancher, gare la voiture de l'autre côté de la rue et fonce vers les toilettes pour femmes. En ressortant au pas de charge, je tombe sur… le Bel Inconnu de chez la psy. Que fait-il dans ces parages ? Il habite ici ? Il arbore un sweat aux couleurs d'Harvard. Il serait diplômé d'Harvard ? Un exemplaire du *Docteur Jivago* est glissé sous son bras.

— Salut, dit-il.

— Salut ! Vous êtes arrivé à la scène où Julie Christie et Omar Sharif s'embrassent ?

— C'est le roman, pas le film, sourit-il.

Mon camarade de psy a un chouette sourire.

— C'est vrai.

— Je vois que vous êtes passée de la ficelle rouge à une quantité impressionnante d'élastiques ?

— Quoi ?

Il regarde ostensiblement mon bras gauche, couvert d'élastiques roses du poignet au coude. Je les avais complètement oubliés.

— Oh ça, j'ai eu une crise et je ne veux pas prendre le risque de replonger.

— Je connais ça, dit-il en montrant son propre avant-bras où trône un élastique noir.

Je retire un des miens.

— Tenez, en voici un en rab.

À l'instant où je le pose dans la paume de sa main, je me demande pourquoi ce type a besoin d'un élastique. Pour s'empêcher d'acheter une autre chemise oxford chez J. Crew ?

— C'était sympa de se voir, mais je suis pressé…

— À la prochaine. J'espère ne pas avoir besoin de ça, dit-il en claquant l'élastique rose avant d'entrer dans le Starbucks.

— Moi aussi, grommelé-je en fonçant vers ma voiture.

Mon téléphone vibre. J'ai reçu un SMS.

« Ne me dis pas que tu n'aimes plus les pivoines. xxx, Moi. »

C'est Smith. Je m'assieds au volant et coince mes mains sous mes fesses pour m'interdire de lui renvoyer un SMS. Je ne répondrai pas : « Je n'aime pas les pivoines, je les adore. xxx, Moi. » Jamais. Je regarde mon téléphone. Puis mon bras couvert d'élastiques. Puis mon téléphone. Bras. Téléphone. Bras. Non, je n'appuierai pas sur la touche envoyer.

Message envoyé, flashe l'écran.

Pourquoi ai-je fait ça ? Les messages de Smith ne doivent en aucun cas me détourner de ma route. J'accélère à fond et pilote ma Prius comme une Formule 1.

En arrivant au plateau 12, j'ai les nerfs en pelote. Un garde du corps gigantesque bloque l'entrée.

— Salut, c'est bien ici qu'on tourne la pub avec Natasha Greer Smith ? demandé-je en me dévissant la tête pour réussir à le regarder dans les yeux.

— Qui êtes-vous ?

— Oh, je suis Lola Santisi. J'ai rendez-vous avec Daisy Adams, la styliste.

— Désolé, c'est un tournage à huis clos.

Je regarde ma montre. La panique me gagne.

— Comment ça ? C'est impossible, Daisy m'attend. Elle devait laisser mon nom à l'accueil. Pourriez-vous aller la chercher ?

— Désolée madame, mais je n'ai pas le droit de quitter mon poste. Un photographe du *Star* a essayé d'entrer ici tout à l'heure, quand je suis allé faire un tour aux toilettes.

— Écoutez monsieur, je vous jure que je ne suis pas photographe. Je travaille pour le styliste de mode qui a dessiné la robe de Natasha Greer Smith et il est impératif que je la récupère. Je viens de passer trois heures dans un embouteillage qui m'a rendue dingue. Je vous en supplie. N'en rajou-tez pas une couche.

Seul un regard vide d'expression me répond. Mes dernières résistances lâchent. Les vannes aussi.

— S'il vous plaît, supplié-je. Tout repose sur cette robe ! Anjelica Huston la veut pour la soirée des Oscars et si elle la porte, mon meilleur ami – qui est aussi mon patron – ne perdra pas son bou-lot. Et j'aurai un travail bien à moi, ce dont j'ai absolument besoin, parce que je ne pense pas me remettre d'un nouvel échec professionnel. Pitié, monsieur. Laissez-moi entrer. Prenez tout ce que je possède en garantie, ajouté-je en lui glissant mon sac Chanel noir dans ses bras.

— Je risque gros, dit-il en regardant autour de nous.

— Pitié, insisté-je en enlevant ma veste et en débouclant mes sandales.

— C'est bon, arrêtez de vous déshabiller.

Il ouvre la porte.

— Merci.

« Isheido Crème Rossignol. Prise 133 », annonce mécaniquement un jeune assistant réalisateur fati-gué. Il porte un ciré jaune canari trempé. C'est bizarre. Je jette un regard circulaire sur le grand plateau. Toute l'équipe porte des cirés jaunes. Que se passe-t-il ? Je cherche Daisy des yeux, mais ne la vois nulle part. Natasha Greer Smith, devant un écran vert géant, arbore la robe bleu pâle argen-tée de Julian qui moule ses courbes comme une seconde peau, telle une sirène de l'âge d'or d'Hol-lywood. Dommage, seuls les Japonais verront à quel point elle est belle.

— Action ! hurle le réalisateur de dessous la capuche de son ciré. Et lancez la pluie.

La pluie ? Une seconde plus tard, des torrents d'eau me tombent sur le crâne. Je dois plisser les yeux pour discerner Natasha entre les gouttes de la taille de balles de golf. Elle est complètement trempée. La robe de Julian. *Non !* Je ne peux que constater le sacrilège, impuissante et défaite. Daisy se rue sur moi, chaussée de bottes Wellington et vêtue d'un ciré coordonné Dior. Elle place un parapluie au-dessus de ma tête pour me protéger de la mousson mécanisée.

— Mon Dieu, Lola, tu es toute mouillée.

— Que se passe-t-il, Daisy ? Tu as vu l'état de la robe de Julian ?

— Natasha et le réalisateur ont décidé de changer le concept commercial de départ. Maintenant, le spot est un hommage à *Chantons sous la pluie.* Je promets d'envoyer la robe au nettoyage à sec dès que nous aurons mis en boîte. D'ici demain, elle sera comme neuve.

— Katya ne t'a pas dit que j'avais besoin de la robe tout de suite ? Anjelica Huston la veut pour les Oscars et j'ai rendez-vous avec elle dans – je vérifie ma montre avec horreur – une heure et quarante-cinq minutes. Et ce, à l'autre bout de la ville, à Beverly Hills.

— Je suis vraiment désolée, Lola. Je ne pense pas qu'ils en aient pour très longtemps. Ils vont bientôt manquer d'eau. Pourquoi n'attends-tu pas dans la caravane des costumes ? Tu vas attraper la crève si tu restes sous la pluie.

— Je t'attends. Viens dès que vous en aurez fini, dis-je en évitant les flaques jusqu'à la sortie.

— Voilà, annonce Daisy une heure tapante plus tard. Je suis vraiment désolée.

Elle pose la robe trempée dans mes bras tendus. Je la regarde ruisseler. Je suis foutue. On m'attend à la galerie Gagosian dans quarante-cinq minutes, avec une robe sèche. Je transporte le paquet dégoulinant jusqu'à la voiture.

230

Je suis sur le point d'ouvrir la portière de la Prius quand mon talon glisse sur le ciment. Je me tords la cheville et m'effondre par terre. Pendant le millième de seconde au cours duquel se produit l'accident, je ne pense qu'à une chose : sauver la robe. Si elle entre en contact avec le trottoir taché d'huile pendant qu'elle est mouillée, elle sera fichue pour de bon, et moi avec.

Je tords le corps à mi-chute et jette la robe en l'air de toutes mes forces. Je m'affale sur le côté dans un grand ploc, et me rétablis sur les genoux, mon talon cassé accroché à la cheville comme la dent de lait à moitié déchaussée d'un bambin de cinq ans, les bras levés vers le ciel. Par miracle, la robe retombe dans mes mains. Elles tremblent alors que je ramène très lentement la dentelle vers moi. Elle n'a même pas effleuré le ciment. Je pourrais pleurer de joie – et de douleur – mais je n'ai pas le temps.

Je pose la robe en sécurité sur le siège passager et redescends les cinq étages du parking à toute vitesse. Comment la faire sécher ? Il règne une chaleur de brute dans la Prius et j'allume la climatisation. La solution s'impose à moi dans toute sa cruauté : éteindre la clim et ouvrir le chauffage à fond. Et peu importe qu'il fasse 35 degrés dehors et bientôt 43 à l'intérieur et que je risque l'asphyxie. Je déploie la merveille devant les bouches de ventilation. Je fonce vers la 101 en conduisant d'une main et vois avec soulagement le compteur grimper jusqu'à 70 à l'heure. Je sors à Cahuenga et zigzague dans les petites rues de Los Angeles au point d'en avoir les biceps endoloris : mes muscles n'ont pas été autant sollicités depuis les dernières soldes chez Neiman Marcus, il y a six mois. Et pour couronner le tout, la robe est toujours mouillée.

Enfin, Beverly Hills se profile à l'horizon. Je file dans Santa Monica Boulevard et tourne dans Rodeo

Drive. Une devanture m'attire l'œil. Je fais demi-tour, me gare et sors de la voiture en boitillant à cause de mon talon cassé.

— C'est formidable que tu sois ouvert à pas d'heure, dis-je à Frederic Fekkai en poussant la porte du salon.

— C'est la semaine des Oscars, chérie, répond-il en me gratifiant d'un sourire ravageur, dents blanches, œil de velours. Tu as besoin – il prend le temps de me toiser de haut en bas – de tout. On pourrait commencer par un brushing.

— Pas le temps, coupé-je en m'emparant d'un sèche-cheveux. Ça t'ennuie de me le prêter ? (J'agite le souffle d'air chaud devant la robe.) Et tu n'aurais pas un fer à repasser, par hasard ?

Je n'ai qu'une minute de retard quand je laisse la Prius au voiturier devant la galerie Gagosian. J'ai du mal à entrer. Les froufrous de la robe se bloquent dans l'encadrement de la porte et manquent de me faire tomber à nouveau. Ce qui me donne une minute pour réfléchir : je me demande si Anjelica a envie qu'on lui jette une robe au visage au beau milieu du vernissage de son mari.

— Pourriez-vous mettre ceci au vestiaire ? demandé-je à l'assistante qui se tient dans l'entrée.

L'intéressée recule d'un pas, atterrée et me toise comme si j'habitais dans un vieux carton au coin d'Hollywood et de Vine. Ce qui est précisément là où Julian et moi pourrions finir si j'échoue dans la mission tapis rouge.

— Êtes-vous invitée ?

Je fouille dans mon sac avant d'en extirper mon invitation roulée en boule. Tout en cherchant à localiser Anjelica dans la foule.

— Je sais que je ne suis vraiment pas habillée pour l'occasion.

C'est le moins qu'on puisse dire. Mes cheveux sont collés sur mon crâne par la pluie et la sueur. Mon pauvre Marni froissé est toujours trempé. Tout comme le pull bleu ciel col en V Prada du manager d'Olivia. Je n'ai pas un gramme de maquillage et quand on regarde mes pieds – on y voit les pantoufles de pédicure en papier rose que Frederik m'a données pour éviter que ma cheville n'explose comme ma chaussure Rykiel.

— Tenez, lâche l'assistante de la galerie en me donnant un ticket de vestiaire pour la robe d'Anjelica.

J'avise Cricket et Kate ensemble, au fond de la galerie. Cricket me fait signe de les rejoindre.

— Où est Anjelica ?

— Tu as une mine terrible.

— C'est ça, achève-moi, dis-je en scrutant la foule adepte du air-kissing – la bise qui fait mwa mwa sans se toucher –, écrasée dans ces 8 000 mètres carrés dessinés par Richard Meier. J'arrive d'Universal. J'ai vécu un enfer. Imaginez un trekking dans la forêt tropicale amazonienne et au Sahara le même jour et vous aurez une petite idée de ce que j'ai traversé. Mais ça vaut le coup parce qu'Anjelica va s'habiller en Julian pour les Oscars !

— Quelle nouvelle géniale ! Ça date de quand ?

— De quand j'aurai localisé Anjelica, dis-je en passant les invités au crible.

La sculpture de Robert Graham posée sur le socle en face de moi me distrait un instant de mon unique préoccupation : elle représente une jeune femme nue, qui se tient en équilibre sur la tête, jambes écartées.

— Cricket, serait-ce…

— Mon clitoris ? Oui.

Cricket baisse humblement la tête, mais rougit de fierté.

— Il faudra que tu m'expliques comment tu tiens dans cette position-là, exige Kate en montrant le bronze du doigt.

— Le yoga a fini par payer. Wow. Je n'aurais jamais pensé connaître d'aussi près cette partie de ton anatomie, commenté-je en cherchant à nouveau Anjelica dans la foule qui déferle chez Gagosian.

— Robert dit que je possède une énergie radieuse, minaude Cricket.

— Quand Brett Ratner verra ça, il t'attribuera tout de suite un rôle dans un film, assuré-je en l'indiquant d'un signe de tête.

Ce bourreau des cœurs de réalisateur et Jessica Alba conversent à bâtons rompus à côté d'une statue représentant une femme haute de plus de deux mètres.

Toujours pas d'Anjelica. Où est-elle ? Je suis à un cheveu du torticolis.

— Pourquoi penses-tu que je me suis endettée pour acheter cette robe Gucci ? demande Cricket en pirouettant dans le fourreau noir qui fait briller sa carnation ivoire. C'est un investissement pour l'avenir.

— Chérie, ton utérus est en bronze, précise Kate. Rien à voir avec la robe.

— J'adore la robe, dis-je.

— Vraiment ? Je pense que poser pour Robert me donne un avantage sur d'autres actrices.

— Côté avantages, la preuve est faite : tu as tout ce qu'il faut, ironise Kate pendant que nous admirons un moule en résine de notre amie, le corps arqué dans la position de la demi-lune. Désolée, les filles, il faut que je vous laisse. Sacha Baron Cohen est tout seul. Je vais lui suggérer de partager la vedette avec Liv Tyler pour *Borat II, le Retour*. Cricket, profite de ta foufoune radieuse. Et toi Lola, bonne chance avec Anjelica.

Sur ce, Kate disparaît dans la foule.

— Heureusement que Will n'est pas encore arrivé, dis-je à Cricket. S'il voyait Kate parler avec un autre acteur, il en ferait une maladie. Je le vois bien en Glenn Close dans *Liaison fatale*.

— Il ferait cuire son BlackBerry, renchérit Cricket.

Je repère enfin Anjelica et Robert qui discutent avec Larry Gagosian de l'autre côté de la galerie.

— Tu ne m'en veux pas si je te laisse ? Je dois vraiment lui parler.

— Pas du tout. Bonne chance. Je sais qu'Anjelica va craquer pour la robe.

Pourvu que Cricket ait raison ! Anjelica Huston est la déesse de la mode et du cinéma. Avec ses lèvres rubis et son smoking vintage Saint-Laurent, elle est glamour à mort. Je l'imagine sur la scène du Théâtre Kodak dans la robe Madame Butterfly de Julian en train de remettre des trophées. Elle serait tout simplement renversante. Je joue des coudes à travers la foule, et renverse presque les frères Owen et Luke Wilson qui examinent d'un peu trop près la réplique en bronze du buste de Brooke Shields. Je me jette aux pieds d'Anjelica en espérant qu'elle ne remarquera pas les miens.

— Salut Lola, dit-elle en me serrant dans ses bras.

— Salut Anjelica. J'ai la robe avec moi, tu pourras la voir dès que tu le voudras. Ton assistante a proposé de caler un essayage à 11 heures demain matin chez toi. J'ai convenu avec le tailleur qu'il vienne à cette heure-là. Après quelques retouches magiques, je la ferai nettoyer à sec…

Anjelica m'adresse un regard des plus bizarres qui m'arrête à mi-phrase, le souffle court.

— Lola chérie. Je t'ai cherchée partout. La douane a fini par débloquer ma robe Armani, tard dans l'après-midi. J'espère que toute cette affaire ne t'a pas causé trop de soucis.

Trop de soucis ? Flash-back sur les cinq dernières heures : un pur cauchemar. *Fais comme si.*

— Non, aucun souci, assuré-je, terrassée par le choc.

Les pupilles sombres d'Anjelica me scrutent d'un air sincèrement inquiet.

J'en ai le vertige. J'ai l'impression de tournoyer au-dessus du vide. Tous mes efforts ont été inutiles, Anjelica ne s'habillera pas en Julian. Visiblement, ma décrépitude intérieure ne lui a pas échappé, car elle a la gentillesse de proposer :

— J'adorerais monter les marches en Julian Tennant, à Cannes.

Je me demande si Julian sera toujours dans la mode d'ici là.

— Quelle bonne idée. Anjelica, je sais que tu seras très belle, dimanche, conclus-je en l'embrassant sur la joue.

Je profite de l'arrivée de Salman Rushdie pour rejoindre mon frère que j'ai aperçu à l'autre bout de la pièce.

— Christopher, je craque ! Anjelica ne va pas porter la robe de Julian. Je dois partir. Pourras-tu dire à maman et à papa que je me sentais mal ?

— Désolé pour toi, sœurette. Tu veux que je t'accompagne ?

— Non merci, à moins que tu n'aies sur toi un 45 chargé et que tu veuilles bien me tirer dessus.

Une beauté d'un mètre quatre-vingt-deux aux cheveux dorés se love contre mon frère et pose ses lèvres boudeuses sur sa joue mal rasée.

— Salut, baby, dit-il. Francesca, voici ma sœur, Lola.

Francesca sourit chaleureusement d'un point élevé situé à vingt centimètres au-dessus de ma tête.

— Nous nous sommes rencontrés en boîte, au Bungalow 8, après le défilé Marc Jacobs, il y a quelques semaines, explique-t-il. Francesca était la plus jolie.

Le baiser prolongé qui s'ensuit me donne le signal du départ.

— Bisous, lancé-je à Christopher, en me dirigeant vers Kate pour lui annoncer que je rentre.

— C'est quoi la chose collée à Christopher? demande-t-elle.

— Un des top-modèles dont il fait son ordinaire. Je lui donne deux jours. Pourquoi ne vas-tu pas lui dire bonjour

— Impossible. Si je ne devais pas baby-sitter Will, je serais déjà en train de fignoler un deal avec Vince Vaughn. Résultat des courses, c'est Patrick Whitesell qui est en train de négocier avec lui. C'est la Bérézina.

— Tu l'as dit. La douane a finalement laissé passer la robe Armani d'Anjelica.

— Lola, je suis vraiment désolée, murmure Cricket qui vient de nous rejoindre.

— Écoute, il aurait été fantastique qu'Anjelica s'habille en Tennant, avance Kate, mais ne désespère pas, il reste Olivia. C'est tout ce qui compte.

— Ce n'est pas encore gagné pour Olivia, précisé-je.

Je me sens de plus en plus déprimée. Plus mon humeur s'assombrit, plus Cricket perd son enthousiasme. Je dois me reprendre.

— Cricket, c'est ta soirée, ne parlons plus de moi. Qu'a dit Brett? demandé-je d'une voix à peine audible.

— Que je suis encore plus radieuse que la statue de Robert. Il m'a demandé s'il pouvait prendre une photo de moi et une leçon privée de yoga.

— Beurk, commente Kate, dégoûtée. Je ne vois que deux possibilités: soit tu lui fais «le chien couché» soit tu lui dis «Couche-toi, sale cabot». Alors, que vas-tu faire?

— Lola, tu es certaine que ça va aller ? répond Cricket en faisant une grimace à Kate.

En amitié, toute vérité n'est pas bonne à dire.

— Évidemment, t'en fais pas. Mais ça t'ennuierait beaucoup si je n'allais pas dîner avec vous chez Chow ?

— Bien sûr que non. Attends une seconde, j'aimerais te présenter Jeremiah. C'est un guide spirituel. Il est ici pour aider Kate Hudson et Goldie Hawn à conserver leur équilibre dans l'océan de superficialité qui déferle sur Hollywood avant les Oscars.

Cricket pose la main sur l'épaule d'un très bel homme vêtu d'une tunique d'un blanc aveuglant. Elle se penche pour me chuchoter à l'oreille :

— Il m'emmène chez Tom Ford après dîner.

Où trouverai-je le capitaine qui m'aidera à naviguer sur mon propre océan de superficialité ?

— Votre amie dégage quelque chose de très particulier, me dit Jeremiah.

— Oui, c'est vrai.

Vous l'ignoriez ? Elle a la foufoune radieuse. Mais, est-ce bien un travers de porc que Miss végétalienne-nourriture crue vient de prendre sur le plateau que lui propose le serveur ?

— Cricket ! Tu manges un travers de porc !

— Jeremiah affirme que la viande intensifie la lumière intérieure, explique-t-elle en nettoyant l'os d'un coup de dent digne d'un candidat de Koh Lanta au 39e jour de l'aventure. Je t'appellerai demain.

Elle me fait coucou de la main et moi aussi.

J'attrape un travers de porc de l'autre, récupère la robe au vestiaire et passe la porte. Question lumière interne, j'aurais bien besoin d'un coup de main, moi aussi. Je goberais une ampoule sans hésiter si on me jurait que ça éclairerait la situation d'un jour nouveau.

Je remonte Marmont Lane jusqu'à chez moi. Je n'ai qu'une hâte, me mettre au lit. Qui est l'imbécile qui a garé son Aston Martin sur ma place ? Qui est assez bête pour conduire une Aston Martin, d'ailleurs ? Smith, of course. Il est là. Sur ma véranda. Je ne suis pas capable de résoudre le problème maintenant. Pas après une journée pareille et certainement pas avec cette tête-là. Je vais continuer à rouler. Il ne va tout de même pas rester là toute la nuit ? À ce propos, depuis combien de temps fait-il le pied de grue ? Je me gare de l'autre côté de la rue. Je passe sur la banquette arrière pour attendre qu'il se lasse et ferme les yeux. Je suis si fatiguée. Si je m'endors, il sera peut-être parti à mon réveil. Hélas, déjà Smith frappe à la vitre avant d'ouvrir la portière

— Lola, je te vois.

— Oh, j'attrapais juste mon...

— J'ai tourné une scène d'amour très émouvante, ce soir. Michael Mann m'a demandé de creuser vraiment en moi, de fouiller tout au fond et de retrouver la mémoire sensorielle de la minute où on m'a donné le plus d'amour. Claire Danes ne me donnait rien comparé à ce que tu me donnais. Tu es ma mémoire sensorielle. J'ai besoin de toi. Je veux que tu tiennes le premier rôle dans ma vie, Lola, déclare-t-il en grimpant à l'arrière à côté de moi.

Vendredi

*53 heures, 44 minutes, 12 secondes
avant la remise de l'oscar du Meilleur Costume.*

Le bruit d'une portière qu'on claque me réveille en sursaut. Qu'est-ce que j'ai dans les cheveux... Une ceinture de sécurité ? Quelle heure est-il ? Où suis-je ? Oh là là. Je suis toujours sur la banquette arrière de ma voiture et il n'est même pas six heures du matin. Est-ce Julian qui descend du pick-up Dodge blanc garé devant ma boîte aux lettres ? Et qui est ce jumeau de Brad Pitt moulé dans un 501 délavé et un tee-shirt blanc qui ouvre la portière côté conducteur ?

Smith est profondément endormi à côté de moi. Un rapide tour d'horizon... Ouf ! Aucun vêtement ni sous-vêtement ne manquent à l'appel. Il est bon que mon soutien-gorge Cosabella reste en poste tant que j'ignore les vraies intentions de Smith. Je dégage mon front de la ceinture et regarde à nouveau par la fenêtre. C'est bien Julian. Il a réussi. Mon meilleur ami gay pour la vie est arrivé. Bye bye, Kansas.

Quoiqu'il semble avoir rapporté une garde-robe de péquenot du Midwest... Mon Julian, dont le babygros était un Gucci noir, ose le foulard en vichy rouge, le Stetson chocolat et – non, ce n'est pas possible – la salopette. Ce Julian habillé de pied en cap en fermier est tellement incongru que je cligne les yeux deux fois pour vérifier que je n'hallucine pas. Après tout, qu'importe ? Je ne suis plus seule pour affronter le cauchemar des Oscars.

Reste un problème majeur à régler. Si Julian voit Smith sur le siège arrière avec moi, je crains le pire. La dernière fois qu'ils se sont retrouvés nez à nez, Julian a dit à Smith que s'il osait seulement respirer dans ma direction, il l'étranglerait avec son foulard Hermès. Mieux vaut prévenir que guérir. J'ouvre la portière, je descends de la Prius et je referme doucement pour ne pas réveiller Smith. Ensuite, je cours vers le pick-up et saute au cou de Julian.

Il se dégage, me maintient à bout de bras et me regarde des pieds à la tête.

— Mais que t'est-il arrivé ? T'es aussi mal fagotée que Christiane Amanpour après six mois dans les grottes afghanes !

— Voilà ce que ça fait de demander aux stars de s'habiller en toi sur le tapis rouge, dramatisé-je en contemplant le pull du manager d'Olivia si trempé de pluie et de sueur qu'il est couleur boue. Et toi, qu'est-ce que tu nous joues, avec cet accoutrement ? Un remake de *Brokeback Mountain* ?

Je plonge le nez dans son cou et pousse un grand soupir de soulagement.

— C'est ça, l'assimilation. J'ai de la chance d'avoir survécu à notre étape à Amarillo, dans le Texas. J'ai juste demandé à un routier si je pouvais vérifier la coupe de son Levi's. Il a pensé que je lui faisais des avances. Tu te rends compte ? Il ressemblait à Grizzly Adams dans *La Légende de la montagne noire* ! Mais il portait un jean boot cut absolument parfait. J'ai cru que tout le monde allait courir sus à mon petit arrière-train d'homo pour me rouer de coups. Et je ne te parle même pas de la salade à l'amidon chez Denny à Flagstaff. (Il pointe vers le clone de Brad Pitt qui consulte un plan de la ville.) Billy Joe a été assez gentil pour me prêter une tenue camouflage. BJ, amène ton joli cul par ici et viens dire bonjour à ma meilleure amie. Voici la Lola dont je t'ai parlé…

— Pendant vingt-trois heures sur la route 66, précise BJ, en m'offrant une grande main calleuse. Tout le plaisir est pour moi, mademoiselle.

Je veux bien être pendue s'il n'a pas posé les doigts sur le rebord de son chapeau ! Épatant, le Marlboro Man déniché par Julian.

— Wow, vous êtes un vrai cow-boy, n'est-ce pas ? Vous avez des leçons de style à donner à mon ami. Ce vichy…

— Le rouge est le nouveau noir, proteste Julian avec le plus grand sérieux. Et tu ferais mieux de ne pas la ramener. Ta dégaine de clocharde rabaisse mon image de marque. Regarde-toi ! Tu vas me dire que tu as passé la nuit dans ta voiture parce que tu as vendu ta maison pour verser à Willow Fox les cent mille dollars qu'elle exige pour porter ma robe ?

— Tu sais parfaitement que cette maison ne m'appartient pas.

Mon estomac se noue à l'idée qu'il ne reste plus que deux jours pour convaincre Olivia de marcher en violet sur ce tapis rouge.

— Julian, faut qu'on parle.

— Oh, ça a l'air grave, répond paresseusement Julian, les yeux perdus dans le vague.

— C'est grave.

Je pose la main sur sa joue et le regarde avec attention. Que cache ce regard absent ? De la douleur ? De la panique ? Je me tourne vers Marlboro Man. Julian finit par abdiquer.

— BJ, pourquoi ne vas-tu pas faire la chasse aux acteurs ? Lola et moi devons rester seuls un petit moment.

— J'en ai trouvé un ! s'écrie-t-il.

Zut, Smith descend de ma voiture. Même au réveil, il ressemble à une star de cinéma. J'ai des papillons dans le ventre. Quant à Julian, il est hystérique.

— Ahhhhhh! Qu'est-ce qu'il fout ici? hurle-t-il, comme s'il venait de croiser le fantôme de Coco Chanel.

— Moi aussi, ça me fait plaisir de te revoir, Julian, ironise Smith en lui tendant la main. Rien à dire à un vieil ami? Je crois qu'il est temps que je me sauve.

Smith m'octroie un baiser et un sourire qui me va droit aux ovaires.

— Je peux prendre une photo?

BJ pêche un appareil dans la poche arrière de son jean, pose un bras sur l'épaule de Smith et appuie sur le déclencheur avant qu'il n'ait le temps de réagir.

— Je t'ai adoré dans *Code Blue*, mec. C'était trop génial quand tu as ricoché dans la stratosphère à Vegas. Tu es mon héros.

Smith sourit avec la sérénité du héros qui sirote des smoothies à la spiruline dans sa caravane Gulf Stream de trois mille mètres carrés pendant que sa doublure descend en rappel de la stratosphère, arrose les méchants de rafales de mitraillette, saute dans les rapides au volant de son Porsche Boxster, ou attrape le seul parachute sur le dos du méchant pendant qu'ils tombent d'un Cessna en flammes.

— Merci, mec, dit-il en serrant la main de BJ tout en se dégageant adroitement de son étreinte. Ça fait plaisir.

BJ regarde sa main avec respect. Touchée par un ange de *Code Blue*.

— C'est ça, ce qui cloche en Amérique, chuchote Julian en levant les yeux au ciel.

— Je te rappelle que ton idole à toi, c'est Dolly Parton, sifflé-je en retour.

— Je vais à mon club de sport, Lola, je t'appellerai à la fin du cours, annonce Smith en remontant dans sa voiture.

— Il me faut un comprimé de Dramamine après t'avoir vue l'embrasser comme ça, dit mon meilleur ami gay. Tu vas devoir t'expliquer.

— Plus tard ! Il nous faut d'abord discuter de choses importantes. Et puis, tu sais, c'est vraiment difficile de te prendre au sérieux dans cette salopette Oshkosh.

Il met un point d'honneur à m'ignorer, attrape le double des clés que je cache sous un pot de bougainvillées et ouvre la porte.

— Enlève tes bottes ! hurlé-je. Je refuse que ma moquette devienne un bouillon de culture de la maladie de la vache folle. Je préfère ne pas imaginer ce que tu transportes sous ce caoutchouc crasseux. BJ, entre et fais comme chez toi.

Julian s'assied stoïquement sur le divan du salon et s'enroule dans ma couverture en cachemire orange, protectrice et revitalisante.

— BJ, peux-tu m'apporter un latte au lait de soja sans matières grasses ?

— Julian, on n'est pas chez Starbucks. (Je prends mon sac, en sors du liquide et le tends à Billy Joe.) BJ, tu veux bien traverser la rue et aller au Château-Marmont ? Demande Mohammed. Prends le café de Julian, commande ce que tu veux pour toi et mon petit déjeuner habituel. Mohammed fait des œufs bénédictines à l'artichaut qui ne sont pas sur le menu.

BJ me regarde comme si je lui parlais swahili.

— Il fait aussi un hamburger d'enfer.

— Super mousseux, mon latte, lui rappelle Julian avant que le clone de Brad Pitt ne ressorte.

Je me tourne vers lui dès que nous sommes seuls.

— Julian, nous avons à parler.

— OK, ce doit être sérieux si tu ne remarques même pas à quel point cet homme est divin.

— Cesse de détourner la conversation.

J'ai soudain du mal à trouver mes mots. Je prends la main de Julian. Si j'aborde le problème calmement, il disparaîtra peut-être.

— Bravo, je flippe, maintenant.

— Pourquoi ne m'as-tu pas parlé de tes soucis avec ton investisseur ? Depuis quand es-tu dans le rouge, Julian ?

Silence.

— Que se passe-t-il ? Parle-moi.

Julian retire son chapeau de cow-boy d'un geste lent. Ses cheveux bruns, d'ordinaire impeccables, sont en bataille. Je les discipline du bout des doigts.

— OK, je te dis tout. Mes robes ne se vendent pas. Je pensais que ça s'arrangerait. Que je me lèverais un beau matin et que les bonnes fées de la mode auraient réglé le problème parce que je suis bien sage. Mais ça empire. Je suis au bord de la faillite, conclut-il en fixant un point inexistant à travers la vitre.

— Et tous les acheteurs qui se sont pressés chez toi quand tu as gagné le CFDA award ?

— Écoute, je suis un styliste en vogue pour l'industrie de la mode, c'est vrai. Mais rien ne bouge chez Neiman ou chez Saks et ce, tout simplement parce que Madame Tout-le-monde n'a jamais entendu parler de moi. Personne n'achètera mes modèles à moins de les voir sur le dos de Charlize Theron aux Oscars ou de Jennifer Garner dans le dernier numéro de *InStyle*.

Un coup de massue. Je ne sais pas ce qui est pire, que Julian boive le bouillon ou qu'Adrienne Hunt ait eu raison.

— Pardon de ne pas t'en avoir parlé, ajoute-t-il, l'air bourrelé de remords. Mais que voulais-tu que je dise, et surtout à toi ? Que je suis un raté ? Que je vais perdre tout ce que j'ai si tu ne réussis pas à faire parader une superstar dans une de mes robes aux Oscars ? Je ne voulais pas te soumettre à un stress pareil.

— Mais c'est justement pour ça que tu aurais dû me le dire ! Je t'aurais conseillé d'embaucher une meilleure vendeuse que moi.

— Tu es la meilleure, m'assure Julian en se retournant enfin vers moi, les yeux emplis d'espoir.

Quoi, c'est moi son dernier espoir ? J'ai envie de hurler : « Julian, mais je suis à peine capable de sauver ma propre peau. » Mais c'est sans issue, je vais devoir nous tirer d'affaire tous les deux. Julian s'est pris la tête entre ses mains. Je m'approche et relève gentiment son menton.

— Julian, on va y arriver. Viens avec moi faire le pitch à Olivia. Elle est ferrée, il ne reste plus qu'à la remonter. On joue sur du velours.

— Tu le crois vraiment ?

— Oui. J'ai déjà appelé Manolo qui a concocté la paire de stilettos idéale, avec une plume de paon violet autour de la cheville. Il l'envoie aujourd'hui par Fedex. Bulgari a des boucles d'oreilles divines en améthyste, émeraude et rubis. Et Shiseido fait une ombre à paupière sublime qui s'appelle « Buée violette ». Je te l'ai promis : un jour, le Metropolitan Museum exposera ta robe et Anna Wintour la mettra aux enchères pour la vente de charité annuelle de *Vogue*. D'ailleurs, je pourrais peut-être la pousser à porter...

— Une plume de paon violette ? s'inquiète Julian, le regard soupçonneux. Des boucles d'oreilles en améthyste ? Et de l'ombre à paupière violette ? Lola, ma robe est bleue, bleu paon.

Au diable la pause sacrée.

— Bon, voilà les faits. Olivia a adoré la robe. L'auranalyste d'Olivia a adoré la robe. Sauf que, euh, eh bien... (Vas-y, Lola, crache le morceau). Elle veut la même en violet.

Je recule d'un pas vers la table basse au cas où je devrais me mettre à couvert.

— Quoi ? Non ! Jamais ! C'est comme demander à Léonard de Vinci de repeindre la Joconde en blonde. Hors de question.

Julian se couche de tout son long sur le sofa, dans la position du nourrisson qui pique une crise.

— Ce qui est hors de question, c'est de faire une croix sur ton avenir dans les annales de la mode. Allez, au boulot ! On a deux jours pour retourner la situation. Il faut qu'Olivia porte une de tes créations.

Julian ne répond pas. Il se contente de se rouler en boule et commence à se balancer d'avant en arrière. *Réfléchis, Lola et vite.*

— Peut-être que Mona Lisa rigolerait plus en blonde, aventuré-je faiblement.

Silence.

— Écoute, le violet est la couleur de la prospérité, du pouvoir et de la paix.

— Tu te moques de moi ? répond Julian sur un ton acide en arrêtant de se balancer.

— Moi non, mais c'est ce que prétend cette abrutie d'auranalyste. Par contre, les aubergines sont violettes et tu adores le miso d'aubergines chez Nobu. Et n'oublie pas le Bubblicious au raisin, tes chewing-gums préférés.

— Lola, j'en achetais quand on avait dix ans. Et je te rappelle que le Bubblicious perd toute saveur au bout de deux secondes, tout comme cette robe, si j'en modifie la couleur.

— Julian, essaie de penser « violet ». S'il te plaît. Tu es un artiste, mais même les artistes doivent parfois faire des sacrifices. Pour l'amour de l'art. Ou pour les beaux yeux d'Olivia. Alors, prends un peu de recul et filons acheter du tissu.

Il pousse un grand soupir et finit par acquiescer d'un signe de tête, résigné.

— Tu viens juste de m'annoncer froidement qu'il fallait que je renonce à ma robe préférée. Et que je n'ai pas le choix parce que sinon, je perdrais tout ce dont j'ai toujours rêvé. J'ai besoin d'un moment de calme pour faire mon deuil, OK?

— Je t'accorde exactement sept minutes, le temps que je prenne une douche, que je me prépare et que tu enlèves cette salopette minable. Ensuite, on part faire la tournée des magasins jusqu'à ce qu'on ait trouvé le tissu qu'il nous faut.

— Beurk! s'exclame Julian pour la millionième fois de la journée.

Nous sommes au beau milieu du World of Textiles, dans le quartier de Chinatown. La cause du beurk susmentionné? Un coupon de crêpe Georgette violet.

— Beurk! éloigne-le de moi!

— Tu en es sûr? Je ne le trouve pas si moche.

— Cojo prendrait ce torchon pour nettoyer ses baskets Dior dorées et après, il mettrait Olivia Cutter en tête de la liste des personnalités d'Hollywood les plus mal habillées.

C'est vrai, il a raison, cette soie est immonde.

— Julian, c'est le centième magasin de tissus que nous visitons. Nous sommes allés partout. Tu n'as trouvé aucun tissu violet qui te plaise dans tout l'État de Californie? Ça n'existe pas, ou le stock est épuisé? Crois-tu que tout le monde dans cette ville consulte l'auranalyste de Shirley McLaine?

— Lola, nous sommes à Chinatown. Leur truc c'est les rouleaux de printemps, pas les tissus haute couture. À ce propos, si j'avais quelque chose dans le ventre, je pourrais peut-être mieux réfléchir. Je sens que je vais m'évanouir sur cette rame de polyester. Tu as promis de me nourrir après Fiesta Fabric. C'était il y a trois heures. J'ai besoin d'un nem.

— Julian, il ne reste plus que deux heures et demie avant le rendez-vous avec Olivia. On n'a pas le temps de manger. Si on ne trouve pas le tissu violet idéal, on n'aura pas les moyens de se payer un nem.

— Chérie, nous avons fouillé dans tous les magasins de textile de cette satanée ville : du Chenille Palace de Pasadena à la House of thousand fabrics dans la Vallée de la Mort. Et voilà tout ce que j'ai récolté, conclut-il en agitant sous mon nez ses mains couvertes de plaques d'urticaire. Même ma peau se rebelle. Il faut que je mange.

— Très bien. T'as dix minutes. L'Empress Pavilion est en face. On choisira des plats à emporter.

Je lui prends la main et le guide à travers la circulation pour traverser la rue.

Julian pile sur le trottoir quand je pose la main sur la porte d'entrée.

— Les services d'hygiène ont décerné un B à ce restaurant. On va être malade.

— Julian, les services d'hygiène donnent des B aux établissements quand il y a des fautes de frappe sur les menus. Tu as le choix entre ici, et un menu hot-dog et soda glacé au 7-eleven du coin de la rue. (Je le traîne à l'intérieur et le catapulte dans un box.) Assieds-toi. Trouve un plat végétarien sur le menu à emporter. Je reviens dans une seconde, je vais aux toilettes.

Je me lave les mains dans le lavabo sale. L'hygiène leur a probablement flanqué un B à cause de l'état des toilettes. J'étale quand même les échantillons violets sur le placard en formica. Dupion de soie, non. Gabardine stretch, vomitif. Panne d'organza, beurk. Chiffon de coton à œillets, irk.

Julian a parfaitement raison. Tous ces tissus sont impossibles, et il ne reste que quelques heures. C'est un cauchemar.

La sonnerie de mon portable interrompt ma séance d'autoflagellation.

— Je n'ai pas décroché le rôle dans *CSI : Tel-Aviv* ! s'écrie Cricket, hilare. Alors que je portais une étoile de David !

— Explique-moi ce qui te fait tant rigoler ?

— Le directeur de casting pense que je pourrais coller pour un petit rôle dans le film de Jerry Bruck-heimer ! Kate m'y envoie cet après-midi ! Jeremiah le sent vraiment bien. Il pense que c'est un rôle idéal pour moi.

— Qui ?

— Le guide spirituel d'hier soir, tu te souviens ? Il m'a dikshadée ce matin.

— C'est quoi, ça, un autre truc sexuel tantrique ?

— Mais non, c'est comme une méditation shak-tipat mais à effet dopant.

— Ah bien, c'est très clair, ironisé-je. Non mais sérieusement, de quoi parles-tu ?

— C'est un transfert d'énergie positive. Il fallait nettoyer mon espace intérieur pour que le film de Bruckheimer puisse trouver sa place.

— Et que pense SD du fait qu'une pompe concur-rente remplisse ta cuve spirituelle ?

— Jeremiah me comprend sur le plan de l'âme, alors que SD ne se préoccupait pas du tout de cette dimension. En plus, il anime un atelier où tout le monde va, Sam Raimi, Cameron Crowe, Bryan Singer. Le cours s'appelle : « Visualise ton scénario pour l'incarner. » Jeremiah est un vrai pro, il est à la spiritualité ce que Robert McKee est à l'écriture des scénarii : le maître incontesté. Je vais décrocher ce rôle, je le sais !

— Tu le mér...

Les mots me restent coincés dans la gorge. Incroyable. Le voilà. Juste sous mes yeux. J'ose à peine respirer.

— Lola ? Lola, qu'est-ce qui ne va pas ? Tu es toujours là ?

— Cricket, je te laisse.

Clic.

Je pique un sprint jusqu'à la salle de restaurant et attrape Julian par le bras.

— Viens avec moi. J'ai quelque chose à te montrer.

— Hein ? Je ne peux pas entrer là. Même si je suis une fille honoraire, il m'est interdit de poser un orteil dans les toilettes pour femmes.

— Je veux que tu voies quelque chose, la réponse à tous nos problèmes, insisté-je.

— Je doute fortement que la réponse à tous nos problèmes loge dans les toilettes pour femmes de l'Empress Pavilion.

Je pousse Julian à l'intérieur après une rapide inspection. Nous sommes seuls.

— Tais-toi ! Et regarde.

Pourquoi les femmes ont toujours droit aux miroirs en pied ? Quel désastre, mes cheveux sont encore raplapla à cause du chapeau de cow-boy.

— Oublie ton brushing. Regarde, répété-je en lui montrant du doigt les fenêtres crasseuses, entourées de rideaux violets.

— D'accord, j'ai vu. Puis-je repartir et prendre la commande, maintenant ?

— Non, mate ! Là, tu vois ? Ces rideaux sont parfaits pour la robe d'Olivia. Le tissu est sans défaut. Une nuance idéale de violet, ni trop raisin, ni trop pourpre. C'est…

— J'appelle le Dr Gilmore pour qu'elle te mette d'urgence sous médocs. Tu es en pleine décompensation, c'est net. Tu délires.

— Julian, ferme-la et regarde de plus près ce tissu.

Je le pousse vers la fenêtre. Il fait un pas en avant et s'approche des rideaux avec autant de précaution que s'il allait caresser un chacal.

— Ça pue le riz frit au porc, commente-t-il.

— Ça se nettoie.

Il tâte la matière et en perd le souffle. Quand il se retourne, il sourit presque à travers les larmes.

— Oh, mon Dieu, Lola, tu as raison ! On ne fait plus de tissu comme ça. Regarde les broderies faites main et le détail de l'ourlet en tulle.

Il m'attrape ma main et la pose sur les rideaux.

— Tu sens à quel point ils sont légers et virevoltants ? C'est comme une meringue de chez Poilâne. Vite. Fourre-les dans ton sac.

— Ils sont trop grands. Et puis, on ne peut tout de même pas voler des rideaux.

— Bien sûr que si. L'Empress Pavilion ignore qu'ils ont un trésor dans leurs gogues.

Je regarde les rideaux. Mes yeux se posent à nouveau sur Julian. Rideaux. Julian. Rideaux. Julian.

— Qu'ils avaient un trésor, tu veux dire, conclus-je.

Julian ! s'écrie Olivia Cutter en trottinant dans son entrée jaune Toscane.

Elle s'arrête à quelques mètres de lui et pose ses bras couverts de bracelets roses et dorés sur son nez et sa bouche.

— Olivia veut savoir si tu es toujours contagieux, exige-t-elle avant de serrer la main que lui tend Julian. Vas-tu mieux ? As-tu reçu les fleurs qu'Olivia t'a envoyées ?

— Je ne crois pas les avoir reçues. Mais un seul regard sur toi remettrait tout le monde sur pied.

Il m'est impossible de ne pas remarquer le magnifique bouquet qui trône sur la crédence. Une carte est glissée entre les lis Calla.

« On croise les doigts pour que tu sois au top de la liste des actrices les mieux habillées ! Miuccia envoie ses baisers !

Amitiés, Adrienne. »

Miséricorde.

— Chérie, comment fais-tu pour être encore plus sublime que la dernière fois Tes lèvres, si pleines et si appétissantes. Et ta silhouette... À tomber ! J'en deviendrais presque hétéro !

Bien tourné, il faut le reconnaître.

— Oh Julian ! Tous les gays disent ça à Olivia, mais aucun d'entre eux n'a encore tourné casaque pour elle.

Elle bat des cils, ou j'ai la berlue ?

— Marcie ! hurle-t-elle. (L'assistante arrive au galop, la peur au fond des yeux.) Pourquoi n'as-tu pas envoyé les violettes à Julian ? Olivia t'avait dit de lui commander des fleurs chez Robert Isabell. Olivia est entourée d'incapables.

C'est ça, tu lui avais demandé d'envoyer des fleurs. Note à ajouter sur mon mémo personnel : essayer de trouver à Marcie un nouveau boulot, dès que le cas d'Imas sera réglé. Mais commençons par le commencement, fourguer une robe à Olivia.

— Nous avons parcouru la planète pour dénicher le plus beau tissu violet pour toi, et nous l'avons trouvé, annoncé-je en passant mon bras sous celui de l'actrice pour la conduire au bout du hall.

Julian la prend par l'épaule et nous la poussons tous les deux vers le salon où elle fait son cirque ordinaire. John, le manager, feuillette les magazines à scandales et fait des croix sur un calepin. Vérifie-t-il si le nom de sa patronne est mentionné plus souvent que celui de Jessica Simpson ? L'agent crie dans le micro d'un casque Bluetooth et les fabuleuses jumelles réfléchissent devant un portant qui croule sous les robes.

— Olivia vous présente Julian Tennant, styliste extraordinaire, annonce-t-elle à sa dream team, comme si elle prononçait le discours d'ouverture d'une soirée au Metropolitan Opera.

D'ailleurs, elle ouvre les bras pour l'introduire sur scène. Et Julian avance d'un pas comme s'il était Madame Butterfly.

L'incroyable se produit : l'agent raccroche.

— Styliste extraordinaire, répète-t-elle en lui serrant la main.

John pose le *People magazine* qu'il examinait :

— Styliste extraordinaire, marmonne-t-il en enfermant la main de Julian dans sa poigne manucurée.

Les jumelles quittent leur poste :

— Julian Tennant, styliste extraordinaire, commentent-elles en chœur, en lui serrant la main chacune à leur tour.

Sous mes yeux ébahis, Julian exécute une petite révérence. J'hallucine.

— Quand Lola m'a dit qu'Olivia voulait du violet, j'ai tout de suite été du même avis, débite-t-il devant un public conquis. Je gardais ce tissu depuis des années pour une occasion comme celle-là. Le bleu est démodé, tu sais, ajoute-t-il en se tournant vers Olivia pour lui donner l'impression que ses paroles sont seulement destinées à ses célestes oreilles. Et tu n'imagineras jamais où nous l'avons trouvé...

— Dans un tout petit temple à l'extérieur de la province de Shanghai, coupé-je.

Ne me laisse pas tomber, Julian, supplié-je mentalement.

Il me regarde avec stupéfaction avant de reprendre, en hésitant :

— Il était caché sous une....

— ... statue de Bouddha en or vieille de trois mille ans. Qu'en penses-tu ?

J'étale un pan de rideau sur le canapé. Pour info, nous l'avons fumigé en le faisant voler par la fenêtre ouverte pendant que nous remontions Beverly Boulevard, et ensuite nous l'avons inondé de Fracas avec le spray que je conserve dans la boîte à gants pour les urgences.

— La texture est étonnante, elle produit l'effet d'une cascade. Suri, la princesse de Perse, avait demandé l'année dernière à Julian de lui en faire une robe.

Je sais, la Perse n'existe plus. Mais Olivia, elle, ne le sait pas, alors... Cette fois, Julian m'emboîte le pas avec assurance :

— J'ai refusé. Elle n'était pas digne de ce tissu, affirme-t-il sur un ton catégorique.

— Toi, Olivia, tu seras renversante dans cette robe, déclaré-je.

— Absolument renversante, renchérit Julian.

— Renversante, confirme l'agent.

— Renversante, roucoule le manager.

— Renversante, pépient les jumelles.

Ce n'est pas moi qui irai cracher sur du renfort, d'où qu'il vienne.

— Suri ? N'est-ce pas le prénom de la fille de Tom Cruise ? Olivia adore Tom. Olivia adore Tom depuis ses douze ans.

Évidemment qu'elle l'adore. Je parie qu'ils se bâfrent aux barbecues scientologistes et refusent d'une même voix de prendre leurs médicaments.

— Suri signifie rose rouge, précisé-je.

En tout cas, c'est ce que les journalistes de *Us Weekly* ont prétendu à la naissance du bébé des TomKat. Cette information est donc forcément fiable.

Olivia inspecte l'étoffe centimètre par centimètre. Thor entre dans la pièce à petits pas. Son pelage est d'un violet psychédélique. La pauvre bestiole saute sur le canapé et se niche d'autorité sur les rideaux. Il se fond si bien dedans que j'ai du mal à le localiser pour le faire descendre de là. S'il pisse dessus, je lui offrirai un voyage tout frais payés au Château Marmotte pour une spéciale euthanasie. Julian le prend dans ses bras et l'embrasse partout.

— Oh, Olivia, il mérite un oscar, lui aussi. Il est tout simplement parfait.

Je m'attends à ce que les membres de la dream team répètent « Parfait » en chœur, mais ils ont la décence de se taire. N'oublions pas que ce chien est violet.

— Qu'a pensé l'auranalyste de la teinte de Thor ? tenté-je de plaisanter avec l'agent d'Olivia.

— Nous avons consacré la journée d'hier à cette consultation, répond-il avec l'impassibilité de Larry King interviewant Ben Laden.

D'accoooord.

— Donnera-t-elle son aval pour le tissu que nous avons apporté ?

— Aujourd'hui, elle travaille sur la robe de Sandra Bullock, répondent les jumelles en chœur.

Ouf. Sauvés de l'auranalyste. Quoique. Allez savoir… Elle nous aurait peut-être filé un coup de main. Olivia cote à 5 sur l'échelle de Richter de l'hystérie.

L'actrice prend une grande inspiration et cueille Thor sur les genoux de Julian. Je prends une grande inspiration en me demandant ce qu'elle va dire. Trop prune ? Trop raisin ? Trop violet ? Trop prospère ?

— Maman veut savoir ce que bébé Thor en pense, gagate-t-elle. Bébé Thor aime-t-il le joli tissu violet que Julian a rapporté du Chili pour maman ?

Wow. Je ne sais pas ce qui est le plus inquiétant : qu'Olivia pense que Shanghai est au Chili, ou que son vocabulaire bêtifiant ajouté à l'utilisation de la troisième personne de majesté nous fasse franchir une étape de plus vers la démence. Thor aboie. Encore et encore. Olivia laisse tomber le chien par terre et s'écrie :

— Olivia veut que Thor se taise maintenant ! Thor embarrasse maman devant ses invités.

Ah, maintenant, nous sommes des invités.

— Pourquoi n'arrêtes-tu pas d'aboyer ? Le violet devait t'apaiser.

Je suis certaine qu'il n'y a rien de plus apaisant qu'un bon bain dans de la teinture chaude. L'aiguille sur l'échelle de Richter de l'hystérie se rapproche dangereusement du 10. Je retire le rideau du canapé. Olivia doit redescendre à 5. Et vite. J'interviens donc :

— Ce tissu me fait penser à la couleur de la mer des Caraïbes au coucher du soleil, vu de la terrasse la maison d'Oscar de la Renta, à Punta Cana.

Quelle idiote. Je n'aurais pas dû parler de cet oscar-là en essayant de placer mon Julian pour les Oscars. Réparons cette erreur.

— Imagine le scintillement de l'or contre le violet. C'est toi, l'oscar entre les mains.

Olivia penche la tête sur le côté, pour mieux réfléchir.

— Olivia veut voir ce que le tissu donne à côté de la peau d'Olivia, annonce-t-elle en s'approchant du miroir et en prenant la pose tapis rouge. Olivia a-ttt-end. Cinq. Quatre. Trois. Deux... décompte-t-elle tandis que les jumelles accourent vers elle avec le tissu.

Je frémis à l'idée de ce qui se passera quand Olivia atteindra le un, mais les jumelles drapent le tissu autour de son corps comme une toge.

— Non, plutôt comme ça, intervient Julian, dont les doigts s'agitent pour composer une série élaborée de petits plis.

Il attrape la laisse Vuitton de Thor qui traîne dans son panier et l'entoure autour de la robe. Et voilà qu'en deux secondes chrono, Olivia Cutter ressemble à une déesse grecque. Elle étudie le tissu, passe les doigts sur la surface et évolue devant le miroir.

— Olivia veut savoir qui devait épouser la princesse de Perse, demande-t-elle en se tournant vers Julian et moi.

— Qui ?

— Suri, la princesse de Perse. Olivia veut savoir qui elle comptait épouser.

— Oh, bien sûr. Elle s'est mariée avec un marchand de tapis très coté. Tu sais, ceux qui sont spécialisés dans le commerce des kilims hors de prix, tiré-je au jugé.

— Beurk. Olivia n'aime pas ça. Olivia n'aime pas les marchands de tapis, dit-elle en éloignant le tissu d'elle comme s'il s'agissait d'une carpette synthétique contaminée vendue dans un supermarché pour pauvres.

— C'est juste un hobby. Il est aussi dauphin du trône du Maroc. On le surnomme le prince William du Moyen-Orient. Tu sais que ces têtes couronnées s'ennuient à périr et qu'il leur faut des occupations.

Certes, j'ai perdu un point. Mais, tel David Beckham affrontant Zinedine Zidane et Posh, j'ai pris la balle au bond et je sens que je vais marquer.

— Il est aussi un descendant direct de Mohammad, précise Julian.

But ! Mon attaquant a repris du poil de la bête.

— Olivia adore la boxe, dit-elle, en se rapprochant du tissu.

Loin de moi la velléité d'éclairer sa lanterne : un cours d'histoire ou de culture sportive tomberait à plat. Soudain, elle enlève ses stilettos strassés rose poudré Jimmy Choo et s'allonge sur le canapé. S'offre-t-elle une petite sieste ? Un miniinfarctus ? L'effet de l'antipsychotique se manifeste-t-il brusquement ? Que quelqu'un dise quelque chose, que diable ! Je regarde Julian, puis John, les jumelles, l'agent. Pas un mot. Devrions-nous entonner une mélopée ? Courir acheter un défibrillateur ?

— Olivia veut que vous joigniez tous les mains autour d'elle, annonce enfin la Belle au bois dormant.

Nous nous exécutons et formons une ronde comme si nous étions à une réunion des Alcooliques Anonymes, pendant qu'Olivia referme les yeux et recommence à caresser le tissu. Cinq minutes ? Dix minutes ? Je perds le fil du temps, je constate juste que mes mains deviennent moites. Julian serre ma main gauche avec violence, ses ongles s'enfoncent dans ma paume. La grosse bague de l'agent se taille une petite place au creux de ma main droite. Enfin Olivia brise le rituel, se redresse et annonce sur un ton triomphant :

— Olivia pense que c'est fabuleux. Olivia sera un paon violet sur le tapis rouge dimanche. Et Olivia remportera l'oscar dans la robe.

Julian et moi manquons de tomber à la renverse sur le canapé.

— Olivia, tu seras le point de mire de la soirée, assuré-je d'une voix tremblante.

Je ne sais plus s'il faut rire, pleurer ou m'effondrer sur le sol. Thor pourrait me lécher, me faire pipi dessus et même caca que j'en serais enchantée. Le violet est ma couleur préférée, aucun doute là-dessus.

— Tu seras plus belle que Grace Kelly le jour de son couronnement, ajoute Julian.

Je le regarde : nos yeux se remplissent de larmes.

— Olivia le sait déjà, répond-elle abruptement en se dégageant du tissu. Maintenant Olivia veut que vous vous mettiez au travail.

Elle se lève et se dirige vers la chambre. Je suppose que le cercle magique est officiellement rompu. Elle referme la porte derrière elle.

— Elle va porter la robe ? demande Julian, abasourdi, à l'agent d'Olivia.

— Tu l'as entendue, fais la robe.

— Elle va vraiment la porter ? demandé-je, incrédule, au manager.

— C'est ce qu'elle a dit : faites la robe.

— Elle va porter la robe ? demandons-nous aux jumelles.

— Oui ! Elle va porter la robe ! répondent-elles d'une même voix.

Nous redescendons Sunset Boulevard dans ma Prius en hurlant :

— Youpi !

— Je savais que tu y arriverais, Lola.

— Youpi ! J'ai réussi ! Enfin, grâce à toi, Julian.

— Tu étais le gâteau, et moi seulement la cerise. Évidemment, il reste à faire la robe. Mais je dois te remercier d'avoir sauvé mes arrières. Et tu sais, Cannes est au coin de la rue.

— Attendons dimanche pour en parler. J'ai mon compte de stress avec les Oscars.

— Dimanche ! Et nous sommes vendredi ! Comment finir la robe à temps ? Je dois couper, faire les plis, l'ourlet, le...

— Et n'oublie pas que tu es attendu à l'agence d'Ed Limato, ce soir. Ton investisseur y sera, non ? Pourquoi est-il en ville, d'ailleurs ?

— Marty fonde une nouvelle boîte de production.

— Chouette. Un producteur de plus. Reste-t-il quelqu'un dans ce pays qui ne veut pas être producteur ?

— Et il souhaite rencontrer Olivia Cutter.

— Ça tombe sous le sens. Pour les accros de chair fraîche, le mot « Production » est le sésame qui donne accès aux plus jolies poules d'Holly-wood. Quoi qu'il en soit, tu dois y aller et jouer au héros. Marty sera ravi de savoir que tu habilles l'actrice nominée aux Oscars la plus chaude de la ville.

— Je ne peux pas aller à une soirée ! geint Julian. Tu ne te rends pas compte ! Il reste moins de quarante-huit heures pour tout faire.

— Ce n'est qu'une question d'image. Marty a besoin de s'assurer par lui-même que son investissement fricote avec le haut du panier. Que tu es de toutes les mondanités, que tu es calme et sûr de toi. On ira ensemble, on boira une coupe à la santé d'Olivia Cutter, caressera Marty dans le sens du poil, et on reviendra dare-dare au Château. J'ai déjà fait installer tout le matériel nécessaire dans ton bungalow. Il me reste à trouver des petites mains.

— Non, personne ne touchera à cette robe sauf moi. Je ne permettrai pas qu'on abîme mon chef-d'...

— Reçu 5 sur 5. Je te ferai entrer et sortir de chez Ed en une heure chrono. On tient le bon bout.

— D'accord, une coupe de champagne. Ce soir, au moins, quand on annoncera à Marty qu'Olivia Cutter portera ma création, il me léchera les bottes, au lieu de me botter les fesses.

Je me gare devant le Château.

— Et Billy Joe ? Il est rentré des studios Universal ?

— Si c'est le cas, je vais voir s'il peut jouer au chauffeur une dernière fois, répond Julian en m'envoyant un baiser du bout des doigts.

— Attends ! J'avais presque oublié, tiens, prends ça.

J'ouvre la portière arrière et lui tends le bouquet de lis Calla.

— Qu'est-ce que c'est ? s'étonne Julian en lisant la carte. Adrienne me les a envoyées ?

— Je l'ai piqué chez Olivia. Elle n'en a plus besoin puisqu'elle s'habille en Julian Tennant. Encore toutes mes félicitations! dis-je en le serrant dans mes bras.

— Adrienne peut croiser les doigts et ses crocs de vampire autant qu'elle le désire. C'est nous qui serons en tête de liste des femmes les mieux habillées aux Oscars. Même si pour figurer dans le palmarès, je suis obligé de donner un rein à ce Cojo de malheur.

Dans l'allée de briques qui conduit chez moi, j'esquisse un petit pas de danse. J'ai réussi! J'ai réussi! J'ai réussi! Au bout du compte, je ne serai pas obligée de postuler chez Winchell. Pas de doute, le parfum du succès est beaucoup plus grisant que les relents de l'échec. Je vais appeler le Dr Gilmore. Je n'attendrai pas la prochaine séance pour lui faire part de mon triomphe. Elle sera fière de moi. Je suis fière. Un trouble du déficit de carrière? Tu parles. J'ai trouvé ma vocation, c'est certain.

J'ouvre la porte et m'arrête net. Une seconde. Me suis-je trompée de maison? Je ressors, vérifie l'adresse et retourne à l'intérieur. J'ai été cambriolée. Enfin, pas cambriolée-cambriolée, disons plutôt «redécorée». Mon bungalow espagnol s'est transformé en une villa méditerranéenne turquoise et blanche. Cela fait un peu penser à... La Grèce. En fait, c'est exactement comme... Ma chambre d'hôtel à Santorin. Je file à la fenêtre et presse le nez contre la vitre. Du sable blanc dans la cour. Un volcan. Non. Impossible. C'est un décor! Et il ressemble exactement à la vue sur laquelle donnait mon balcon en Grèce. Je me retourne.

Smith sort de ma chambre. Notre premier rendez-vous dans ma chambre d'hôtel à Santorin. Le dîner sur ma terrasse. Smith a fait ça. Pour moi. Son sourire est irrésistible. Je cours vers lui.

— Que se passe-t-il?

Il me tend une enveloppe. Exactement la même que celle qui m'attendait dans ma chambre à Santorin. Je l'ouvre fébrilement.

— Reprends-moi. Et invite-moi à dîner avec toi.

Le reprendre? Mais mon cœur ne l'a jamais quitté!

— Ça te plaît, Lola? J'ai fait venir le cuisinier de notre hôtel à Santorin pour qu'il confectionne tes plats grecs préférés.

Il me montre un assortiment de pitas chaudes et de tzatziki, de la salade grecque avec des olives Kalamata, des feuilles de vigne, de la moussaka, de l'agneau grillé et des légumes rôtis.

— J'adore! C'est l'attention la plus romantique qu'on m'ait faite, dis-je en l'étouffant de baisers.

— Cette fois, ce sera différent, assure Smith en me prenant dans ses bras. Tu as faim?

Il m'attire vers la table basse et les bougies allumées.

— Oui, mais d'autre chose. Ne mangeons pas tout de suite. J'ai toujours préféré les nuits où nous sautions le dîner.

— T'as de beaux yeux, tu sais. C'est toi et moi. Pour toujours. Je veux que tu sois là, à mes côtés, quand l'académie me remettra un oscar pour l'ensemble de ma carrière.

Qu'est-ce que ça change qu'il ait piqué une réplique de Bogart dans *Casablanca*? Smith fait à nouveau partie de ma vie.

— Tu seras heureuse d'apprendre que j'ai pris un vol pour Marin, afin d'assister au dîner de répétition de ma sœur, lance Kate d'une ligne interne aérienne qui crachote. J'y serai juste à temps pour le dessert et les toasts. Merci à toi, à Cricket et à

Adam de m'avoir imposé ce voyage placé sous le signe de la culpabilité.

Je regarde ma montre. J'émerge à peine et j'ai du mal à faire le point.

— Quelle heure est-il? Oh là là! Presque 21 heures! J'ai dû m'endormir après le départ de Smith, expliqué-je en m'extirpant des draps.

— Smith?

Aïe! Comment ai-je pu laisser échapper son nom? C'est la faute à cette overdose de câlins.

— Oui, Smith. (Je prends une grande inspiration. Et une autre.) Je l'aime Kate, et on s'est remis ensemble.

Après tout, Kate est bloquée dans une carlingue à dix mille mètres d'altitude; c'est donc le meilleur moment pour lui annoncer la nouvelle.

— Il a demandé à la décoratrice de *Raison et Sentiments* de venir chez moi et de créer l'ambiance du jour de notre premier rendez-vous dans ma chambre d'hôtel à Santorin. Cette fille a remporté un oscar. C'était aussi romantique qu'une comédie romantique avec Hugh Grant. Écoute, Kate…

Silence.

Et voilà. La Troisième Guerre mondiale est imminente: à ma connaissance, Kate n'a jamais réussi à se taire aussi longtemps.

— Je veux juste que tu sois heureuse, Lola. Et si Smith te rend heureuse – Kate déglutit si fort qu'on dirait que l'avion a un problème de moteur – alors *mazel tov*.

— Depuis quand parles-tu hébreu?

— Depuis deux secondes, depuis que je sais que vous êtes de nouveau ensemble. J'en perds mon latin. Écoute Lola, je ne veux pas te voir en vrac une fois encore, c'est tout.

— Je sais, mais tu dois me faire confiance sur ce coup-là. Restons sur mazel tov.

Silence.

— *Shalom*.

— Quoi ?

— C'est le dernier mot d'hébreu que je connaisse.

— Merci, Kate.

— Mais épargne-moi le détail des circonstances de son retour en grâce. Surtout quand je paie cinq dollars la minute pour ce téléphone aérien merdique. En revanche, n'omets aucun détail de la soirée d'Ed. Emporte un calepin.

Clic.

— Je lève mon verre en l'honneur de Julian Tennant et de Lola Santisi, déclare Marty Glickman, l'investisseur de Julian. Félicitations, les jeunes, d'avoir obtenu l'accord d'Olivia Cutter. Elle va tous nous rendre riches. En fait, moi je suis déjà riche, plus riche que Mark Cuban, le producteur de *Good Night and Good Luck*.

Nous trinquons, flûtes de champagne en main, dans la salle de réception d'Ed Limato à Coldwater Canyon, remplie jusqu'au plafond de pipoles de premier plan.

La décoration des lieux est signée Versace, des cendriers aux motifs floraux, aux écuelles pour chiens imprimées tigre en passant par les sièges de la salle de projection de la taille d'un vrai cinéma : des fauteuils tapissés main, frappés du logo doré tête de Méduse. L'agent aux cheveux gris affiche, lui aussi, un total look Versace. Il porte une chemise déboutonnée, noire et jaune vif, et un pantalon flottant en soie blanche. Mazette, une commission de dix pour cent, ça doit représenter beaucoup plus d'argent que je ne l'imaginais. Comment Glickman a-t-il réussi à se faufiler chez Ed ? Il est presque aussi difficile d'obtenir une invitation pour sa fête pré-oscars que pour celle de *Vanity Fair*. Ed n'invite même pas ses collègues, et encore moins tous ses clients. Maman a été obligée de lui raconter que mon père cherchait un nouvel agent pour que Julian et moi figurions sur la liste des invités.

— J'avais peur de devoir te faire le numéro de Tony Montana dans *Scarface*, Julian, annonce Glickman en lui assénant un coup de poing d'opérette sur la mâchoire.

C'est ça. La seule chose contre laquelle ce New-Yorkais d'un mètre cinquante-deux ait jamais boxé est le menu de chez Cipriani. Je pourrais moi-même terrasser ce Glickman, malgré mes chaussures à plateforme et mon fourreau saphir Julian Tennant. Mais le gel dans les cheveux de ce type risquerait de m'érafler le poing.

— Alors, quand pourrais-je rencontrer Olivia Cutter? Je l'adore, feule Glickman en attrapant au vol un blini au Beluga.

— Je suis certain qu'elle va t'adorer, elle aussi, Marty, répond Julian en levant à nouveau sa flûte vers l'investisseur. Vous vous entendrez comme cul et chemise… Excusez-moi, j'ai deux mots à dire à Cojo : nous devons grimper en tête de la liste des personnalités les mieux habillées, coupe-t-il en se dirigeant vers l'animateur qui s'est isolé dans un coin avec Julianne Moore.

Non ! T'en va pas. Comment ose-t-il me laisser seule avec cet affreux camelot? Pour me donner une contenance, j'examine le lustre en cristal suspendu au-dessus de nos têtes. Est-il griffé Versace, lui aussi? Ed Limato himself me tire de ce mauvais pas en venant me dire bonjour au moment où je me demande si un tremblement de terre force 10 pourrait provoquer la chute du lustre sur le crâne de Marty.

Puis Ed m'abandonne une seconde pour poser avec Christopher Walken devant l'objectif. J'imagine que notre hôte, qui attend pieds nus devant la porte d'entrée au côté de son photographe personnel pour accueillir ses invités, ne m'estime pas digne d'une photo.

La crise aiguë de nullitude pointe le bout de son nez et, comme toutes les grosses nulles, je me résigne à bavarder de la pluie et du beau temps avec un producteur.

— Ma femme voulait que j'investisse dans l'art contemporain, explique Glickman, en regardant le Jasper Johns accroché au-dessus de la cheminée. Mais quand j'ai vu ce requin-tigre dans un aquarium de formol signé Damien Hirst, j'ai dit non au connard de chez Sotheby's qui en voulait quatorze millions de dollars. Le seul poisson que j'aime, c'est le thon, conclut-il en enfournant une gougère.

— Eh bien, votre femme a meilleur goût en matière de mode qu'en matière d'art.

Et d'hommes, pensé-je. Merci, Aspeth Gardner Glickman d'avoir exigé de votre mari qu'il mise sur Julian.

— Ma femme adore autant les fringues que Donald Trump aime sa coupe de cheveux. Les sommes qu'elle engloutissait chez Julian Tennant auraient suffi à reconstruire La Nouvelle-Orléans après Katrina. Je lui ai dit que ça me coûterait moins cher d'acheter la société, et c'est ce que j'ai fait, poursuit Glickman qui fait descendre la gougère avec une goulée de Dom Pérignon.

— Nous avons bien de la chance.

— Eh, Lola, tu pourrais glisser mon scénario à ton papa ? C'est une histoire à la croisée des *Affranchis*, *Carlito's Way* et *Reservoir Dogs*. Ed essaie de m'obtenir un rendez-vous avec Tarantino, mais j'ai adoré *L'Assassinat*.

— Ed Limato ?

— Ouais, Ed est mon agent.

Richard Gere, Denzel Washington, Mel Gibson et Marty Glickman ? Après tout, c'est l'argent de Marty. Dix pour cent de merde en boîte, ça fait toujours dix pour cent. Soudain, je trouve que tout s'emboîte à merveille dans un monde plein de sens.

— Vous vous entendriez comme larrons en foire, mon père et toi.

Marty ne m'écoute plus, les fesses de Salma Hayek monopolisent désormais son attention. Elle est perchée en face de Robert Rodriguez, dans une jupe groseille Dolce & Gabbana coupée en biais.

— Tu voudras bien m'excuser, je vais me présenter à Salma, déclare-t-il, les lèvres retroussées sur ses canines jaunies. Je pense qu'elle serait au poil dans mon film. Il faut une Latina au sang chaud pour le premier rôle féminin.

C'est ça, restons dans son délire *Scarface*. Je suis certaine que cette star internationale va sauter sur l'occasion de jouer la Elvira Hancock du pauvre.

— Bonne chance, lui souhaité-je en reculant d'un pas.

Pourquoi une des plus belles femmes d'Hollywood refuserait-elle de rencontrer ce hobbit concupiscent ? À moins qu'ils ne se sentent des affinités en raison de leur petite taille.

Je me faufile à travers le salon bondé, en admirant la robe moulante Marchesa lamé argent de Courtney Love. Une fois dehors, je me dirige vers l'immense marquise magenta installée pour l'occasion au-dessus du court de tennis dont le gazon est si ras qu'on croirait que Jesse Metcalfe le tond quotidiennement.

Je me dirige vers la tente quand mes yeux croisent des yeux bleus de husky qui ne me sont pas inconnus.

— Lola ! s'exclame Jake Jones. Wow, tu es renversante dans ce fourreau ! Je voulais te passer un coup de fil, mais je travaille tous les soirs jusqu'à 23 heures. On vient juste de finir le dernier essayage de mes ailes, dit-il en me glissant un de ses célèbres sourires en coin. Dis-moi, un tour, ça te dit ?

— Absolument, mais sans toi, craché-je en le plantant là.

Je m'approche du buffet agencé par Chaya, le traiteur spécialisé dans la cuisine franco-japonaise. La table est plus longue que le montage d'*Apocalypse Now*. Je fais la queue derrière Javier Bardem qui fume une cigarette frappée des initiales d'Ed Limato. Graydon Carter sera vert de jalousie.

— Un oscar en chocolat noir, mademoiselle ? me propose un clone de Pamela Anderson chargée d'un plateau en argent recouvert de bonshommes en chocolat qui portent le nom de chaque client d'Ed sélectionné aux Oscars.

Je ne vois pas d'inconvénient à commencer mon dîner par le dessert. J'en prends un, en me demandant qui a accepté de les confectionner pour Ed, puisque l'académie interdit toute réplique de sa statuette. Décidément, cette année, Ed place au plus haut la barre de sa soirée. J'imagine qu'il n'a pas le choix, depuis que Bryan Lourd s'est mis à organiser lui aussi une fiesta du vendredi soir car il ne supportait pas qu'Ed obtienne autant de contacts privilégiés avec ses propres poulains. Ce soir, tous les agents s'inquiètent : leur niveau d'anxiété correspond exactement au nombre de brochettes de homard et de salades d'endives et avocat. Même Ari Emanuel, patron de l'agence Endeavor, (qui a inspiré le personnage d'Ari Gold de la série télé *Entourage*), organise une fête dans son pied-à-terre de Pacific Palisades. Et j'ai entendu dire qu'il bradait sa cliente Paris Hilton.

La tête ailleurs, je mâchonne le bras de Hayden Christensen. J'imagine que ce serait trop espérer qu'il mâchonne un jour lui-même une quelconque partie de mon anatomie, et ce même s'il avait la tête ailleurs. En me réprimandant intérieurement de cet instant d'infidélité mentale – après tout, je suis toute à Smith, pour toujours – je vais jusqu'au cabanon devant la piscine, où je trouve Julian installé au bar, en train de siroter un Martini sous le portrait de Diana Ross peint par Andy Warhol.

— Où étais-tu ?

— En train de flirter avec Theo, répond Julian en montrant du doigt le bel éphèbe qui officie derrière le comptoir. Une heure de lèche, c'est un grand maximum. Heureusement que tu n'as pas réussi à faire entrer BJ. Autant aller faire des courses chez Godiva avec un paquet de chocolats à la main.

— À ce propos, veux-tu croquer les fesses de Hayden Christensen ? proposé-je en lui montrant mon bonhomme en chocolat.

Les cristaux cobalt de ma pochette vibrent. Je regarde mon portable. Un texto. De Smith. A-t-il capté les mauvaises pensées que je viens d'avoir envers Hayden Christensen ?

« J'espère finir tôt pour sauter dans ton lit. Je t'y attendrai.

Je t'm »

Les cristaux qui ornent ma pochette ne sont plus les seuls à vibrer, maintenant. Je cache mon mobile dans la paume de ma main avant que Julian ne tombe dessus.

— Pourquoi souris-tu comme ça ? Tu es sous antidépresseurs ?

— Oh, euh…

Je regarde le téléphone. Julian me l'arrache de la main et lit le message.

— Dans tes rêves. Je vais te menotter au minibar de ma chambre.

— Julian, je l'aime. Je l'aime un point c'est tout.

— Très bien soupire-t-il. Tu ne pourras pas dire que je ne t'ai pas prévenue. Nous n'avons pas le temps d'en parler tout de suite. Ramène-moi au Château pour que je reprenne la couture. Quant à toi... Il va me falloir un autre comprimé de Dramamine rien qu'à l'idée de ce que tu vas faire.

Samedi

*29 heures, 22 minutes, 17 secondes avant la
remise de l'oscar de la Meilleure Actrice.*

Allô ? grommelé-je dans le téléphone fixe, en
luttant contre le sommeil. Quelle heure est-il ?

— Salut, Lola, c'est John.

— Qui ?

— Oh, salut.

Je regarde le réveil. Sept heures du matin. Nom
de Dieu. Je viens juste de m'endormir. Smith
est rentré de tournage à 6 heures et je n'ai pas
fermé l'œil de la nuit. J'hésitais entre la nuisette
en satin rose et le négligé en dentelles noires. Des
hésitations inutiles : Smith n'a même pas pris le
temps d'apprécier mon choix du satin rose, il a
arraché mes vêtements à la seconde où il a passé
la porte.

— John, le manager d'Olivia, précise-t-il.

Personne ne passe un coup de fil à 7 heures du
matin, la veille des Oscars pour annoncer de bonnes
nouvelles.

— Bonjour, John !

Je me redresse tout d'un coup, et tente de
prendre la voix de celle qui a déjà pris sa douche,
bu son latte et fini sa gym du matin. Enfin, ça,
c'est fait, si deux allers-retours au septième ciel
comptent. Ils m'ont permis, en tout cas, de pardonner son retard.

— Ramène Julian. Et apporte la robe chez Barney's. Le plus vite possible.

— Barney's ? À 7 heures du matin ? Mais c'est fermé !

— Pas pour Olivia Cutter.

— Qu'est-ce...

Clic.

Qu'est-ce qu'Olivia Cutter fiche chez Barney's à 7 heures du matin, la veille des Oscars ? Elle a changé d'avis sur le fard à paupière Shiseido « Buée violette » et elle veut dévaliser le présentoir Vincent Longo ? Elle laisse tomber les boucles d'oreilles en améthyste, émeraude et rubis Bulgari au profit d'un bijou plus original, comme des boucles d'oreilles perles et cristal Lanvin ? L'aura-nalyste a refusé les stilettos à plume de paon violet créés tout exprès par Manolo et elle cherche des chaussures à même de produire de meilleures vibrations énergétiques ? Merde.

Je saute du lit et prends ce qui me tombe sous la main : ma nuisette rose froissée et le jean Brand qui traîne par terre depuis que je l'ai extorqué à Soho House mercredi. J'enfile une vieille paire de mocassins brodés de perles. Dois-je laisser un mot à Smith ? Non, j'espère bien être rentrée avant son réveil.

Je file dans ma voiture et passe chercher Julian au Château.

— Merci d'être venus aussi vite, lance John pendant qu'un gardien ouvre la porte de Barney's. Venez avec moi.

Nous le suivons à travers le magasin vide. Toute cette marchandise qui me supplie de la rapporter chez moi ! Je jure que j'entends la boîte de faux cils Tokyo tirée à édition limitée crier mon nom devant le comptoir Shu Uemura. Laissons tomber, il y a mieux. Le gardien remarquerait-il l'absence d'un sac Bottega si j'en embarquais un ?

274

Si je pouvais jouir du pouvoir des mégastars, je ferais ouvrir Barney's pour moi toute seule. J'extorquerais aussi quatre millions de dollars à *People* pour un cliché exclusif de moi et de ma progéniture, somme que j'utiliserais, bien entendu, pour nourrir les réfugiés du Darfour. Mais revenons à Barney's. Pourquoi faire son shopping avec le petit peuple quand on peut avoir le magasin pour soi ? Passons, je ne suis pas là pour faire des courses, mais pour... En réalité, je ne sais toujours pas ce que je fais ici, à 7 h 23, en cette veille des Oscars. Ni pourquoi John reste mystérieux. Je commence à m'inquiéter sérieusement. Où est Olivia ?

John nous conduit à La Mecque, alias le département chaussures. Olivia est posée sur l'un des canapés rebondis en cuir fauve, entourée d'une infinité de boîtes de chaussures tandis que Thor gambade joyeusement entre les canyons créés par les piles. Elle est seule. Pas d'auranalyste en vue, ni de fabuleuses jumelles, ni d'agent, ni d'attachée de presse, ni d'assistante. Où sont-ils passés ? Disons-le tout net, je suis très inquiète.

Ah, Thor tient dans sa gueule une Manolo en crocodile citron vert ? Ce modèle doit coûter dans les mille cinq cents dollars. Sans compter qu'il est très mal assorti à son pelage violet. Tout le monde s'en fiche, évidemment.

— Qui est l'Arnold Schwarzenegger pendu à son portable, à côté des semelles compensées Cesare Paciotti ? murmure Julian.

L'homme en survêtement rouge, bronzé comme George Hamilton, serait plus raccord sur une plage de culturistes.

— Un gardien ? proposé-je.

— Non ! Donne-moi ça ! s'écrie la directrice du département chaussures en retirant le stiletto de la gueule de Thor.

Olivia lève les yeux des plateformes Robert Clergerie qu'elle vient d'enfiler.

— Le psychiatre de Thor a dit que la semaine des Oscars était très pénible pour lui parce qu'Olivia le néglige. (Elle ramasse Thor, le tient face à elle, et plonge les yeux dans les siens.) Si tu ne te tiens pas mieux, Maman ne t'emmènera pas à la cérémonie, demain. Au fait, John, tu as bien réservé le siège de Thor à côté d'Olivia pour la cérémonie ?

L'agent opte tout de suite pour une tactique d'évitement.

— Chérie, tu sais que l'académie est très stricte sur ce point, les animaux domestiques n'assistent pas à la cérémonie. Pourquoi n'essaierais-tu pas celles-ci ? suggère-t-il en lui tendant une paire de sandales métalliques pour détourner la conversation.

Olivia ne mord pas à l'hameçon.

— Thor n'est pas un animal domestique. Thor est le compagnon d'Olivia.

— Mais tu seras assise entre Anthony Minghella et Meryl Streep, plaide John.

— Olivia veut être assise à côté de Thor. Docteur Fleischkopf !

— Olivia, calmez-vous, lui enjoint Terminator. (*Un médecin, lui ?*) Le problème n'est pas Thor, nous en avons parlé ce matin, déclare-t-il d'une belle voix grave et chic teintée d'un soupçon d'accent de Long Island.

— Qui est ce type ? demandé-je à John, à voix basse.

— Le psychanalyste d'Olivia.

— John ne veut pas qu'Olivia remporte l'oscar !

— Nous souhaitons tous votre succès demain, répond calmement le Dr Fleischkopf, en lui prenant la main. Et nous sommes tous venus chez Barneys très tôt ce matin parce que vous avez dit que c'était l'endroit où vous vous sentiez le plus en sécurité, entourée de chaussures.

Pour une fois, je la comprends très bien.

Il s'éclaircit la gorge et se tourne vers nous pour résumer la situation :

— Olivia a eu un horrible cauchemar cette nuit, et je pense qu'il est important pour elle de faire la paix avec la robe avant la cérémonie de demain.

Wow. La star nous a tirés du lit à l'aube – la veille des Oscars – à cause d'un mauvais rêve ?

— Olivia, je vous prie de nous faire part de votre expérience, lui demande Fleischkopf.

John, le bon docteur, Julian et moi-même nous asseyons sur les canapés fauves. Olivia prend une grande inspiration et serre Thor dans ses bras.

— Olivia se levait pour aller chercher son oscar dans les mains de George Clooney. Tout le public du Théâtre Kodak applaudissait pendant qu'Olivia remontait l'allée centrale. Juste à l'instant où Olivia allait monter sur scène pour embrasser son oscar – et George Clooney –, le paon violet qui attendait Olivia embusqué en coulisses s'est mis à la pourchasser dans l'allée. L'ooooiseau a coincé Olivia entre Tim Burton et Samuel Jackson pour la becqueter jusqu'au sang. Tim et Sam ont essayé de défendre Olivia, mais même eux n'arrivaient pas à arrêter l'oooooiseau. Pendant que l'oooooooiseau chassait Olivia hors du théâtre, Olivia a entendu George Clooney dire à Kate Winslet « comme Olivia ne veut pas de cet oscar, il est pour toi », conclut-elle dans un flot de larmes.

Je me tourne vers Julian, excédée mais soulagée de pouvoir partager avec lui mon irritation. Une larme roule sur sa joue. C'est sûrement le manque de sommeil.

— Pauvre, pauvre chérie, viens ici, dit Julian.

Il prend Olivia dans ses bras et la serre bien fort. Elle laisse échapper un petit soupir tremblant et se love contre lui, épuisée.

— Votre cauchemar ne porte ni sur un paon ni sur la robe. Il porte sur votre peur de ne pas recevoir l'oscar. Vous projetez votre angoisse sur la robe, déclare le Dr Fleischkopf.

— Aucune de mes créations ne te ferait de mal, souffle Julian sur un ton rassurant. Ma robe n'existe que pour te rendre encore plus belle. Chérie, George Clooney va glisser cet oscar dans tes menottes, et sa langue dans ta bouche.

— Puis-je voir la robe ? demande le Dr Fleischkopf.

J'aimerais bien avoir une vraie robe à lui montrer, mais je lui tends les pans de la jupe partiellement cousus.

— Olivia, parfois le tissu n'est que du tissu, poursuit-il.

— Halte-là, le tissu n'est jamais que du tissu, s'indigne Julian.

Je le fusille des yeux. Il serre Olivia plus fort dans ses bras.

— Palpez-le, demande le Dr Fleischkopf en l'approchant de l'actrice.

Elle le repousse et prend une pose de tragédienne.

— Non, Olivia ne touchera pas ce tissu.

Je suis beaucoup trop fatiguée et il est beaucoup trop tôt pour supporter un caprice. Et si nous passons une seconde de plus ici, Olivia Cutter n'aura aucune robe à porter dans vingt-huit heures et vingt-deux minutes. Julian doit retourner travailler au Château. Et moi, je suis attendue au rituel d'abondance pour l'oscar de papa.

Je marche vers Olivia, l'escorte jusqu'au sofa fauve et m'assieds à côté d'elle, les pans de tissu sagement posés sur les genoux.

— Tu sais, une nuit, j'ai rêvé que je n'arrivais pas à enlever un jean slim. Il était si serré qu'il me coupait la circulation du sang. J'ai dû ramper jusqu'aux urgences du Cedars parce que je ne pouvais plus marcher ni conduire. Dans mon cauchemar, l'urgentiste a coupé le tissu et mes jambes avec. Quand je me suis réveillée, je me suis juré de ne plus jamais porter un slim, jusqu'à ce que je réalise que le rêve n'avait rien à voir avec la forme du jean. J'étais juste anxieuse à l'idée de dépenser l'argent du loyer pour un pantalon.

Pas de bol. Mon histoire de jean slim ne provoque pas l'effet voulu. Olivia contemple notre tissu avec une drôle de lueur dans l'œil. Elle cueille un pan, l'agite en l'air comme s'il s'agissait d'un Kleenex sale et le jette par terre. Julian pousse un hurlement d'effroi quand le rideau entre en contact avec la moquette. Dieu seul sait combien de mocassins sales de Chloe ont déambulé sur Wilshire Boulevard avant de venir s'essuyer dessus. Cette matière est trop précieuse pour supporter le contact avec le sol, même le sol de chez Barneys.

— Ce n'est pas une robe ! C'est un tas de tissu froissé. Olivia veut savoir ce que vous faites ici alors que la robe d'Olivia n'est pas finie. Partez, allez, du vent ! dit-elle en nous congédiant d'un geste de la main.

Nous enjambons Thor qui mastique le talon en Plexiglas d'une Pucci en vernis rose, avant de filer vers l'ascenseur.

— Tu ne m'as jamais raconté le cauchemar du jean slim, me reproche Julian alors que nous roulons sur Crescent Heights. Je suis ton meilleur ami, tu es sensée tout me dire. Surtout quand il s'agit de mode.

— J'ai tout inventé. Je voulais juste qu'on sorte de là pour que tu reprennes l'aiguille.

— Tu es bien meilleure actrice qu'on ne le croit. Moi, j'ai cru à ton histoire de traumatisme.

— Julian, es-tu certain de ne pas avoir besoin de moi ? Ça m'arrangerait d'avoir une excuse pour échapper au rituel.

— Je te l'ai déjà dit, je veux coudre seul, rétorque Julian dans sa meilleure imitation de Greta Garbo dans *Grand Hôtel*.

— As-tu apporté le Ganesh de Puttaparthi ? demande ma mère.

Parée de son sari de soie Dries Van Noten – orange pour l'opulence, l'équilibre et l'oscar – flottant dans la brise de Malibu, elle tient à la main une poignée de mini Ganesh – de petits cadeaux à l'occasion du rituel d'abondance pour l'oscar de papa.

— Salut, chérie, dit-elle en embrassant Kate Capshaw, attifée de pied en cap en Nina Ricci. Enfile ça, mamour. Tout de suite ! ordonne-t-elle à Steven Spielberg en lui donnant l'un des saris orange Govinda qu'Abby a commandés sur ses ordres pour les invités qui n'auraient pas respecté le code vestimentaire du total look orange.

Le réalisateur porte, comme toujours, un jean et un tee-shirt. Pendant qu'elle y est, elle lui refile un Ganesh orange vif. Donc ma mère met en scène Steven Spielberg. D'aaaccccord.

— J'ai apporté le Ganesh, maman. Et Smith, par la même occasion, annoncé-je en serrant sa main et en retenant mon souffle.

Ma mère vérifie que les oreilles de ses invités sont hors de portée.

— Lola, Bruce Willis est ici. Tom Brokaw de NBC est ici. Maria Shriver est ici, chuchote-t-elle en tirant sur le col de ma tunique orange comme une hystérique. Nous sommes chez Barbra Streisand !

Maman est interrompue par la nappe de pétales de rose orange qui s'élève entre nos jambes, soulevée par un coup de vent. Babs en a fait tapisser sa terrasse en bambou face à l'océan.

— Débarrasse-toi de lui, conclut-elle en un rugissement étouffé.

— Mais Abby a dit que je pouvais venir accompagnée et…

— Pas de lui.

Même la fleur de lotus qui orne ses cheveux semble frémir de dégoût.

— Blanca, vous allez devoir vous habituer à moi, intervient Smith. Je ne partirai pas. Je sais que je me suis mal conduit quand j'ai rompu avec Lola, mais je suis venu me faire pardonner.

Je suis tout sourires. Smith n'a jamais été plus sexy qu'ici et maintenant, dans cette immonde chemise orange.

Maman brandit sous son nez un index paré d'un solitaire orange.

— Si vos intentions concernant ma Lola sont vraiment sérieuses, je demanderai au dalaï-lama en personne d'organiser un rituel de guérison Bouddha bleu. C'est dire à quel point vous avez été minable.

— Ça tombe bien, Richard Gere veut que je rencontre le dalaï-lama depuis que nous avons remis ensemble à Vin Diesel l'oscar du cascadeur pour « la meilleure chute d'un hélicoptère » aux World Stunt Awards.

Très malin de la part de Smith de pousser ma mère sur la pente du zen et de l'art du name-dropping du Tout-Hollywood. L'allusion à Richard Gere suffit à lui faire oublier qu'actuellement, elle est en froid avec lui. Et qu'elle déteste son interlocuteur.

— Vous savez que Richard et moi avons eu une petite aventure, glisse-t-elle.

— Je vais demander à mon assistant de l'appeler, annonce Smith en posant sa grande main sur l'épaule de ma mère. C'est dire à quel point votre fille compte pour moi.

Là, il pousse. Pour maman, Richard Gere est chasse gardée.

— C'est moi qui appellerai Richard, tranche ma mère. Allez, c'est votre première mise à l'épreuve. Couvrez votre visage pour que Paulie ne vous voie pas.

Elle lui tend un sari orange et le serre dans ses bras.

— Salut ! lance John, le manager d'Olivia Cutter, vous connaissez Kiefer ?

Mais que fait-il ici ? Je suis surprise qu'Olivia Cutter n'ait pas exigé un service exclusif. Je me tourne vers Kiefer Sutherland pour quémander un scoop sur le prochain épisode de *24*, mais il est déjà parti vers le buffet.

— Je ne m'attendais pas à te voir là, dit John à Smith en lui tapant sur l'épaule. J'ai une excellente nouvelle pour toi, il semblerait qu'après tout, Olivia veuille que tu sois son Danny Zuko dans le remake de *Grease*. Je dois t'avouer qu'elle mettait toute la gomme sur quelqu'un d'autre, mais ce matin, elle a décidé que ce serait toi. La Paramount t'enverra une proposition lundi, conclut-il en partant retrouver Kiefer au bar à jus de fruits Jamba.

— Lola ? Tu entends ça ? J'ai le rôle ! Je ne pensais pas avoir la moindre chance. Mon agent disait que j'étais trop vieux. *You're the one that I want, o, o, oooo, honey*, fredonne Smith.

C'est terrible ce qu'il chante faux. Il a intérêt à embaucher un prof de chant dare dare.

— Mais non, tu n'es pas trop vieux. Mais fais bien attention à toi : Olivia Cutter est une diablesse.

— Mouais, c'est ce qu'on m'a dit. Tiens, aide-moi à me momifier. C'est ça l'amour, assure-t-il pendant que je l'emballe dans le sari.

— Avant de commencer, je vous demande d'éteindre tous les moyens de communication avec le monde extérieur, déclare le Dr Singh par-dessus le bruit des vagues. Nous ne devons pas disperser notre énergie.

Une centaine de personnes – les membres les plus proches du cercle d'intimes de mes parents – est regroupée sous le dais orange Hermès dressé sur le sable, devant la maison de Babs.

— Merci d'éteindre tous les portables, Black-Berrys et autres appareils. (Une cascade de buzz, hum et autres bips stridents retentit.) Toi aussi, Harvey, ordonne le Dr Singh à Harvey Weinstein qui éteint son iPhone d'un air coupable. Et toi, n'essaye pas de te cacher, insiste-t-il en jetant à Edward Norton un regard lourd de sous-entendus.

Le Dr Singh parade devant un Bouddha de quinze mètres de haut – Marty Scorsese lui aurait-il prêté le décor de Kundun ? Je suis au dernier rang, derrière Christopher, de manière à cacher Smith au regard laser de papa. Le Dr Singh est la seule silhouette blanche dans un océan d'invités orange.

— J'aimerais que tout le monde se tienne la main.

J'attrape la main tatouée au henné de Kate Hudson d'un côté et celle de Smith de l'autre. Les yeux clos, j'exécute un mini rituel perso mental : « Je vous en prie, faites que mon père pense tellement à son abondance future qu'il ne remarque pas Smith. » Je me demande si le Dr Singh connaît un mantra pour ça ?

— Nous sommes réunis ici aujourd'hui pour jeter à la mer la négativité de la carrière de Paulie Santisi et pour ouvrir un nouveau chapitre de sa vie. Nous avons la chance d'être à Malibu, tout près de Lakshmi, la déesse de l'abondance, qui vit dans l'océan. Namaste à Babs de nous avoir donné cette chance.

Le Dr Singh joint les mains en prière et s'incline devant Barbra Streisand. (Namaste à Babs d'avoir laissé tomber Donna Karan. Elle est absolument radieuse dans sa robe orange d'inspiration indienne sur fond d'océan. Elle ne tient la main de personne, elle. Pas question qu'on tripote sa manucure flambant neuve.)

— Fermez les yeux et répétez après moi : Om et salutations à Lakshmi.

— Om et salutations à Lakshmi, clament toutes les stars en chœur.

J'ouvre discrètement un œil et jette un regard en coulisse à Smith. Ses paupières sont closes et il semble vraiment participer au rituel. Sauf que... Merde ! Il a retiré le sari orange dans lequel je l'avais enveloppé et le porte en écharpe. Papa sera fou de rage ! Je me concentre pour ne pas avoir les mains moites. Mais c'est trop tard. Il me suffit de penser à mon père ne serait-ce qu'un instant pour être en nage. Je me hais de donner une impression aussi gluante à Kate Hudson. Je regarde de son côté. Ouf, elle médite si profondément que je parie qu'elle a déjà quitté son enveloppe corporelle.

Je regarde les autres membres du cercle. Je suis la seule à avoir les yeux ouverts. Ah, Christopher aussi. Il tient la main de Jack Nicholson et de Dustin Hoffman, l'air de se demander pourquoi il a atterri dans cette famille de dingues.

Le Dr Singh frappe sur une cymbale pour interrompre le mantra.

— Une mauvaise critique a été remise à chacun de vous. Je vais vous demander de la lire à haute voix, puis de la jeter dans l'océan.

Longue pause.

— Je vous préviens, certaines de ces critiques sont très méchantes. Vos propres traumatismes risquent de se réveiller à leur lecture. Mais telle est la nature de l'obstacle à surmonter. Nous devons l'évacuer et faire place nette pour accueillir le deuxième oscar de Paulie. S'il te plaît, Tom, j'aimerais commencer par toi.

Le Dr Singh fait un geste vers Tom Hanks, qui porte un sari orange très fluide et un mouchoir orange noué sur la tête.

— Désolé les gars, s'excuse-t-il, le sourire aux lèvres. Je n'ai pas eu le temps de passer chez le coiffeur.

Il lâche la main de Rita et de Reese Witherspoon et lève le *New York Times*. Il s'éclaircit la gorge avant de commencer :

— « L'académie – il s'étouffe en voyant la suite – devrait récupérer l'oscar qu'elle a remis à Paulie Santisi pour *l'Assassinat*. (Il hésite, et regarde le ciel bleu pour y puiser la force de reprendre la lecture. Il poursuit d'une voix tendue.) Paulie Santisi assassine sa propre carrière avec ce… navet. »

Frisson général.

— On va se débarrasser de ce truc, hein, Paulie ! clame Tom.

Il marche jusqu'au bord de l'eau et jette la feuille dans l'écume sous les vivats de l'assemblée orange.

Si ce n'est pas de la pollution, qu'est-ce que c'est ? Il me semblait pourtant que jeudi soir, justement, Tom et Rita présentaient, au côté de Larry David, la soirée Rock The Earth pré-oscar de Global Green. Que fait donc la police de Malibu ?

— À toi, Sean, lance le Dr Singh.

— « Pire qu'un simple mauvais film » commence Sean Penn, livide. « La grosse erreur professionnelle commise par Santisi a été de donner à sa fille le premier rôle féminin. »

Je me fige. Tout le monde se tourne vers Smith et moi. Autant me noyer sur-le-champ. Je suis dingue d'être venue ici sans avoir pris au préalable les médicaments qui s'imposent.

— Qu'est-ce que ce connard fout à mon rituel d'abondance, nom de Dieu, éructe mon père. (Heureusement qu'Oncle J. le retient par le bras, parce que papa brûle de lui balancer un uppercut, c'est visible.) D'abord, il sabote mon film et maintenant, il vient bousiller mon rituel?

— Papa, arrête, Smith est avec moi, précisé-je, les larmes aux yeux.

— Balivernes. Il veut profiter de la couverture média qui ira de pair avec l'oscar que je vais recevoir pour *Le Cri du chuchotement*. Il t'a plaquée à cause de ça, dit mon père en arrachant les papiers des mains de ses invités pour me les agiter sous le nez. Faut-il que je te le rappelle? (Il charge vers le Pacifique où il jette dans les vagues les critiques froissées.) Je ne supporterai pas ce cirque une seconde de plus. Dr Singh, passons directement au moment où je gagne ce putain d'oscar, conclut-il en rejoignant le cercle.

Le Dr Singh inspire profondément. C'est net, le chemin de la lumière n'est pas écrit sur le sable de Carbon Beach.

— J'aimerais que tout le monde se reprenne la main.

— Je suis désolée, murmuré-je à Smith en prenant la sienne.

— Moi aussi, murmure-t-il en serrant fort la mienne.

— Je vais entonner un mantra que vous reprendrez en chœur. Om et salutations à Paulie Santisi, dont le génie est infini. Allez, tous ensemble maintenant : Om et salutations à celui qui prodigue l'abondance de toutes sortes, et particulièrement dans la course aux Oscars. Om victoire, victoire, victoire. Om oscar, oscar, oscar.

— Om, tenté-je vainement de psalmodier avec le groupe.

Inutile. Je ne peux pas. Pas pour papa.

Un grand bruit s'élève au-dessus de nos têtes. Nous tordons le cou vers le ciel. Un avion passe, traînant derrière lui une bannière orange où l'on peut lire : «OM ET VICTOIRE À PAULIE SANTISI.»

Des feux d'artifice explosent à la surface de l'eau, suivis de bombes fumigènes orange qui rivalisent avec les plus belles fêtes du 4 juillet. Même à la lumière du jour, c'est magnifique. Le final ? Dans une pluie de grains de riz orange, des colombes couleur citrouille s'élancent dans le ciel sans nuage de Malibu. Je serais curieuse de connaître le budget de ce truc.

— Abby, que se passe-t-il ? Les parents ont embauché le directeur artistique de *Mémoires d'une geisha* ? murmuré-je à l'assistante de mon père qui se tient derrière moi.

— C'est Christopher qui a tout organisé. Une surprise pour ton père.

— Pourquoi ? brûlé-je de demander.

Mais je connais déjà la réponse. Pour que papa le remarque. Je cherche Christopher des yeux. Je ne le vois plus. Papa non plus, il ne le voit jamais. Je finis par repérer mon frère. Il marche seul sur la plage, foulant aux pieds une masse de détritus orange.

— Je suis en route pour le brunch de Diane et Barry, m'annonce Kate au téléphone alors que Christopher et moi roulons dans son Land Cruiser vert forêt de 1960. Retrouve-moi là-bas.

— Quoi ? Je pensais que tu étais en famille, à Marin.

— J'y étais, mais la mère de Will a eu une intoxication alimentaire après la soirée chez Ed Limato hier soir. C'est bien fait, elle n'avait pas à amener Will à la soirée d'un concurrent. Bref, j'ai dû sauter dans le vol de 6 heures qui partait d'Oakland pour emmener Will aux Independent Spirit Awards. Tu pourrais me rejoindre chez Diane à 10 heures ?

— Désolée, je n'ai pas ma voiture. Je suis avec Christopher. Smith est parti à une séance photo pour la couverture de *GQ*. Et je risque la décompensation psychotique si je vais à une fête supplémentaire. Après cette semaine, je ne quitterai plus mon jogging pour le restant de mes jours.

— Laisse-moi te présenter les choses autrement : je ne suis pas sur la liste des invités et j'ai besoin que tu m'y fasses entrer.

— Attends, je vais demander à Christopher.

— Non, non, ne fais pas ça.

— Pourquoi ?

— Parce que je ne veux pas qu'il pense que j'ai un carnet d'adresses minable.

— Mais enfin, depuis quand te préoccupes-tu de ce qu'il pense ?

— Fais-moi juste entrer. On s'y retrouve à 10 heures.

Clic.

Christopher gare sa voiture en grommelant devant le portail de Diane Von Furstenberg et Barry Diller, à Coldwater Canyon. Le couple donne un « pique-nique » pré-oscars en l'honneur de Graydon Carter, leur meilleur ami, et d'une centaine de superstars.

— Rappelle-moi pourquoi tu m'obliges à venir ici alors que je devrais être chez mon hypnothérapeute ?

— Pour soutenir papa.

— Parce qu'il nous soutient lui-même si bien, ironise-t-il.

— Bon, la vérité, c'est que Kate ne pourra pas entrer sans nous.

— Par ici ! s'écrie-t-elle en descendant de sa Porsche.

Elle est sublime, avec son short en lin et ses mules en tissu multicolore qui mettent en valeur ses jambes de déesse. Même Christopher lui accorde un regard appréciateur.

— Je t'ai rapporté les cadeaux offerts aux Independent Spirit Awards, annonce-t-elle en me tendant un sac en tissu.

— Merci !

Je jette un œil dedans. Un coupon pour une carte gratuite de membre de Netline, la boîte de location de DVD en ligne, un étui iPod en cuir monogrammé IFC (une autre boîte de DVD en ligne), et un stock à vie de Pop Secret, le pop-corn à cuire au micro-ondes. Déçue ? Eh bien, disons que j'espérais quelque chose de plus scintillant qui vienne de chez Swarovski... Mais bon. Il s'agit des Independent Spirit Awards, après tout, une cérémonie de remise de prix qui se déroule sous une tente plantée sur la plage de Santa Monica. Le seul endroit de la région où il est plus classe d'arriver en Prius qu'en limousine. Où le Levi's est mieux vu que le Versace. Où John C. Reilly a meilleure presse que John Travolta. Où Roscoe's House of Chicken n'Waffles est une cantine plus courue que le restaurant de Wolfgang Puck. Où le « jeu du comédien » compte plus que les effets spéciaux. Qui dit « Independent Spirit » implique que Nicholas Cage fasse une croix sur son salaire de vingt millions de dollars parce que l'intégralité du budget se monte au dixième de cette somme. Il doit aussi se changer dans sa voiture et non dans sa caravane Airstream habituelle de 2 000 m². Après ça, il sera obligé d'accepter le prochain film de Michael Bay pour payer les factures du jet privé et du ranch familial dans le Montana. « Independent Spirit » signifie que les acteurs redeviennent humains pendant vingt jours de tournage.

Je pose le sac sur le siège arrière du 4×4 avant que mon frère ne confie le véhicule au voiturier.

— Rien pour moi, Kate ? C'est moi qui ai conduit Lola jusqu'ici. Elle m'avait dit que tu étais à Marin, dit-il en lui posant un bisou sur la joue. Ça fait plaisir de te revoir.

— Je suis revenue pour Will. C'est lui qui remettait à Topher Grace le prix du meilleur rôle masculin. Topher était vraiment bon en fou de bowling atteint de la maladie de Parkinson. Grâce à ça, j'ai échappé à la procession à la sortie de l'église, aux manucures, aux pédicures et au déjeuner avec ma sœur, ma mère et les cinq demoiselles d'honneur. Le mariage est pour ce soir.

— Je suis contente que tu sois là, dis-je en serrant Kate dans mes bras.

— Moi aussi. Tu es ravissante. C'était comment, les Awards, pour de vrai ?

— On ne devrait jamais obliger la relève d'Hollywood à se réveiller avant midi. Ni la laisser se faire photographier à la lumière du jour. La moitié des invités avait une telle gueule de bois qu'on aurait dit *La Nuit des morts vivants* en 3D. Et Lindsay Lohan est arrivée avec la robe qu'elle portait la veille chez Leno en prétextant l'épuisement.

— En tout cas, on sert de l'alcool aux Spirits. Je vais avoir besoin d'un double whisky-coca avant les Oscars demain, annonce Christopher.

Nous nous approchons du service de sécurité qui garde l'entrée de la propriété. Mon frère nous met en garde :

— Ne vous laissez pas avoir par le fait que ces deux types ont l'air de mannequins Smalto. Barry Diller les a probablement loués au Mossad pour la journée.

— Lola et Christopher Santisi et notre invitée, Kate Woods, annoncé-je au blond massif qui bloque l'entrée, bloc-notes à la main, oreillette en place. Il parcourt la liste des yeux et, après un hochement de tête, nous invite à franchir le seuil de l'immense porte d'entrée.

J'attrape un mojito au passage sur un plateau.

— Tiens, lancé-je à Christopher.

Kate et moi traversons le salon ultra-chic fusion Marrakech-Madison Avenue, pour rejoindre la grande cour à l'arrière de la maison. Comparé à la pelouse des Diller, le gazon d'Ed Limato est vaste comme le biceps gauche de Mary-Kate Olsen. Chez eux, un pique-nique, c'est d'abord une surenchère de tables en teck ou de coussins persans anciens posés sur des tapis marocains, ou dispersés sur le gazon. Au menu : sandwichs cubains, paella, steaks au fromage, salade de mangue et de jicama, débauche de jeans haute couture et de lunettes de soleil en écaille. Je pose mes Jackie-O sur mon nez. Ça tape fort. Dieu ne permettrait pas qu'il pleuve le jour de la fête des Diller.

La liste des invités est aussi internationale que les amuse-gueules. La côte est (Harvey Weinstein, Diane Sawyer et Mike Nichols, Barbara Walters) s'y mélange à la côte ouest (Steve Carell, Jada Pinkett et Will Smith, Naomi Watts). C'est un avant-goût des élus que Graydon juge dignes d'assister à sa fête de demain soir. Au casting, on verra les mêmes, mieux habillés et avec plus de strass.

Barry Diller discute avec Carolina et Reinaldo Herrera en compagnie d'Alfonso Cuaron, à côté de la piscine en mosaïque. Quand Carolina s'accroupit pour admirer le jack-russell chéri de Barry, je ne peux m'empêcher d'admirer son mini-Kelly en croco bleu.

— Sait-elle nager ? entends-je Carolina demander à Barry en caressant le chien.

— Elle a horreur de l'eau. C'est une chienne de Manhattan.

— Montrons-nous pour papa et foutons-le camp d'ici, me souffle Christopher à l'oreille pendant que je grignote un épi de maïs grillé.

Charlotte Martin dévore des yeux le visage de Superman. *Prends garde à toi, Brandon Routh, cette femme, c'est de la Kryptonite*. Mais il y a en ces lieux plus mortel que la Kryptonite, Adrienne Hunt. Sa Gitane habituelle vissée à ses lèvres rouges, habillée en Prada noir des pieds à la tête, tenant trois mojitos d'une main, avec la dextérité d'une serveuse du Skybar, elle se glisse entre Charlotte et Brandon sur un coussin persan. Au moment où elle se penche pour chuchoter à l'oreille de Charlotte, elle surprend mon regard. Et elle articule en silence, un sourire diabolique aux lèvres : « Olivia te passe le bonjour. »

Telle Flash Gordon, je lui envoie un rayon de la mort.

— Je suis vraiment désolée d'avoir manqué le rituel d'abondance, ce matin, s'excuse Diane auprès de mon père. Paulie, viens dire bonjour à Felicity Huffman et à Bill Macy.

Diane Von Furstenberg traîne papa à travers la pelouse jusqu'au couple d'acteurs pendant que maman sautille jusqu'à Richard Johnson, le maître ès ragots du *New York Post*. Maman ne manquerait pour rien au monde une mention de son nom en page 6.

— Il faut que je me tire, annoncé-je à Christopher et à Kate.

— Attends une seconde, implore mon amie.

Elle a les yeux rivés sur deux hommes en grande conversation : Jerry Bruckheimer, tout en noir, et Bryan Lourd, dans un costume en seersucker. Elle s'avance vers eux et le visage de Jerry devient de marbre. Bel exemple de l'écran de sécurité naturel que se composent les célébrités : leur expression indique que le gueux n'obtiendra pas d'audience du roi. Kate ignore ce signal et marche jusqu'à Bryan avec un sourire chaleureux. J'attrape la main de Christopher et l'entraîne vers eux.

— Félicitations, Bryan, attaque Kate en serrant la main de son idole. J'ai entendu dire que vous avez signé un contrat avec Dieu à votre fête d'hier soir.

— Oui, il avait besoin de sang neuf pour le représenter.

Bruckheimer abaisse l'écran de sécurité et accorde un regard bienveillant à la nouvelle venue.

— Jerry, voici Kate…

— Bonjour Jerry, Kate Woods, coupe Kate en lui tendant une main assurée.

— Lola, quand crois-tu que…

— Chut, j'essaie d'entendre.

— Alors, Jerry, on m'a dit que vous pensiez à Mischa Barton pour le rôle principal dans *Jours de Tonnerre II*, face à Orlando Bloom. À mon avis, c'est une erreur. Mischa…

— Ma cliente, rappelle Bryan.

— L'Amérique vous adore parce que vous êtes un dénicheur de pépites, insiste Kate qui ignore Bryan et se concentre sur Bruckheimer. Jennifer Beals dans *Flashdance*, Nicole Kidman dans *Jours de Tonnerre*, Liv Tyler dans *Armageddon*. Comme l'a dit William Goldman : « Si la Fox avait pris Steve McQueen pour *Butch Cassidy et le Kid*, Robert Redford n'aurait jamais percé. » (Jerry la regarde, bouche bée. Qui est cette dingue aux cheveux chocolat avec la morgue d'un sergent-major ?) Jerry, Cricket Curtis – que j'ai recommandée à votre chargé de distribution pour un petit rôle dans l'équipe du pit – est votre nouvelle Nicole Kidman.

— Quand j'aurai vu sa vidéo, je saurai si elle est la nouvelle n'importe qui, riposte Bruckheimer. Et j'en serai seul juge.

— Je savais que vous diriez ça, Jerry. J'ai appelé Jill, votre assistante, et je l'ai convaincue de mettre la cassette dans votre Ferrari. Vous pourrez la regarder sur la route en allant à votre rendez-vous chez le coiffeur à 16 heures.

— Vous avez des couilles, je le concède, répond Jerry en soulevant un sourcil admiratif. Comment vous êtes-vous débrouillée pour que Jill mette la cassette dans ma voiture ? Et par quel miracle connaissez-vous mon emploi du temps ?

— Secret de fabrication, répond Kate en lui offrant le même sourire que le chat du Cheshire dans Alice au pays des merveilles.

Elle sort un Montblanc de sa pochette impression tigre.

— Pour la signature du contrat, dit-elle en l'offrant au producteur. Mon petit doigt me dit que nous allons beaucoup travailler ensemble.

— Laissez-moi regarder cette cassette d'abord. (Jerry lève les mains en signe de défaite et regarde Bryan.) Tu ferais bien de te méfier de cette fille, Bryan, lance-t-il en s'éloignant pour poser un bras autour de la taille de Kate Beckinsale.

— Vous me rappelez ce que j'étais dans ma jeunesse, déclare Bryan. Je reconnais que vous m'avez impressionné. Mais c'est Mischa qui aura le rôle. Et si vous descendez encore un de mes clients, je mettrai un terme à votre carrière, conclut-il en lui tournant le dos.

— Vous ne voulez pas mettre un terme à ma carrière, Bryan, corrige Kate. Vous voulez m'embaucher.

Quand elle nous rejoint, je me jette dans ses bras.

— En quel honneur ?

— Juste pour te dire que je suis vraiment fière de toi, et de la façon dont tu as mis le paquet pour Cricket.

— Tu citais *Adventures in the Screen Trade* ? demande Christopher.

— Je parie que tu l'as oublié, mais tu m'as offert ton exemplaire sur le tournage de Bradley Berry, au Texas.

— Un exemplaire dédicacé personnellement par William Goldman, précise Christopher. Je m'en souviens très bien. Et si je ne m'abuse, tu m'as donné quelque chose, toi aussi, non ?

Kate serait-elle en train de rougir ? Je rêve, ou Christopher flirte avec elle ?

— Je me souviens.

Aucun doute n'est permis : Kate rougit.

Mon portable sonne.

— Salut Julian, comment vas-tu ?

— À part une paralysie totale qui va de l'épaule au bout des doigts ?

— Quoi ? Répète ! J'entends mal. Peux-tu parler dans l'appareil ?

— Je le ferais volontiers si je ne ressemblais pas à Daniel Day-Lewis dans *My left foot*. Aaaaïïïe…

J'éloigne le téléphone de mon oreille. On dirait un chat pris au piège.

— Julian ?

— Ouiiiiiilllllllle… Heureusement que tu es enregistrée dans le répertoire de mon téléphone. J'ai pressé les touches avec mon nez.

— Où est Billy Joe ?

— À Disney Lan… aaaaïïïe… Viens ici. Tout de suite.

Clic.

Vite. Vite. Vite.

— Christopher, je dois emprunter ta voiture. Kate, tu pourrais le raccompagner ?

— Oui, bien sûr. Je peux t'aider ?

— Non, j'appellerai plus tard, dis-je en embrassant Kate et Christopher. Et toutes mes félicitations à ta sœur !

En sortant, j'aperçois du coin de l'œil Diane Von Furstenberg qui promène mon père dans un sens et dans l'autre à travers le gazon comme un rottweiler en laisse. Dommage que je ne puisse ajouter une muselière à l'ensemble.

J'ouvre la porte du bungalow de Julian à côté de la piscine du Château-Marmont. Je le détecte au bruit, en suivant les gémissements

— Julian ! Julian, mon Dieu !

Il est couché sur le dos, au milieu du dressing – si ma maison était aussi grande que ce dressing, je m'estimerais heureuse – et hurle comme une bête à l'agonie. Comme un paon violet à l'agonie, pour être précise. Il gît sous la traîne de la robe d'Olivia. Seule sa tête dépasse, posée sur une plume violette. Je me précipite vers lui.

— Mais que s'est-il passé ?

— Depuis mon retour de Barneys, je couds ces plumes à la main (Julian les montre du nez comme un épagneul breton à l'affût). Je ne me suis pas arrêté une minute depuis hier soir. Et maintenant, je ne peux plus bouger ni les mains ni les bras. Je suis paralysé !

Inspirer. Expirer. Inspirer. Expirer.

— Ça t'est déjà arrivé ?

— Noooooooooon.

— Pourquoi ne m'as-tu pas appelée plus tôt ? Pourquoi as-tu attendu si longtemps avant de réagir ?

Julian ne répond pas, il se contente de gémir. Je me penche vers sa main.

— Ouuuiiiille.

— Je ne t'ai pas encore touché.

— Je m'y prépare.

Je sors mon mobile et compose un numéro. Je tente d'endiguer la crise d'angoisse qui me pend au nez.

— Qui appelles-tu ?

— Le 911, les urgences.

— Raccroche ! Je déteste les hôpitaux encore plus que les avions.

Je regarde Julian à terre. Puis mon portable. Julian. Portable. Julian. Portable. J'entends une voix féminine demander: «Quelle est la nature de votre urgence ?» Euh, que mon meilleur ami est paralysé. Que personne ne s'habillera en Julian Tennant demain. Sauf si les ambulanciers ont suivi une formation en cardiologie pour le ranimer, en ostéopathie pour lui remettre la colonne vertébrale en place, et en couture à petits points…

— Raccroche…

J'obtempère.

— Très bien. Pas d'hosto. Mais j'appelle l'acupuncteur de ma mère, le Dr Lee. C'est un génie. Quand Scott Caan a tiré accidentellement dans les fesses de Steven Soderbergh sur le tournage de *Ocean's Seventeen*, Steven n'a même pas interrompu le tournage.

— J'espère qu'il s'habille mieux que son soigneur, Gonzalo.

Je coule vers Julian un œil mauvais.

— Il portait un jean cigarette !

— Julian, pour l'instant, tu n'es pas en position de faire la fine bouche sur les choix mode.

— Je déteste le violet ! Peux-tu m'apporter le flacon de Vicodine ? Il est dans la salle de bains.

Je cours vers la salle de bains et j'appelle le Dr Lee. Messagerie vocale. Merde ! Je laisse un message où je le supplie de venir au Château. Puis je m'agenouille près de Julian et lui fourre un comprimé dans la bouche.

— Maintenant, s'il te plaît, pourrais-tu me hisser sur le lit ? Je suis couché depuis des heures sur le sol de ce dressing.

— Très bien. Qui aurait pensé qu'un jour, je te sortirais d'un placard les pieds devant ?

Je le transporte sur son lit.

— Peux-tu arranger l'oreiller ? Et peux-tu me donner un autre cachet ?

Il tourne la nuque avec d'infinies précautions sur la taie d'oreiller. Je fais les cent pas dans sa chambre.

— Laisse tomber le Vicodine, Julian. Je n'ai pas le temps d'être ta bonne. Ça va mal. Ça va très mal. Il ne reste que douze heures pour finir la robe.

— C'est foutu. Il n'y a aucun moyen de s'en sortir, chevrote Julian avant de fermer les yeux.

— Pas encore. J'ai une idée, dis-je en composant un numéro à toute vitesse. Imas? Salut, c'est Lola.

— Imas? Tu appelles Imas? crisse Julian.

— Chut. Désolée, Imas, pas toi. C'est bien toi qui as cousu la jupe que tu portais quand on s'est rencontrées?

— Oui. Je viens juste de finir la robe de bal de ma nièce. Elle voulait une robe rose sans bretelle comme celle d'Hilary Duff aux MTV Movie Awards.

— Ah, rose sans bretelle? Quelle longueur? Euh, aucune importance. Imas, j'ai besoin de toi. Pourrais-tu t'absenter de chez Jake et me retrouver au Château-Marmont? J'ai un petit boulot très bien payé à te proposer. Apporte ton dé à coudre.

– M. Jones ne rentrera que tard ce soir à la maison. Je peux être là dans une demi-heure.

— Merci, Imas. Merci beaucoup. Et je crois que tu es copine avec la femme de ménage d'Olivia Cutter, Maria?

— Oui, on s'est connues aux réunions du GSNFC.

— Du quoi?

— GSNFC. Le Groupe de Soutien des Nounous et des Femmes de ménage de Célébrités.

— Sais-tu si Maria sait coudre?

— Elle adore coudre, elle aussi.

— J'aimerais l'embaucher pour un petit travail de couture, si elle dispose d'un peu de temps, elle aussi.

— Je l'appelle et j'arrive.

Clic.

— Aurais-tu perdu la tête? Ma vie est finie, tu ferais mieux de me laisser vider le flacon de Vicodine maintenant. Qu'est-ce qui te fait croire qu'Imas est capable de coudre la robe d'Olivia? Penses-tu que John Galliano laisserait Imas poser ne serait-ce qu'un fil sur un de ses modèles haute couture?

298

— Tu as une meilleure idée ?

— La femme de ménage de Jake Jones ? La femme de ménage d'Olivia Cutter ? Pourquoi n'appellerais-tu pas toutes les femmes de ménage maltraitées de cette ville ?

— Écoute, Imas va nous sortir de là. Fais-moi confiance, je t'en supplie, intimé-je en composant le numéro du concierge de l'hôtel. Allô, faites-moi livrer trois machines à coudre au bungalow 2. Commandez au room service une demi-douzaine de croque-monsieur-frites, et – qu'est-ce que tu veux ? demandé-je à Julian.

— Un litre de Tequila Patron à boire cul sec, pour en finir.

En moins d'une heure, j'ai métamorphosé le bungalow. De décor de *La Fureur de vivre*, il est devenu celui de *Project Runway*, l'émission de télé-réalité sur la mode. J'ose croire que j'ai créé une ambiance plus agréable pour mon équipe : trois femmes de ménage désespérées transformées en couturières de haut vol…

Superstition, la chanson de Stevie Wonder qui passe en boucle, est soutenue en basse rythmique par le ronronnement des machines à coudre Bernina. Les bougies parfumées à la figue nimbent la pièce d'une lumière douce. Et un adorable serveur-qui-rêve-de-devenir-acteur vient juste de débarrasser les assiettes vides pour clore notre pause croque-monsieur par des mousses au chocolat et un capuccino. C'est presque comme si nous étions de retour à Paris avec Monsieur Lagerfeld en personne. Imas est penchée sur le haut corseté, et coud à la main les pinces les plus complexes. Maria coupe avec soin le tissu pour la bretelle d'épaule. Isabella, troisième employée de maison appelée en renfort, change le fil de soie de sa machine pour coudre l'ourlet du pan de devant. Le nez au niveau du sol, je cherche l'emplacement idéal sur la traîne pour fixer les plumes de paon restantes.

— Lola, je peux te parler une minute ? demande le Dr Lee, qui sort de la chambre de Julian.

— Qu'est-ce qu'il a ?

— C'est le canal carpien. Les nerfs périphériques de ses mains sont meurtris. Il se remettra, mais il doit rester au repos pendant au moins trois semaines et ne plus toucher une aiguille. En aucune circonstance, insiste-t-il en regardant sa montre. Je dois me sauver, il faut que je travaille sur les chiens de Mira Sorvino. Je passerai un coup de fil ce soir pour savoir comment va Julian.

Il replie sa table d'acupuncture et sort du bungalow.

Julian ouvre la porte de la chambre d'un coup de tête et entre dans la pièce. Il porte le peignoir éponge de l'hôtel, et ses mains pendent à ses côtés comme deux serpillières. Il se penche sur les genoux d'Imas pour inspecter son travail.

— Non Imas, plus comme ça, dit-il en lui montrant l'ouvrage avec un mouvement du gros orteil.

Devant son air perplexe, il bouge le nez vers une couture et fait un geste enveloppant avec la tête.

— Ah, je vois maintenant, dit Imas en reprenant l'aiguille.

— Magnifique, oui, oui, oui ! la félicite-t-il en ponctuant chaque oui d'un petit saut.

Il tourne ensuite autour d'Isabella avec l'enthousiasme de Michael Tilson Thomas dirigeant un orchestre :

— Isabella, un point de plus ici, suggère-t-il en allongeant la jambe par-dessus son épaule et en posant son orteil sur l'aiguille de la machine à coudre.

— Julian, le Dr Lee a dit que tu devais te reposer. Prends un bain chaud avec tes sels de bains préférés à la lavande.

300

— Non, répond Julian en continuant de tourner autour des petites mains. Non, non, Maria, plus comme ça.

Il incline un orteil vers ses genoux. Il m'exaspère !

— Laisse-les tranquilles ! C'est impossible d'avancer si tu agites tes orteils à chaque seconde. Tu nous as expliqué ce que tu voulais un milliard de fois. La robe aura autant d'allure que si Saint-Laurent l'avait réalisée lui-même.

Je traîne Julian vers sa chambre, le pousse sur le lit et claque la porte derrière moi. Qu'il se débrouille pour l'ouvrir sans les mains.

Cinq heures d'affilée à bâtir les plumes sur la traîne. Une opération des yeux au laser s'imposera, mais ça en vaut la peine. Le chef-d'œuvre de Julian correspond exactement à ce que nous avions imaginé. Un triomphe absolu. Par-dessus le marché, Julian n'est même pas encore au courant. Il a fini par se résoudre à prendre un somnifère. Il restera tranquillement sur son lit pendant au moins encore quelques heures. Je regarde les trois femmes qui cousent avec énergie. Je suis sincèrement émue. Aucune idée de la façon dont je vais les remercier. Tout ce que je sais, c'est que je leur suis redevable.

— Imas, Maria, Isabella, vous êtes étonnantes. Où avez-vous appris à coudre aussi bien ?

— Nous nous exerçons toutes les semaines aux réunions du groupe de soutien, explique Imas. Nous travaillons sur les morceaux du couvre-lit en patchwork.

— Quel couvre-lit ?

— Le couvre-lit de la maltraitance. Le thérapeute du groupe dit qu'il est salvateur de s'exprimer sur le plan artistique. (Elle fouille dans son fourre-tout en tissu et en pêche un carré de tapisserie de dix centimètres sur dix.) Regarde, voici

M. Jones en train de remplacer la mayonnaise de son coleslaw par une mayonnaise sans matière grasse.

La scène est d'un réalisme saisissant : on dirait un travail de cloître, transposé dans l'Hollywood du XXIᵉ siècle. Elle a utilisé au moins cinq nuances de fil bleu pour reproduire le jean Diesel de Jake Jones.

— Je n'ai jamais rien vu d'aussi sophistiqué. Vous avez du talent. Il y a combien de carrés ?

— À nous toutes, on en a une centaine, environ.

Maria fouille dans son sac et me montre un échantillon : Olivia Cutter vocifère, debout, Thor dans les bras, gueule ouverte pour aboyer. Maria, la mine triste, à quatre pattes par terre, ramasse des piles de Kleenex sales sous les photos grandeur nature de la star signées David LaChapelle qui tapissent les murs de sa chambre. Olivia y reprend les poses de Marilyn.

Imas fait un signe de tête à la dernière couturière : « Isabella, montre le tien à Lola. » J'en ai le souffle coupé : une Isabella maussade remplit un sac-poubelle d'emballages de capotes, de vieux numéros de *Playboy* et de strings déchirés. Je préfère ne pas savoir qui est son patron. J'en frémis d'avance.

Soudain, je sais exactement comment remercier ces femmes.

— Mesdames, puis-je vous les emprunter ? J'ai un coup de fil à passer.

Je regarde la pendule. Il est huit heures. J'ai rendez-vous avec Smith dans vingt minutes à la soirée donnée par Jeffrey Katzenberg, au bord de la piscine du Beverly Hills Hôtel, au profit du fond de retraite des travailleurs du spectacle. Je n'ai ni l'envie ni le temps d'aller à une autre soirée de la semaine des Oscars, mais j'ai promis de venir.

— Imas, je peux vous abandonner encore deux heures ?

— Combien de temps le somnifère Julian va-t-il encore agir ?

— Au moins quatre heures.

— Nous contrôlons la situation. Mais toi, fais bien attention à toi, là-bas dit-elle en se penchant sur le corset.

— Tu es éblouissante, s'exclame Smith, sur le seuil de ma porte. Je ne suis pas seulement l'homme le plus sexy de l'hémisphère, je suis aussi le plus chanceux.

— Si on restait ? proposé-je après un baiser.

Je n'ai pas envie d'y aller du tout. Que m'importe si la déesse des fourneaux Nigella Lawson monte au fouet la sauce de son homard thermidor, qu'on vende aux enchères une résidence secondaire à la campagne sur Mars ou que Radiohead passe en concert ? Je suis crevée. Au point d'avoir du mal à enfiler mon pantalon-crayon et le bustier à jabot crème Julian Tennant. Et d'avoir des douleurs fantôme aux pieds rien qu'à penser aux stilettos de douze centimètres assortis à la tenue. Je préférerais de loin me glisser sous la couette avec Smith.

— Tu ne t'es pas encore fait pardonner d'être rentré à six heures du matin. Je suis épuisée.

— Ouais, moi aussi. C'était une rude soirée de tournage. Mais j'ai juré à mon agent de le retrouver là-bas. Il pense que ce serait bien de rencontrer les producteurs de la Paramount. Et j'ai payé nos billets vingt-cinq mille dollars pièce. *(Est-il trop tard pour les revendre ? La somme paierait l'apport d'un crédit pour une maison !)* Je te promets de te montrer à quel point j'apprécie ta compagnie dès que nous rentrerons à la maison.

J'enfile mes stilettos, titube jusqu'à son Aston Martin, et pose mon manteau vintage crème sur le siège arrière.

Nous descendons Sunset Boulevard. Chaque cellule de mon être sait que si un agent nous percutait avec sa Porsche en partant signer un contrat avec le nouveau Chris Rock, je mourrais heureuse, parce que je suis avec Smith. Certes, j'ai du mal à imaginer un siège bébé dans l'Aston Martin. Est-ce qu'on en trouve chez Chanel, au fait ? Mais dans cinq ans, quand je serai prête à avoir un bébé, Smith sera prêt pour une Volvo. Bon, peut-être pas une Volvo, mais il pourrait envisager d'acheter une Range Rover.

Le feu au coin de Sunset et Beverly Drive est sûrement passé au vert, car une BMW klaxonne derrière nous. Smith n'arrête pas pour autant de m'embrasser.

— Oublie cet abruti, chuchote-t-il. Mon credo, c'est les baisers longs, lents, profonds, doux et mouillés qui durent trois jours.

Quelle importance s'il n'est pas Kevin Costner dans *Duo à Trois*. La réplique fait tout de même plaisir à entendre.

Smith se gare dans la flotte d'Aston Martin, de limousines, de Mercedes et de Bentley destinée aux voituriers du Beverly Hills. L'un d'entre eux m'ouvre la porte.

— Merci.

Je prends la main de Smith pour entrer dans l'hôtel par la grande porte quand, à mi-chemin, je me rappelle qu'il fait toujours un froid polaire à côté de la piscine. Je repars chercher mon manteau dans la voiture pendant que Smith bavarde avec Philip Seymour Hoffman. J'attrape le manteau sur le siège arrière. Est-ce… ? Non. Non ! Les bras m'en tombent. Tout se met à tourner. Inspirer. Expirer. Inspirer. Expirer. Le vertige passe.

J'ouvre les yeux et essaie de capter l'attention de Smith.

— Eh, toi, essayé-je d'appeler, mais aucun son ne sort de ma bouche.

Je m'extrais de la voiture.

— Tout va bien, mademoiselle ? demande le voiturier.

Je prends appui sur son épaule pour ne pas tomber. Mon regard est toujours fixé sur Smith.

— Eh, toi, chuchoté-je.

— Mademoiselle ?

Je serre le manteau dans ma main. Je regarde Smith. Puis le manteau. Smith. Manteau. Smith. Il me glisse des doigts et tombe sur le ciment.

— Mademoiselle, vous avez laissé tomber votre manteau, annonce le voiturier en me le rendant.

— Merci.

Je réussis enfin à croiser le regard de Smith. Il me décoche le sourire qui, d'ordinaire, me va droit aux ovaires. Mais cette fois, il me reste en travers de la gorge.

— Allez viens, articule-t-il en se tournant vers la porte.

— Eh, toi ! appelé-je, en retrouvant enfin l'usage de mes cordes vocales.

Smith se retourne. Ainsi que tous ceux qui s'apprêtaient à entrer. Tout le monde me regarde. Jennifer Connelly et Paul Bettany. Ellen DeGeneres et Portia de Rossi. Robert Redford. Jodie Foster. Tout le monde. Mais mes yeux restent rivés dans ceux de Smith.

Il sourit encore. Et cette fois, seuls mes poings réagissent, qui palpitent du désir de lui écraser la tête. Ils avaient raison. Tous autant qu'ils étaient. Le Dr Gilmore, Kate, Cricket, Julian, maman et même papa. J'avais tort. Quelle idiote. J'ai été complètement manipulée. Pauvre conne.

— Viens ici ! hurlé-je de toutes mes forces.

Smith scrute le hall de l'hôtel pour évaluer les dégâts. Qui va être témoin de mon accès de démence ? Il esquisse un geste conciliant en direction de Michael Douglas, en une tentative désespérée d'arrondir les angles, puis s'approche de moi.

— Comment expliques-tu ceci ? beuglé-je en lui jetant le manteau au visage.

— Ton manteau ? répond-il sans comprendre.

— Les poils de chien violet qui sont collés sur le manteau parce que ta banquette arrière en est tapissée.

— Oh, ça... Eh bien... Euh... C'est la perruque que j'ai portée pour la scène d'hier soir.

— Arrête de mentir ! C'est à cause de moi que le chien d'Olivia Cutter a été teint en violet, connard !

J'essaie de reprendre mon souffle et, par la même occasion, ce qui me reste de jugeote et de dignité. Je lutte contre les larmes.

— Tu ne travaillais pas, la nuit dernière. C'est là-bas que tu as passé la nuit, n'est-ce pas ? Avec Olivia. Dis-moi la vérité. Maintenant. Arrête de mentir.

— Lola, essaye de comprendre. Je veux le rôle de Danny Zuko dans *Grease*, explique Smith faiblement.

Je fonds en pleurs.

— Tu l'as sautée ?

Inutile de poser la question, je connais déjà la réponse. Il se contente de lorgner ses chaussures.

— Tu es venu dans mon lit en sortant de chez elle.

Pour la toute première fois, je vois Smith pour ce qu'il est réellement : un type bidon. Juste un acteur narcissique, insipide et imbécile, comme tant d'autres.

— Je t'aimais ! Malgré ce que tout le monde disait, j'avais confiance en toi. Tu n'es qu'un imposteur, un imposteur et un lâche. Vous faites la paire, Olivia et toi. Tu ne me mérites pas.

En prononçant ses mots, je réalise que je les pense vraiment. *Moi, Lola Santisi, je vaux mieux que toi.* Je le regarde longuement parce que je sais que ce sera la dernière fois.

— Tu ne me mérites pas, répété-je résolument à travers mes larmes en grimpant au pas de course l'escalier qui mène à l'hôtel pour tomber sur... mon père.

Je sanglote. Papa a forcément assisté à la débâcle, lui et tous les autres invités de cette soirée. Tous m'ont entendue hurler. Je me penche en avant pour accuser l'impact inévitable de la colère force 10 de papa. Je connais son refrain par cœur : je viens de l'humilier. Je suis bête et il m'avait prévenue. Si la piscine de l'hôtel n'était pas couverte, j'attraperais les diamants énormes qui ceignent le cou de Catherine Zeta-Jones, je me les attacherais autour des chevilles et je sauterais dedans sans hésiter.

C'est alors que mon père me prend dans ses bras et me serre très fort. Je ne pense pas qu'il m'ait jamais étreinte comme ça. Et il le fait au beau milieu du hall d'entrée du Beverly Hills, devant Tout-Hollywood. Il ne fait attention à personne, comme si le parterre de stars qui nous contemple n'existait pas. Et je sais qu'en cet instant, rien ne compte pour lui que moi dans ses bras.

Dimanche des oscars

*7 heures, 19 minutes, 59 secondes avant
la remise de l'oscar du Meilleur Réalisateur.*

Le soleil se lève sur le Château. J'ouvre le couvercle en plastique de la benne à ordures située
en face de chez moi. Une profonde expiration
purificatrice, façon grande lessive. Un. Deux.
À trois, je jette le vase rempli de pivoines offert
par Smith. Je regarde le vase se fracasser et les
pétales rose pâle se détacher. Je sens le verre qui
se brise jusque dans la moelle de mes os. Et je
tiens à aller au bout de cette sensation, aussi désa-
gréable soit-elle. Cette fois-ci, la douleur n'entre
pas en ligne de compte. Je n'irai pas récupérer les
débris dans la poubelle. Je suis prête à faire une
croix sur lui. Moi, Lola Santisi, les joues trempées
de larmes et l'âme en berne, je quitte Smith pour
de bon. Il est temps de se reprendre. Les Oscars,
c'est aujourd'hui.

Je suis née un dimanche de remise des Oscars, et
vingt-six ans plus tard, au jour près, je vais renaître.
Fini, les soirées passées à m'apitoyer sur mon
sort. Smith a peut-être brisé mes illusions, mais je
ne le laisserai pas détruire ma volonté. Fini les
conneries. Je vais trouver un homme qui n'a pas
besoin d'un réalisateur et d'un scénario pour dialo-
guer. Un homme pour de vrai. Pas quelqu'un qui
joue à en être un.

Je finirai ce que j'ai commencé et je réussirai. Olivia Cutter a couché avec Smith ? Et alors ? Elle adoubera Julian sur le tapis rouge et grimpera en tête de toutes les listes des actrices les mieux habillées de la soirée. Un point c'est tout.

Quand j'entre dans ma chambre, le poste de télévision est tel je l'ai laissé toute cette nuit sans sommeil : volume à fond pour couvrir mon monologue intérieur de grosse nulle. Je cherche la télécommande dans le foutoir pour couper le sifflet de Mary Hart. Sa bonne humeur est gerbatoire. A-t-elle jamais passé une sale journée ? J'en doute.

— Des robes éblouissantes aux parures de diamants de millions de dollars, *Entertainment Tonight* couvrira en direct tout ce qui défilera sur le tapis rouge du Théâtre Kodak. Qui Cojo va-t-il désigner comme actrice la mieux habillée cette année ? Restez avec nous pour le découvrir. Si ça se passe aux Oscars, ça se passe sur *Entertainment Tonight*, assure-t-elle sur la bande-annonce du programme de la soirée.

J'éteins la télé et regarde mon lit en bataille. Tant pis. Je grimpe dedans et mets la tête sous les couvertures. J'entends la sonnette de la porte d'entrée suivie de bruits de pas juste au moment où je fantasme sur les tortures que j'aimerais infliger à Smith et à Olivia Cutter.

— Si vous êtes venu pour m'assassiner, sachez que je suis dans la chambre, annoncé-je.

— Lola ! s'écrie Kate.

Sa voix sèche mes larmes – j'y perçois de la pitié, et c'est une première chez mon amie. J'émerge de sous les draps.

— Tu as bien entendu, je préfère mourir.

Kate se couche sur le lit à côté de moi et me prend dans ses bras.

— Chérie, le Tout-Hollywood était à la soirée d'hier. Même les employés au tri du courrier de l'hôtel ont suivi la scène.

— Si tu es venue te vanter d'avoir vu juste pour Smith et me dire que tu ne ramasseras pas les morceaux, je suis déjà au courant.

— J'aurais aimé avoir tort, Lola. Mais je serai toujours là pour ramasser les morceaux.

Sa déclaration réussit juste à raviver mes sanglots. Si ma meilleure amie s'inquiète pour sa camisole en soie violette, elle ne dit rien.

— Merci, Kate.

— Bien sûr, il aurait été trop simple d'attendre après la cérémonie des Oscars pour mettre les choses au point, plaisante-t-elle en me caressant les cheveux. Nous sommes venus directement de l'aéroport.

— Nous ?

— Christopher et moi. Il m'a accompagnée au mariage de ma sœur après la fête chez Barry et Diane.

Je me redresse d'un seul coup. Et braque mes yeux sur ceux de Kate.

— Ne me regarde pas comme ça. C'est toi qui as laissé Christopher sans véhicule. Et – Kate fait une pause – je suis prête à prendre le risque d'avoir des sentiments. Quoiqu'on devrait me tirer une balle dans la tête pour me punir d'avoir dit ça.

— Attends. Toi… et Christopher ? Kate ! Tu as toujours été une sœur pour moi, mais maintenant, ce sera officiel !

Je la serre très fort. Elle se dégage dans l'instant.

— Lola, s'il te plaît, c'est ma sœur qui s'est mariée, pas moi. Mais nous avons eu une partie de jambes en l'air ébouriffante. Il…

— C'est mon frère. Je t'en prie, épargne-moi les détails gore, dis-je en laissant retomber la tête sur l'oreiller avec un soupir. Où est Christopher ?

— Il est parti chercher des cafés.

— Kate.

— Ouais, dit-elle en posant la tête sur l'oreiller à côté de la mienne.

— Merci d'être venu.

— On va s'en sortir, Lola, assure-t-elle en me serrant la main. Et comme promis, j'appelle l'*Enquirer* pour faire savoir que Smith a une bite de la taille d'une cacahuète.

— Je suis vraiment contente pour Christopher et toi.

— Moi aussi. Tu sais, Lola, ce n'est pas seulement physique, cette fois. J'aime vraiment...

Un vacarme s'élève du salon. La voix de Julian retentit.

— Cricket, peux-tu repousser mes poings et me donner une autre gorgée de ce latte ?

— Non, je ne peux pas tenir ton café, ton muffin banane-pépites de chocolat, ton iPod Nano, ton portable, tes lunettes de soleil, ta veste, ton baume pour les lèvres et repousser tes poings, répond Cricket d'un ton las.

— Attends, moi je les repousse, propose mon frère.

— J'ai attendu toute ma vie que tu me dises ça, Christopher, s'extasie Julian. Lola, me voilà, prêt à te serrer contre moi.

Tout le monde entre dans ma chambre. Les mains paralysées de Julian pendent comme des tulipes fanées le long de ses cuisses. Cricket pose par terre les accessoires de Julian et grimpe sur mon lit. Elle me serre si fort qu'elle manque de me casser une côte.

— Smith est un salaud. Olivia est une salope. Ils sont faits l'un pour l'autre, décrète Christopher.

Il me tend un latte avant de se laisser tomber au pied du lit, où il pose une main sur une de mes jambes, et l'autre sur celle de Kate. Elle est tout sourire.

— J'ai bien réfléchi : cette fille ne portera pas ma robe, annonce Julian. Tant pis si je mange des spaghettis pour le reste de mes jours.

— J'y ai réfléchi, moi aussi. Elle portera la robe. Nous avons travaillé trop dur. Évidemment, nous oublierons une aiguille ou deux dans la doublure.

— Je vais mettre Imas sur le coup. On pourrait peut-être percer ses implants mammaires.

Kate jette un coup d'œil à sa montre :

— Désolée, mais je dois y aller. Will m'attend chez lui. Il faut que je le briefe pour les interviews qu'il donnera ce soir. Aujourd'hui, si je ne l'aide pas à choisir son gel capillaire, son caleçon et si je ne lui montre pas comment couper ses poils de nez, il va devenir fou. Cricket restera ici avec toi et Christopher conduira Julian chez Olivia. Je reviendrai le plus tôt possible.

Kate a visiblement planifié l'ensemble du programme de soins intensifs réservé à Lola Santisi pour déprime amoureuse.

— Christopher n'est pas obligé de conduire Julian. J'irai à l'essayage.

— Tu quoi ? reprennent-ils en chœur.

— Il n'est pas question que tu approches cette garce après ce qu'elle t'a fait, piaille Julian.

— Si, je le ferai. Je veux finir ce boulot.

— Tu as perdu la tête ? demande Kate.

— Julian peut s'en sortir tout seul, précise Cricket.

— Non, c'est impossible. Tu as déjà vu un essayage sans les mains ? Et puis je la connais, elle sautera sur le prétexte pour rejeter la robe de crainte que le problème de canal carpien de Julian ne soit contagieux.

Ils me regardent tous d'un air sceptique.

— C'est important pour moi. J'irai à cet essayage. OK ?

— OK, concède Julian. Mais on ferait mieux de t'appliquer sur le visage un masque aux algues apaisant au plus vite. On dirait que tu as tenu dix rounds contre Mike Tyson.

Cela fait trois heures que je lis la même phrase dans *Us Weekly*, en attendant qu'Olivia Cutter daigne se montrer. J'évite de me demander si Smith et Olivia ont baisé sur ce canapé. J'en ai la chair de poule. Julian pose sa jambe sur mon genou pour empêcher mon pied de frapper nerveusement le sol. J'envisage de plier bagages au moment où Olivia Cutter pose un chausson Marabou rose dans la pièce. Elle arbore une robe imprimée léopard outrageusement courte et une tête couverte de bigoudis.

— Olivia s'habillera en Prada, annonce-t-elle. Vous pouvez disposer, maintenant.

— Quoi ? dis-je.

Mon équilibre mental et émotionnel craque au rythme de ses bulles de chewing-gum Juicy Fruit. Mon équilibre physique aussi, j'ai du mal à tenir sur mes Louboutin. La sueur roule le long de mes reins.

— Tu as entendu Olivia ou tes oreilles sont-elles aussi cassées que les mains de Julian ? Olivia s'habille en Prada.

Je flotte quelque part au-dessus de mon corps. Je bataille pour redescendre sur terre. J'étouffe. Inspirer. Expirer. Inspirer. Expirer. Où est parti tout l'oxygène de la pièce et pourquoi porté-je des escarpins rouges à brides avec des talons de dix centimètres ? Si j'étais à plat, je tomberais de moins haut. Je bataille pour retrouver mon souffle.

Je n'arrive pas à y croire. Et pourtant, voilà. Personne ne portera du Julian Tennant sur le tapis rouge. Mon meilleur ami gay est pratiquement replié en position fœtale sur le sofa. John, l'agent d'Olivia, son attachée de presse et son assistante regardent tous le sol en marbre avec un visage de pierre. Maria arrête d'épousseter les meubles et tourne vers moi des yeux remplis de larmes. Je reluque la merveilleuse création violette de Julian qui pend à un cintre sur le portant. J'ai raté la mission qu'il m'avait confiée. Et j'ai manqué aux engagements que j'avais pris vis-à-vis de moi-même. Encore une fois. Je n'ai même pas tenu les promesses faites à Maria, Imas et à Isabella. Cette garce d'Adrienne Hunt. Je tente un dernier effort pour sauver la carrière de mon meilleur ami et la mienne.

— Tu ne veux même pas essayer la robe ? Julian risque de rester paralysé à vie pour avoir cousu pour toi.

Olivia pose une main manucurée sur sa hanche et laisse échapper un soupir irrité.

— Pourquoi ? Olivia ne veut pas être un paon violet. Olivia déteste les oooooiseaux. Olivia veut être une princesse pervenche Prada. La voyante qu'Olivia a rencontrée à l'hôtel W Retreat hier a prédit qu'Olivia gagnerait l'oscar en Prada.

Ses mots résonnent dans ma tête. Je revois toutes les occasions au cours desquelles je me suis humiliée à lécher les bottes de ce diable femelle. Toutes les courbettes que j'ai consenties devant ses caprices schizoïdes. Et elle ne portera pas la robe de Julian aux Oscars ? Olivia Cutter peut garder Smith. Moi, je reprends le respect de moi-même. Je l'arrête alors qu'elle s'apprête à tourner les talons de ses pantoufles Marabou.

— Attends une seconde, Olivia.

— Quoi ? demande-t-elle, agacée.

Je prends une profonde inspiration et me cale fermement sur mes Louboutin.

— Tu sais ce que Lola pense d'Olivia ? Lola pense qu'Olivia est une garce gâtée, vulgaire, ingrate et grossière.

La dream team d'Olivia sursaute. Merde alors. Ses membres devraient tous applaudir des deux mains. Ils n'ont jamais osé dire à Olivia ce qu'ils pensent vraiment d'elle.

— Lola pense qu'Olivia est méprisable d'avoir menti à propos de la petite fille malade pour se faire refaire les seins.

— Lola… tente de couper Julian.

— Non, Julian. Lola n'a pas fini de dire son fait à Olivia. Lola pense que l'auranalyste, le psychanalyste, le chien violet, bruyant et emmerdeur et la voyante du W Retreat peuvent aller se faire voir. Car – petit flash d'info spécial, chérie – les votes des Oscars sont déjà dans les urnes depuis des semaines. Et même saint Antoine ressuscité ne changerait pas le verdict. Et Lola pense qu'Olivia, avec ses grosses fesses bourrées de cellulite, ne mérite pas de s'habiller en Julian Tennant, ajouté-je en retirant la robe du portant et en aidant mon ami à se relever. Maintenant, Lola va déguerpir de cet asile de dingues une bonne fois pour toutes.

— Olivia ne comprend pas. Olivia veut savoir pourquoi Lola parle comme ça…

Je claque sa porte d'entrée derrière nous.

— Julian, je suis désolée, je…

Je regarde mon meilleur ami effondré sur son lit au Château-Marmont. Ses yeux noisette sont remplis de larmes. Il est désespéré. Je suis désolée. Tellement désolée. Que puis-je dire d'autre ? Son gagne-pain, son rêve, sa seule raison d'être s'écroule.

Le téléphone sonne.

— À moins que ce ne soit Brad Pitt qui quitte Angelina pour moi, je suis mort, annone Julian.

— Allô ?

— Salut, Lola, c'est Marty.

— C'est Marty, soufflé-je en posant ma main sur le récepteur.

— Raccroche, demande Julian en se redressant d'un coup.

— On doit lui dire, Julian.

— Non, on peut mentir. Il comprendra la vérité tout seul, quand je serai rentré à New York, dans un cercueil.

— Je suis désolée, Julian. Finissons-en.

Je presse le combiné contre mon oreille avant de reprendre :

— Salut Marty, comment…

— Je n'appelle pas pour bavarder. Comment s'est passé l'essayage avec Olivia et quand pourrai-je la voir

Gloups.

— Écoute, Marty, j'ai une… mauvaise nouvelle.

— Crache le morceau, Lola.

— Olivia Cutter s'est désistée. Elle portera du Prada.

Je n'ai jamais entendu silence aussi assourdissant.

— Il y a de la friture sur la ligne ou viens-tu juste de m'annoncer qu'Olivia Cutter ne portera pas la robe de Julian ? beugle Marty.

Silence.

— C'est bien ce que tu as dit ?

— Oui.

— Olivia Cutter portera du Prada et personne d'autre ne portera Julian aux Oscars ?

Silence.

— Euh, c'est bien ça, marmonné-je.

— Personne ne porte du Julian Tennant sur le tapis rouge ? J'ai bien compris ?

Chacun des mots de Marty frappe comme un direct du droit en pleine face.

— OK… La partie est terminée, les enfants.

K-O. Le désespoir me plie en deux.

— Basta. C'est officiel et ça prend effet tout de suite. J'appelle New York pour fermer les bureaux et virer les employés. Je mets les meubles et le matériel en vente. Julian peut garder son nom, mais c'est tout ce qui lui reste.

— Non, Marty! Ne fais pas ça. Julian a du talent. Un jour, il sera plus célèbre que Lagerfeld. Tu dois lui donner une autre chance. Il la mérite. Je t'en prie Marty.

— On n'a pas de seconde chance dans la vraie vie, poulette. Marty Glickman quitte le business de la mode. J'aurais mieux fait d'investir dans le requin au formol. Et préviens Julian qu'il déménage aujourd'hui à l'Holiday Inn. Je ne paie plus ses factures au Château.

Clic.

Le combiné me glisse des doigts et tombe avec un bruit sourd sur la moquette azur. Julian me regarde, des larmes au bord des yeux. Je peine à trouver les mots justes. Que dire à mon meilleur ami qui vient de tout perdre à cause de moi? L'échec se lit sur chaque pore de mon visage. Je m'effondre sur le lit à côté de lui et enterre ma tête sous les couvertures.

— Ferme les rideaux, demande Julian qui se roule en boule.

— Quoi?

— Je préfère mourir dans le noir. Et défoncé. Apporte-moi la bouteille de Vicodine.

— Non, Marty a laissé tomber, mais ta carrière ne fait que commencer. Tu as trop de talent pour abandonner. Je trouverai un nouvel investisseur. Je demanderai une avance à Papa. Je vendrai tout ce que je possède. Il n'est pas question que tu arrêtes là.

— C'est pourtant la triste réalité. Lola, ma vie est finie. Je veux rester seul. Que personne ne vienne à mon enterrement !

— Rien n'est fini, Julian. Je sais que tu le penses, mais tu te trompes.

— Quand réaliseras-tu que les happy ends n'arrivent que dans les films ? s'insurge-t-il. Pour le reste de la planète, Hollywood est juste une ville en Californie moche et pleine de brouillard. Si je n'avais pas aussi peur de prendre l'avion, je pourrais au moins mourir dignement à New York, au lieu d'agoniser au Château. Je t'en supplie, laisse-moi seul.

— Julian…

— Ne discute pas.

— Je suis vraiment désolée, Julian.

— Je sais.

— Je te laisse. Mais j'emporte avec moi tous les objets pointus de la pièce.

À mon arrivée chez moi, je m'enroule dans ma couverture en cachemire orange-pour-la-protection. Je la remonte jusqu'au menton en prenant conscience que le pire est déjà arrivé, ou peu s'en faut. Me protéger de quoi ? Du missile Taepodong-2 que Kim Jong II a dirigé vers la Californie ? Je crains que cette couverture ne suffise pas le jour où Los Angeles partira en fumée.

J'attrape le téléphone pour appeler le Dr Gilmore et lui demander une séance en urgence, mais je raccroche bien vite. À quoi bon ? Je sais déjà ce qu'elle me dira, que je suis une pauvre imbécile. Et une ratée. Le bilan de cette semaine d'enfer ? Un chagrin d'amour, le spectre du chômage, mon meilleur ami qui fait faillite à cause de moi. Et trois femmes de ménages que je n'ai pas les moyens de payer. Je devrais être chez mes parents depuis une demi-heure pour me préparer pour le tapis rouge. Pourquoi prendre cette peine ? Pour regarder Olivia Cutter recevoir l'oscar de la Meilleure Actrice en Prada ? Pas question.

Mon portable sonne pour la millionième fois. Pas de doute, c'est encore maman qui se demande où je suis. Mon sentiment de culpabilité augmente à chaque sonnerie.

Je me traîne jusqu'au placard. J'ai passé tellement de temps à essayer d'habiller tout le monde cette semaine que je n'ai aucune idée de ce que je vais porter moi-même. Aucune de mes robes ne convient. Je m'effondre sur mon lit. Une plume de paon violet dépasse du sac portemanteau que j'ai laissé par terre. Elle me saute aux yeux. Je me relève, ouvre le sac me glisse dans la robe de Julian, digne d'une superproduction, et fonce vers le miroir en pied de la salle de bains. Certes, elle est un peu courte et un peu serrée. Mais c'est tout de même la plus belle robe que j'aie jamais vue. Elle est faite pour le tapis rouge. Et elle y sera. Même si ce n'est que sur moi.

— Chérie, tu as une mine épouvantable, s'inquiète ma mère.

Elle, en revanche, est prête pour la prochaine couverture de *Vogue*, grâce aux bons soins de François Nars soi-même. Elle brille de mille feux dans sa grande salle de bains en marbre Marfil crème où elle est postée depuis l'aube.

— J'ai tout raconté à François, déclare-t-elle en inspectant dans le miroir ses lèvres rouge sang et ses yeux charbonneux. Quand il se sera occupé de ton visage, personne ne pourra soupçonner le cauchemar que tu viens de traverser avec Smith et Olivia Cutter. Souviens-toi, ma chérie, la meilleure des revanches, c'est d'être la plus belle. N'est-ce pas, François ?

— Absolument, Blanca ! Accabler l'ennemi de gentillesse n'est plus à l'ordre du jour, ce qu'il faut, c'est le déprimer avec un maquillage parfait, annonce le maestro du blush avec un adorable accent français.

— Je vais allumer une autre bougie d'abondance et réciter un dernier mantra de prospérité avant d'enfiler la robe de Karl. François chéri, applique de ton Body Glow sur tout le corps de Lola, c'est de la magie pure.

Elle attrape la bouteille de Dom Pérignon rosé posée sur la tablette et quitte la pièce.

— Je pense à Ursula Andress dans *Dr No...* commence François en frottant son petit bouc d'une main parfaitement manucurée pour mieux réfléchir.

Trente-huit minutes plus tard – et trois tubes d'anti-cernes, une bouteille de fond de teint non gras, des tonnes de poudre autobronzante, une bonne couche de blush Orgasm, une centaine de faux cils individuels, un tube d'eye-liner liquide noir, des litres de mascara et un tube de rouge à lèvres « Barbarella »...

— Voilà, conclut-il en faisant tourner la chaise à maquillage devant le miroir trois faces de maman. Mortel.

Malgré mon allure digne des podiums parisiens, tout ce que je vois, c'est une pauvre ratée. Toute la poudre de riz du monde ne masquera pas cette évidence. Je pense à Julian, seul dans son bungalow au Château, les rideaux tirés, et les larmes me montent aux yeux.

— Non ! Ne pleure pas ! s'affole François en fondant sur la boîte de Kleenex pour disposer de façon stratégique deux mouchoirs sous mes paupières.

— Pardon, François, dis-je en penchant la tête en arrière pour dévier leur trajectoire. Mais je crois que je n'y arriverai pas.

— Ridicule. Tu vas mettre cette robe de Julian, tu seras belle à en crever et tu arpenteras le tapis rouge avec la classe de Giselle Bundchen.

— Comme si quiconque allait me regarder. Je n'en reviens pas qu'Olivia porte du Prada.

— Tu as grandi à Hollywood. Tu ne sais pas encore que les actrices sont fêlées ? Je suis certain qu'Olivia a mis sur le flanc une douzaine de coiffeurs et de maquilleurs en moins d'une heure. Les Jumelles m'avaient demandé de venir, mais Olivia les a virées, alors elle m'a décommandé.

— Elle a viré les Fabuleuses Jumelles ? Pourquoi ?

En y réfléchissant, je me souviens vaguement de leur absence ce matin chez Olivia.

— Olivia a vu Keira Knightley dans une fête hier soir. Keira portait la même broche en cristal et en plumes Matthew Williamson qu'elle et Olivia a piqué une crise. Elle s'est barricadée dans les toilettes pendant la moitié de la fiesta, a appelé les jumelles de la salle de bains à minuit et les a renvoyées.

Les stylistes me sont soudain beaucoup plus sympathiques.

— Les pauvres. Olivia Cutter est le diable incarné.

— Voyons ma douce, c'est toujours comme ça pendant la semaine des Oscars ! Charlotte Martin a viré sa styliste en apprenant qu'Olivia Cutter s'habillerait, elle aussi, en Prada ce soir. Charlotte refuse de porter les créations d'un même couturier qu'une autre star. Elle était complètement hystérique. Elle a appelé les jumelles à 4 heures du matin pour les engager.

— Charlotte Martin a cédé aux avances de Prada ? Mais alors, quel styliste Charlotte...

Je m'arrête net. Le cirque médiatique du tapis rouge commence dans trois heures et Charlotte Martin a forcément trouvé une autre robe. Mais si la chance avait enfin tourné ?

Je saute sur mon portable et appelle les Jumelles. Boîte vocale. *Merde, merde, merde.* Le tapis rouge est dans trois heures ! Tant pis. Il faut tout tenter. Même s'il n'existe qu'un trilliardième de chance que Charlotte choisisse Julian.

Réfléchis, Lola. Réfléchis. Oh oh. Bingo. Quand la reine des attachées de presse m'a traînée à la table de Charlotte et de Graydon Carter au Polo Lounge, l'autre jour, l'actrice a mentionné qu'elle était descendue au Beverly Hills Hotel. Je vais appeler la réception et demander... Merde. Elle n'est sûrement pas inscrite sous son vrai nom.

Une seconde. Ruth. Elle fait des milk-shakes à la fraise et des cheeseburgers au Coffee Shop du Beverly Hills pour moi depuis avant ma naissance. Si quelqu'un peut tirer quelques ficelles pour moi, c'est bien Ruth. Un coup de fil rapide et...

— Allô ? répond une jumelle d'une voix agonisante dans la suite de Charlotte Martin.

— Salut, c'est Lola Santisi et je me demandais...

— Lola ?

— Écoute, je suis avec François Nars et il m'a raconté l'histoire d'hier avec Olivia. Navrée pour vous deux. Mais il m'a aussi parlé de Charlotte Martin : toutes mes félicitations. C'est d'ailleurs la raison de mon appel. Je suis sûre qu'elle est déjà habillée, mais juste au cas où elle n'aurait pas encore de robe, j'ai pensé que...

— En combien de temps peux-tu être au Beverly Hills ?

— Dix minutes chrono.

— Bungalow 9.

Clic.

Nom de Dieu.

Je serre bien fort François dans mes bras et sors de la salle de bains en courant.

— Dis à ma mère que je la retrouverai aux Oscars, hurlé-je en descendant l'escalier quatre à quatre.

Non, non, non et non, fulmine Charlotte Martin dans son peignoir d'hôtel rose en fouillant dans la pile de robes Julian Tennant que j'ai apportées. Elle a une Marlboro Light dans une main et sa bouteille d'« Évian » dans l'autre. Elle fume tellement que la fumée sort de ses oreilles sur les lobes desquelles brillent des diamants Harry Winston de soixante carats. Que penseraient ses fans s'ils savaient que la petite fiancée de l'Amérique enchaîne les cigarettes et boit comme un trou ?

— Que quelqu'un fasse quelque chose ! exige-t-elle.

Laura Mercier essaie d'appliquer du gloss sur les lèvres de Charlotte, pour l'instant on ne peut plus boudeuses. Oribe, le gourou du cheveu, retire les bigoudis qui sculptent les boucles auburn de la star. Le silence pèse comme une chape de plomb. Quelle est la solution ? Charlotte a regardé chaque robe. Et les a toutes rejetées. Je jette un œil à la pendule posée sur la table basse. Il est 14 heures. Le tapis rouge commence dans une heure.

— Tu ne veux même pas essayer celle-ci ? suggéré-je en sélectionnant une robe brillante courte, rebrodée à la main de grenats.

— Chérie, c'est peut-être assez bon pour Olivia Cutter, mais Charlotte Martin joue dans une autre catégorie, assène-t-elle en allumant une autre Marlboro.

Elle tend le verre « d'eau » qu'elle vient de vider à un assistant hagard pour qu'il le remplisse à nouveau. Vêtue d'un simple peignoir, une moitié de crâne couverte de bigoudis et le geste incohérent, elle a raison. Elle est sublime. Même dans cette tenue et dans cet état. Oui, Charlotte Martin joue dans une autre catégorie. Comparée à elle, Olivia passe pour une dinde qui porte du Steven Madden en soldes. Un seul bémol, Charlotte ignore que fumer est aussi passé de mode que Ben Affleck et les leggings.

Non, elle n'exhibera pas des jambes d'une telle perfection dans la création d'un autre styliste. Il faut qu'elle s'habille en Julian Tennant.

— Voici une robe extraordinaire, assuré-je en sortant du sac un modèle en soie émeraude fendu sur les côtés qui frise l'indécence. (Je n'ai même pas pris la peine de la montrer à Olivia : elle n'était pas assez bien dotée pour lui faire honneur). La coupe près du corps et le décolleté plongeant t'iront à ravir. Elle mettra aussi en valeur la longueur exceptionnelle de tes jambes.

— La couleur ne va pas du tout. Non. Non. Non. Absolument pas. Dépêchez-vous, vous autres. Faites quelque chose ! Je dois être sur le tapis rouge dans une demi-heure !

— Quand nous avons vu Susan de chez Vera Wang, tu as dit que tu adorais sa robe. Pourquoi ne pas l'essayer une nouvelle fois ? demande l'une des jumelles, à bout d'arguments, une robe en chiffon de soie citron à la main.

— Je suis une actrice. Une bonne actrice. Quand j'ai dit ça, je jouais la comédie. Je faisais semblant, explique-t-elle avec dédain. Elle est horrible. Immonde, retirez-la de ma vue.

Elle exhale un halo de fumée au-dessus de sa tête et agite avec emphase sa cinquième cigarette consécutive. Je vais attraper un cancer du fumeur passif, c'est certain. Concentre-toi Lola. Concentre-toi. Je fourgonne dans les robes de Julian.

— Charlotte, il faut y aller. Tout le monde aura déserté le tapis rouge quand nous arriverons, annonce son attaché de presse au bord de la crise de nerfs.

— Tu es certaine de ne pas vouloir revoir celle-ci ?

Les Fabuleuses Jumelles me battent au poteau : elles brandissent une robe fourreau rouge brodée d'une élégance éblouissante.

Non ! J'essaie de leur envoyer un message télépathique, mais je n'émets qu'un regard inutile.

Charlotte soupire :

— Soit, c'est de quel Italien ?

— Valentino.

— Très bien. Mettez-la-moi. Je vais décider. J'ai horreur de décider ! Pourquoi faut-il prendre des décisions ?

Et voilà. Les cieux m'ont donné une seconde chance et je viens de la louper. Je me relève du canapé en titubant et ramasse les robes de Julian. Quand j'arrive à la porte du bungalow, je me tourne à demi pour dire au revoir.

— Attends une minute.

Je mets plusieurs secondes à réaliser que Charlotte s'adresse à moi.

— Qu'est-ce que c'est que ça ? demande-t-elle en me regardant comme si j'étais un canapé imprimé ananas qu'elle remarque pour la première fois. Je veux ça.

— Quoi ?

— Cette robe. Je veux cette robe-là, insiste-t-elle en me montrant du doigt.

Je regarde les plumes de paon qui cascadent sur mes chevilles. Bien sûr. Pourquoi n'y avoir pas pensé plus tôt ?

— Oh, oui. C'est la plus belle réalisation de Julian Tennant. Aidez-moi à la retirer, demandé-je aux Fabuleuses Jumelles.

Je laisse choir mes sacs, m'enroule dans une serviette d'hôtel et tends la robe à Charlotte Martin.

Les Fabuleuses Jumelles s'affairent autour d'elle. Elle laisse par terre la Valentino et glisse avec grâce une jambe de gazelle dans la robe paon, puis une autre. Les Jumelles nouent, attachent, ajustent et font bouffer les plumes. Charlotte Martin avance vers le miroir. J'en ai le souffle coupé. On dirait que la robe a été taillée sur mesure. La star est absolument ravissante. Debout devant Charlotte, en culotte sous ma serviette, j'en ai la chair de poule. Le temps paraît suspendu.

— Je n'ai jamais rien vu d'aussi exquis.

— Moi non plus. Elle est parfaite. OK vous autres, on bouge, on y va, aboie-t-elle avec la même assurance que le général Schwarzkopf bombardant l'Irak.

Je cours vers le portant et enfile à toute vitesse la robe en tulle grenat perlé qu'Olivia Cutter et Charlotte Martin ont toutes les deux rejetée et m'engouffre dans la limousine de la star avec sa suite.

Les panneaux d'affichage sur Hollywood Boulevard défilent à toute allure. Nous roulons vers le Théâtre Kodak.

— Merde! hurle Charlotte.

J'en renverse le tube de colle instantanée sur ma main. J'étais en train de fixer deux plumes de paon sur ses sandales Blahniks argent, pour recréer les chaussures dessinées spécialement pour Olivia Cutter par Manolo.

— Qu'est-ce qui ne va pas? angoisse l'attaché de presse.

— Mes orteils. Le vernis détonne. Il ne faut pas de rouge avec cette robe. Merde, merde, merde. Pas question de montrer mes orteils comme ça.

— L'assistante de Laura Mercier ouvre sa trousse de maquillage où elle fourrage avec frénésie.

— Voilà. Je prends le pied droit, tu prends le gauche, annonce-t-elle en me tendant un coton qui ruisselle de dissolvant. »

Pourquoi moi ? Quelqu'un d'autre ne pourrait-il pas s'en charger ?

— Je n'ai pas fini les sandales.

— On s'en charge, coupe une jumelle, en s'emparant des stilettos posés sur mes genoux.

— Ferme les yeux, ordonne Laura Mercier.

La reine du maquillage retouche les paupières violettes de Charlotte pendant qu'Oribe pulvérise de laque ses boucles auburn, ramassées en un chignon flou. Je regarde l'intérieur de la limousine bondée pour vérifier que je suis bien la seule disponible pour l'atelier vernis. L'assistante de Charlotte bourre le sac Judith Leiber du plus grand nombre de Marlboro Light possible. Une tâche ardue, car la pochette fait la taille d'un paquet de tic-tac. L'attaché de presse hurle dans son portable afin d'avertir le personnel du tapis rouge de l'arrivée de Charlotte. Qu'importe. Charlotte Martin est magnifique. J'ai réussi à catapulter Julian aux Oscars. J'ai réussi. J'inhalerai avec bonheur les émanations toxiques de ce vernis Hawaian Orchid. Et la fumée de cigarettes. Et plutôt deux fois qu'une.

Le charme est rompu par un nouveau rugissement de Charlotte.

— Non ! Les bijoux ne vont pas avec la robe, affirme-t-elle en montrant du doigt ses poignets cerclés de bracelets en saphirs et diamants. J'ai l'air d'un rappeur avec toute cette joncaille bling. Une telle robe exige la sobriété d'une Audrey Hepburn. Qu'avons-nous d'autre ? Il me faut quelque chose de simple.

Elle arrache les bracelets à un million de dollars que les Jumelles attrapent au vol.

— Il n'y a rien d'autre. Tu te rappelles ? Nous sommes allées chez Harry Winston et tu as choisi ce que tu voulais, répond faiblement l'une d'elles.

— Il n'y a pas d'autre option joaillerie ? C'est ça que tu me dis ?

— Oui, répondent-elles en chœur.

— C'est quoi, ça ? demande Charlotte en montrant du doigt le solitaire qui orne la main gauche de l'autre jumelle.

— C'est ma bague de fiançailles, répond-elle d'un air penaud. Elle était à ma grand-mère.

— Donne-la moi.

La styliste la glisse au doigt de Charlotte. J'aurai tout vu.

— Parfait, commente la star.

Le Théâtre Kodak se profile à l'horizon. La limousine ralentit au premier contrôle de sécurité. Si les vitres sont teintées, elles n'offrent aucune isolation phonique. On entend depuis une bonne centaine de mètres le rugissement de la foule de fans qui campent sur les gradins depuis des jours dans l'espoir de voir en live leur célébrité préférée pendant une seconde. Des centaines de photographes et d'équipes de télés du monde entier attendent avec anxiété, téléobjectifs braqués sur l'immense tapis rouge. Nous y sommes. Les Oscars. La plus grande soirée de l'année. Je pose à toute vitesse la dernière couche de vernis Hawaian Orchid sur le petit orteil de Charlotte et lui enfile doucement son stiletto.

— Hem, hem, hem, vocalise-t-elle en direct du diaphragme comme une chanteuse se préparant au concert. Elle fait suivre le hem d'un Ouaaaaais profond et conclut sur un hem final.

— Go. On y va.

La portière de la limousine s'ouvre devant l'entrée du théâtre. Charlotte Martin se métamorphose sous mes yeux en une princesse à vingt millions de dollars. Elle descend majestueusement de la voiture, toute de Julian Tennant vêtue. Elle lève le bras pour saluer ses fans, tout à son rôle de star bankable du box-office américain. Elle pose une

Manolo avec plume de paon, photogéniquement parfaite, sur...

Le tapis rouge des Oscars...

Il y a plus d'éclairs autour d'elle que de feux d'artifices le soir du 4 juillet. Elle est prise au centre d'une tornade de flashs. Et elle bosse. À plein régime. Elle offre aux photographes des vues de face, de côté, de dos, fait tourner et virer les plumes de paon en une cascade éblouissante, glisse en avant une cuisse fine, cambre son dos bronzé, fait la moue avec ses lèvres pulpeuses : elle leur donne tout. C'est le Show de Charlotte Martin. Et les photographes affamés et les fans en délire s'en lèchent les doigts. Ils la supplient de leur en accorder «juste une de plus». La petite fiancée de l'Amérique est brillantissime.

D'ici, je vois plus d'étoiles que je n'en verrais du télescope de la NASA. Les cameramen surexcités ne savent plus que crier pour attirer l'attention des stars. La cacophonie des prénoms me fait tourner la tête : Brad et Angie ! Par ici ! Orlando ! Reese ! Johnny ! Rien qu'une ! Tom et Katie ! Tobey ! Leo ! Julia ! Par ici ! George ! Sienna ! Jude ! Jennifer Aniston fait son numéro de golden girl pour les caméras, dans un fourreau Givenchy noir d'encre. Nicole Kidman tient son rôle de reine australienne dans une robe YSL argent en forme de sablier. Kate Hudson incarne Déméter, la déesse-mère, dans une robe en mousseline de soie Stella McCartney. Mes yeux restent pourtant rivés sur Charlotte. Je me repais de mon triomphe. Même l'arrivée de Jake Gyllenhall n'arrive pas à détourner mon attention.

Elle se promène le long de la file réservée à la presse, envoie des baisers du bout des doigts vers ses fans qui trépignent de joie. Joan Rivers l'attrape par le bras et la retient devant ses caméras. C'est l'instant fatidique. L'animatrice va sceller notre destinée en une petite phrase. Elle peut nous propulser sur le sentier de la gloire, comme nous clouer au pilori. Je me souviens brusquement d'une autre soirée des Oscars où Joan a demandé à Bjork si elle était saoule en enfilant ce « déguisement de poulet ». Je prie mentalement pour que Joan n'ait pas la phobie des oiseaux. Que va-t-elle nous attribuer ? Le cintre d'or ou le fil de fer barbelé ?

— Vous êtes renversante. Votre robe paon fait passer toutes les autres représentantes du sexe féminin pour des dindes, tranche-t-elle. (*Yes !*) Cette création est divine. Charlotte, qui portez-vous ?

— Julian Tennant ! C'est un faiseur de miracles ! Notez son nom sur votre liste des gourous de la mode, Joan. Vous allez beaucoup entendre parler de lui.

Je me pince. C'est du réel. Je ne fantasme pas. Je fouille fébrilement dans ma pochette en python pour trouver mon portable et appeler Julian. Je suis tellement surexcitée que mes mains en tremblent. Je dois hurler dans le micro pour couvrir le rugissement des paparazzi, qui supplient « Ici, Charlotte, regarde ici ! Charlotte, par ici ! »

— Julian, allume la télé !

— Pourquoi me tortures-tu ainsi ? murmure Julian. Tu veux me tuer pour de vrai ?

— Julian, mets la 2, maintenant !

— Ne quitte pas.

Un bruit de chute. Julian tenterait-il de faire fonctionner la télécommande avec les orteils ?

— Laissez-moi vous regarder, exige Cojo en faisant faire la roue à Charlotte devant les caméras d'*Entertainment Tonight*.

— AAAAAAAAAAAAAhhhhhhhhhh ! hurle Julian. C'est... C'est... Il en perd le souffle.

— Charlotte Martin dans ta robe de paon violet !

— Mon Dieu, Lola ! Comment est-ce possible ? Mon Dieu !

— Ferme-la et écoute Cojo.

— Ma chérie, vous êtes le plus beau paon que j'aie jamais vu. Julian Tennant est un génie ! tartine Cojo. Je préviens Dieu que je veux me réincarner dans cette robe après ma mort. Elle est somptueuse. Où se cache ce talent ?

— Julian, tu entends ce que j'entends ?

— Chhhhhhhhhut. Laisse-moi écouter Cojo dire que je suis un génie ! Je suis là, Cojo ! ulule Julian. Le talent se cache au Château !

Charlotte progresse devant les différentes équipes de télévision, et s'arrête pour faire tourner sa robe devant les objectifs d'Isaac Mizrahi.

— Vite, zappe sur E ! conseillé-je.

— Chérie, quelle est cette fabuleuseté que tu portes ? demande Isaac en se penchant sur la robe comme s'il inspectait un Cézanne au musée d'Orsay.

— Mon nouveau styliste préféré, Julian Tennant. Il est incroyable. C'est le prochain Karl Lagerfeld.

— Peu importe qui gagne l'oscar. C'est toi l'actrice la mieux habillée de la soirée, sourit Isaac.

Il se tourne vers les caméras pour marquer son admiration d'un hochement de tête appuyé. Il se retourne vers Charlotte, pose son index contre ses lèvres et ajoute dans un soupir :

— Rayonnante. Tout simplement rayonnante. Ce créateur est merveilleux. J'ai l'œil sur toi, Julian Tennant, conclut-il en chantonnant en direction du viseur.

— Et j'ai l'œil sur toi, Isaac, glapit Julian. (Je l'entends sauter comme un gosse sur le matelas de son lit au Château. Les ressorts couinent.) Isaac a dit que Charlotte était l'actrice la mieux habillée ! Isaac a dit que Charlotte était la mieux habillée ! (Je dois me contenir pour ne pas sauter de joie moi-même sur le tapis rouge.) Comment est-ce arrivé ?

— Par la magie du pouvoir créateur de Julian Tennant, voilà comment.

— Tu as réussi, Lola. Tu as réussi ! Tu as réussi ! Tu m'as hissé sur le tapis rouge avec Karl, Donatella, Oscar, Giorgio, Stella, Marc, Galliano, McQueen. Attention, tout le monde, je suis là ! Je fais partie des grands, grâce à toi. Tu as fait de moi une icône de la mode ! D'accord, d'accord, j'exagère, redescend-il d'un ton. Mais tu m'as mis le pied à l'étrier.

— Enfile ton smoking. Tout à l'heure, à l'after de Patrick Whitesell, on va vider des bouteilles de Dom Pérignon jusqu'à plus soif.

— Oh, Lola, peut-être pourrais-tu convaincre Graydon de me laisser entrer avec toi à la soirée *Vanity Fair*, maintenant que je suis une star.

Je repère ma famille dans la foule déchaînée, sur le point de faire son entrée :

— Julian, ne force pas trop ta chance. J'ai fait mon boulot. Il s'arrête sur le tapis rouge.

— Lola ? dit Julian si doucement que je l'entends à peine avec la cacophonie ambiante.

— Ouais ?

— Merci.

Il n'y a rien à ajouter. Le silence dit tout. Quelle fête ! Quelle semaine ! J'élève le téléphone au-dessus de ma tête pour que Julian partage avec moi le délire du public. On a réussi. On a réussi.

— Tu entends ça ?

— Si je l'entends ? J'ai perdu l'usage de mes mains, pas de l'ouïe.

« C'est un gadin pour Prada », capté-je au vol. Je me retourne pour voir Olivia Cutter en Prada pervenche. Son visage se renfrogne et elle s'éloigne à toute vitesse de Joan Rivers. Olivia fonce sur son manager pour lui prendre Thor des bras.

— Julian, vite, remets sur Joan Rivers, je dois y aller.

Clic.

— Elle ressemble à Boy George qui aurait mis du fard à paupière sur un sac de patates. C'est horrible, horrible, horrible, glousse l'animatrice. Qui a laissé la pauvre fille sortir dans la rue avec cette dégaine ?

— Adrienne Hunt, balance l'une des Fabuleuses Jumelles qui se tient à quelques mètres de Joan.

— Alors, je propose qu'on la tue pour avoir habillé Olivia Cutter d'une façon aussi désastreuse.

Où diable est Adrienne ? J'espère qu'elle regarde Joan Rivers. S'il te plaît, regarde Joan Rivers. J'attrape le bras d'une des Fabuleuses Jumelles d'un air que j'espère nonchalant.

— Je n'ai pas vu Adrienne Hunt, et toi ?

— T'es pas au courant ?

— De quoi ?

J'ai hâte d'entendre le dernier ragot. La jumelle se rapproche à quelques centimètres de mon oreille pour chuchoter.

— Madonna a invité Miuccia à un dîner chez elle, hier soir. Et...

— Attends, Adrienne m'a dit que Madonna était à Londres et qu'elle logeait chez elle en son absence. Je l'ai croisée à Heathrow et elle se rengorgeait à l'idée de s'installer au manoir de Madge.

— Des clous. Adrienne est descendue au Hyatt. Et elle ferait mieux d'en profiter pendant que ça dure, parce que les chambres y sont beaucoup plus confortables que la cellule qui lui tend les bras.

— Quoi ?

— Hier soir, à la soirée de Madonna, Miuccia a vu qu'une des amies de Trudie Styler portait un de ses prototypes. Miuccia lui a demandé d'où elle le tenait, et la fille a répondu : sur eBay.

La jumelle ménage une pause pour faire monter le suspense. Elle met sa main en cornet autour de mon oreille avant de poursuivre.

— Renseignements pris, Adrienne a dépensé des centaines de dollars de la cassette de Prada pour expédier des prototypes de Miuccia à sa sœur au pays de Galles. Sa sœur les a vendues pour elle sur eBay et elles ont ramassé des milliers de dollars.

— Alors, çà !

J'ai le souffle coupé. Piquer mon idée de sac de poupée à Paris est une chose, mais voler Miuccia Prada en est une autre. Adrienne a encore moins de scrupules que je ne l'imaginais. Je repense à toutes les heures que j'ai passées à prier, à méditer, à supplier Ganesh pour la chute d'Adrienne. C'est arrivé, et la revanche est encore plus douce que je ne l'avais imaginée. Jeu, set et match pour moi.

Les Oscars...

Les stars prennent place dans le Théâtre Kodak. Elles brillent de mille feux. Je suis assise au troisième rang, au centre, entre maman et Christopher. Mon père lâche la main de maman, qu'il écrasait d'une poigne mortelle, pour aller serrer Meryl Streep dans ses bras. La quantité de sueur qui trempe le col de papa pourrait remplir le lac de l'hôtel Bel Air. Il va bousiller le maquillage de Meryl rien qu'en effleurant sa joue au teint de porcelaine. Pourquoi maman ne bouge-t-elle pas ? D'ordinaire, elle sauterait sur l'occasion de se jeter sur les genoux de Meryl et de tourner son bon profil vers la caméra de Laura Ziskin. Depuis vingt-six ans que je suis la fille de ma mère, je ne l'ai jamais vue comme ça. Un, l'océan de super-super-stars qui l'entoure la laisse froide ; pas un seul bisou n'a volé de ses lèvres à travers les airs. Deux, elle n'a pas parlé depuis sept minutes et demie chrono. Trois, elle est verte. Entre le rose shocking de sa robe de satin Chanel et le grain glauque de la peau, elle devrait postuler pour assurer le camouflage du

Beverly Hills Hotel. Je suis longue à la détente, mais ça y est, j'ai compris, maman a peur que papa ne gagne pas. Pas de crainte de perdre la face. Mais parce qu'il aurait de la peine. Or, elle aime papa.

— Tu vas bien ? lui chuchoté-je à l'oreille.

Elle hoche à peine la tête. La salle est plongée dans le noir. Ma mère me serre le genou. La présentation d'Ellen DeGeneres semble sortir momentanément mes parents de leur torpeur.

— J'ai rarement vu une telle réunion de beautés et de robes de princesses. Je savais que je ne pouvais pas rivaliser, alors j'ai juste enfilé un vieux machin. Non, pas toi, Peter O'Toole, ce smoking.

Je perds l'envie de rire quand mes yeux se posent sur Olivia qui caresse la fourrure violette de Thor, deux rangs plus loin. J'imagine que John a réussi à passer la bestiole en douce. Une image me traverse la tête : Olivia en train de caresser Smith – ou pire – lui qui la caresse elle. J'ai envie de vomir.

George Clooney monte sur scène pour décerner l'oscar de la Meilleure Actrice. Je suis tellement bluffée par sa classe que j'en oublie le reste. J'ai juré de tirer un trait sur les acteurs pour le restant de mes jours, mais je pourrais peut-être le caser dans la catégorie des réalisateurs ? Ou des producteurs ? Pour que George ne soit plus un acteur, je serais prête à rapporter chez Barneys le sac jaune Bottega Venega en serpent-tigre que j'ai supplié qu'on me prête et que j'ai dû voler. George est si charismatique qu'il me détourne de l'importance du moment présent. Il va pourtant sceller le destin d'Olivia Cutter.

— Catherine Zeta-Jones, pour son rôle de mère courage. On se souviendra longtemps de cette mère célibataire, caissière chez Wal-Mart, qui prend la tête de la révolte des employés dans *Silent Smiley Sunday*…

Il poursuit avec les autres actrices en lice, mais je n'entends plus rien, je prie. S'il te plaît mon Dieu, ne laisse pas cette fille, cette sorcière, cette malade mentale gagner un oscar. S'il te plaît. Je ferme les yeux au moment où George ouvre l'enveloppe. J'inspire à fond.

— Et l'oscar est décerné à... Catherine Zeta-Jones pour *Silent Smiley Sunday*.

Youpi ! Je saute de mon siège pour applaudir et me retiens de crier ma joie. Catherine Zeta-Jones devait triompher aux Oscars, c'était évident depuis le début. J'ai à peine le temps de me délecter de l'échec d'Olivia, dont le teint est aussi pervenche que son infâme sac de patates Prada. Elle remonte déjà l'allée au galop pour quitter le théâtre, Thor sur les talons. Tout bien pesé, ce jour est un grand jour.

Renée Zellwegger s'avance vers le micro dans un fourreau moulant saphir Carolina Herrera pour remettre l'oscar du Meilleur Acteur. Je cherche Kate des yeux. La voilà, à côté de Will Bailey, flanqué de sa mère. La lumière baisse et une scène jouée par Joaquin Phoenix, l'un des nominés, est projetée sur l'écran au-dessus de la tête de Renée. Kate chuchote quelque chose à l'oreille de Will. Maman Bailey discipline les cheveux de son fils d'un coup de patte. À la fin de l'extrait, toutes les caméras se concentrent sur Joaquin. Il est assis au deuxième rang, rayonnant et tendu. Renée plisse les yeux et lui adresse une moue avant de passer à l'acteur suivant.

— Et Will Bailey pour son interprétation de Raul Sanchez dans *La veille d'aujourd'hui était hier*, lance-t-elle.

Will apparaît sur l'écran. Il est criant de vérité en philosophe mexicain gay assassiné par des bandits homophobes. Quand il tombe au sol, raide mort, les lumières se rallument et les objectifs se concentrent sur lui. Assis au troisième rang, très chic dans un smoking Prada, il sourit poliment. Tous les regards se reportent sur Renée qui déchire l'enveloppe.

— Et le gagnant est... Will Bailey pour *La veille d'aujourd'hui était hier*!

Applaudissements à tout rompre. Will saute par-dessus sa mère pour courir sur scène, mais Maman Bailey attrape sa veste de smoking et ne le laisse pas partir avant le baiser maternel. Will monte deux par deux les marches qui conduisent sur scène. Quand il arrive devant Renée, il lui plante un énorme bisou baveux sur les lèvres et lui prend l'oscar des mains.

— Je n'en reviens pas. Je n'en reviens pas. Maman, c'est pour toi, dit-il en agitant le petit bonhomme en or.

Il tourne les talons pour repartir. Quoi? C'est tout? Et Kate? Juste comme Renée Zellwegger glisse son bras nu sous le sien pour quitter la scène en duo, Will se retourne vers le micro.

— Oh, et je tiens à remercier mon agent, Kate Woods, qui est à mon côté depuis le début.

Dieu merci. Je me tourne vers Kate. Voyant ses larmes rouler sur sa robe Marc Jacobs en mousse-line de soie bleu ciel, je me rends compte que c'est la première fois que je vois ma meilleure amie pleu-rer depuis nos seize ans, dans cette salle de bains au Texas.

Ellen DeGeneres reprend son poste : sa voix me ramène au présent.

— L'académie m'a demandé de recycler de vieilles blagues.

Tout le théâtre hurle de rire. Sauf maman et papa, qui a viré au gris. Il n'a pas retiré ses phalanges de la cuisse de ma mère depuis les deux dernières heures. Le destin est en marche. Julia Roberts sort des coulisses où elle attendait son tour pour exhiber ses jambes rehaussées par sa robe champagne Gianfranco Ferre.

Elle prend place au centre de la scène, dominant Ellen DeGeneres d'au moins quatre-vingt-dix centimètres. Une goutte de sueur roule le long de la joue de papa. Je lui passerais volontiers la flasque de Christopher, mais c'est hors de question : une caméra est déjà en train d'enregistrer le moindre de ses battements de cil. J'espère que les millions de spectateurs ne reconnaîtront pas dans ses gestes la langueur induite par la triple dose de Xanax qu'il a ingurgitée.

Julia Roberts s'éclaircit la gorge.

— Et l'oscar est attribué à… mon réalisateur préféré. Je ne désespère pas de travailler avec toi. (Vas-y, J. R., passe à la suite ! On n'est pas en train de parler de toi, pour une fois.) Paulie Santisi pour *Le Cri du chuchotement* !

— Mon Dieu ! glapis-je, en sautant de mon siège.

Le choc abrutit papa qui reste vissé dans son fauteuil, tandis que le Théâtre Kodak en entier se lève pour l'ovationner. Ma mère reprend immédiatement vie, le tire, le serre dans ses bras et couvre son visage de baisers. Il finit par sourire, chose que je ne lui ai jamais vu faire. Sa peau gris moutarde retrouve sa teinte olivâtre habituelle. Tom Hanks, assis dans la rangée devant nous, lui tend la main par-dessus les fauteuils. Papa descend l'allée. Il vacille un peu en grimpant les marches pour recevoir sa statuette. L'émotion me saisit et j'en suis la première surprise. Je n'aurais jamais imaginé être un jour sincèrement heureuse pour lui.

— Nom de Dieu, ça fait plaisir d'être là, gronde papa en attrapant son oscar par la gorge. (Il secoue la tête, l'air incrédule et la foule redouble d'applaudissements.) J'aimerais remercier ma femme Blanca. Elle m'accompagne sur ce chemin difficile depuis trente-cinq ans et elle est toujours là, aussi belle que le jour de notre rencontre. Mes enfants, Christopher et Lola, je vous aime!

Je regarde Christopher, assis à côté de moi. Il prend la nouvelle sans broncher et je me demande s'il pense ce que je pense: qu'il faut une scène pour que notre père nous dise qu'il nous aime! Je prends la main de mon frère et la serre fort. Je pleure.

— Eh! Ça fait mal!

— Désolée.

Dans la limousine qui nous emmène chez Morton pour la fête de *Vanity Fair*, je pense à Julian. Il se trompait lourdement. Les happy ends hollywoodiens arrivent, même dans la vraie vie. Tout du moins à Hollywood.

Vanity Fair, le remake

2 heures, 30 minutes, 19 secondes
après la remise de l'oscar du Meilleur Réalisateur.

Deux heures et demie plus tard, après une flûte de champagne et un scotch à l'eau d'Oncle J. Au moins. Les épingles enfoncées dans mon chignon provoquent des mini hémorragies sur mon crâne. Je suis complètement bourrée. Le cheeseburger et la vision de la langue de Smith labourant la gorge d'Olivia Cutter jusqu'à lui faire une appendicectomie m'ont rendue malade. Et je viens juste de tomber sur mon père aux toilettes du Morton, serrant bien fort d'une main son oscar en or et de l'autre, une paire de fesses autobronzées, encadrées de plumes de paon.

J'essaie de retrouver mon équilibre sur mes stilettos. Je dois sortir d'ici. Je dois trouver Kate. La porte de la salle de bains se referme derrière moi. Soudain, l'évidence me frappe comme si une tonne d'Oscars se déversait sur ma tête. Finalement, même à Hollywood, les happy ends n'existent pas.

En revanche, ce qui vient de se passer est complètement hollywoodien. Le pitch est un peu long, alors je résume : la petite fiancée de l'Amérique batifole avec mon papa dans la robe de paon violette à cause de laquelle les mains de Julian sont paralysées. Robe qui, rappelons-le, a été taillée dans des rideaux volés dans les toilettes pour dames de l'Empress Pavilion à Chinatown, afin de satisfaire un caprice d'Olivia Cutter. Laquelle Olivia s'envoie actuellement en l'air avec mon ex-petit ami. Si je proposais mon histoire à Stacey Snider, la patronne de DreamWorks, elle serait sceptique. À juste titre. Elle est difficile à croire, comme tout ce qui se passe dans la capitale du cinéma.

Heureusement, Kate fend la foule dans ma direction. Je dois sortir d'ici. Je dois trouver Kate. La porte des toilettes claque derrière moi.

Ouf, elle fend justement la foule pour me rejoindre. Aïe, son visage est livide et ses yeux bleus ont viré au gris. Ses cheveux chocolat tourbillonnent autour de son crâne. Sa robe Marc Jacobs en mousseline de soie pendouille lamentablement malgré sa silhouette parfaite. Si je suis au bord de la crise de nerfs, elle est en plein dedans, il ne lui manque plus que la camisole de force. Ce n'est que la troisième fois en onze ans d'amitié que je vois s'effriter sa carapace de GI Jane. Je l'attrape par les épaules.

— Toi d'abord, dis-je.

— Ma vie est foutue. Will Bailey vient de me virer.

— J'ai surpris mon père en train de se taper Charlotte Martin dans les chiottes.

— Tu as entendu ce que je t'ai dit ? demande Kate.

— Kate, je suis désolée. Tu vas bien

— Et toi ?

— Oui. Je vais bien.

— Je suis peut-être ivre et nauséeuse, mais je vais bien. Papa ne changera jamais, mais moi j'ai changé. Et pour la première fois de ma vie, j'éprouve pour lui un sentiment inédit, l'acceptation. Je l'accepte enfin comme il est. Je vais bien, répété-je.

— Tu as bien de la chance ; pas moi. Will m'a annoncé qu'il voulait passer à la vitesse supérieure, maintenant qu'il a un oscar. Il a dit que je le prendrais toujours pour un serveur de pizzeria, alors que pour Ed Limato il est une star du cinéma.

— Je n'en reviens pas, Will vient juste de te remercier en direct à la télé !

— Ne remue pas le couteau dans la plaie. Je n'entrerai jamais chez CAA, maintenant.

— Que Will Bailey et sa maman aillent se faire voir. Tu n'as pas besoin de lui pour entrer à CAA.

Kate paraît avoir perdu toute confiance en elle. Cela ne m'empêche pas d'être de plus en plus convaincue de ce que j'avance. Elle n'a pas besoin de Will Bailey pour entrer chez CAA. Et je n'ai besoin ni de papa, ni d'un stupide boyfriend-acteur pour devenir... Ce que je veux être. Quoi que ce soit.

— Kate, Will Bailey ne te mérite pas. C'est toi qui dénicheras le prochain Will Bailey.

Quelque part, tout au fond d'elle-même, ma meilleure amie sait que j'ai raison. Et je suis certaine que moi aussi, je vais aller bien. Mieux que ça, même. J'ai survécu à la semaine des Oscars et à toute ma vie chez les dingues d'Hollywood. Je suis toujours debout, sur mes Louboutin aux talons de dix centimètres.

— Et puis, tu viens de signer un contrat de cinq millions de dollars entre Will et Sony, non ? C'est bien toi qui touches la commission ?

— En fait, j'ai convaincu Sony de grimper à sept millions et demi.

— Je te reconnais bien là. Viens dans mes bras. Will est un acteur, à quoi t'attendais-tu ? demandé-je, non sans mauvaise foi.

— Ton père est un réalisateur. À quoi t'attendais-tu ?

— À mieux.

— Je sais. Oublions les acteurs. À partir de maintenant, je travaille en exclusivité pour les scénaristes, les réalisateurs et les animaux, assure-t-elle en redevenant la Kate que je connais.

— Allons chercher Christopher et sauvons-nous d'ici.

— Kate, chérie, tu devras nous excuser, coupe ma mère, qui nous rejoint, les mains voletant d'excitation. Lola, viens s'il te plaît, Bernard Arnault veut te rencontrer.

Elle m'attrape par le bras et me traîne vers le Bill Gates de la mode, un homme élégant aux cheveux gris vêtu d'un smoking sur mesure. J'essaie de calculer le nombre de sacs, de robes, de chaussures, de lunettes de soleil Louis Vuitton, Christian Dior, Marc Jacobs et Fendi qu'il a fallu vendre pour faire de lui le 7e homme le plus riche du monde. Je dois m'arrêter avant de succomber à une crise d'épilepsie fashioniste.

— Je vais chercher Christopher et la voiture, lance Kate derrière moi.

Maman me plante devant le patron de LVMH.

— Bernard, voici Lola. C'est elle qui a convaincu Charlotte Martin de porter du Julian Tennant ce soir. Je vous laisse bavarder.

Elle disparaît dans la foule de personnalités qui se pressent pour la féliciter.

— Bravo, Lola. Votre mère soutient que vous êtes responsable du succès de Julian Tennant, ce soir.

— À dire vrai, pas entièrement : c'est Julian qui a dessiné la plus belle robe du monde.

— J'aimerais acheter sa société.

Je reste interdite. Bernard Arnault n'est pas sérieux. Si ? Le P-DG de LVMH veut acheter la société de Julian !

— Je m'intéresse à ce jeune Julian depuis son premier défilé. J'estimais qu'il était un Marc Jacobs potentiel. Ce soir, vous m'avez prouvé que j'avais raison. Je vais rester en ville jusqu'à mercredi. J'aimerais négocier avec Marty Glickman. Pourriez-vous organiser un rendez-vous ?

— Marty ne possède plus Julian Tennant.

— Oh! Depuis quand ?

— Ce matin, déclaré-je, incapable de réprimer un sourire de chat qui vient de croquer une souris.

— Avec qui dois-je négocier, alors ?

Profonde inspiration. Faire comme si. Non! Ce n'est plus « comme si », c'est ce que je suis réellement.

— Avec Julian. Et moi. Au Château, demain. À 13 heures ?

— Avec plaisir.

— À demain, alors.

Bernard Arnault me quitte pour aller embrasser Uma Thurman.

Prends ça, Marty Glickman. Et ça, Adrienne Hunt. Et ça, Olivia Cutter. LVMH va acheter Julian Tennant. Mon meilleur ami gay deviendra encore plus incontournable que Marc Jacobs.

Je me retourne et cherche maman des yeux. Elle bavarde avec Katie Couric de l'autre côté de la pièce. Elle croise mon regard et lève le pouce en signe de victoire. Je lui souffle un baiser. Une soudaine vague d'amour pour elle déferle sur moi : dans son genre, elle fait de son mieux pour nous tous. Elle me retourne le baiser. Mon père traverse la pièce, son oscar dans une main et l'autre tendue vers maman. Dans leur genre, ils forment un couple aussi cohérent que n'importe quel autre à Hollywood. Je ne raconterai jamais, jamais à ma mère ce que j'ai vu dans les W-C.

Je fonce à l'extérieur pour annoncer la nouvelle à Kate et à Christopher. Il faut que je le dise tout haut à ma meilleure amie et à mon grand frère pour m'assurer que je ne rêve pas. Christopher est en pleine conversation avec Cricket, qui sautille sur le trottoir. Que fait-elle ici et pourquoi gambadet-elle comme un cabri ? Où est Kate ? Ah, la voilà, en pleine conversation avec... Bryan Lourd. Je dois rêver, finalement. Je me dépêche de rejoindre Cricket et Christopher.

— J'ai eu le rôle, j'ai eu le rôle !

— Ne hurle pas. Quel rôle ? Et calme-toi, arrête de sauter comme ça.

— Désolée, s'excuse-t-elle en plantant fermement ses Jimmy Choo sur le trottoir. Je suis la prochaine Nicole Kidman dans *Jours de Tonnerre 2* !

— Hourrah !

Notre cri de joie est étouffé par une voix familière.

— Salut, Cricket, Bryan Lourd, annonce l'agent en glissant sa main entre Cricket et moi pour serrer celle de mon amie. Félicitations pour le film de Bruckheimer.

— Merci.

— J'aimerais que vous passiez au bureau demain pour que je vous présente à tout le monde, à CAA.

— Votre proposition me flatte, Bryan, mais j'ai déjà le meilleur agent du monde. Elle est intelligente, dévouée, loyale, elle est...

— Je sais, coupe Bryan, c'est pour toutes ces raisons-là que je viens de l'embaucher.

— Vous l'avez quoi ?

— Vous avez bien entendu, j'entre à la CAA, certifie Kate qui se matérialise à côté de l'épaule de Bryan, un grand sourire aux lèvres.

— Kate et moi avons un autre projet dont nous voudrions vous parler, Cricket. La Paramount a décidé de ne pas engager Olivia Cutter pour le remake de *Grease*. Elle préfère pêcher de nouveaux talents, et nous pensons que vous serez parfaite. Cricket, Kate, je vous appellerai demain, annonce Bryan. Kate ? Commandez une pleine boîte de Montblanc. Nous aurons un tas de papiers à signer. Réfléchissez à l'acteur idéal pour incarner le prochain Danny Zuko. On ne suit plus le choix d'Olivia.

À la seconde où Bryan tourne le dos, Kate, Cricket et moi prenons le trottoir pour un trampoline. Je suis, comme de bien entendu, aux anges que mes deux meilleures amies obtiennent exactement ce qu'elles méritent. Mais que Smith récolte ce qu'il a semé ne gâche rien. Je saute de bas en haut sur mes Louboutin, en fredonnant un refrain vengeur : *You're* Not *the one that I want, oh, oh, oh, honey!*

Des intonations britanniques hautaines attirent mon attention. Je me tourne pour en identifier la provenance : Adrienne Hunt, of course. En Prada des pieds à la tête, Gitane au bec. Libérée sous caution, j'imagine. Pour une fois, elle est à sa place, derrière le cordon de velours rouge qui sépare le tapis de la foule.

— Vérifiez une fois encore. Adrienne Hunt. H.U.N.T. Graydon m'a inscrite sur la liste lui-même.

— Désolée, mademoiselle, votre nom a été rayé.

Dommage. À Hollywood, l'information va plus vite que sur CNN. com. Avant que je ne sois repue du spectacle d'un karma pourri, j'entends crier :

— Lola.

C'est Smith.

— Lola, appelle-t-on d'une autre direction.

C'est Jake Jones.

Je regarde à ma droite. George Clooney me sourit. Il me sourit à moi ? Non… Si ! Je regarde Smith, puis Jake Jones, puis George Clooney. Smith. Jake Jones. George Clooney. Smith. Jake Jones. George Clooney. Et merde. Je réitère mentalement mes vœux d'abstinence. Cette fois-ci, c'est pour de bon. Mon nom est Lola Santisi et je suis une acteurolique repentie. Jour 1, et ce n'est qu'un début. Je jette un dernier regard à Smith, à Jake Jones et à George Clooney et je pars en courant – que dis-je – en sprintant dans la direction opposée.

— AAAAAAAAAAHHHHHHHHH !

Mes stilettos Louboutin aux talons de dix centimètres glissent sur le trottoir et je tombe tête la première sur Charlotte Martin qui vomit dans un palmier en pot.

C'est un choix cornélien : l'after-after de Patrick Whitesell pour les happy few avec Leo, Jude, Orlando et Owen dans une demeure fabuleuse sur le flanc des collines d'Hollywood ou les urgences du Cedars Sinai Hospital ?

Julian entre en smoking Gucci dans la salle d'attente bondée, éclairée au néon, où mes dévoués Kate, Christopher et Cricket patientent à mes côtés depuis quarante-cinq minutes. J'adresse un clin d'œil de remerciement à mon frère : il réajuste le sac de glace qui entoure ma cheville gonflée.

— Julian, je suis vraiment désolée.

— Ferme-la. Bernard Arnault veut acheter ma société parce que tu as convaincu Charlotte Martin de porter ma robe aux Oscars. Désormais, ta carte de sortie de prison, c'est moi. Elle t'est acquise à vie. En plus, je travaille pour toi. Tu es la patronne de Julian Tennant, maintenant. Et je connais les trois futures couturières en chef de la Maison Julian !

— Si tu veux Imas, Maria et Isabella, tu devras te battre avec Larry Gagosian. Il va organiser une exposition à la galerie autour du couvre-lit de la maltraitance dont je t'ai parlé. La moitié du Tout-Hollywood y est ! Larry reprend le titre que je lui ai suggéré pour l'expo : « Le Top 50 des enfoirés de première catégorie. »

— J'ai le pressentiment que Jake Jones et Olivia Cutter n'iront pas au vernissage, glisse Cricket.

— Smith non plus, signalé-je en souriant. Il se trouve qu'Isabella était sa femme de ménage.

— Nous avons beaucoup de choses à fêter. Christopher, tu veux bien te charger du service ? demande

Julian en indiquant la bouteille de Cristal Roederer glissée sous son bras.

Je lève ma coupe en plastique remplie de champagne.

— J'aimerais proposer un toast. À nous, qui avons tous survécu à la semaine des Oscars. À mon meilleur ami gay, qui va battre Marc Jacobs à plate couture, à ma meilleure amie, le super agent de la CAA, à ma meilleure amie actrice, la prochaine Nicole Kidman, et à mon grand frère Christopher, dont le documentaire sur le festival Burning Man sera nominé aux Oscars l'année prochaine. Enfin, dès qu'il l'aura fini. Je vous aime.

— On t'aime aussi, répondent-ils d'une même voix.

— Christopher se penche et embrasse Kate. La sonnerie de son portable qui s'élève – ou serait-ce son BlackBerry – ne l'empêche pas de lui rendre son baiser.

— Lola Santisi, appelle une infirmière.

Je descends de ma chaise et boite derrière elle jusqu'à une petite pièce sévère où je grimpe péniblement sur la table d'examen froide. M'asseoir sous des néons aussi peu flatteurs me rappelle à quel point je hais les hôpitaux. Pourtant, je ne trouve pas la situation aussi terrible que ça. Toute seule, ma Louboutin cassée dans la main, les yeux fixés sur ma cheville explosée, je réalise que moi, je ne suis pas en mille morceaux et ce, pour la première fois de ma vie. J'ai réussi. Je ne suis pas certaine d'avoir touché au but, mais c'est un début. Et je passerai aux talons plats pour un temps.

On frappe à la porte.

— Entrez.

C'est... le Bel Inconnu de chez ma psy. Que fait-il ici ? Et pourquoi porte-t-il une blouse blanche ? Je plisse les yeux pour lire l'étiquette agrafée sur sa poche de poitrine. Dr Levin ? Le Dr Levin est...

le bel inconnu de chez ma psy ? Oui, c'est bien ça. Il y avait donc un *vrai* médecin assis à l'extérieur du bureau du Dr Gilmore pendant tout ce temps. Pas un type qui joue au docteur, pas un comédien qui a suivi les cours de Lee Strasberg à l'Actor's Studio, un homme qui est vraiment diplômé de la fac de médecine. Je lui souris et il me rend mon sourire.

— Wow, ce que vous êtes jolie, dit le Dr Levin en regardant ma robe Julian Tennant. Une occasion particulière ?

9129

Composition
CHESTEROC LTD

Achevé d'imprimer en Espagne
par Litografia Roses
le 13 décembre 2009.

Dépôt légal décembre 2009.
EAN 9782290016497

ÉDITIONS J'AI LU
87, quai Panhard-et-Levassor, 75013 Paris

Diffusion France et étranger : Flammarion